La Condition
urbaine

Olivier Mongin

La Condition urbaine

La ville à l'heure de la mondialisation

Éditions du Seuil

ISBN 978-2-7578-0539-8
(ISBN 2-02-081983-X, 1re publication)

© Éditions du Seuil, 2005

Le Code de la propriété intellectuelle interdit les copies ou reproductions destinées à une utilisation collective. Toute représentation ou reproduction intégrale ou partielle faite par quelque procédé que ce soit, sans le consentement de l'auteur ou de ses ayants cause, est illicite et constitue une contrefaçon sanctionnée par les articles L.335-2 et suivants du Code de la propriété intellectuelle.

Aux habitants d'Argis et de Saint-Rambert-en-Bugey, deux « villes en boucle » situées dans la vallée de l'Albarine, dans l'Ain.

INTRODUCTION

Entre deux mondes, entre deux conditions urbaines

La ville de Bilbao, au Pays basque espagnol, métamorphosée grâce au musée édifié le long de la Bidassoa, dans la zone portuaire, par Frank Gehry; Prague et Saint-Pétersbourg visitées par des cohortes de touristes depuis la chute du régime communiste, Berlin en passe de remplacer Manhattan, les paysages urbains redessinés par Michel Corajoud au parc du Sausset; les aménagements urbains de Bruno Fortier et Alexandre Chemetoff à Nantes; le parc André-Citroën imaginé par Gilles Clément le long de la Seine, des aires urbaines en voie de métamorphose dans le 13e arrondissement parisien et dans bien des villes hexagonales ou européennes. Tous ces exemples, parmi combien d'autres, montrent que la culture urbaine est d'actualité après avoir été longtemps ignorée et que le respect du patrimoine s'est progressivement imposé. Plus encore, Bernard Lassus donne une forme aux abords des autoroutes, et des ingénieurs imaginent des prouesses à la fois industrielles et esthétiques, comme le viaduc géant de Millau. Les polémiques portant sur les méfaits de l'urbanisme progressiste semblent quelque peu archaïques et tournent vite court. En France, et plus largement en Europe, le souci de l'urbain et du paysage a repris le dessus : voilà ce que l'on croit! Ou plutôt, voilà ce que l'on veut croire!

Tant du point de vue hexagonal qu'européen, la lucidité n'est guère de mise. Et pour cause : en France, la défense de l'échelle locale, celle qui correspond à l'aménagement des zones rurales, demeure une exigence prioritaire alors que le développement des réseaux et la dynamique des flux sont privilégiés à l'échelle des territoires. Drôle de pays que la France, on y redécouvre les villes, on en chante l'amour, à commencer par Paris, la ville-capitale du XIXe siècle industriel avec Londres, en évoquant Baudelaire ou en lisant Walter Benjamin; on y célèbre aussi les vertus d'une « rurbanisation » à la française, cette alchimie où le rural et l'urbain trouvent un « bel » équilibre. Mais au risque d'oublier que la ville a laissé la place, en France comme ailleurs, à une dynamique métropolitaine, et que la fragmentation des territoires crée une hiérarchie entre les espaces urbains, ce qui met à mal l'esprit égalitaire de la loi républicaine. Nous sommes entrés dans le monde de « l'après-ville », celui où des entités hier circonscrites dans des lieux autonomes dépendent désormais de facteurs exogènes, à commencer par les flux technologiques, les télécommunications et les transports… Le bel équilibre entre les lieux et les flux est devenu bien illusoire.

Tel est le paradoxe français : voilà un pays biface qui conserve des comportements ruraux alors même que l'État et ses ingénieurs sont à l'avant-garde des transformations qui affectent les flux, les réseaux de transport (TGV), les télécommunications, et en conséquence les territoires dans le contexte post-industriel qui est le nôtre. Le développement territorial français qui est d'abord le fait d'ingénieurs au service de l'État s'appuie sur des grands corps valorisant le pouvoir de la technique et des chiffres. Ainsi, le corps des Ponts et Chaussées décide souverainement du territoire, des ponts, des chaussées, des autoroutes, des viaducs, comme de la maîtrise des flux et des grands axes de circulation. Mais, en même temps, le nombre des communes demeure inflationniste, puisque 12 millions d'habitants vivent dans plus de 31 000 communes de moins de 5 000 habitants. « Au sein de l'Europe, la France offre encore l'image d'un pays à dominante rurale, morcelé en 36 565 communes dont la moitié a moins de 380 habitants [1]. » Pourtant, cet état de fait ne correspond pas au choix d'une « civilisation pastorale », celui qui est revendiqué par la majorité des Américains par exemple. D'où ce mouvement

---

1. *Atlas des Franciliens*, tome I : *Territoire et Population*, INSEE, AURIF, Paris, 2000, p. 42.

pendulaire entre une passion pour une vie urbaine à la campagne, ce qu'on appelle la «rurbanisation», d'une part, et, d'autre part, un développement territorial impliquant un contrôle des flux par les techniciens. Ce déséquilibre permet à des administrations encore fort centralisées, comme EDF, Gaz de France, la SNCF, les PTT, «de polluer les espaces mineurs, urbains et ruraux, par des équipements conçus du seul point de vue de leur efficacité, sans que soit jamais prise la mesure de leur insertion dans l'espace[2]». Ainsi s'expliquent, dans le sillage de l'haussmannisme, la prépondérance de la figure de l'ingénieur urbaniste, la déroute esthétique et humaine des années de la première reconstruction, celle de l'après-guerre (1945-1950), et celle de la deuxième reconstruction (1950-1980) qui a imposé le règne des «barres» destinées à accueillir dans des «cellules» le logement social. D'où le sentiment d'un désastre architectural par rapport auquel les réalisations artistiques contemporaines sont un maigre lot de consolation[3].

Pourtant, répliquera-t-on à nouveau, la culture urbaine n'est pas un vain mot, les Français ont changé leurs mœurs en termes d'urbanisme et d'architecture, les villes européennes demeurent une référence majeure, et de nombreux pays européens, à commencer par l'Allemagne, les Pays-Bas et l'Italie, jouissent d'une tradition urbaine et patrimoniale ancienne. Mais les pays européens se leurrent, eux aussi, quand ils se drapent dans des valeurs

---

2. Françoise Choay, «Six thèses en guise de contribution à une réflexion sur les échelles d'aménagement et le destin des villes», in *La Maîtrise de la ville*, Éditions de l'École des hautes études en sciences sociales, Paris, 1994, p. 226.
3. Sur la volonté de table rase qui règne dans l'immédiat après-guerre, ces propos d'Eugène Claudius-Petit, ministre de la Reconstruction et de l'Urbanisme de 1948 à 1953, sont significatifs: «Est-ce que la France doit devenir simplement par manque d'audace une sorte de grand musée pour touristes étrangers? Est-ce que l'on va continuer selon les idées que Vichy avait établies, et garder nos villages de Champagne comme des villages de poupées pour touristes en mal de dimanche...?» Entre la muséification des villages et le progressisme architectural privilégié par le ministre, n'y avait-il pas à l'époque une voie alternative? Propos cités dans *Urbanisme: Le XXe siècle: de la ville à l'urbain, De 1900 à 1999. Chronique urbanistique et architecturale*, n° 309, novembre-décembre 1999.

urbaines qui seraient inscrites dans l'histoire pour l'éternité, et en passe de devenir un modèle pour le monde entier. Que ces valeurs aient une signification profonde en Europe et une dimension universelle ne doit pas empêcher de constater que le devenir de l'urbain se décline aujourd'hui sur le mode du « post-urbain ». Céder à la tentation de la ville-musée revient à mettre entre parenthèses les mutations de l'urbain à l'échelle mondiale, les évolutions au long cours, quelle que soit leur appellation, celle d'« urbain généralisé » ou celle de « ville générique ». De mauvais esprits, pas nécessairement catastrophistes, refusent de se laisser séduire par l'idée d'une renaissance des villes européennes et tirent les sonnettes d'alarme. Plutôt que de célébrer un patrimoine urbain d'exception, ils invitent à prendre acte des métamorphoses de l'urbain à l'échelle de l'Hexagone, de l'Europe et de la planète. Exemple bien connu, esprit provocateur, l'architecte Rem Koolhaas se moque des villes-musées, des villes européennes à vocation touristique. Et il n'a pas totalement tort.

Les faits sont là, les chiffres également, les uns et les autres redoutables, impitoyables. Alors que l'on dénombre 175 villes millionnaires, 13 des plus grandes agglomérations de la planète se trouvent aujourd'hui en Asie, Afrique ou Amérique latine. Sur les 33 mégalopoles annoncées pour 2015, 27 appartiendront aux pays les moins développés, et Tokyo sera la seule ville riche à figurer sur la liste des 10 plus grandes villes. Dans un tel contexte, le modèle de la ville européenne, conçue comme une agglomération qui rassemble et intègre, est en voie de fragilisation et de marginalisation. L'espace citadin d'hier, quel que soit le travail de couture des architectes et des urbanistes, perd du terrain au profit d'une métropolisation qui est un facteur de dispersion, d'éclatement et de multipolarisation. Tout au long du XXe siècle, on est progressivement passé de la ville à l'urbain [4], d'entités

4. *De la ville à l'urbain* : tel est l'intitulé du numéro déjà cité de la revue *Urbanisme* qui met en avant de manière significative les figures de Cerdà, Sitte, Howard, Sellier, Prost, Le Corbusier, Wright, Mumford, Delouvrier, Koolhaas, et s'ouvre sur un long entretien avec Françoise Choay dont les travaux sont l'un des fils conducteurs de cet ouvrage (*Le XXe siècle : de la ville à l'urbain, op. cit.* Voir aussi *Urbanisme : Tendances 2030*, janvier-février 2004).

circonscrites à des métropoles. Alors que la ville contrôlait les flux, la voilà prise en otage dans leur filet (*network*), condamnée à s'adapter, à se démembrer, à s'étendre avec plus ou moins de mesure. Alors qu'elle correspondait à une culture des limites, la voilà vouée à se brancher sur un espace illimité, celui des flux et des réseaux, qu'elle ne contrôle pas. «Il est évident que les réseaux ont l'avenir devant eux et qu'ils ouvrent des champs aussi riches qu'imprévisibles à la créativité des humains. Leur fonctionnement a déjà transformé l'expression architecturale et l'organisation spatiale de l'ensemble de nos institutions[5].» Par ailleurs, l'avenir de l'urbain n'est pas seulement, voire n'est plus, en Europe, mais dans les pays non européens où des mégacités en tout genre, sous la pression du nombre, s'étendent d'une manière souvent informe. La ville «informe» succède souvent à la ville, chère à Julien Gracq, qui a une «forme». Nous voilà finalement bien déphasés, car un urbain généralisé et sans limites a succédé à une culture urbaine des limites. Nous voilà donc entre deux mondes.

«Entre deux mondes»: voilà une expression à entendre en plusieurs sens. Tout d'abord: entre deux conditions urbaines, entre le monde de la cité (celui qui fait «monde») et celui de l'urbain généralisé (celui qui ne fait plus «monde» alors qu'il prétend être à l'échelle du monde). Ensuite: entre un monde européen encore dynamisé par des valeurs urbaines et des mondes non européens où l'*urbs* et la *civitas* n'ont plus grand-chose à voir ensemble[6]. Dans ce contexte, l'un des objectifs de cet ouvrage est de décrire un état des lieux et d'opérer des mises au point sémantiques. Ildefons Cerdà, le premier théoricien de l'urbanisme, écrivait en 1867: «Je vais initier le lecteur à l'étude d'une manière complètement neuve, intacte et vierge. Comme tout y était nouveau, il m'a fallu chercher et inventer des mots nouveaux pour exprimer des idées nouvelles dont l'explication ne se

---

5. Françoise Choay, «Patrimoine urbain et cyberspace», *La Pierre d'angle*, n°s 21-22, 1997.
6. La distinction entre *urbs* (la forme urbaine et architecturale) et *civitas* (les relations humaines et les liens politiques) remonte à *La Cité antique* de Fustel de Coulanges (1864).

trouvait dans aucun lexique [7]. » Sans se prendre le moins du monde pour Cerdà (l'époque a bien changé), il faut retrouver à nouveau le sens des mots. De quoi parle-t-on en effet ? À quelle condition urbaine fait-on référence ? À la condition urbaine entendue comme expérience spécifique et multidimensionnelle, la condition urbaine entendue au premier sens, l'expérience urbaine dont les écrivains parlent si bien ; ou bien à la condition urbaine qui correspond à l'époque contemporaine, à la condition urbaine entendue au deuxième sens, celle qui n'a pas toujours souvenir de la civilisation urbaine et donne lieu à un vertige sémantique où les termes « métropole, mégapole, mégalopole, ville-monde, ville globale, métapole » se confondent... De fait, « le mot "ville" sert aujourd'hui à désigner indistinctement des entités historiques et physiques aussi disparates que la cité pré-industrielle, les métropoles de l'âge industriel, les conurbations, les agglomérations déca-millionnaires, les "villes nouvelles" et les petites communes de plus de 2 000 habitants. De même Le Corbusier n'utilise le terme "Ville radieuse" que par abus de langage [8] ». À lire la littérature qui émane des milieux de l'architecture, de l'urbanisme, de la géographie, de l'administration et d'autres encore, les mots, à commencer par « ville », « lieu » et « urbain », recouvrent les réalités les plus contrastées, voire contradictoires. Mais ce flou sémantique n'est pas le privilège des penseurs, acteurs et producteurs de l'urbain. C'est pourquoi, au-delà de la bataille des mots, dont les effets ne sont pas secondaires puisqu'elle conditionne la possibilité même de discussions et de décisions lucides et fécondes, ce livre a également pour ambition de saisir ce qu'il peut advenir de la condition urbaine dans un contexte où la ville n'est plus la référence primordiale.

---

7. Tels sont les propos introductifs à sa *Teoria general de la urbanizacion* (1867), rééd. Madrid, 1969 ; trad. : *La Théorie générale de l'urbanisation* (choix de textes par A. Lopez de Aberasturi), Seuil, Paris, 1979. Dans *La Ville franchisée*, David Mangin prend le temps de s'arrêter sur les problèmes de vocabulaire (Éditions de la Villette, Paris, 2004, p. 25-27).

8. Françoise Choay, article « Post-urbain », in *Dictionnaire de l'urbanisme et de l'aménagement,* Françoise Choay et Pierre Merlin (dir.), PUF, Paris, 1996.

Bref, du constat implacable que les flux l'emportent désormais sur les lieux, pourquoi conclure spontanément qu'il faut se plier aux dures lois de la mondialisation urbaine ou rêver au cyberespace, à des territoires qui n'ont plus de limites? N'est-il pas plus utile de réfléchir à la nature de l'expérience urbaine en tant que telle, même si nous l'avons en partie perdue, pour la décomposer, pour en saisir toutes les dimensions, pour comprendre comment elle peut redonner des «formes» et des «limites» à un monde post-urbain en mal de formes et de limites? S'il n'est pas question d'imaginer la «bonne ville», la bonne métropole, la bonne ville globale, si dessiner à sa table l'utopie urbaine de demain est dénué d'intérêt, une expérience urbaine digne de ce nom n'a pas perdu tout son sens, et «l'amour des villes» n'est pas désuet [9]. D'où l'intérêt de confronter ces deux «conditions urbaines», au premier sens et au second sens: «l'expérience urbaine» et l'état actuel de l'urbain. La première n'est-elle pas devenue un luxe, une nostalgie, une trace? Aujourd'hui la ville épouse des formes extrêmes: ou bien elle s'étend sans limites, se déplie comme la mégacité, ou bien elle se contracte, se replie sur elle-même pour mieux se connecter aux réseaux mondiaux de la réussite comme la ville globale qui en est l'un des moteurs, le nœud majeur. Or, si l'urbain oscille entre «dépli» et «repli», l'expérience urbaine se caractérise par sa capacité de produire des «plis», des plis entre dedans et dehors, entre privé et public, entre intérieur et extérieur. C'est-à-dire des «milieux sous tension», des «zones de friction», selon les mots de Julien Gracq – nous y reviendrons [10]. Ainsi cette expérience spécifique valorise-t-elle les seuils et les espaces qui mettent en rapport un intérieur et un extérieur, ainsi se défend-elle à la fois contre un dépli illimité qui correspond à un Dehors sans dedans, et contre un repli autarcique qui correspond à un Dedans sans dehors.

Entre la ville d'hier et l'urbain contemporain, le contraste est frappant. Dans *Depuis qu'Otar est parti* (2003), un film de Julie

---

9. Bruno Fortier, *L'Amour des villes*, Institut français d'architecture/Éditions Mardaga, Bruxelles, 1994.
10. Sur Julien Gracq, voir infra, p. 38-48.

Bertuccelli qui cadre successivement Paris et Tbilissi, on voit la capitale de Géorgie du dehors, on la voit aussi de haut, depuis l'étage d'un immeuble inachevé, elle est circonscrite, délimitée. Par contre, on voit Paris comme une ville qui a perdu ses limites, qui n'en finit pas de s'étendre, de s'étaler ou de s'enfoncer dans les souterrains. Alors que Paris est pris dans la continuité de «l'urbain généralisé», Tbilissi vit encore au rythme de la discontinuité et dessine des limites. Avec ces deux représentations de la ville, on est passé d'un monde marqué par la discontinuité à un monde marqué par la continuité. Or, quand règne le continu on passe d'un lieu à l'autre sans plus s'en apercevoir, et quand règne encore le discontinu on passe d'un lieu à l'autre en l'éprouvant.

Non sans lien avec les révolutions technologiques majeures, celles qui sont à l'origine de la prévalence des flux sur les lieux, on assiste donc à une modification rapide des territoires. Longtemps convaincus des miracles du virtuel et de la révolution numérique, on a sacralisé l'idée d'une «fin des territoires». Or, c'est bien le contraire qui se passe sous nos yeux, à savoir une «reterritorialisation», une reconfiguration des territoires, qui se décline au pluriel. On passe alors d'un premier paradoxe de l'urbain (un espace limité qui permet des pratiques illimitées) à un second (un espace illimité qui rend possibles des pratiques limitées et segmentées).

Mais, au-delà de la prise en compte des flux et des réseaux, se demander quels lieux sont en train d'émerger, et quelle hiérarchie se met en place entre ces divers lieux, est essentiel. Indissociable d'une reterritorialisation qui sépare et fragmente, l'interrogation est alors liée à celle que l'on peut avoir sur le devenir même de la démocratie. Le morcellement spatial, on ne le voit jamais aussi bien qu'en regardant de près une carte et les lacis territoriaux qu'il y dessine. Et on observe que «la ville à plusieurs vitesses» s'impose comme une évidence dans des contextes géographiques fort différents, à Paris, à l'échelle de l'Hexagone, mais aussi au Caire ou à Buenos Aires.

Cette évolution de l'expérience urbaine affaiblit considérablement la dimension politique de la ville. Symbole de l'affranchissement, de l'émancipation, celle-ci ne résume pas à une expérience territoriale, matérielle, physique, elle est dans la tête, elle est mentale. « L'air de la ville rend libre », disait Hegel. La ville est un mélange de mental et de bâti, d'imaginaire et de physique. Elle renvoie à la fois à de la matière, à du bâti, et à des relations entre les individus qui, coïncidant plus ou moins bien, en font ou non un sujet collectif[11]. C'est en ce sens que l'expérience urbaine noue des liens avec la démocratie. Et peut-être plus que jamais dans le monde de « l'après-ville », celui d'une mondialisation qui morcelle, fragmente, sépare au lieu de réunir et de mettre en relation. À la ville prometteuse d'intégration et de solidarité autant que de sécurité s'est substituée une ville « à plusieurs vitesses », pour reprendre l'expression de Jacques Donzelot, qui sépare les groupes et les communautés en les tenant à distance les uns des autres[12]. Tel est le préalable politique à l'urbain contemporain : si l'espace commun n'est plus la règle, des entités politiques et des lieux rassembleurs doivent être fondés ou refondés. Au dire de certains, « la lutte des classes a laissé place à la lutte des lieux ». Une nouvelle culture urbaine ne peut être seulement patrimoniale, artistique, architecturale, elle exige qu'un espace prenne une forme politique et qu'il retrouve une cohérence afin de se prémunir contre l'éclatement de l'urbain.

Confronté à ce double constat : celui du caractère, inédit et brutal, d'une époque qui transforme la société industrielle à l'échelle de l'Europe et la déplace géographiquement (Inde, Chine...), mais aussi celui de la mémoire forte de valeurs urbaines qui sont l'un des creusets de l'histoire européenne[13], je propose de traverser les villes et l'urbain en trois temps[14]. *Une première traversée*,

---

11. Augustin Berque, *Du geste à la cité. Formes urbaines et lien social au Japon*, Gallimard, Paris, 1993.
12. Sur ce thème, voir infra, p. 198-207.
13. Krzysztof Pomian, « Une civilisation de la transgression » (p. 370-394), « Démocratie » (p. 792-800), *in* Yves Hersant et Fabienne Durand-Bogaert (dir.), *Europes. De l'Antiquité au XXe siècle. Anthologie critique et commentée*, Robert Laffont, coll. « Bouquins », Paris, 2000.
14. Même si le propos d'ensemble invite à les mettre en relation, les trois chapitres de ce livre, qui déclinent trois interprétations distinctes de la condition urbaine, peuvent être lus séparément si le lecteur le désire.

celle de ces villes idéalisées qui inspirent encore nos corps et nos esprits, a pour but de dessiner une sorte d'idéal-type de la condition urbaine, un idéal-type inatteignable en tant que tel mais qui donne à voir, à agir et à penser. C'est la condition urbaine dans son premier sens. *Une deuxième traversée* accompagne le devenir urbain à l'âge de la mondialisation contemporaine en soulignant le phénomène de fragmentation, mais aussi l'émergence d'une « économie d'archipel » où « les villes en réseau » ne correspondent plus du tout au « réseau des villes » commerçantes cher à Fernand Braudel. C'est la condition urbaine dans son deuxième sens, qui est une invitation à ne pas se nourrir des illusions de la ville idéalisée. La ville ne renaîtra pas d'elle-même, la place de la ville est désormais inséparable des flux avec lesquels elle se trouve en tension. Dans cette optique, il faut repenser le rôle de l'expérience urbaine, et la constitution de lieux qui donnent prise à la *vita activa*, mais certainement pas exhiber la ville comme une citadelle assiégée par des flux exacerbés par la troisième mondialisation historique [15]. Voilà une attitude condamnée d'avance, tout comme celle qui croit que l'Hexagone de même que l'Europe peuvent l'emporter contre une mondialisation urbaine dont ils participent déjà.

Troisième temps de cette traversée, il faudra enfin se demander si les lieux formatés par la « reterritorialisation » en cours peuvent permettre un habiter et favoriser l'institution de pratiques démocratiques dans les espaces urbanisés. Bref, quel type de communauté rend désormais possible le règne de l'urbain ? Et que reste-t-il de la condition urbaine entendue comme expérience spécifique ? Si l'expérience urbaine conserve un sens, elle conditionne la création de lieux qui ne sont pas seulement des symboles de résistance à la cité virtuelle et à la dé-territorialisation, elle présente l'opportunité de refaire du corps, de ré-agglomérer des espaces en voie d'éclatement du fait d'une métropolisation mal contrôlée. Bref, refaire société exige de refaire des lieux qui ne soient pas des entités repliées sur elles-mêmes.

Parler de l'expérience urbaine, cela revient à évoquer la figure

---

15. Voir infra, p. 136-148.

de l'architecte, et donc à s'inquiéter comme ce dernier de créer un ensemble avec des morceaux, de construire une unité avec des fragments. Mais c'est également évoquer la figure de l'urbaniste qui, lui aussi, doit s'efforcer de faire tenir ensemble des éléments hétérogènes. Or, aujourd'hui, cet effort est d'autant plus louable qu'on assiste à des morcellements territoriaux et à des ségrégations spatiales. Par ailleurs, le fait de ne pas être un spécialiste patenté ne doit pas être un défaut quand on parle de l'urbain, de ce domaine où la participation démocratique fait tellement défaut au bénéfice d'actions qui se cachent presque toujours derrière la technicité des savoirs et la complexité des décisions. Plus que jamais, il faut renouer avec un esprit urbain et citoyen, celui qui croit que l'un et le multiple peuvent encore aller de concert, et que la frontière entre un dehors et un dedans façonne a priori l'humanisation des espaces et des lieux. Est-il possible d'apporter un démenti à ceux qui se plaignent que les non-spécialistes (ceux qui n'enseignent ni ne pratiquent la géographie, l'architecture ou l'urbanisme) ne s'intéressent pas à l'urbain [16] ?

---

16. Dans « Les intellectuels et le visible », Jean-Pierre Le Dantec se plaint du désintérêt de la gent intellectuelle pour l'architecture et l'urbanisme alors qu'elle s'est toujours intéressé à la peinture (*Esprit : Le Réveil de l'architecture*, décembre 1985).

PREMIÈRE PARTIE

La condition urbaine I
La ville, un «milieu sous tension»

Envoi

Dans un premier sens, l'expression «condition urbaine» désigne ici la ville, c'est-à-dire un espace citadin qui agglomère, l'un de ces lieux rituellement qualifiés d'urbains. Les exemples auxquels on renvoie sont variés : la polis *grecque que symbolise l'agora, la ville médiévale que caractérise le refus de la sujétion, la ville de la Renaissance à la fois conflictuelle et fascinée par le spectacle du pouvoir, la ville industrielle dynamisée par la circulation et la montée en puissance des flux. Loin de se réduire à un «écart» vis-à-vis du monde rural, ces villes inventent des espaces qui libèrent des échanges et des pratiques spécifiques. Ce sont des «commutateurs» de communication (Paul Claval). L'urbain participe dès lors de la* vita activa *et non pas de la* vita contemplativa. *La condition urbaine, entendue ainsi, désigne autant un territoire spécifique qu'un type d'expérience dont la ville est, avec plus ou moins d'intensité selon les cas de figure, la condition de possibilité. Multiplicatrice de relations, accélératrice d'échanges, la ville accompagne la genèse de valeurs qualifiées d'urbaines. C'est pourquoi, au-delà de l'aspect physique de l'agglomération spatiale circonscrite par un territoire et ses limites, par un dedans et par un dehors, l'expérience urbaine renvoie ici à trois types d'expériences corporelles qui enlacent le privé et le public, l'intérieur et l'extérieur, le personnel et l'impersonnel.*

La ville entendue comme expérience urbaine est polyphonique. C'est d'abord une expérience physique, la déambulation du corps dans un espace où prime le rapport circulaire entre un centre et une périphérie. L'expérience urbaine, c'est ensuite un espace public où des corps s'exposent et où peut s'inventer une vie politique par le biais de la délibération, des libertés et de la revendication égalitaire. Mais la ville, c'est aussi un objet que l'on regarde, la maquette que l'architecte, l'ingénieur et l'urbaniste ont sous les yeux, une construction, voire une machinerie, soumise d'emblée aux flux de la technique et à la volonté de contrôle de l'État. La ville représente donc, au sens de Max Weber, un « idéal-type » qui s'est affirmé et consolidé au cours des âges tout en accompagnant l'histoire de l'Europe et celle de la démocratie. Dans cette optique « idéale-typique », l'expérience urbaine conserve sa signification, et cela d'autant plus qu'elle est un mixte de mental et de physique, d'imaginaire et de spatial. Si la ville est toujours un espace singulier, elle rend possible une expérience urbaine qui se déploie selon plusieurs registres et niveaux de sens. Or cette expérience multidimensionnelle ne sépare pas le public et le privé mais les associe. C'est cette expérience, entendue selon ces divers registres, que nous évoquons ici en tant que première appréhension de la condition urbaine. Parler de l'« après-ville » ou de la « mort de la ville » ne met pas un terme à la « condition urbaine » comprise en ce sens, puisqu'elle reste un « idéal régulateur » renvoyant aux diverses strates de l'expérience urbaine. Et plus que jamais à l'heure où les tyrans détruisent les villes, à celle de l'urbicide et de la prolifération des mégacités.

I. Un idéal-type de la ville ou les conditions de l'expérience urbaine

Même si l'on ne se résigne pas spontanément à l'idée d'un âge et d'un monde de « l'après-ville », la fragilité des valeurs urbaines est de l'ordre du constat pour celui qui ne se laisse pas leurrer par la passion patrimoniale qui caractérise l'époque. Cette fragilisation est visible, elle ne fait guère de doute, et elle est admise par des urbanistes et des architectes qui ne considèrent plus la ville comme un espace à éventrer et à percer comme ce fut le cas dans les années 1960. Christian de Portzamparc regrette de ne pas avoir été initié, durant ses années d'étude, à une conception de l'architecture tenant mieux compte de la dimension de la ville; Bernard Huet se plaint d'un manque dramatique de «culture de ville», et cela tant chez les architectes, les urbanistes que chez les citoyens [1]. Mais de quelle ville parle-t-on alors? Si l'on reprend le langage du concepteur de la Cité de la musique (à Paris), évoque-t-on la «ville 1», la «ville 2» ou la «ville 3»? C'est-à-dire la ville classique (celle qui privilégie la rue et la place), la ville des ingénieurs modernistes (celle qui privilégie les objets – tours et barres – et s'est imposée en France pendant une trentaine d'années, de 1950 à 1980), ou la cité contemporaine (cette ville hybride où coexistent les deux premières)? Ou bien parle-t-on d'une ville défaite, d'une ville à refaire, voire d'une ville européenne toujours universalisable? Et faut-il déjà imaginer la «ville 4» [2]? Les écrits d'un Georg Simmel, d'un Camillo Sitte ou d'un Max Weber portant sur la substance et la forme des villes ont-ils encore un sens ou cèdent-ils à une idéalisation de l'espace urbain qui n'a plus cours? Et quel enseignement tirer des travaux récents des sciences sociales [3]?

Plutôt que de renvoyer dos à dos les constructeurs progressistes d'aujourd'hui, les bétonneurs impénitents, les designers à

---

1. Bernard Huet *in* Frédéric Edelmann (dir.), *Créer la ville. Paroles d'architectes*, Éditions de l'Aube, La Tour d'Aigues, 2003, p. 105.
2. Comme le suggère Albert Lévy *in* «Les trois âges de l'urbanisme. Contribution au débat sur la troisième ville», *Esprit*, janvier 1999.
3. Voir Bernard Lepetit, «La ville: cadre, objet, sujet. Vingt ans de recherche française en histoire urbaine», *Enquête: Anthropologie, histoire, sociologie*, n° 4 (Éditions Parenthèses, Marseille, 1996). Parmi les travaux de Bernard Lepetit, voir «La ville moderne en France. Essai d'histoire immédiate» (*in* J.-L. Biget, J.-C. Hervé, Y. Thébert [dir.], *Panoramas urbains: Situation de l'histoire des villes*, ENS Éditions, Fontenay-Saint-Cloud-Paris, 1995, p. 173-207), et Bernard Lepetit et Christian Topalov (dir.), *La Ville des sciences sociales* (Belin, Paris, 2001).

la mode et les nostalgiques d'une culture urbaine européenne, plutôt que de partir à la recherche de la « bonne ville utopique » d'aujourd'hui, ne vaut-il pas mieux prendre en considération l'expérience urbaine en tant que telle? Est-il possible de dessiner un idéal-type de la ville, et d'en dégager des traits distinctifs? Mais, si tel est le cas, comment y parvenir? Il n'y a pas « une » acception de la ville, mais plusieurs niveaux d'approche qui se recoupent, se superposent et forment l'architecture de l'expérience urbaine. Si l'on parvient à configurer celle-ci, on peut alors se demander si l'urbanisme est encore susceptible, ou non, de la respecter dans un contexte qui n'est plus celui de la ville européenne classique. Si la ville est essentiellement le cadre, physique et mental, d'un type d'expérience inédit, il est indispensable de procéder à ce voyage physique et mental dans la ville.

Les villes de l'écrivain et de l'ingénieur-urbaniste

> Ce n'est donc pas de façon métaphorique qu'on a le droit de comparer [...] une ville à une symphonie ou à un poème ; ce sont des objets de même nature. Plus précieuse peut-être encore, la ville se situe au confluent de la nature et de l'artifice [...] Elle est à la fois objet de nature et sujet de culture ; individu et groupe ; vécue et rêvée ; la chose humaine par excellence.
>
> Claude Lévi-Strauss [4]

À propos de la ville, on a spontanément recours à deux langages antagonistes. Du moins au prime abord : le langage de l'écrivain et du poète d'une part, le discours de l'urbaniste de l'autre. Il n'est pas de meilleure voie d'entrée que celle des écrivains qui scrutent la ville avec leur corps et leur plume. Les noms sont légion. Pas tout à fait au hasard : Borges et Sábato pour Buenos Aires, Mendoza pour Barcelone, Jacques Yonnet et Raymond Queneau

---

4. *Tristes Tropiques*.

pour Paris, Pessoa pour Lisbonne, Joyce pour Dublin, Naguib Mahfouz pour Le Caire, Elias Khoury pour Beyrouth, Orhan Pamuk pour Istanbul, Italo Calvino pour ses *Villes imaginaires* et Alessandro Barrico l'inventeur de *City*... Comme si la ville, toute ville, était symbolisée par un écrivain [5], par un livre, comme si le travail de l'écriture et le rythme urbain avaient noué des affinités électives. Le monde de la ville, ce mixte de physique et de mental, l'écrivain l'appréhende avec tous les sens, l'odorat, l'ouïe, le toucher, la vue, mais aussi avec des pensées et des rêves. Ce n'est pas la « Ville Monument » saluée par Victor Hugo dans *Notre-Dame de Paris*, celle qui disparaît avec la naissance de l'imprimerie, c'est la ville écrite, la ville que des sujets parcourent comme la plume laisse des traces sur la page blanche. Une ville qui ne se résume pas aux monuments urbains, à la beauté des bâtiments ou du site.

Il y a des odeurs dans la ville et pas uniquement à Bombay, à Marseille ou au Caire, il y a du bruit dans les villes, des bruits dissonants, bizarres, pénibles, envoûtants, et des frottements corporels qui ne sont pas toujours des séductions déguisées. Suivre les corps dans la ville revient à mettre en scène les relations que le cadre urbain institue entre des corps et des esprits. L'expérience urbaine s'inscrit dans un lieu qui rend possibles des pratiques, des mouvements, des actions, des pensées, des danses, des chants, des rêves. À l'instar d'Henri Michaux qui imagine un lac près de l'avenue de l'Opéra.

Mais la ville ne s'accorde pas à un récit unique [6], le langage de

---

5. Voir les expositions du Centre de cultura contemporània de Barcelone (CCCB) consacrées successivement à Joyce, Kafka, Pessoa, Borges. Ces expositions ont donné lieu à des ouvrages exceptionnels en Europe (toutes publiées aux éditions du CCCB) : *El Dublin de James Joyce* (1995), *Les Lisboes de Pessoa* (1997), *The City of K. Franz Kafka § Prague* (2002), *Cosmopolis, Borges y Buenos Aires* (2002). Tournée vers la Méditerranée, la revue *La Pensée de midi* (Actes Sud) publie des ensembles consacrés à des villes méditerranéennes : Athènes, Marseille, Le Caire, Istanbul, etc.

6. Sur la ville comme récit, voir Bernardo Secchi, *Il racconto urbanistico*, Einaudi, Turin, 1984. Dans une conférence récente, B. Secchi évoque les trois récits de la ville : le récit de la ville-catastrophe, celle qui fait peur, le récit de la ville moderniste considérée comme un accélérateur de l'égalité, et

l'écrivain contraste avec l'autre discours majeur qui porte sur la ville, celui de l'urbaniste – dont Le Corbusier, l'ingénieur qui invente les célèbres Congrès internationaux d'architecture moderne (CIAM) en 1928, est devenu, à tort ou à raison, le symbole. Alors que l'écrivain écrit la ville du dedans, l'ingénieur et l'urbaniste la dessinent du dehors, en prenant de la hauteur et du recul. L'œil de l'écrivain voit de près, l'œil de l'ingénieur ou de l'urbaniste de loin. À l'un le dedans, aux autres le dehors. Voilà une coupure bien étrange, si l'expérience urbaine consiste à mettre en relation un dedans et un dehors. Mais a-t-on alors un autre choix que de valoriser d'un côté une approche macroscopique, qui associe l'urbain à un plan et à une maquette, qui valorise le dessin de l'ingénieur, le sens de la vue, celle qui donne lieu à des schémas directeurs et à des politiques urbaines? Ou bien de privilégier, de l'autre côté, un imaginaire de la ville, celui des passants, des vagabonds, des passages, celui qu'expriment les créateurs, le poète, l'artiste mais aussi l'homme banal, l'homme qui aime la fausse banalité du quotidien? Entre science et phénoménologie, entre savoir objectif et narration, la ville oscille entre une «ville-objet» et une «ville-sujet»[7]. La poétique serait l'envers des savoirs de l'urbaniste, de l'aménageur et de l'ingénieur, pour lesquels l'expérience urbaine doit être cartographiée, disciplinée et contrôlée. Ces deux approches, l'une marquée par le développement technologique et économique, et perçue comme progressiste, l'autre renvoyant à une poétique aux accents romantiques et nostalgiques, sont généralement considérées comme antagonistes. Mais tous les architectes et tous les urbanistes ne

---

enfin un récit qui valorise les dimension physique et concrète du bien-être, voir «De l'urbanisme et de la société?», *Urbanisme*, n° 339, nov.-déc. 2004.

7. Comme le dit Hubert Damisch: «Comment faire sa place, dans l'analyse qui la prend pour objet, à l'élément humain, autrement que sous l'espèce quantifiable, ou, à l'opposé, sous celle des "histoires de vie" auxquelles s'est plu l'École de Chicago? Et comment intégrer l'événement, aussi bien que les initiatives locales ou les décisions d'acteurs sociaux, dans un modèle déterministe du modèle urbain?» («Fenêtre sur cour», *in* Jean Dethier et Alain Guiheux (dir.), *La Ville. Art et architecture en Europe, 1870-1993*, Éditions du centre Pompidou, Paris, 1994, p. 20-25).

sont pas les ennemis de l'art : en 1994, l'exposition de Beaubourg sur le thème de la ville, sous le titre *Art et Architecture en Europe, 1870-1993,* privilégiait des artistes, des écrivains, des photographes, des cinéastes, mais aussi des architectes consacrés comme des artistes. Au risque d'oublier que, depuis Alberti, les traités d'architecture s'accordent fort bien avec le savoir de l'urbaniste puisque l'un et l'autre font l'objet de règles [8].

Mais de ces deux représentations de la ville, de ces deux langages, celui des artistes et celui des ingénieurs-urbanistes, faut-il conclure à une opposition insurmontable entre celui qui ressent la ville à travers son corps, et celui qui la réduit, pour des raisons professionnelles, à une maquette qu'il dessine objectivement ? De facto, cette opposition renvoie à deux conceptions du lieu : pour l'urbaniste, le lieu doit correspondre à « un ordre qui distribue les éléments dans des rapports de coexistence ». L'œil de l'ingénieur exclut en effet que deux choses puissent « être à la même place en même temps », ce dont rêve par contre l'imagination de l'artiste et du passant. Pour le premier, la ville est un lieu où la loi du « propre doit régner », pour le second l'espace urbain est un non-lieu, c'est-à-dire « un croisement de mobiles, en somme un lieu pratiqué [9] ». De ce contraste entre un lieu « propre », car théorique, et la réalité de la pratique urbaine résulte cependant moins une opposition stricte entre le discours de l'ingénieur-urbaniste et le langage de l'homme de la ville qu'une interrogation : est-ce que l'urbanisme, en charge de l'organisation des lieux, peut favoriser une expérience pratique de la ville, la rendre possible, la déployer, l'intensifier ? Le lieu dessiné par l'urbaniste peut-il donner corps à une expérience urbaine se déclinant à plusieurs niveaux, ceux d'une poétique, d'une scène et d'une politique ? Partir à la recherche d'un idéal-type est une

---

8. C'est tout le sens de la réflexion de Françoise Choay dans *La Règle et le Modèle. Sur la théorie de l'architecture et de l'urbanisme* (Seuil, Paris, 1980), réflexion sur laquelle nous revenons longuement dans la dernière séquence de cette première partie.
9. « En somme, l'espace est un lieu pratiqué », écrit Michel de Certeau, in *L'Invention du quotidien* (tome 1 : *Arts de faire*, 10/18, Paris, 1980, p. 208).

exigence, une priorité, non pas pour réinventer la bonne ville, la ville modèle, mais pour respecter les traits de l'expérience urbaine. À commencer par son aspect scénique qui passe par l'instauration d'une vie publique.

La ville, théâtre de la vita activa

« Lieu pratiqué » : l'expression n'est pas anodine puisqu'elle renvoie la condition urbaine à l'action, à la *vita activa*. La ville accompagne en effet une valorisation de la *vita activa*, de la *praxis*, aux dépens de la *vita contemplativa*. Alors que l'homme de la vie contemplative est un homme de l'intériorité, un individu hors du monde qui s'exile, part en « retraite » dans un monastère ou dans le désert, l'urbain est un actif dont l'activité ne se réduit pas au seul échange économique du marchand ou à la seule consommation des signes. Pratiquer un lieu qualifié d'urbain, c'est prendre en considération un « type d'homme », et rappeler que pour les Grecs l'esprit de la cité ne passe pas nécessairement par une inscription territoriale. Plus qu'un cadre spatial, la ville est une « forme », au sens où l'entend Julien Gracq, une forme qui rend possible une expérience singulière se déployant à d'autres niveaux que celui de la poétique, de l'échange marchand ou du savoir de l'urbaniste. Si la forme de la ville orchestre des pratiques diverses et passe par d'autres langages que celui de l'urbaniste ou de l'écrivain, quels sont ces langages ? Celui d'un espace public qui renvoie à l'expérience de la pluralité, mais aussi celui de la politique qui renvoie à l'expérience de la participation, de l'égalité et du conflit.

Espace public, espace politique : deux mises en scène, deux scènes. Au-delà de l'opposition entre la déambulation corporelle, condition de la « mise en forme », et l'intervention de l'urbaniste pour lequel la ville demeure un objet posé à distance, l'expérience urbaine passe en effet par une mise en scène qui permet aux urbains de « s'exposer », de s'extérioriser. Comme l'ont rappelé Jacques Le Goff ou Mikhaïl Bakhtine, le théâtre et toute une scénique accompagnent l'émergence de la culture urbaine médiévale. Grâce à la place publique, l'espace urbain permet la rencontre, voire la confrontation, entre la culture populaire et la culture savante. Comme en témoigne la pièce d'Adam de la Halle jouée à Arras en 1276, « la ville porte le théâtre sur la place, se transforme elle-même en théâtre et la fait parler en langue vulgaire [10] ». La ville ne donne donc pas lieu à une opposition entre le sujet individuel, jouisseur d'une expérience corporelle toujours réinventée, et une action publique organisée, elle génère au contraire une expérience qui entrelace l'individuel et le collectif, elle se met elle-même en scène en jetant des tréteaux sur les places. La scénique urbaine tisse le lien entre un privé et un public qui ne sont jamais radicalement séparés. Tel est le sens, l'orientation de l'expérience urbaine, une intrication du privé et du public qui s'est fait longtemps au bénéfice du public avant qu'un mouvement de privatisation – celui qui marque le glissement de l'urbain au post-urbain – ne transforme en profondeur les rôles traditionnels impartis au privé et au public. En même temps que l'expérience urbaine accorde des langages hétérogènes renvoyant à diverses couches de l'expérience, elle met en rapport, dans une sorte de dialectique « inachevable », des éléments opposés : l'intérieur et l'extérieur, le dedans et le dehors, le centre et la périphérie, le privé et le public. Valorisant la ville comme image mentale, considérant son aspect spatial et monumental comme secondaire, Julien Gracq associe cette expérience de l'intérieur et de l'extérieur à celle de la liberté et de l'affranchissement des servitudes, celle des origines mais aussi celle de l'espace quand il immobilise les corps.

Cette capacité d'orchestrer un rapport entre des termes apparemment antagonistes donne toute son intensité à une expérience urbaine qui court-circuite le langage. C'est là le propre de l'architecture : « L'architecture, écrit Christian de Portzamparc, procède du langage, puisqu'elle répond à un programme, à une demande formulée, qu'elle soit orale ou écrite, et qui peut parfois représenter des milliers de pages et des calculs nombreux. Elle pro-

---

10. Jacques Le Goff, in *Histoire de la France urbaine*, Georges Duby (dir.), tome 2 : *La Ville médiévale*, Seuil, Paris, 1980, p. 382.

cède donc du langage, comme organisation du monde, à partir de techniques, d'argent, de calendriers, de calculs, etc. Mais elle met en jeu de surcroît ce territoire des passions où le langage est comme court-circuité. Elle met en jeu ce que j'appellerai cette pensée des sens[11]. » Scène singulière, la ville n'est pas le cadre d'une médiation entre des trajectoires corporelles et le savoir de l'ingénieur planificateur, mais un lieu qui provoque des « courts-circuits » à tous les niveaux : le court-circuit du corps qui invente son parcours, celui de l'homme de l'intérieur qui s'expose à l'extérieur dans un espace public, et celui de la confrontation politique. Entrelacs de langages, la ville n'en finit pas de rendre possibles des expériences qui, entre l'individuel et le collectif, s'intensifient plus ou moins.

La prise en compte de la pluralité des langages conforte l'hypothèse d'un idéal-type : la ville comme Poétique, comme mise en forme, ou comme Scène, comme extériorisation « publique », ou comme Politique, comme espace de l'action collective. La ville est bien une affaire de corps, de ce corps individuel qui sort de lui-même pour s'aventurer dans un corps collectif et mental où il s'expose à d'autres : l'histoire de mon corps qui se sent « re-lié » à une ville, l'histoire des corps qui créent un espace commun sans pour autant chercher la fusion, l'histoire d'un monde politique qui accompagne les généalogies de la démocratie. Penser dans les termes d'un idéal-type de la ville ne revient donc pas à privilégier l'un ou l'autre des langages évoqués, mais à penser la ville comme cet espace qui rend possible une expérience urbaine qui « donne lieu » à des relations spécifiques que l'on ne trouve pas dans tous les lieux. La ville : condition de possibilité de relations diverses (corporelle, scénique, politique), lieu qui donne « forme » à des pratiques infinies et à une durée publique, tel est le sens initial de la condition urbaine. Un quasi-transcendantal : la ville, un espace qui rend possibles des expériences urbaines qui ne sont jamais accomplies, achevées ou totalisables. Le sociologue Isaac Joseph, grand connaisseur de l'École de Chicago, évoque

---

11. Christian de Portzamparc, in *Le Plaisir des formes*, Centre Roland-Barthes-Seuil, Paris, 2003, p. 74.

dans *La Ville sans qualités*[12] les dimensions citadine et civique qu'il valorise aux dépens de l'inscription communautaire. S'il n'y a pas d'âge d'or de la ville, il y a un idéal-type de la ville qui fait sens dans le cadre de l'histoire des villes et conserve une signification dans le monde de l'après-ville.

L'expérience urbaine est multidimensionnelle, elle développe une démarche poétique, un espace scénique et un espace politique ; elle orchestre donc des liens originaux entre le privé et le public. Tous ces niveaux stratifiés s'entrelacent, mais il y a une progression de l'intime au public, un mouvement du privé au politique. À la différence des Grecs, qui marquaient une coupure entre le privé et le public puisque pour eux le privé était «privatif», privé qu'il était du public, l'expérience urbaine met en scène une capacité d'«ouverture» qui prend forme au fur et à mesure que les dimensions successives se déploient. Si le politique en est la dimension majeure, le privé n'est pas pour autant la mineure, l'une ne va pas sans l'autre, l'expérience urbaine n'est pas l'alchimie d'une volonté générale qui permet de s'élever miraculeusement de l'individuel au collectif. L'expérience urbaine met en scène la dialectique interminable du privé et du public. Elle marque la relation toujours réitérée du dedans et du dehors, une capacité d'ouverture qui correspond à un affranchissement.

Mais cette expérience en spirale, circulaire et toujours rétroactive, ne présente ni début, ni fin, ni origine, ni point final. Le privé le plus privé est déjà tiré vers autre chose, vers un ailleurs, et la maisonnée, l'habiter n'ont de sens que dans l'ouverture qu'ils offrent, grâce aux seuils et aux lignes-frontières qui les bordent et rendent possible des relations au dehors. De même qu'il n'y a pas un privé clos sur lui-même qui serait le point de départ, il n'y a pas non plus une institution politique susceptible d'achever, de finaliser, l'expérience urbaine, comme l'État hégélien le prétend. Sans fin ni commencement, l'expérience urbaine se déploie néanmoins en progressant du privé au public sans que

---

12. Isaac Joseph, *La Ville sans qualités*, Éditions de l'Aube, La Tour d'Aigues, 1998.

celui-ci soit l'aboutissement final. L'expérience urbaine est un mouvement toujours réitéré parce qu'il empêche de s'enfermer dans une origine ou de se cacher derrière une clôture.

II. L'expérience corporelle ou la « mise en forme » de la ville

Corps multiples (Claudel)

Le premier langage qui permet de qualifier l'expérience urbaine est donc celui du poète et de l'écrivain, celui des mots et de leur rythmique. Or, ceux-ci évoquent directement la dimension corporelle et répondent à une interrogation : que faire de mon corps ? Mais surtout : que faire de mon corps dans un Corps collectif ? Si la ville est une forme que l'on peut spécifier, elle épouse d'emblée une double dimension corporelle : celle de la ville vue comme un corps, et celle de la ville vue comme un tissu de trajectoires corporelles infinies. Dans ce double sens, la ville se confond avec une écriture corporelle à laquelle, parmi d'autres, Paul Claudel et Julien Gracq ont fait écho.

Antagonismes de Paris et Londres

Avant de renvoyer à l'expérience d'un corps singulier, la ville est célébrée par des poètes et des écrivains comme un corps plus ou moins harmonieux, plus ou moins équilibré et unifié [13]. Un corps dont les membres font plus ou moins corps [14]. Ainsi,

---

13. Une école d'architecture, l'école métaboliste, mettait en avant, de manière significative, cette métaphore corporelle.
14. La constitution de nouvelles communes renvoie aux États-Unis à un processus qualifié d'« *incorporation* » que nous évoquons dans la troisième partie (voir infra, p. 261-264).

LA CONDITION URBAINE

Paul Claudel, dans un texte concis publié dans *Connaissance de l'Est*, compare le corps de Paris aux corps de Londres, New York, Boston et Pékin. Y a-t-il un savoir de la ville ? se demande-t-il. Et quel type de savoir ? « De même qu'il y a des livres sur les ruches, sur les cités de nids, sur la constitution des colonies de madrépores, pourquoi n'étudie-t-on pas les villes humaines ? » À propos de chacune des villes évoquées, une même question revient : comment faire corps, c'est-à-dire comment un corps peut-il faire tenir ensemble des membres épars, des fragments divers ? Pour le dire autrement : comment un corps urbain peut-il prendre forme ? Le poète répond en recourant à plusieurs images de ville qui évoquent des rythmiques urbaines différentes. Autant de modulations du mouvement à l'intérieur d'un ensemble. « N'y aurait-il pas des points spéciaux à étudier ? La géométrie des rues, la mesure des angles, le calcul des carrefours ? La disposition des axes ? Tout ce qui est mouvement ne leur est-il pas parallèle ? Tout ce qui est repos ou plaisir, perpendiculaire ? »[15]

Paris, cité née d'une île, est perçu en fonction d'une dynamique spatiale singulière, celle d'une expansion progressive, d'une aptitude à s'élargir en suivant les torsades d'un fleuve embusqué entre ses deux rives. Voilà une île, l'île dite de la Cité, la première Lutèce, qui devient progressivement une ville en s'étirant à partir de son centre : « Paris, capitale du royaume, dans son développement égal et concentrique, multiplie, en l'élargissant l'image de l'île où il fut d'abord enfermé[16]. » Paris se développe à partir d'un commencement, d'un foyer insulaire qui se risque vers un dehors qui va être historiquement marqué par des enceintes successives, Eric Hazan y a insisté dans son *Invention de Paris*[17] où il met en œuvre une psycho-géographie des limites. Mais « cette structure concentrique accorde assez peu de chances [...] à la découverte d'un *autre*, au libre débouché sur une exté-

---

15. Paul Claudel, *Connaissance de l'Est*, Gallimard, coll. « Poésie », Paris, 1974, p. 47-48.
16. *Ibid.*, p. 48.
17. Eric Hazan, *L'Invention de Paris*, Seuil, Paris, 2002.

riorité du monde[18] ». Le centre ne peut renvoyer qu'à lui-même, la force d'aspiration est telle qu'aucune extériorité n'est concevable. Il n'en va pas de même du corps de Londres qui est l'antithèse de Paris : la ville de Londres n'a « ni milieu, ni axe », elle ne s'appuie pas sur un centre. « Londres, juxtaposition d'organes, emmagasine et fabrique. » Le défaut d'un centre à partir duquel le corps de la Ville peut s'étendre fait de Londres « un conglomérat, un assemblage aléatoire d'éléments actifs, d'*organes* dont aucun n'a de priorité sur les autres[19] ». Le mouvement n'est pas ici celui d'un corps en extension, il correspond à la juxtaposition d'organes associés dans le but d'emmagasiner et de fabriquer. À Londres, il n'y a pas deux rives comme à Paris mais un nord et un sud dont la Tamise dessine la frontière. D'organique à Paris, le corps urbain devient quasi mécanique à Londres et il se confond avec des perceptions fragmentaires : « Londres est un mouvement brownien : des trajectoires qui se croisent, qui parfois se heurtent, et dont on ne perçoit que des segments[20]. » Dans ce corps « industriel », la proximité des éléments les uns à côté des autres se traduit par la volonté de produire, par une passion de la production qui caractérise la fabrique, ce qui avait déjà frappé Heinrich Heine lors de sa première visite à Londres. « Car Londres ne se contente pas d'attirer ni d'amasser en elle du *même*, elle l'intériorise, l'assimile dans ses vastes magasins, elle s'en nourrit pour produire avec lui de l'*autre*[21]. » Alors que le corps de Paris, corps royal et central qui s'étend, corps de l'absolutisme et de la capitale, n'en finit pas de se reproduire, le corps de Londres est le corps de la production qui symbolise l'avènement de la société industrielle.

---

18. Jean-Pierre Richard, « Le corps des villes », in *Essais de critique buissonnière*, Gallimard, Paris, 1999, p. 94.
19. *Ibid*.
20. Pierre-Yves Pétillon, « Oh ! Chicago. Images de la ville en chantier », *Citoyenneté et Urbanité* (coll.), Éditions Esprit, Paris, 1991, p. 143-144.
21. Jean-Pierre Richard, *Essais de critique buissonnière*, *op. cit.*, p. 95.

New York ou l'art de l'intervalle

> Mais New York – de là lui venaient son charme et l'espoir de fascination qu'elle exerçait – était alors une ville où tout semblait possible. À l'image du tissu urbain, le tissu social et culturel offrait une texture criblée de trous. Il suffisait de les choisir et de s'y glisser comme Alice de l'autre côté du miroir, des mondes si enchanteurs qu'ils en paraissaient irréels.
>
> Claude Lévi-Strauss [22]

Après avoir comparé les figures du centre à Paris et celles de la juxtaposition à Londres, Claudel examine le corps de New York et accorde une place à part à une ville que définit la capacité de « mettre en relation ». New York est un quasi-modèle pour le poète : « New York est une gare terminus, on a bâti des maisons entre les *tracks*, un *pier* de débarquement, une jetée flanquée de *wharfs* et d'entrepôts ; comme la langue qui prend et divise les aliments, comme la luette au fond de la gorge placée entre les deux voies, New York entre ses deux rivières, celle du nord et celle de l'est, a, d'un côté, sur Long Island, disposé ses docks et ses soutes ; de l'autre, par Jersey City et les douze lignes de chemin de fer qui alignent leurs dépôts sur l'*embankment* de l'Hudson, elle reçoit et expédie les marchandises de tout le continent et l'Ouest ; la pointe active de la cité, tout entière composée de banques, de bourses et de bureaux, est comme l'extrémité de cette langue, qui, pour ne plus continuer que la figure, se porte incessamment d'un point à l'autre. » Se porter incessamment d'un point à l'autre, cette pratique urbaine passe par la valorisation de la figure de « l'entre-deux » : New York frappe en raison de la place prise par les espaces intermédiaires, ceux qui renvoient à un « vide séparant deux côtés, se creusant entre deux

---

22. « New York post- et préfiguratif » (in *Le Regard éloigné*, Plon, Paris, 1983, p. 348). Mais ce New York du début des années 1940 est une survivance que la culture de masse, nous dit l'ethnologue, devait vite écraser et ensevelir.

étendues». «Paris avait pour préposition majeure *au milieu de*, Londres *à côté de*, pour New York ce sera *entre*[23].» Cette capacité de mettre en relation, de faire le lien entre l'eau et la terre, entre deux rives, entre deux fleuves, entre deux continents, fait de New York la ville qui synthétise la capacité d'amasser et de produire de Londres et la force d'extension de Paris. Les photographies d'Alfred Stieglitz, Edward Steichen et Alvin Langdon Coburn en sont la meilleure expression.

Alors que Paris s'excentre, s'étend, sans jamais sacrifier le caractère privilégié du centre, et que Londres juxtapose, découpe, sépare, New York «favorise le passage, l'échange, la distribution». Comme son architecture se distingue doublement de «l'expansion excentrique» de Paris et de «la juxtaposition avide et étalée» de Londres, elle cultive l'art de l'entre-deux, «elle fait passer la substance du monde de l'un à l'autre de ses côtés, des bateaux aux trains par exemple, et des trains aux bateaux»[24]. Comme si tout faisait intervalle pour favoriser un échange infini au rythme des jours et des nuits entre deux continents. New York est une «ville-bouche», une «ville où tout débouche»[25] grâce aux «intervalles» et aux «entre-deux».

Entre-deux: entre deux continents mais aussi entre deux époques, comme le suggère Claude Lévi-Strauss qui y séjourne durant la Deuxième Guerre mondiale: «Ainsi New York offrait simultanément l'image d'un monde déjà révolu en Europe, et celle d'un autre monde dont nous ne soupçonnions pas alors combien proche il était de l'avenir. Sans que nous nous en rendions compte, une machine capable tout à la fois de remonter et de devancer le temps nous imposant une série ininterrompue de *chassés-croisés* entre des périodes antérieures à la Première Guerre mondiale, et celles qui, chez nous, suivraient de peu la seconde[26].»

---

23. Jean-Pierre Richard, *Essais de critique buissonnière*, *op. cit.*, p. 96.
24. *Ibid.*, p. 97.
25. *Ibid.*
26. Claude Lévi-Strauss, *Le Regard éloigné*, *op. cit.*, p. 349-350.

Le centre, la juxtaposition, l'intervalle : autant de figures caractérisant le corps de chacune de ces villes, autant de rythmes et d'aptitudes à se mouvoir, ou à se développer. Mais, plus que toute autre, la ville de New York privilégie la dimension de l'échange et de la mise en relation en son propre sein. Loin de se réduire à la fonction commerciale, l'échange y devient le ressort essentiel du rythme urbain qui exige seuils et passages. Après avoir évoqué le cauchemar de Boston, une ville double – double car composée d'un espace pédantesque et avare d'une part, et du monticule de la vieille ville que caractérisent la débauche et l'hypocrisie d'autre part –, une ville qui est pour lui l'antithèse du rêve de New York, Claudel s'attarde enfin sur les villes chinoises dont les rues en ligne sont faites pour un peuple habitué à marcher en file mais où des interstices de misère sont pourtant ménagés. «Entre les maisons, pareilles à des caisses défoncées d'un côté dont les habitants dorment pêle-mêle avec les marchandises, on a ménagé ces interstices [27].»

Si l'image du corps privilégiée par Claudel met l'accent sur l'identité de la ville, sur sa forme en tant que ville singulière, l'expérience proprement corporelle du passant, du marcheur, du flâneur est marquée du sceau de la discontinuité, de la rupture de rythme. Le corps donne une forme à la ville, mais la forme d'une ville est avant tout liée au parcours des corps individuels qui s'aventurent dans le corps de la ville. Si le corps est l'image qui surgit spontanément quand le poète ou le phénoménologue évoquent la ville [28], si le cœur de la ville bat à un rythme plus ou moins soutenu, s'il peut connaître l'arythmie ou un battement excessif, il y a autant de poétiques de la ville que de corps qui la parcourent et s'y aventurent. Et, dans tous les cas, l'écriture

---

27. Paul Claudel, *Connaissance de l'Est*, op. cit.
28. Voir Pierre Sansot, *Poétique de la ville*, Klincksieck, Paris, 1973, repris en poche en 2004 chez Payot; Jean-Christophe Bailly, *La Ville à l'œuvre*, Jacques Bertoin, Paris, 1992; Jean Roudaut, *Les Villes imaginaires dans la littérature française*, Hatier, Paris, 1990; Denis Caniaux (dir.), *Villes de papier. Une anthologie de la poétique urbaine* (préface de Pierre Sansot), Éditions Confluences, Bordeaux, 2004.

corporelle parcourt des villes qui se présentent elles-mêmes comme des livres. Le livre et la ville se ressemblent. Jean-Pierre Richard évoque des avenues semblables à des lignes et remarque que « tout peut être lu, étalé, compris comme un texte offert au regard de notre esprit ». « Mais inversement, continue-t-il, chaque livre n'est-il pas un peu ville aussi ? On s'y installe, on le parcourt, de diverses manières, on lui accorde une partie de notre vie. Bref, la ville écrite, dans son corps si vaste et si divers, se donnait elle-même à lire, déjà à livre ouvert. »[29]

La ville, milieu sous tension (la Nantes de Julien Gracq)

Des écrivains issus ou proches de la mouvance surréaliste, Julien Gracq, Aragon ou André Pieyre de Mandiargues, sont de merveilleux guides pour saisir les liens entre le Grand Corps, le Corps unifié de la ville, et les petits corps, la myriade de corps individuels qui la traversent dans tous les sens. Michel Butor le montre également dans *Le Génie du lieu,* à propos d'Istanbul ou de Minieh en Haute-Égypte[30] : une ville prend forme au fil d'un parcours. Mais le maître livre de Julien Gracq, *La Forme d'une ville*, est exemplaire. L'expérience corporelle n'y est pas encore celle du flâneur, celle du corps solitaire qui s'aventure dans l'espace public, elle renvoie essentiellement à une expérience mentale remontant à l'enfance, et la « forme » de la ville y est associée directement à celle de la « formation » à la liberté. L'air de la ville rend libre...

Mais Julien Gracq ne décrit pas la forme propre à telle ou telle ville, ici celle de Nantes, « sa » ville, il relie la manière de parcourir corporellement une ville à sa « forme », le petit corps urbain au Grand Corps de la ville. Il « met en forme » un parcours

---

29. Jean-Pierre Richard, *Essais de critique buissonnière*, *op. cit.*, p. 106-107.

30. Michel Butor, *Le Génie du lieu*, Grasset, coll. « Cahiers bleus », Paris, 1994.

urbain, relatant ainsi la manière dont une ville se forme en fonction de parcours corporels. Merleau-Ponty fait de même quand il arrive pour la première fois à Paris et découvre « l'essence » de cette ville, une essence qui a des odeurs [31]. Les tableaux que compose l'écrivain se distinguent fortement de l'imagerie de la carte postale : « Un jeu de cartes postales, même personnalisé, rien qu'en mettant à plat la masse, le volume émouvant et indivisible qu'est d'abord, pour le sentiment que nous en avons, une ville, la déshumanise, la dévitalise plus qu'il ne la fait resurgir [32]. » C'est pourquoi les étapes et les lieux qui ponctuent ces parcours ont un lien avec un rythme singulier, le rythme urbain. Soucieux de comprendre pourquoi Nantes est pour lui « une » ville, « la » ville, « sa » ville, Gracq en souligne les facteurs constitutifs.

*Le paradoxe urbain : un espace fini
qui rend possibles des trajectoires infinies*

Un premier critère relatif à la forme d'une ville renvoie à la capacité pour un corps individuel de se mouvoir à l'infini. Une ville doit rendre possibles des trajectoires corporelles dans tous les sens (les quatre points cardinaux) et à tous les niveaux (l'horizontal, le haut, le bas, le souterrain) [33]. La condition de cette expérience infinie est le cadre urbain lui-même : l'infinité des

---

31. « Et quand j'y suis arrivé [à Paris] pour la première fois, les premières rues que j'ai vues à la sortie de la gare n'ont été, comme les premières paroles d'un inconnu, que les manifestations d'une essence encore ambiguë mais incomparable [...] Seules émergent comme des actes exprès les perceptions ambiguës, c'est-à-dire celles auxquelles nous donnons nous-mêmes un sens par l'attitude que nous prenons ou qui répondent à des questions que nous nous posons », Maurice Merleau-Ponty, *Phénoménologie de la perception* (1945), Gallimard, Paris, 1987, p. 325.
32. Julien Gracq, *La Forme d'une ville*, José Corti, Paris, 1985, p. 208.
33. Sur ce point, voir Henri Reymond, Colette Cauvin, Richard Keinschuger (dir.), *L'Espace géographique des villes. Pour une synergie des multistrates*, Éditions Anthropos, Paris, 1998. Inspirateur de Le Corbusier et continuateur d'Haussmann, Eugène Hénard avait imaginé un urbanisme souterrain dès le début du XXe siècle dans son *Rapport sur les grandes villes* (1910).

parcours va de pair avec un espace singulier. À la campagne ou dans le désert, la marche peut être infinie et la perte de l'orientation en est le risque, c'est pourquoi il faut choisir un parcours et s'y tenir. L'infinité du voyage exige dans ces espaces une boussole. Offrant un cadre pour la marche, l'espace urbain permet au contraire de s'aventurer sans se perdre. Mais la marche urbaine est une réponse, en tout cas pour le lycéen qui la découvre, au caractère effréné de la ville : « Les rythmes naturels, protecteurs, berceurs, et presque naturellement porteurs, cèdent tout d'un coup de toutes parts à l'irruption inattendue de l'effréné, au pressentiment de la jungle humaine [34]. » Face à cette ambivalence, face à la peur de la foule et de la masse, face à la résurgence de la jungle dans un monde hors nature, celles qui affectent Baudelaire et Poe, la ville doit se « présenter » comme une forme où se mouvoir. Le cadre spatial n'est pas arbitraire, il oscille entre un centre et une périphérie, favorisant ainsi un mouvement permanent entre deux limites, un aller et retour incessant entre une aspiration centrifuge par le dehors et une séduction centripète par le dedans.

La ville est circonscrite, la délimitation spatiale est la condition de possibilité de parcours infinis et insolites. La ville est une entité discrète, limitée et ouverte sur un environnement, mais ce caractère centrifuge (la ville est tournée vers le dehors, la périphérie proche ou lointaine) est toujours rééquilibré par une relation (centripète) au centre. Ce dispositif est à l'origine du paradoxe urbain par excellence : les parcours sont infinis parce qu'ils ont lieu dans un espace circonscrit. La ville n'ouvre pas sur l'infini, elle ne débouche pas sur une ligne d'horizon, sur un paysage se déployant à l'infini, elle est un espace fini qui rend possible une expérience infinie, à commencer par celle de la marche qui génère l'imagination et l'invention. L'écriture de la ville puise dans un mouvement corporel correspondant à une image mentale qui se passe de toute cartographie : « Il n'existe nulle coïncidence entre le plan d'une ville dont nous consultons le dépliant et l'image mentale qui surgit en nous, à l'appel de son

---

34. Julien Gracq, *La Forme d'une ville*, *op. cit.*, p. 24.

nom, du sédiment déposé dans la mémoire par nos vagabondages quotidiens [35]. » Alors que Baudelaire craint de se perdre dans l'anomie urbaine, d'être victime de l'anonymat et de céder à l'inauthenticité, Julien Gracq imagine la ville comme une infinité luxuriante de lacis : des parcours effectifs, anciens ou contemporains, des bifurcations, des décalages, des asymétries, autant d'espaces, vides ou pleins, harmonieux ou non, qui permettent de construire l'expérience personnelle de la ville. L'espace urbain est une tension : « Tout le problème de l'habiter, c'est de susciter un espace de présence, un espace-temps, puisque la tension, le *spatium* (toujours la même racine, celle de *spes* : attente, espoir) vaut pour l'espace comme pour le temps. Cette tension est aujourd'hui de plus en plus crispée [36]. » Indissociable de ces trajectoires, la ville de Julien Gracq est une zone « de friction », un « milieu sous tension » : « Ce qui fait de la ville un milieu sous tension, ce n'est pas tellement la concentration de l'habitat, l'état de friction latente et continuelle qui électrise les rapports, la multiplicité des possibles ouverts à l'existence individuelle, c'est pour moi bien davantage l'antagonisme qui y règne entre un système de pentes naturellement centrifuges, qui toutes mènent le noyau urbain vers son émiettement périphérique, et, en regard, la puissante astreinte centrale qui les contrebalance, et qui maintient la cohésion de la cité [37]. » Corps dont la croissance rappelle celle de l'enfance, la ville doit devenir autonome et se libérer de ses racines. Ville peu provinciale comme Lyon et Strasbourg, Nantes, à la différence de villes provinciales comme Bordeaux et Rouen, est « privée de toute osmose vraie avec les campagnes voisines, délivrée des servitudes économiques étroites d'un marché local [...] C'est une ville plus décollée qu'une autre de ses supports naturels, encastrée en étrangère dans son terroir, sans se soucier de frayer le moins du monde avec lui [38] ».

35. *Ibid.*, p. 23.
36. Henri Maldiney, « Art, architecture, urbain : rencontre avec Henri Maldiney », *in* Chris Younès (dir.), *Art et philosophie, ville et architecture*, La Découverte, Paris, 2003, p. 13.
37. Julien Gracq, *La Forme d'une ville*, *op. cit.*, p. 199.
38. *Ibid.*, p. 194.

La ville dont Nantes est le modèle exemplaire se décolle du dehors sans pour autant se laisser aspirer par le centre ou par les divers monuments qui la ponctuent. La ville est ici comparée avec d'autres villes françaises : soit des villes trop ouvertes à l'extérieur ; ce sont les villes qualifiées de provinciales, comme Angers ; soit des villes trop happées par le centre, par le pouvoir de l'administration, de l'armée ou de l'Église comme Angoulême. Cette oscillation, ce jeu permanent entre centre et périphérie, ce refus de penser « unitairement » et « hiérarchiquement » la ville, est également valorisée par des architectes comme Henri Gaudin et Bernard Huet [39]. Cette représentation de l'urbain traduit moins une opposition entre la campagne et la ville qu'une passion pour les bordures, les lisières. Et elle anticipe un urbanisme contemporain caractérisé par la multipolarité et non plus par la relation au centre [40]. L'image mentale de la ville privilégiée par Gracq revient à voir la ville à travers un changement d'énergie permanent, des décalages et des différentiels qui dynamisent le regard [41].

Espace mental, cosa mentale

Si le parcours d'une ville n'est pas totalement indécis, irrationnel, surréaliste, voué au seul rêve et à l'infinité des trajectoires, si des lieux urbains favorisent ces parcours (le lycée, le musée…), la forme de la ville n'est pourtant pas dépendante de monuments particuliers ou d'une architecture spécifique. Certes, les monuments rappellent que la ville est rythmée par une histoire, composée de couches géologiques successives, mais les lieux qui ponctuent les parcours sont la matrice d'une « image mentale » qui se forme progressivement et se confond avec l'idée même de

---

39. Bernard Huet, in *Créer la ville* (*op. cit.*, p. 194). Voir aussi Henri Gaudin, *Considération sur l'espace,* Éditions du Rocher, Monaco, 2004.
40. Voir la deuxième partie de cet ouvrage.
41. Brigitte Donnadieu, *L'Apprentissage du regard. Leçons d'architecture de Dominique Spinetta,* Éditions de la Villette, Paris, 2002.

la ville. L'architecture n'a donc pas ici un rôle majeur, pas plus que les canons classiques de l'esthétique du Beau [42]. La culture de Guide bleu n'est pas celle de Julien Gracq : « Il est singulier qu'on concentre ainsi [...] le caractère et presque l'essence d'une cité dans quelques constructions, tenues généralement pour emblématiques, sans songer que la ville ainsi représentée par délégation tend à perdre pour nous de sa densité propre [...] À la limite, une sensibilisation de ce genre, exacerbée et rendue systématique par la culture de Guide Bleu qui gagne aujourd'hui partout du terrain, finit par rendre une "ville" classée à peu près exsangue pour le visiteur [43]. »

La forme de la ville, son image mentale, est la conjonction d'éléments hétérogènes – des lieux, des parcours, une idée de la ville – auxquels fait écho une toponymie qui renvoie au « nom », au nom propre de la ville mais aussi à tous les noms qui racontent l'histoire de la cité (les noms de rue, de lycée, de musée...). Comme le montrent des études sur des villes en voie d'éclatement, Mexico ou Le Caire par exemple, « l'image mentale de la ville », c'est-à-dire la référence symbolique à un espace urbain déterminé, le sentiment d'appartenance à un *topos*, se maintient et persiste même dans les cas où la ville se défait, éclate : l'habitant du Caire ou de Mexico qui subit une ségrégation violente ne s'en réclame pas moins de « sa » ville [44]. Même si la ville est

---

42. Mais, comme le dit bien Louis Kahn, l'architecture n'est pas synonyme de beauté : « L'ordre n'implique pas la Beauté/Le même ordre a créé le nain et Adonis/Le design ne fait pas la Beauté/La Beauté émerge de la sélection/des affinités/de l'intégration/de l'amour/L'art est une vie, créatrice de forme, dans l'ordre psychique », in *Urbanisme : Le XXe siècle : de la ville à l'urbain*.

43. Julien Gracq, *La Forme d'une ville*, op. cit., p. 106-107.

44. L'éclatement spatial, dans le cas de Mexico ou du Caire, n'est pas synonyme de sentiment de désappartenance à une même unité urbaine ; voir Marc Guerrien, « Mexico : l'enfance agitée d'une mégapole éclatée », et Éric Denis, Marion Séjourné, « Le Caire, métropole privatisée » (*Urbanisme*, janvier-février 2003). A contrario, dans un article consacré à Lima, Ronald Bellay montre que ce sentiment d'appartenance peut être fragilisé, voire disparaître, quand la ville devient informe et ne se réfère plus à des mythes fondateurs, *in* « L'informe d'une ville : Lima et ses représentations » (*Raisons politiques : Villes-monde, villes monstre ?*, n° 15, août 2004).

exsangue, les conditions de vie déplorables, un habitant du Caire est d'abord un Cairote et un habitant d'un quartier marginalisé dans la ville se réclame de Mexico. Le sentiment d'appartenance à une ville est persistant.

Image mentale, *cosa mentale*, la forme de la ville est inséparable de la stratification du temps, d'une mémoire qui se donne au fil des monuments et des noms dans un parcours qui se conjugue au présent [45]. « C'est la toponymie, ordonnée comme une litanie, ce sont les enchaînements sonores auxquels procède à partir d'elle la mémoire, qui dessinent sans doute le plus expressivement sur notre écran intérieur *l'idée* que nous nous faisons, loin d'elle, d'une ville. Idée globale qui reste pour moi celle d'une agglomération compacte, étroitement et mal percée, remuante, bougeante et résonnante plus que de raison [...] d'un bloc urbain serré [46]. »

Le parcours exige donc des « seuils », des intervalles qui opèrent un basculement, des « passages » qui permettent de ne pas regarder la ville comme un monument ou comme un musée. Si les parcours de la ville contemporaine sont de plus en plus ordonnés au rythme des musées, des itinéraires touristiques, et de ces guides qui ne sont pas rédigés par des écrivains comme Pessoa – un nom propre qui rime avec Lisboa, un nom propre qui est l'auteur d'une initiation à la marche dans Lisbonne : «... Je te revois encore une fois – Lisbonne et le Tage et tout le reste – / moi, le passant inutile de toi et de moi-même... [47] » –, ils ne parviennent plus à actualiser les temporalités enfouies dans la mémoire urbaine.

---

45. Évoquant dans un beau texte, « Espace et ville », un voyage ancien à Venise, Jean-Pierre Vernant parle de « chose mentale » à propos de cette ville : « Devant Venise, tout d'un coup, je comprends que la ville aussi, comme la peinture, est chose mentale », voir *La Traversée des frontières*, Seuil, Paris, 2004, p. 135.
46. Julien Gracq, *La Forme d'une ville*, *op. cit.*, p. 204-205.
47. Fernando Pessoa, *Lisbonne*, 10/18, Paris, 1997, p. 11.

La ville comme affranchissement

Mais quels sont les espaces favorisant ces parcours qui entrecroisent le passé et le présent ? Pour le dire autrement, comment un lieu ou un entrelacs de lieux devient-il une ville, un parcours, une image mentale ? Ce sont des espaces qui favorisent moins une médiation, une relation entre deux termes, qu'ils ne sont des « entre-deux » et produisent un *effet de bascule*. Le corps de la ville met en tension un dedans et un dehors, un intérieur et un extérieur, le haut et le bas (on regarde la ville de plus ou moins haut, on circule dans ses souterrains avec le métropolitain, on se cache dans les caves et les égouts), les mondes du privé et du public. Les lieux qui favorisent les trajectoires, les bifurcations, les places, les entrelacs, rythment au présent, dans l'étendue de l'espace, toutes les possibilités enfouies de la ville encore repérables à travers les monuments, et les symboles d'une mémoire active. Le rythme urbain est indissociable de ces lieux de basculement qui favorisent une relation où l'on ne passe pas logiquement ou naturellement d'un endroit à l'autre. Si la ville est cette unité symbolique qui rappelle une mémoire et anticipe un avenir, elle exige simultanément des lieux-seuils, des entre-deux permettant à des discontinuités de prendre forme. « "La ville" serait d'abord ceci : l'instauration commune d'une relation, d'une référence [48]. »

Si l'on admet ces deux critères (un rythme qui relie dans les deux sens centre et périphérie, des espaces qui favorisent ruptures et effets de bascule), la forme de la ville ne correspond pas à une architecture spécifique et elle ne privilégie pas la relation au centre [49]. Elle irrigue une image mentale qui renvoie à une

---

48. Daniel Payot, *Des villes-refuges. Témoignage et espacement*, Éditions de l'Aube, La Tour d'Aigues, 1992, p. 28.
49. En cela, Julien Gracq rejoint les analyses de Camillo Sitte qui valorise les irrégularités de la morphologie urbaine et non pas la relation géométrique à un centre, voir Camillo Sitte, *L'Art de bâtir les villes. L'urbanisme selon ses fondements artistiques* (1re édition allemande, 1889 ; 1re édition française, L'Équerre, 1980), Paris, Seuil, coll. « Points Essais », 2001.

« formation », car la ville se présente comme un « roman de formation » qui a finalement (c'est sur ce point que se termine l'ouvrage précieux de Gracq) une signification politique. La « forme » de la ville va de pair avec un mouvement permanent et pendulaire qui ne doit renvoyer ni trop au centre ni trop à la périphérie. La ville de Nantes est une ville dont la « forme » rend possible une « formation », celle du lycéen, dont le sens ultime est de pouvoir faire rupture avec elle. L'intégration dans la ville est une expérience d'affranchissement, encore faut-il être capable d'en sortir, de s'affranchir de la ville elle-même. La mobilité urbaine est une expérience spirituelle en spirale : elle permet d'entrer dans un espace, de se couper d'un dehors, mais aussi de pouvoir se libérer de cet espace, et de retourner vers le dehors. L'expérience urbaine, une expérience d'affranchissement en plusieurs sens : du dehors au dedans et du dedans au dehors [50].

Si Nantes est « la » ville, d'autres villes peuvent également être considérées comme « la » ville, pour l'auteur du *Rivage des Syrtes* : toutes celles qui affranchissent les corps et apprennent la liberté. La ville de Nantes a ainsi une forme singulière, mais aussi un sens qui vaut pour l'ensemble des villes. La forme d'une ville qui fait formation repose sur la possibilité de faire rupture avec elle, de pouvoir en partir... mais sans l'oublier. « En fin de compte, le manque de solidité dans son assise locale a, selon mon jugement, beaucoup servi Nantes. Quand il s'agit de la lier à une mouvance territoriale, la ville semble fuir entre ses doigts. Ni réellement bretonne, ni vraiment vendéenne, elle n'est même pas ligérienne, malgré la création artificielle de la "Région des pays de Loire" parce qu'elle obture, plutôt qu'elle ne le vitalise, un fleuve inanimé. Elle y gagne d'être, probablement avec le seul Lyon [...] et sans doute avec Strasbourg, la grande ville la moins provinciale de France. Privée de toute osmose vraie avec les

---

50. Cela conduit à nuancer l'interprétation d'Antoine Compagnon dans *Les Antimodernes. De Joseph de Maistre à Roland Barthes* (Paris, Gallimard, 2005), où il consacre un chapitre éclairant à Gracq (« Julien Gracq entre André Breton et Jules Monnerot », p. 372-403) qui ne prend cependant pas en compte sa réflexion sur la ville.

campagnes voisines, délivrée de toutes les servitudes économiques étroites d'un marché local, elle tendait à devenir dans mon esprit *la* ville, une ville plus décollée qu'une autre de ses supports naturels, encastrée en étrangère dans son terroir, sans se soucier de frayer le moins du monde avec lui [51]. »

Plus que le territoire, la part mentale de la ville, celle que nous retrouverons dans le cas de la *polis* grecque, est valorisée ici. Mais « l'affranchissement » que la ville rend possible favorise parallèlement une comparaison avec les cités médiévales. Loin de se réduire à une matière, à une architecture monumentale qui scelle un destin historique et marque un pouvoir, la ville est ce territoire à la fois géographique et imaginaire qui rend libre. La forme d'une ville rend possible l'apprentissage de la liberté, à commencer par la liberté vis-à-vis de la ville d'origine qui peut devenir, comme la ruralité d'hier, une aliénation. À propos du Nantes de l'entre-deux-guerres, Gracq écrit que l'air cette ville qui a assuré sa formation rend libre : « Comme dans une cité du Moyen Âge, "l'air de la ville" – ici plus qu'ailleurs – "affranchit" […] Ce qui confère à Nantes l'autonomie tranchante, l'air de hardiesse et d'indépendance mal définissable qui souffle dans ses rues [52]. » Nantes, la ville, sa ville, est une ville doublement décentrée par rapport à la campagne et au centre urbain lui-même. Ce double décentrement est la condition d'un mouvement incessant qui favorise, grâce à l'énergie qu'il procure, la rupture avec la ville de l'enfance et l'ouverture au monde, ce qui ne signifie pas que Nantes soit une ville cosmopolite au sens où Alexandrie le fut. La comparant à Bordeaux, Julien Gracq écrit : « À Nantes, moins grande, moins peuplée, moins monumentale, moins fortement articulée à sa campagne, moins ostensiblement hiérarchisée dans sa société, moins assise dans sa fonction de capitale provinciale, mais dont le champ extérieur sur lequel elle ouvrait, faute d'apanage territorial intermédiaire, était très directement le

---

51. Julien Gracq, *La Forme d'une ville*, *op. cit.*, p. 193-194.
52. *Ibid.*, p. 192-193.

monde, la fonction que remplit la ville fut pour moi moins maternelle que matricielle [...], elle me libéra pour un horizon plus large, sans déchirement d'âme et sans drame, par une séparation, une expulsion qui ne devait pas laisser de cicatrices [53]. »

Tissus narratifs

Un espace qui contient du temps

On comprend mieux le lien entre la « forme de la ville » et l'idée de ville qui s'exprime dans un nom propre, celui qui renvoie à une fondation et crée un sentiment d'appartenance. La ville, ce tissu narratif vécu au présent, n'en finit pas d'inventer sa fondation et de jouer avec son histoire. « Moi? Mais je suis le même qui a vécu ici, et qui est revenu ici/et qui est revenu encore et encore/et qui est encore une fois revenu ici [54]. » La forme de la ville, son image mentale, ne correspond en rien à l'ensemble que l'urbaniste et l'ingénieur planifient, on ne décrète pas sur une planche à dessin les rythmes qui rendent la ville plus ou moins vivable et solidaire. La ville existe quand des individus parviennent à créer des liens provisoires dans un espace singulier et se considèrent comme des citadins [55]. Si la ville a un nom propre qui l'identifie et la singularise, elle est en même temps plurielle, traversée par des rythmes différenciés. Elle favorise les déséquilibres et les décentrements sans lesquels on n'habite pas une ville : « L'image de Nantes qui lève spontanément de mon esprit est restée non pas celle d'un labyrinthe, mais celle d'un nœud mal serré de radiales divergentes, au long desquelles le fluide urbain fuit et se dilue dans la campagne comme l'électricité fuit par les pointes [...] En fait l'image générale de Nantes qui se dessinait dans mon esprit à partir de cette armature de

---

53. *Ibid.*, p. 194-195.
54. Fernando Pessoa, *Lisbonne*, *op. cit.*, p. 11.
55. Jacques Réda, *Le Citadin*, Gallimard, Paris, 1999 ; voir aussi *Les Ruines de Paris*, Gallimard, coll. « Poésie », Paris, 1993.

radiales était une image sensiblement décentrée [56].» Ce double décentrement par rapport au temps et à l'espace est la condition de l'affranchissement. Il y a mémoire mais celle-ci n'a d'autre sens que de raviver l'esprit de la fondation, de renouer avec les fils d'une histoire qui n'est pas unilatérale mais un écheveau de narrations. La ville est toute de stratifications, de temps et d'espaces cumulés, d'ordres faits et défaits. Elle est cependant un récit. Idéale, elle est pour Roland Barthes «une contiguïté d'éléments discontinus qui n'apparaît pas comme l'effet du hasard [57]».

La ville comme narration, la ville comme narration idéale, cela implique qu'elle n'est jamais réductible à un passé, à un futur ou à un présent idéalisé, jamais assimilée à un centre ou à une périphérie, et qu'elle correspond à une rythmique temporelle et spatiale qui, jouant sur tous les claviers, rend possible, et cela en permanence, un double «décentrement». Un décentrement spatial et temporel qui peut se solder par l'exil, par un départ, mais aussi par un retour. Une manière d'être que d'aucuns, Giono dans *Grands Chemins* par exemple [58], dénient à la ville, assimilée à une machine gelant les relations entre des bourgeois qui ont perdu toute volonté de se frotter aux autres. Mais la ville a bien une fondation, elle est une entreprise de fondation continuée : elle n'a pas un début, une origine déterminée, elle n'a pas non une fin, une fin définitive, même si elle peut s'affaisser, voire s'effondrer [59]. Se déployant en dehors d'une fascination de l'origine et d'une hantise de la fin, l'expérience urbaine est double, autant mentale que matérielle, spirituelle et physique. Image mentale, la ville est une aventure qui n'en finit pas de se remettre en forme et en scène. La ville, dès lors qu'elle contient du temps,

---

56. Julien Gracq, *La Forme d'une ville*, op. cit., p. 42-45.
57. François Barré, «L'œuvre et le lieu», *in* Ariella Masboungi (dir.), *Penser la ville par l'art contemporain*, Éditions de la Villette, Paris, 2004.
58. Si Jean Giono fait l'éloge de la ville de la Renaissance, indissociable de l'homme de la *virtu*, du héros politique machiavélien, dans *Voyage en Italie* (1953), il retrouve paradoxalement certaines des valeurs urbaines (mixité, mobilité) dans la vie rurale elle-même.
59. Voir la deuxième partie.

se nourrit aussi bien de la continuité que de la discontinuité. Tout comme le récit [60].

La ville palimpseste (les Tokyo de Claude Lévi-Strauss)

Or, cette « mise en forme » s'inscrit dans un présent qui condense toute une histoire. Tout comme l'inconscient : « Au registre même de la forme, c'est une seule et même chose de dire que la ville n'a de réalité qu'historique, et de vouloir qu'elle n'existe qu'au présent. Ainsi en va-t-il, à sa façon, de l'inconscient, qui ne trouve, lui aussi, à se manifester que dans l'instant présent, hors de tout effet de palimpseste [61]. » La ville moderne inscrit toute une histoire dans la « présence » d'un espace qui condense les temps qui précèdent. Comme l'affirme Christian de Portzamparc, la ville est « un espace qui contient du temps », un lieu que rythme une multiplicité de strates historiques. En ce sens, ce dernier est « mental », nécessairement « impropre », et se distingue d'un lieu propre et clôturé sur lui-même. Mais il n'y a pas de lien direct entre l'appartenance à la ville, qui a un nom et une histoire, et la possibilité d'y trouver corporellement son rythme. C'est pourquoi la trajectoire physique, l'expérience corporelle, secrète et indécise, l'emporte sur la passion esthétique et la beauté de la ville : « L'absence de beautés architecturales à saluer m'a rendu la ville tout de suite presque sensuellement plus

---

60. Dans la trilogie *Temps et Récit* (Seuil, Paris, 1983, 1984, 1985), Paul Ricœur souligne les liens de la temporalité et de la narration. Faut-il alors s'étonner qu'il propose de considérer l'architecture à travers cette grille de lecture ? Voir « Architecture et narrativité », *Urbanisme*, n° 303, novembre-décembre 1998.
61. Mais Hubert Damisch n'en conclut pas à une approche freudienne tout en se démarquant implicitement de la démarche de Gracq focalisée sur l'image mentale. « Or, le problème, écrit-il, pour l'analyste de la ville, est l'inverse de celui que dit Freud : il s'agit moins pour lui d'éclairer la vie de l'esprit (celle de l'âme) en recourant à des images visuelles, que d'en appeler à la temporalité paradoxale qui est celle de l'inconscient pour rendre compte du devenir spatial de la ville », in « Fenêtre sur cour », *La Ville. Art et architecture en Europe, op. cit.*, p. 24.

proche : les endroits que l'on préfère dans un corps qui vous est amical sont sans lien avec les canons de l'esthétique [62].» Il y a autant d'imaginaires de la ville que de villes, mais aussi autant de manières d'être en ville, de rendre possibles la marche et le mouvement. Dans cette perspective, la double évocation de la ville de Tokyo que l'auteur de *Tristes Tropiques* (1955) propose est fort éclairante [63].

Alors qu'on a mis en garde Claude Lévi-Strauss contre Tokyo – « une ville surpeuplée, anarchique, sans beauté, écrasante par son gigantisme, entièrement reconstruite après les bombardements de 1945, traversée en tous sens par des voies express surélevées qui se croisent dans le vacarme à des niveaux différents [64] » –, il découvre, lors de deux voyages, le premier en 1977 et le second en 1986 – Tokyo est alors la ville la plus peuplée du monde –, une ville contrastée où la variété des espaces et des lieux fait écho à des mémoires différentes. Ici, le sentiment urbain est inséparable d'une durée qui épouse la forme du palimpseste, expression chère à André Corboz, ce qui le distingue de l'inconscient au sens où les strates se succèdent plus qu'elles ne se condensent dans le présent. « Je me suis aperçu qu'il suffisait de quitter les grandes artères et de s'enfoncer dans des voies transversales pour que tout change. Très vite, on se perdait dans des dédales de ruelles où des maisons basses, disposées sans ordre, restituaient une atmosphère provinciale [...] en parcourant Tokyo, j'étais moins heurté par la brutalité des quartiers d'affaires que charmé de voir coexister ces contrastes urbains. J'admirais et j'enviais cette faculté encore laissée aux habitants d'une des plus grandes villes du monde, sinon même la plus grande, de pouvoir pratiquer des styles de vie si différents [65]. » Et de rappeler Tokyo à sa propre mémoire, la ville de 1986 à celle qui s'appelait

---

62. Julien Gracq, *La Forme d'une ville*, *op. cit.*, p. 111.
63. Sur l'histoire de la ville, voir aussi Philippe Pons, *D'Edo à Tokyo*, Gallimard, Paris, 1988.
64. Claude Lévi-Strauss, « Aux gens de Tokyo », *Magazine littéraire*, juin 1993.
65. *Ibid.*

hier encore Edo. Et d'inviter, ce que ne saurait faire selon lui l'Europe fatiguée, Tokyo à ressusciter par exemple les rives du fleuve Sumida que peignait et dessinait Hokusai : « Mais pour Tokyo en pleine vitalité, tout est possible. Sans rien céder de sa place de plus grande ville du monde, elle ferait une ferveur inestimable à ses habitants et à l'humanité entière si elle se souvenait avec plus de piété qu'elle fut naguère Edo, et si, en quelques lieux privilégiés comme ceux que je venais de visiter, elle s'employait tant soit peu à le redevenir [66]. »

Palimpseste ou non, proche de l'inconscient ou non, la ville est un espace qui ruse avec la durée historique.

III. L'expérience publique
   ou la ville « mise en scène »

À un premier niveau, celui de l'écriture poétique et de l'expression des corps, l'expérience urbaine se présente sous la forme d'une infinité de trajectoires qui, indissociables de la mobilité corporelle, dessinent un imaginaire, un espace mental, et permettent un affranchissement, une émancipation. Si ceux-ci sont la condition d'une durée publique, peut-elle donner corps à un « espace public » ? L'individu, l'homme de l'espace privé et de l'intériorité, tente ainsi de s'extérioriser dans une vie publique. Homme de la *vita activa*, l'urbain s'expose au-dehors, hors de chez lui, il s'ouvre à l'espace public et à l'expérience de la pluralité humaine. Mais qu'en est-il de cette expérience qui émancipe l'urbain de la communauté organique et rurale ? Et qu'en est-il des liens de l'intérieur et de l'extérieur, du privé et du public, de l'intériorité et de l'extériorité ? Si la prose parisienne de Baudelaire anticipe les inquiétudes et les risques de l'espace public, la littérature portant sur la ville américaine, celle des écrivains de Chicago par exemple, rappelle que trop d'exté-

66. *Ibid.*

riorisation, trop de consommation de signes et trop de mises en scène débouchent sur une perte d'intériorité. Mais un autre Parisien, Jules Romains, imagine une expérience urbaine favorisant une solidarité accrue, et il mise sur les « puissances » de la ville pour y parvenir. L'expérience urbaine a une dimension publique, non pas parce que des lieux sont définis, stigmatisés et distingués comme publics, mais parce qu'elle crée les conditions d'une expérience publique. De même que la forme de la ville correspond à la mise en tension entre des termes opposés (le centre et la périphérie, le dedans et le dehors, l'intérieur et l'extérieur), l'inscription dans un espace public exige de trouver un rythme, le meilleur rythme concevable entre le privé et le public, entre l'intérieur et l'extérieur, entre l'intériorité et l'extériorité.

S'exposer en public

Le passant, la femme et l'étranger

L'expérience mentale de la ville, inséparable d'une forme qui est aussi une formation, est liée à une rythmique corporelle. Est-ce un hasard ? Formatrice, la ville-corps aime à se présenter, on le sait, comme une ville-livre, comme une ville-langage, bref comme une langue. Entre le corps de la ville et les corps qui la sillonnent, la ville est une feuille, jamais totalement blanche, sur laquelle des corps racontent des histoires. « Une ville est une langue, un accent, écrit Jean-Christophe Bailly. Comme on lance des mots en l'air avec sa voix, on déploie ses pas dans l'espace en marchant et quelque chose se définit peu à peu et s'énonce. Les noms prennent place au sein d'une phrase ininterrompue qui s'en va au loin ou revient sur ses pas. Grammaire générative des jambes [67]. »

Dans son poème « Le Cygne », la ville est pour Baudelaire une grammaire et la rue un tissu composé de mots : « Trébuchant sur les mots comme sur les pavés/Heurtant parfois des vers depuis longtemps rêvés. » La pratique du passant est la marche, mais

---

67. Jean-Christophe Bailly, *La Ville à l'œuvre*, *op. cit.*, p. 23-24.

celle-ci est une expérience à ras du sol qui exige lenteur et patience, car elle se méfie de l'œil qui veut capter de trop loin, de trop haut. En marchant, on ne voit pas grand-chose, mais on change sans cesse de perspectives comme un peintre cubiste qui renonce à la perspective classique. « Quant au simple piéton, écrit Gérard de Nerval, dont le point de vue ne se prend guère que de cinq pieds au-dessus du sol, il a peine à se rendre compte de l'harmonie générale, et ne peut qu'isoler sous son regard telle ou telle partie de la décoration [68]. » L'harmonie générale est difficile à saisir, on ne peut donc pas se tenir à distance, objectiver le monde environnant, pas d'autre issue que le mouvement vers l'avant ou l'arrière et la démultiplication des perspectives. Pour appréhender la ville globalement, il faut la regarder de « haut », d'une tour, ou en sortir, en jouir depuis les collines environnantes, celles de Fiesole à Florence, celles de Fès, celles qui surplombent Hong Kong, ou bien encore la montagne du Mukkatam au Caire. Pour saisir la ville comme corps global, plein et planifié, il en faut sortir, la prendre de haut, depuis un gratte-ciel, se décentrer radicalement, bref, s'en extirper corporellement.

Grammaire générative des jambes : la ville se découvre « pas à pas [69] », elle est l'affaire du passant qui s'aventure dans les interstices et passages, et laisse la trace de ses pas à la suite de Céline ou d'Aragon. « L'histoire des pratiques quotidiennes commence au ras du sol, avec des pas. Ils sont le nombre, mais un nombre qui ne fait pas série. Le grouillement est un innumérable de singularités. Les jeux de pas ne sont pas façonnages d'espaces. Ils trament les lieux [70]. » Si la ville est un lieu composé de rythmes inventés par des corps marcheurs, si l'art corporel d'être un piéton fait écho au travail de l'écriture, la dimension corporelle fournit

---

68. Gérard de Nerval, *Paris et Alentours*, Éditions Encre, Paris, 1984, p. 35.
69. C'est le titre du livre pionnier du sociologue Jean-François Augoyard : *Pas à Pas* (Seuil, Paris, 1979).
70. Michel de Certeau, *L'Invention du quotidien,* tome 1 : *Arts de faire*, *op. cit.*, p. 179.

également matière à l'architecte pour qui elle est le ressort d'une « topologie rusée ». « L'espace est un prolongement du corps, affirme Henri Gaudin, les choses sont en cercle autour de nous. Ce n'est donc pas une affaire de frontalité. L'architecture ne peut pas se poser ainsi, comme quelque chose qui est tourné vers soi. Elle ne peut pas être une image, parce qu'elle est de l'ordre du corporel, du parcours [71]. » La ville du passant, celle où l'on passe, traduit un désir d'extériorisation qui s'exprime par un affranchissement, une sortie de soi, une sortie de chez soi. Les trajectoires corporelles donnent leur sens aux expressions de Gracq – « milieu sous tension » et « zone de friction » –, mais elles impliquent aussi une scène qui redouble la tension poétique. Or, cette mise en scène génère une gamme infinie de variations entre l'intérieur et l'extérieur, entre le centre et la périphérie, entre le dedans et le dehors...

Si la pratique de la marche est une expérience banale, une expérience de l'ordinaire qui est le fait de l'homme ordinaire, elle éprouve cependant l'inattendu, l'indétermination et l'insolite [72]. L'ordinaire n'est pas l'envers de l'extraordinaire mais l'occasion, du seul fait de sortir de chez soi et de soi, de se confronter à l'inattendu, dont les figures majeures sont celle de la séduction corporelle et celle de l'étranger. Le féminin associe l'étrange et l'étranger, le banal cachant ici l'inquiétante étrangeté. Peintre surréaliste, Victor Brauner, qui avait succombé selon Jean Paulhan à la métromanie, descendait tous les soirs dans le métropolitain afin d'y poursuivre l'éternel féminin dans les souterrains [73]. L'événement doit être inattendu, les rencontres corporelles, les discordances et les craquements doivent correspondre à autant de ces « instantanés » dont Jacques Réda rend compte dans *Les Ruines de Paris* au rythme de la musique de jazz.

Le banal est un passage obligé pour rencontrer la figure de

---

71. Henri Gaudin, in *Créer la ville*, *op. cit.*, p. 78.
72. Voir Thierry Paquot, « L'art de marcher dans la ville », *Esprit*, mars-avril 2004.
73. Claude Leroy, *Le Mythe de la passante. De Baudelaire à Mandiargues*, PUF, Paris, 1999, p. 230.

l'autre, la femme séduisante ou l'étranger inquiétant[74]. Gérard de Nerval ne découvre pas seulement le féminin dans la ville, il voit la ville elle-même comme une femme. Toujours le langage, l'étymologie, la grammaire générative des jambes féminines : « Les villes sont femmes assurément, la grammaire l'indique : "ville, *syn.* Cité, *subst. fém.*". Si l'on avait à figurer des bourgs et des villages, il faudrait en faire des hommes, et la sculpture moderne présente déjà trop d'hommes ; acceptons donc ces villes femelles et leur type grandiose et sévère, car il ne faut pas que l'étranger croie avoir affaire à des cités coquettes et indolentes, dont il serait facile de triompher[75]. » Cette féminité, il la dévoile dans les huit sculptures, ces femmes sévères qui venaient d'être construites place de la Concorde, près de l'Obélisque, et qui représentent Lyon, Marseille, Bordeaux, Rouen, Nantes, Brest, Lille et Strasbourg. À la suite de Nerval, André Breton souligne ce caractère féminin de la ville : dans *La Clé des champs*, il compare Paris à une femme étendue, « les cheveux bouillonnant très bas sur l'oreiller de ses rives ». Exacerbant l'attraction érotique de la ville, André Pieyre de Mandiargues « construit dans *Sous la lame* une ville imaginaire qui ne s'atteint que par un long cheminement plein d'épreuves, par le parcours d'une carte du Tendre, amoureux et dangereux[76] ». La ville imaginaire est ici la métaphore de la démarche corporelle au sein de la ville. Ville imaginée et ville réelle ont l'une et l'autre à voir avec l'imaginaire.

L'expérience de la marche, celle qui débouche sur la rencontre inattendue, est aujourd'hui symbolisée par l'architecture du « passage ». Si cette architecture ne fascine pas Julien Gracq quand il évoque le passage Pommeraye à Nantes[77], elle a été remise à

---

74. Antoine Compagnon note que la rue est faite femme, que la rue est la passante dans le poème de Baudelaire « À une passante » dans les *Tableaux parisiens*, « La rue passante », *Le Genre humain : Lumières sur la ville*, n° 34, Seuil, Paris, 1999.
75. Gérard de Nerval, *Paris et Alentours*, *op. cit.*, p. 38.
76. Jean Roudaut, *Les Villes imaginaires dans la littérature française*, *op. cit.*
77. Julien Gracq, *La Forme d'une ville*, *op. cit.*, p. 94.

l'honneur par Jacques Demy dans un film tourné à Nantes, *Une chambre en ville* (1980). Intervalle, non-lieu, symbole de l'entre-deux, le passage ne se réduit pas à une « médiation » entre le privé et le public, entre le boulevard et le domicile, entre le commerce et la foule massée sur les boulevards. Échangeur de fonctions et de rythmes, le passage présente une composante érotique, il fait passer, ou plutôt il fait glisser, du privé au public. S'il met en relation, il ne se présente pas comme une « médiation » entre la grande ville et l'espace privé, il est un marqueur de discontinuité et non pas de continuité. Voilà donc un lieu qui rend possible l'expérience urbaine par excellence, celle d'une mise en relation intervenant à double distance du privé et du public, de la trop haute solitude et de l'enfer de la multitude. Il renvoie à la double expérience du frôlement et de la pudeur, une expérience « secrète » qui prend « des siècles », comme le montre Jacques Yonnet dans *Rue des Maléfices* à propos de Paris : « Une très grande ville est comme une mare, avec ses couleurs, ses reflets, ses fraîcheurs et sa bourbe, ses bouillonnements, ses maléfices, sa vie latente. Une ville est femme, avec ses désirs et ses répulsions, ses élans et ses renoncements, ses pudeurs – ses pudeurs surtout. Pour pénétrer le cœur d'une ville, pour en saisir les plus subtils secrets, il faut agir avec la plus infinie tendresse et aussi une patience parfois désespérante. Il faut la frôler sans être sournois, la caresser sans trop d'arrière-pensée, ceci pendant des siècles [78]. »

Le spleen du flâneur : entre solitude et multitude
(Baudelaire et Edgar Poe)

À double distance du privé et du public, telle est la posture – incertaine, indéterminée, inquiète – du flâneur, un personnage distinct du piéton. De même que l'espace public et impersonnel

---

78. Jacques Yonnet, *Rue des Maléfices. Chronique secrète d'une ville* (Phébus, coll. « Libretto », Paris, 2004, p. 13). La première édition de cet ouvrage avait pour titre *Enchantements sur Paris*, Denoël, Paris, 1954.

pénètre l'espace privé, ce dont témoigne par exemple la maison japonaise dans les films d'Ozu [79], l'espace public n'est jamais coupé du privé. L'opposition radicale entre privé et public est intenable car invivable, l'un et l'autre n'en finissent pas de jouer et de ruser ensemble. C'est pourquoi le flâneur est un indécis : à la fois banale et insolite, l'expérience ordinaire du marcheur rencontre celle du flâneur qui craint à la fois la solitude et la foule, l'intimité et la masse.

Sortir de soi, sortir de chez soi? Mais pour rencontrer qui, et pour éprouver quoi? « Les Foules », l'un des *Petits Poèmes en prose* de Baudelaire, éclaire cette relation indécise entre le privé et le public qui caractérise le personnage du flâneur. En effet, celui-ci cherche à trouver une place entre la solitude et la multitude, entre le repli solitaire et la foule. « Multitude, solitude : termes égaux et convertibles par le poète actif et fécond. Qui ne sait pas peupler sa solitude, ne sait pas non plus être seul dans une foule affairée. Le poète jouit de cet incomparable privilège, qu'il peut à sa guise être lui-même et autrui. Comme ces âmes errantes qui cherchent un corps, il entre comme il veut dans les personnages de chacun [80]. » « Savoir peupler sa solitude, savoir être seul dans la foule » : Baudelaire rejette l'opposition spontanée du privé et du public, d'où la recherche permanente d'un équilibre ou d'un troisième terme. Cet équilibre est l'affaire du flâneur de Baudelaire comme du badaud de Nerval : « L'ami dont j'ai fait la rencontre est de ces *badauds* enracinés que Dickens appellerait *cockneys*, produits assez communs de notre civilisation et de la capitale. Vous l'aurez aperçu vingt fois, vous êtes son ami, et il ne vous reconnaîtra pas. Il marche dans un rêve comme les dieux de l'Iliade marchaient parfois dans un nuage, seulement, c'est le contraire : vous le voyez et il ne vous voit pas [81]. » Être seul

---

79. Voir Augustin Berque, *La Maîtrise de la ville. Urbanité française, urbanité nipponne,* Éditions de l'École des hautes études en sciences sociales, Paris, 1994.
80. Charles Baudelaire, *Petits Poèmes en prose* (1869), Gallimard, « Poésie », Paris, 1998, p. 45.
81. Gérard de Nerval, *Paris*, *op. cit.*, p. 93.

au milieu de la foule, cela signifie que l'on cherche quelque chose, quelqu'un au-dehors, et que l'on voit celui qui ne nous voit pas. Le rythme de la marche invente un équilibre instable avec les autres corps qui peuplent la ville. Pour Baudelaire, la déambulation dans la ville est inséparable du mode de relation qu'elle rend ou non possible. Quand il n'y a personne, il faut être plusieurs, quand il y a trop de monde, il faut être seul, mais dans chacun des cas il y a mouvement, marche, flânerie. Il ne faut ni se lover sur soi-même, ni se massifier dans la foule, d'où l'impératif urbain du mouvement. Mise en forme, mise en scène et mise en mouvement se croisent et se renforcent mutuellement.

Mais – c'est la deuxième caractéristique de la flânerie – la sortie de soi passe par un désir de se déguiser avec des masques pour prendre la place des autres. « Le poète, écrit encore Baudelaire dans "Les Foules", jouit de cet incomparable privilège, qu'il peut à sa guise être lui-même et autrui. Comme ces âmes errantes qui cherchent un corps, il entre, quand il veut, dans la personne de chacun [...] Le promeneur solitaire et pensif tire une singulière ivresse de cette universelle communion. Celui-là qui épouse facilement la foule connaît des jouissances fiévreuses, dont seront éternellement privés l'égoïste, fermé comme un coffre, et le paresseux interné comme un mollusque[82]. » C'est pourquoi l'espace public est perçu comme un *théâtre* et que la théâtralisation publique peut donner lieu à une comédie des apparences où les masques s'échangent à l'infini, comme le montre la sociologie de l'École de Chicago au début du XXe siècle. Il y a là une intensification du lien inversement proportionnelle au nombre qui est le synonyme de la foule. Face à la masse, il faut redevenir un sujet, face à la solitude, il faut faire corps avec d'autres. « Il n'est pas donné à chacun de prendre un bain de multitude : jouir de la foule est un art ; et celui-là seul peut faire, aux dépens du genre humain, une ribote de vitalité, à qui une fée a insufflé dans son berceau le goût du travestissement et du masque, la haine du domicile et la passion du voyage[83]. » Avec l'expérience de la

---

82. Charles Baudelaire, *Petits Poèmes en prose, op. cit.*, p. 45.
83. *Ibid.*

flânerie, le corps de la ville s'accompagne d'une expérience corporelle inséparable du spleen.

Mais pourquoi ces deux titres, *Le Spleen de Paris* et les *Petits Poèmes en prose*? Le spleen est lié à l'idée que plus personne n'est définitivement «à sa place» dans la ville. On voit ceux qui ne nous voient pas, on est vu par ceux que l'on ne voit pas. L'émancipation du privé, l'exposition à l'extérieur, débouche sur une expérience où les masques le disputent à l'anonymat et à l'impersonnalité qui sont le lot initial de l'espace public. Alors que Gracq associe la ville à l'expérience de l'acquisition de la liberté, à la volonté de s'affranchir, le flâneur rappelle qu'il faut aussi entrer dans la ville, s'inscrire dans le monde public et arborer des masques pour se faire reconnaître sans pour autant être reconnu. Dans un contexte où le rural monte à la ville, la *commedia dell'arte* lie des types de personnages à des villes [84]. Dans *Les Jumeaux vénitiens* de Goldoni, les masques cachent une rivalité profonde entre ceux de la ville et ceux de la campagne. Alors que Pourceaugnac, méprisé qu'il est par des bourgeois entourés de médecins et de juges, finit par renoncer à sa conquête de la ville, et à sa conquête de la femme, qui passe par l'argent, les trublions de Goldoni découvrent le théâtre de la ville tout comme *Le Paysan parvenu* de Marivaux.

Quelle extériorisation?

Pour Baudelaire, l'espace public n'est pas un «lieu-dit» où se rendre pour bénéficier des vertus de la vie publique. La sortie de soi dans le public se présente paradoxalement comme une menace, la volonté de s'extraire de la solitude, celle que rencontre le paysan monté à la ville, celle qui est le lot de l'étranger

---

84. Dans la *commedia dell'arte*, l'origine géographique des personnages, *i. e.* leur appartenance à une ville, est déterminante: Pantalon le marchand est originaire de Venise, le *dottore* (le savant, l'universitaire) de Bologne, Arlequin de Bergame (ville basse), Brighella de Bergame (ville haute), Polichinelle de Naples.

ou du migrant. Sortir de la solitude, sortir de son intérieur, ne présente pas la garantie de bénéficier du bonheur public. L'espace public est incertain, et le sujet qui s'y risque est indécis, c'est pourquoi il se cache derrière des masques. Pour Baudelaire, le flâneur peut se perdre dans la foule, se fondre dans la masse ou bien encore se heurter à la part nocturne de la vie publique, celle où la foule peut fasciner – c'est le cas dans *Berlin, Symphonie d'une grande ville* de Carl Mayer [85] –, celle où l'homme des foules peut avoir, comme dans la nouvelle d'Edgar Poe, le visage du criminel [86]. Mais le flâneur peut aussi, fasciné qu'il est par les commerces, les signes et les passages, consommer les marchandises exposées dans les galeries marchandes et sur les boulevards. Enfin, le flâneur peut rejoindre la foule dans l'espoir de changer l'espace public, c'est l'hypothèse utopique ou révolutionnaire à laquelle les massacres de juin 1848 [87] puis l'échec de la Commune mettent fin à Paris [88]. Hypothèse qui devait nourrir, selon Julien Gracq, le mythe de la ville révolutionnaire jusqu'à l'aube des années 1970 [89]. Voilà trois scénarios, celui de la crimi-

---

85. Collaborateur de Murnau, scénariste majeur de la grande époque du cinéma expressionniste allemand (1920-1930), théoricien du *Kammerspiel*, Carl Mayer a réalisé ce film sur Berlin, où il eut recours au procédé du ciné-œil (*Kinoglaz*) de Vertov, afin de mettre en scène ses thèses sur la «nouvelle objectivité».

86. Edgar Poe, *L'Homme des foules*, in *Histoires extraordinaires* (1839).

87. Le souvenir des massacres de juin 1848 est lié au thème littéraire du spleen destiné à ne pas oublier les victimes, voir Dolf Oehler, *Le Spleen contre l'oubli. Juin 1848. Baudelaire, Flaubert, Heine, Herzen*, Payot, Paris, 1986.

88. Comme l'écrit Walter Benjamin, «la Commune met fin à la fantasmagorie qui pèse sur la liberté du prolétariat. Elle détruit l'illusion que la révolution prolétarienne, main dans la main avec la bourgeoisie, aurait pour tâche d'achever l'œuvre de 1789. Ce faux-semblant domine toute la période de 1831 à 1871, de l'insurrection lyonnaise à la Commune» (*Essais 2*, Denoël-Gonthier, Paris, 1983, p. 52).

89. «Il y a eu un mythe de Paris, un mythe à la vie tenace, mais qui s'est effondré brutalement dans les trente dernières années. Il est né après 1789, et surtout après 1830 (avant 1789 "la Ville" n'était qu'une ombre portée de Versailles et de "la Cour") sous une forme politique et belliqueuse, celle de Paris-lumière-des-révolutions : à cette époque, c'est le pavé, le brûlant pavé

nalité, celui de la consommation bourgeoise et celui de la révolution, qui font du flâneur un personnage hésitant entre la peur (la foule tel un masque du crime), la circularité bourgeoise (on sort de chez soi pour mieux y revenir avec des produits à consommer à l'intérieur) et l'utopie révolutionnaire (le rassemblement de masse change l'histoire).

Les passages, l'Empire, Haussmann :
une féerie transitoire

Si « l'architecture joue le rôle du subconscient », Walter Benjamin retient, lui aussi, de l'architecture parisienne les célèbres passages. Construits entre 1822 et 1840[90], moment où ils deviennent à la mode, ces « raccourcis exclusivement piétonniers de l'extérieur vers le centre[91] » expriment jusqu'à la fin des années 1860 le rêve de la ville à venir. Le rêve de la ville portée par la mode, la fantasmagorie et la féerie, le rêve trompeur d'une ville qui couvre la dure réalité de la marchandise[92]. Mais les passages, héritiers des galeries du Palais-Royal, ne correspondent pas à un

---

de Paris, toujours prêt à se soulever en barricades, qui est le symbole dynamique, explosif, de la ville », *En lisant, en écrivant* (José Corti, Paris, 1980, p. 285).

90. Le premier passage, le passage du Caire, date de 1799, l'année de l'expédition en Égypte.

91. Pour reprendre une expression de Bernard Comment dans un article consacré au livre de François Loyer sur Haussmann *(Paris XIXe siècle. L'immeuble et la rue,* Hazan, Paris, 1987), «Partitions et liaisons. Paris au XIXe siècle », *Critique,* n° 490, mars 1988.

92. Paris est ici privilégiée, non pas par hexagonalisme mais comme la capitale du XIXe siècle, ce siècle qui voit la montée en puissance du monde industriel, celui que l'urbanisme haussmannien va mettre en forme réglée. De même, les passages sont considérés ici comme la figure paradigmatique de la relation entre le dedans et le dehors et renvoient à l'esthétique du frôlement caractéristique de l'expérience urbaine. Sur l'histoire urbaine de Paris, voir Bernard Champigneulle, *Paris. Architectures, sites et jardins* (Seuil, Paris, 1979), et Bernard Rouleau, *Paris. Histoire d'un espace* (Seuil, Paris, 1997).

style unique, ils s'inscrivent dans un contexte architectural où le style Empire, celui qui correspond au règne de Napoléon Ier, et le style haussmannien sont également présents. Or, ces deux styles se distinguent de celui des passages, ils sont même « l'inverse des passages qui disent le transitoire, l'éphémère et sont comme disponibles à leur évanescence, au rythme de l'évolution de la société civile[93] ». Si le « monumental » style Empire veut mimer l'Éternel, exhiber le Pouvoir, rivaliser avec Rome, le Forum, le Vatican, le style d'Haussmann est pour sa part plus ambigu, car double. En effet, l'architecture haussmannienne cherche à réconcilier la technique et la beauté, mais aussi l'organisation urbaine et la sécurité, la percée des boulevards et des avenues ayant pour but explicite de contrôler les masses et d'asseoir le pouvoir urbain[94]. Haussmann faisait écho à cette dualité quand il proclamait : « Je suis un artiste démolisseur. »

Les passages, indissociables de l'industrie textile et de l'usage du fer dont la souplesse précipite la généralisation du verre[95], figuraient l'apogée de la société industrielle et consacraient l'ère

---

93. Guy Petitdemange, « Avant le monumental, les passages : Walter Benjamin », in *Citoyenneté et Urbanité*, *op. cit.*, p. 91. L'ouvrage de référence de Walter Benjamin a été traduit en français et publié en 1989, *Paris, capitale du XIXe siècle. Le livre des passages*, Le Cerf. Repris dans l'ouvrage, l'exposé de 1939, « Paris, capitale du XIXe siècle », a été réédité récemment : *Paris, capitale du XIXe siècle*, Éditions Allia, Paris, 2003. Tout au long de cette séquence, je m'appuie sur l'article de Guy Petitdemange.
94. Haussmann, comme Le Corbusier, est l'objet de représentations caricaturales. Pour une approche rigoureuse de l'urbanisme haussmannien, voir *La Modernité avant Haussmann. Formes de l'espace urbain à Paris, 1801-1853*, textes réunis par Karen Bowie, Éditions Roche, Paris, 2001 ; François Loyer (dir.), *Autour de l'Opéra. Naissance de la ville moderne*, Délégation à l'action urbaine de la ville de Paris, 1995 ; François Loyer, *Paris XIXe siècle, L'immeuble et la rue*, Hazan, Vanves, 1987 ; Jean des Cars et Pierre Pinon, *Paris Haussmann*, Pavillon de l'arsenal, Éditions Picard, Paris, 1991.
95. Voir Bertrand Lemaire, *L'Architecture du fer*, Champ Vallon, Seyssel, 1986. L'auteur insiste sur la typologie de l'architecture métallique, une typologie qui comprend les ponts métalliques, les ponts suspendus, les serres, les gares, les marchés, les églises, les galeries, les kiosques, les édicules, les grands magasins, les bâtiments industriels, les expositions universelles, les verrières et les salles couvertes.

de la mode exposée dans leurs vitrines. Les deux autres styles parisiens menacent cependant cette architecture qui contourne la rue pour «raccourcir» le glissement, le passage de l'intérieur à l'extérieur.

Les passages sont, comme les nombreuses expositions de l'époque (nationales puis universelles), des «centres de pèlerinage de la marchandise-fétiche [96]». Si «la mode se moque de la mort», Benjamin, fasciné par le «statut intermédiaire» de la marchandise qui hésite entre «le vif et le mort» [97], en salue le caractère féminin. D'où les comportements observés : celui du flâneur, personnage féminin inséparable de la foule, et celui du bourgeois, l'homme de l'intérieur qui capitalise la marchandise. «Le passage est une conjuration, par et pour le piéton, d'une évolution qui lui retire la ville. C'est peut-être une ultime tentative pour maintenir la ville à échelle individuelle. En cela, le passage serait donc bel et bien le lieu du flâneur, son point de raccroc [98].» Pour le flâneur, la masse, loin de correspondre au seul poids du nombre, tend à se confondre avec le marché et avec les séductions qui le caractérisent. «Le flâneur fait figure d'éclaireur sur le marché. En cette qualité il est en même temps l'explorateur de la foule. La foule fait naître en l'homme qui s'y abandonne une sorte d'ivresse qui s'accompagne d'illusions très particulières, de sorte qu'il se flatte, en voyant le passant emporté par la foule, de l'avoir, d'après son extérieur, classé, reconnu dans tous les replis de son âme [99].» Évoquant les «physiologies sociales» de Balzac, il souligne les appétences du flâneur pour le marché, ce qui ne

---

96. Guy Petitdemange, «Avant le monumental, les passages...», article cité, p. 85-103.

97. *Ibid.* L'exposé de 1939 comporte entre autres ces trois chapitres : Louis-Philippe ou l'intérieur, Baudelaire ou les rues de Paris, Haussmann ou les barricades.

98. Bernard Comment, «Partitions et liaisons...», article cité.

99. Walter Benjamin, *Paris, capitale du XIXe siècle*, Le Cerf, Paris, 1989, p. 32-33. Dans la littérature aujourd'hui proliférante consacrée à Walter Benjamin, on retiendra les travaux de Guy Petitdemange et Jean Lacoste, *L'Aura et la Rupture. Walter Benjamin* (Maurice Nadeau, Paris, 2003), et de Pierre Missac, *Passage de Walter Benjamin* (Seuil, Paris, 1987).

fait pas de lui un passant dévoré par la foule. Le flâneur est un « fasciné à distance », son attitude hésite constamment entre le retrait critique, le scepticisme, et l'enthousiasme, l'excitation. Comme le passage, il se tient tel un « intermédiaire », il reste « sur le seuil » de la grande ville et de la classe bourgeoise qui l'habite désormais. Le flâneur voit mais n'achète pas, il se mêle à la foule mais reste un oisif, un déraciné, un étranger. Le flâneur, qui se pose comme un exclu, se rapproche alors du monde ambigu de la bohème, celui des artistes et des comploteurs. En se prenant à l'occasion pour un dandy [100], « le flâneur anticipe la moderne marginalité sociale ».

« Fasciné à distance », le flâneur se distingue donc de l'habitant de l'intérieur, du bourgeois qui fait main basse sur les marchandises afin de domestiquer « l'extérieur et ses rêves en intérieur ». Pour que l'intérieur bourgeois puisse naître, à l'époque, le bourgeois doit lécher les vitrines, acheter les objets au dehors et les ramener chez lui, dans son espace strictement privé, en vue d'assurer sa pérennité, d'immortaliser son existence dans ses meubles et décors. La boucle est bouclée : la participation à l'espace public n'a d'autre destinée que la consommation. Le passage du privé au public se solde par un retour au privé. Le bourgeois retourne dans son espace intérieur pour y « exposer » ce qu'il a acheté à l'extérieur. De Caillebotte à Vuillard, les scènes d'intérieur vont être privilégiées par de nombreux peintres. Si la relation de l'intérieur et de l'extérieur est circulaire, elle demeure hiérarchisée. Rien ne s'est passé dans l'espace public, et la logique de répétition l'emporte [101]. Avec *Les Raboteurs de parquet* de Caillebotte, le corps des ouvriers se baisse désormais contre le sol des appartements bourgeois. À la place du « frisson cosmique » salvateur que Benjamin perçoit chez Hugo, il y a dans le spleen baudelairien « une terreur nue », le sentiment d'une catastrophe qui plonge dans la mélancolie. Le sentiment d'une

---

100. Françoise Coblence, *Le Dandysme, obligation d'incertitude*, PUF, Paris, 1988.
101. Voir Olivier Mongin, « Feydeau à la folie ou l'art de la mésentente », LEXI/textes 7, Théâtre de la Colline, Éditions de l'Arche, Paris, 2003.

scission entre soi et soi, entre soi et autrui, entre soi et le monde va aller grandissant, au risque de se retourner dans le grotesque ou de se terminer dans cette ronde des corps et des couples dont le vaudeville est la représentation [102]. Alors que la scission affecte parallèlement les représentations mythiques de Paris, une ville qui oscille entre le jour et la nuit, le capitalisme et l'esprit révolutionnaire, l'opulence et la pauvreté [103], l'haussmannisme parvient à réunir les rues de Paris et les allées d'un jardin à la Le Nôtre, les deux traditions opposées de la France révolutionnaire et de la France cartésienne. Ce qui revient à installer Versailles, c'est-à-dire le lieu du pouvoir, dans Paris, la ville de l'anarchie [104].

La ville demeure cependant un labyrinthe pour celui qui s'y aventure sans adopter l'attitude du bourgeois qui reconduit l'extérieur à l'intérieur. Ou bien l'on s'y perd dans la solitude de la chambre ou de l'appartement, on se cogne la tête entre quatre murs, ou bien l'on se noie dans la masse de la foule, on erre dans le labyrinthe de la ville. Chez Edgar Poe, si proche de Baudelaire, la foule est elle-même un labyrinthe et l'homme des foules cache la figure du criminel [105]. « La masse est dans le labyrinthe

---

102. Guy Petitdemange, « Avant le monumental, les passages... », article cité.

103. Jean-Pierre Arthur Bernard. *Les Deux Paris. Essai sur les représentations de Paris dans la seconde moitié du dix-neuvième siècle*, Champ Vallon, Seyssel, 2001. Jean-Pierre Arthur Bernard a également publié un choix de textes consacrés à Paris : *Le Goût de Paris, I. Le mythe, II. L'espace, III. Le temps*, Mercure de France, Paris, 2004.

104. Comme le suggère Giovanni Macchia dans son beau livre, *Paris en ruines* (Paris, Flammarion, 1988). Dans sa préface, Italo Calvino écrit : « Le mythe de Paris est l'exact opposé de celui de la "cité idéale" ; parce que la "cité idéale", capitale de la raison, de l'ordre et de la beauté, était Versailles, toute cartésienne et géométrique, et que Paris représentait l'antithèse, le contraire : un énorme organisme en mouvement, beau parce que vivant, animé dans son devenir par une vie souterraine, pleine d'ombre et profonde » (p. 7).

105. Jacques Yonnet est sensible à cette dimension de la foule noire et fantomatique dans *Rue des Maléfices* : « Il n'est pas *de Paris*, il ne sait pas sa ville, celui qui n'a pas fait l'expérience de ses fantômes. Se pétrir de grisaille, faire corps avec l'ombre indécise et fade des angles morts, s'intégrer à la

de la ville, le tout dernier labyrinthe, et le plus impénétrable [...] Grâce à elle, des traits chtoniens jusqu'ici inconnus s'impriment dans l'image de la ville [106].» Or, dans le labyrinthe, on peut se perdre, prendre le risque d'être la victime du criminel qui s'y cache. Le labyrinthe peut déboucher sur les «boulevards du crime», cette part nocturne de la ville qui hante le citadin, dont le cinéma du XXe siècle sera l'expression [107]. C'est pourquoi il faut «peupler sa solitude» et «préserver son individualité dans la foule» pour ne pas succomber à une perte des repères fatale. Mais le passant profite de la liberté urbaine, celle qui passe par la mobilité et l'anonymat, il invente des rythmes singuliers entre un privé étouffant, car trop solitaire ou embourgeoisé, et une foule dangereuse, car vite oppressante et labyrinthique. Entre la masse et la solitude, l'espace public est un non-lieu plein d'incertitudes. Mais il n'en faut pas moins prendre le risque de s'y exposer, de s'y extérioriser, de s'y engager.

La ville en puissance de solidarité (Jules Romains)

Entre l'embourgeoisement et la fascination inquiète à l'égard de la foule criminelle, le flâneur accorde peu de crédit à la solidarité. Seule la perspective révolutionnaire laisse croire provisoirement à une solidarité accrue et à des regroupements actifs. Mais

---

foule moite qui jaillit ou qui suinte, aux mêmes heures, des métros, des gares, des cinémas ou des églises, être aussi bien le frère silencieux et distant du promeneur esseulé, du rêveur à la solitude ombrageuse, de l'illuminé, du mendiant, du pochard même : ceci nécessite un long et difficile apprentissage, une connaissance des gens et des lieux que seules peuvent conférer des années d'observation patiente» (*op. cit.*, p. 13).

106. Walter Benjamin, *Paris, capitale du XIXe siècle*, *op. cit.*, p. 463.
107. Voir la séquence de la deuxième partie de cet ouvrage qui porte sur les représentations de la ville monstrueuse et chaotique (p. 166-176). Durant l'après-guerre, le cinéma japonais met en scène le labyrinthe urbain et le monde du crime, voir les films noirs réalisés par Akira Kurosawa (*Chien enragé*, 1949; *Les salauds dorment en paix*, 1960; *Entre le ciel et l'enfer*, 1963, et *Dodes' Kaden*, 1969).

d'autres écrivains, l'adepte de l'école unanimiste qu'est Jules Romains par exemple, l'évoquent. Connu par la saga intitulée *Les Hommes de bonne volonté*, Jules Romains publie en 1911 un opuscule intitulé *Puissances de Paris* où il associe l'idée de puissance (notion renvoyant au désir, au *conatus* de Spinoza), qu'il applique à l'espace urbain, et celle d'intensification du lien collectif[108]. En puissance et tourné vers l'extérieur, le citadin doit ici se démarquer à la fois de l'anonymat de la foule et du rassemblement révolutionnaire. Se polarisant sur la puissance du temps et de l'espace, Jules Romains ne s'intéresse pas à la forme de Paris, comme le fait Gracq pour Nantes, mais aux conditions qui rendent possibles en son sein des mises en puissance, des rassemblements ou des solidarités. Là encore, à distance de la solitude et de la fusion, la ville est le corps rassemblant des individus venus d'horizons différents. Georges Perec ou Michel Butor tenteront plus tard, mais dans un autre état d'esprit, de récréer, de réécrire ces temps collectifs.

Qu'il décrive des rues (Laferrière, Soufflot, Royale, Montmartre ou du Havre), des places (de l'Europe, de la Trinité, de l'Étoile, la Bastille, des Vosges), des passages, des squares (de Cluny, Parmentier, le parc de Montmartre), Jules Romains se demande chaque fois comment un lieu parisien favorise ou pas des formes d'association et de solidarité. Ainsi, écrit-il à propos des passages : « En chacun, ce sont deux glissements inverses qui se frôlent ; le contact sans rudesse dégage une âme qui s'étonne d'avoir

---

108. De Jules Romains, voir également *La Vie unanime* (1908). Inspirée par la psychologie des foule de Gustave Le Bon et la sociologie de Durkheim, la doctrine unanimiste, indissociable du simultanéisme sur le plan esthétique, soutient que les individus trouvent leur accomplissement dans la dimension collective dont la ville moderne est le lieu privilégié en raison de l'harmonisation qu'elle rend possible (« Un être vaste et élémentaire, affirme J. Romains en 1908, dont la rue, les voitures, les passants formaient le corps et dont le rythme emportait ou recouvrait les rythmes des consciences individuelles »). Mais cet optimisme n'a été concrétisé ni sur le plan de l'histoire, ni sur le plan de l'évolution de l'urbain. Sur Jules Romains, voir Marcel Roncayolo, « Apprentissage de la ville, apprentissage de la vie. Jules Romains et la ville », in *Lectures de villes. Formes et temps*, Éditions Parenthèses, Marseille, 2002, p. 331-348.

quelque sérénité et quelque harmonie. Les passages sont une forme paisible de la foule. Elle s'y possède mieux, elle s'y allonge ; elle s'y réchauffe en se frottant aux parois [...] c'est une rue qui se recueille, ou un intérieur qui se défait toujours[109]. » Le passage, qui réunit transitoirement les contraires du privé et du public, favorise une expérience de « pacification », cette expérience qui répond à l'angoisse baudelairienne en se défendant à la fois du privé trop privé et de la foule massifiée. Pour Jules Romains, un lieu est un « échangeur de rythmes » : inutile que le lieu soit circulaire, ovale, rectangulaire ou linéaire, la forme n'est jamais ici que la condition d'un échange d'énergies qui se traduit par un surcroît de collectif ou d'individualisation. Et, chaque fois, par une excroissance de liberté.

L'expérience des espaces et des lieux trouve un écho dans des rassemblements occasionnés par un spectacle ou un moment festif. Jules Romains les place sous deux rubriques : « les éphémères » (le manège des cycles, la foule au cinématographe, le rassemblement devant la baraque, le bal du 14 Juillet, le bateau-mouche) et « les vies intermittentes » (le récital, un salon littéraire, l'équipe du métropolitain, les galeries de l'Odéon, la bibliothèque de la Sorbonne). Des situations d'urbanité sont subtilement mises en relation avec des lieux et des moments, avec la double matière de l'espace et du temps. S'intéressant à une assemblée de gens qui attendent sur le parvis de l'Opéra-Comique avant d'assister à un spectacle lyrique, observant la vie de telle ou telle rue, Jules Romains évoque des modes de rassemblement dont le double caractère est temporel et spatial : le rassemblement sera plus ou moins long, il s'inscrira plus ou moins dans la durée, il sera plus ou moins heureux, ou étouffant, massif. L'espace de Paris a pour condition des lieux permettant des agrégations plus ou moins intenses. Selon les lieux et les moments, les urbains font plus ou moins corps, plus ou moins groupe. Faire tenir ensemble des corps individuels, des corps libres sans les condamner à être trop unis, sans les condamner à être trop seuls,

---

109. Jules Romains, *Puissances de Paris* (1919), Gallimard, coll. « L'Imaginaire », Paris, 2000, p. 27-28.

ce double constat n'est pas sans lien avec l'idée que la cité permet à des individus de faire communauté, voire de se démarquer les uns des autres, d'entrer en conflit sans s'entre-tuer, de marquer leurs désaccords sans pour autant sombrer corps et âme dans la guerre civile. La cité, très vite devenue un synonyme de démocratie, représente un défi : faire tenir ensemble dans un espace unifié (grâce à des règles, à une identité, à une appartenance historique) des individus foncièrement différents et venant tous d'ailleurs. La ville a pour mission spatiale d'accorder accord et désaccord, discorde et consensus. À distance de la société traditionnelle où chacun appartient à un corps hiérarchisé, la ville moderne est inséparable des interrogations sociologiques de la fin du XIXe siècle sur le lien social. La rythmique de la ville participe d'une démarche égalitaire et démocratique, mais aussi des formes de « solidarisme » qui peuvent l'accompagner.

L'expérience scénique évoquée par Jules Romains se caractérise par une solidarité plus moins grande, celle que la durée publique permet quand elle s'inscrit dans des espaces communs. Voilà une expérience qui densifie le sujet s'exposant en public, ce qui contraste avec la perte d'intériorité qui menace l'homme en suspens. « En suspens » d'un espace public favorisant la relation sans laquelle le sujet n'a d'autre issue que le retour sur soi et chez soi (celui du bourgeois ou du solitaire), ou la glissade dans les myriades de signes qui composent le décor de la ville. L'espace public n'est pas seulement un décor, mais un théâtre, un tréteau, où des sujets peuvent devenir des personnages, s'émanciper de leur privé trop privé, des personnages qui s'adressent les uns aux autres. Mais, comme cet espace public n'est pas encore une scène politique, on risque de se perdre en multipliant les identités à l'infini. Comme au théâtre : « Car le théâtre est là où justement une lumière est allumée tous les soirs au cours de la nuit, là où le texte, le jeu viennent mettre en lumière un bout de la vie et le secouer de manière que se passe autre chose qu'à l'ordinaire, dans l'espoir que des personnes puissent passer à autre chose [...] Il s'agit donc de faire en sorte que la scène soit le plus possible les coulisses : là où les choses et les êtres peuvent justement coulisser, où les rôles n'ont pas encore été choisis, là où les plus doués, les moins doués peuvent encore changer de rôle, se former, se forger, une autre vie [...] Le but du théâtre n'est pas d'éclairer ce qui se trouve derrière soi, mais de se tourner vers l'avenir, non pas vers un avenir majoritaire, celui dont on nous parle sans cesse, celui de ceux qui sont grands, qui ont le pouvoir, mais vers l'avenir minoritaire, l'avenir de l'étranger, du fou, de la femmes, des ouvriers [110]... » Le théâtre, espace public où des individus peuvent coulisser. La ville, coulisse, lieu où des urbains peuvent coulisser ! Quelle meilleure définition du théâtre urbain lui-même !

*L'homme en suspens à Chicago :
une extériorité en mal d'intériorité
(Theodore Dreiser et Saul Bellow)*

Décrivant les trajectoires de ces corps pris entre masse et solitude, poètes et écrivains ont dressé la scène où des sujets s'exposent de manière anonyme, jouissant ainsi de cette liberté urbaine qui ne les oblige pas à dire qui ils sont à tout un chacun. La ville est une scène, elle permet aux individus de sortir de leur intériorité, de s'extérioriser. L'architecture renvoie à un mouvement d'institution, au sens d'une extériorisation de l'intérieur, ce que souligne Louis Kahn [111]. « Le problème du logement est un domaine ambigu ; déjà Loos l'avait dit, c'est un domaine qui appartient au privé. Il y a une limite où le logement n'appartient plus à l'architecte. L'architecte, depuis Adolf Loos et Louis Kahn, a pour fonction de signifier des valeurs collectives. Il est donc obligé de se poser le problème de l'institution [112]. » Si la ville privilégie la *vita activa* sur la *vita contemplativa*, l'architecte-

---

110. Rémi Checcheto, *En vie* (1997) : ce beau texte est cité par Fanny Colonna, in *Récits de la province égyptienne. Une ethnographie sud/sud*, Sindbad/Actes Sud, Arles, 2003, p. 163.
111. Sur Louis Kahn, voir infra, p. 250-251.
112. Bernard Huet, « Apprendre aux architectes la modestie », *Esprit*, décembre 1985.

urbaniste s'inquiète de rendre concevables des pratiques urbaines et d'en favoriser l'institution. Ce souci de l'extérieur va de pair avec une valorisation de l'intériorité, non pas celle de l'espace intérieur, de la maison et de l'appartement bourgeois, mais celle du sujet lui-même. Du sujet qui, pourvu d'une intériorité qui se tourne vers l'extérieur, peut se détruire à force de s'extérioriser. Comme l'affirme l'écrivain de Lisbonne : « Je me suis créé écho et abîme, en pensant. Je me suis multiplié, en m'approfondissant […] Pour me créer, je me suis détruit ; je me suis tellement extériorisé au-dedans de moi-même, qu'à l'intérieur de moi-même je n'existe plus qu'extérieurement. Je suis la scène vivante où passent divers acteurs, jouant diverses pièces [113]. »

L'ouverture au monde public, l'expérience de l'affranchissement urbain cher à Julien Gracq, conserve son sens tant que le monde intérieur ne disparaît pas au bénéfice d'une extériorité devenue une myriade de masques et d'impressions, une galerie d'images qui va progressivement, par le biais des nouvelles technologies et des écrans, retrouver le chemin du privé. Mais quelles sont les autres issues à la ville-théâtre, à cette exposition théâtrale, à cette consommation effrénée des scènes et des masques ? Si le bourgeois haussmannien rentre chez lui, s'il revient dans l'espace privé après avoir traîné à l'extérieur pour consommer la ville, des écrivains américains se penchent sur le sort du sujet quand il perd toute intériorité en se projetant à l'extérieur. Il n'y a plus alors que les « miroirs » de l'extériorité, le brillant, les affiches, les publicités. Comme la ville est à l'origine d'une extériorisation de soi qui passe par un théâtre spatial où des moi se manifestent masqués, l'identité devient le « point focal d'un répertoire éclaté de mini-rôles, plutôt que le noyau d'une hypothétique "intériorité" [114] ».

---

113. Fernando Pessoa, *Lisbonne*, *op. cit.*, p. 115.
114. Pierre-Yves Pétillon, « Oh ! Chicago… », article cité, p. 144. Tout au long de cette séquence, je m'appuie sur cet article. Sur le rapport de l'Europe aux États-Unis, voir aussi Pierre-Yves Pétillon, *L'Europe aux anciens parapets*, Seuil, Paris, 1986.

LA CONDITION URBAINE

Si Dickens est le romancier anglais de la construction du moi en milieu urbain, Theodore Dreiser, écrivain de Chicago, est son comparse américain. Quand la jeune Caroline Meeber, le personnage central du roman *Sister Carrie*[115], arrive à Chicago, elle ne débarque pas dans une ville plus étendue que son village natal. À Chicago, la ville en construction accompagne la construction de ces « moi » qui se multiplient de la même façon que les bâtiments, les usines et les rues. Mais ceux-ci sont moins des balises, des repères rassurants, que des projecteurs qui aveuglent. La théâtralisation devient illimitée, au point que la scène urbaine, celle qui doit permettre de s'identifier, de s'affranchir, menace de céder et de disparaître. La ville est ambiguë, comme dans le cas du film de Murnau, *L'Aurore* (*Sunrise*, 1927), elle est à la fois le lieu de la tentation et de la rédemption[116], de l'engloutissement et de l'émancipation.

Dans le roman de Dreiser, les matières et les signes de l'architecture sont autant d'images fragiles : « La ville est un mirage, un leurre, partout des lumières : les feux de la rampe. La ville est un théâtre, et venue de sa cambrousse, Carrie construit son identité sur cette scène à partir d'identités d'emprunts [...] Il n'y a plus de géographie sociale de la ville au sens balzacien du terme ; uniquement – comme chez Dickens – une trajectoire qui traverse divers mondes, des isolats ethnographiques comme ceux dont l'École de Chicago fait la cartographie[117]. »

La ville de Chicago est un Grand Théâtre du Moi dont la dramaturgie oscille entre tragédie et comédie. Ce théâtre pousse naturellement Carrie à entrer dans le monde du spectacle et à devenir actrice. Ne participant plus d'une dialectique de l'intérieur et de l'extérieur, en perte d'intériorité, le Moi, l'architecture mentale qui se construit à partir des signes extérieurs de la ville, se vide

---

115. Theodore Dreiser, *Sister Carrie* (traduit de l'américain par Anne-Marie Sautraud), Joëlle Losfeld, Paris, 1996.
116. Chez Murnau, la figure de la tentation est celle de la femme de la ville (voir aussi *City Girl* ou *Our Daily Bread*, *L'Intruse* ou *La Bru*, 1930) alors que dans *Metropolis* (1926), de Fritz Lang, la ville incarne le pouvoir.
117. Pierre-Yves Pétillon, « Oh ! Chicago... », article cité, p. 147.

et s'épuise... au risque de devenir vacant. Le sujet qui s'expose va moins de l'intérieur à l'extérieur qu'il ne s'invente en fonction de ce qu'il emprunte à l'extérieur sur la scène urbaine. D'où le manque grandissant d'intériorité qu'il éprouve quand il attend trop des masques de l'extérieur. La ville théâtralisée renvoie à une image mentale qui n'est plus celle de la formation à la liberté vantée par Gracq.

L'homme de Chicago, un « fabricant pressé de ses impressions », selon Erving Goffman, l'un des sociologues liés à l'École de Chicago [118], surprend l'Européen, celui qui habite « l'Europe aux anciens parapets », l'Européen qui croit toujours à la vertu urbaine de ses villes. Non sans contraste avec l'esprit européen, Saul Bellow écrit la suite du récit de Chicago, inauguré par Dreiser, en imaginant un « homme en suspens », celui qui tente d'être l'interprète d'une vie intérieure vivable dans une ville oppressante et écrasante, car construite sur la seule extériorité. « Chicago n'est pas seulement le décor de l'œuvre de Saul Bellow, c'est son personnage central, un "ours obèse" [...] À Chicago "l'homme en suspens" a depuis longtemps décroché du fil de son propre récit. Il est tombé dans la vacance d'un temps amorphe, anonyme, sans plus de point focal que le Middle West où il vit. Ce Middle West n'est pas une enclave provinciale arriérée : là s'est préfigurée, plutôt que n'importe où ailleurs, la condition moderne – ce que Musil appelait "la solitude de l'homme dans un océan de détails" [119] ». L'exposition du sujet consiste ainsi en une extériorisation de lui-même où, perdant toute substance, toute intériorité, il se mire dans l'une ou l'autre des scènes, dans l'un ou l'autre des signes que les lumières de la ville projettent. Mirage et miroirs vont de pair. Mais il faut distinguer les scènes urbaines : le Chicago de Dreiser n'est pas celui de Saul Bellow, et leur Chicago se distingue de Florence ou de Paris.

---

118. Sur la sociologie de l'École de Chicago, marquée à l'origine par les figures de Robert E. Park, Ernest W. Burgess et Roderick D. Mackenzie, voir *L'École de Chicago* (textes présentés par Yves Grafmeyer et Isaac Joseph), Flammarion, coll. « Champs », Paris, 2004.

119. Pierre-Yves Pétillon, « Oh ! Chicago... », article cité, p. 153.

La circulation comme valeur

Que l'on vive au rythme de la ville haussmannienne, de Londres ou de Chicago, l'ordre des valeurs est en train de se renverser durant cette fin du XIXe siècle industriel, puisque les flux l'emportent progressivement sur les lieux et les paysages. Si l'on s'en tient à cette appréhension de la notion de flux, on saisit rétrospectivement que la ville industrielle a été le moteur historique d'une inversion de la relation entre les lieux urbains et des flux externes qu'ils ne parviennent plus à contrôler. «La ville, encore définie par l'Encyclopédie au XVIIIe siècle comme un ensemble fini et ordonné de constructions, apparaît d'abord comme un jeu de mouvements, celui des personnes fondant le changement des valeurs urbaines. L'haussmannisation ne s'attache pas à créer la distance ou le cantonnement, mais bien, au même titre que la politique des réseaux ferrés, à réduire les obstacles et les frottements[120].» Avec la prévalence des flux, le frôlement et le frottement se font plus rares, tandis que la conflictualité sociale et politique est progressivement contenue. Les ruptures se précisent, la circulation devient le facteur décisif comme le souligne Edmond About dans le *Paris-Guide* de 1867, un ouvrage à l'esprit critique destiné aux visiteurs de l'Exposition universelle. L'entreprise haussmannienne y est vue à travers la volonté de faire circuler ceux qui n'ont pas de temps à perdre : «Lorsqu'on aura déblayé ces débris, rasé ce monticule, pris un quart du terrain pour des rues larges [...], le reste se vendra plus cher qu'on a payé le tout : les trois quarts du sol ras vont avoir plus de prix que la totalité bâtie. Pourquoi ? Parce que les grandes villes, dans l'état actuel de la civilisation, ne sont que des agglomérations d'hommes pressés ; qu'on y vienne pour produire, pour échanger, pour jouir, pour paraître, on est talonné par le temps, on ne supporte ni délai, ni obstacle [...] Une rue droite, large, et bien roulante rapproche et met pour ainsi dire en contact

---

120. Guy Burgel, *in* Georges Duby (dir.), *Histoire de la France urbaine*, tome 4 : *La Ville de l'âge industriel*, Seuil, Paris, 1983, p. 104.

deux points qui nous semblaient distants d'une lieue [121]. » Voilà la « circulation » intronisée comme valeur fondamentale [122], celle que valorisera plus tard le fonctionnalisme d'un Le Corbusier qui ajoute symboliquement aux fonctions du travail, de l'habiter et du loisir celle de la circulation. Mais cette emprise de la circulation est aussi monétaire, elle consacre l'argent comme échangeur et médiateur, elle préfigure la circulation contemporaine, celle qui n'a plus de limites spatiales, avec l'ouverture des marchés financiers qui singularise la troisième mondialisation. Comme la puissance de la circulation traduit un retrait vis-à-vis de l'expérience urbaine qui exige du temps, elle favorise simultanément un renversement des liens entre le privé et le public. Même s'il « circule », s'il sort de chez lui, le bourgeois balzacien doit gagner de l'argent et du temps, consommer et rentrer chez lui, dans un intérieur protégé de l'extérieur. Certes, l'intérieur n'est pas un espace clos, on en sort pour y revenir, le début et la fin se confondent dans un cycle mouvementé, mais le privé gagne sur l'expérience publique elle-même. La scène s'intériorise avant même que la révolution technologique – et la révolution des écrans qui l'accompagne – ne fasse plus tard entrer la vie publique à l'intérieur de chez soi. Si le social, au sens où Hannah Arendt l'entend, ne tue pas totalement l'espace public, on assiste à un mouvement de privatisation qui renverse les places jusqu'alors affectées dans la ville au privé et au public. Privé et public s'entrelacent, le privé n'est pas « privé » de public, le public n'est pas l'oubli du privé, mais la relation du privé et du public s'inverse en même temps que celle des flux et des lieux. Le comprendre exige de ne pas réduire l'expérience publique par excellence, à savoir l'expérience politique, au seul espace public. En effet, la politique implique une action collective, alors que l'espace public est avant tout l'occasion d'une extériorisation de soi.

121. *Histoire de la France urbaine*, tome 4, *op. cit.*, p. 103.
122. Jean-Joseph Goux, *Frivolité de la valeur. Essai sur l'imaginaire du capitalisme*, Éditions Blusson, Paris. « Tout se résume dans l'Esthétique et l'Économie politique », cette formule de Mallarmé indique bien que la circulation urbaine est indissociable du règne de la circulation monétaire qui affecte tous les domaines, dont celui de l'esthétique.

IV. L'expérience politique ou la *res publica*

Dès que l'on évoque la politique, la ville devient le synonyme obligé de la cité ou de la *polis*. En dépit du fait que la référence à ce dernier terme date, dans la culture européenne, essentiellement du XIXe siècle [123], la *polis* grecque est associée spontanément à «l'invention de la politique» [124]. L'idéal-type de la ville ne puise pas seulement dans la double dimension poétique ou scénique évoquée jusqu'ici, il ne relève pas seulement du théâtre et de la scène, mais aussi de l'institution du politique. Mais comment qualifier celle-ci ? À quelle expérience historique l'associer dans le cas de la ville ? À la Grèce, à Rome, à la ville médiévale qui crée les libertés communales, aux villes de la Renaissance inséparables de l'humanisme civique ? Mais ces figures de la cité politique ne sont pas analogues : la *polis* valorise la délibération mais elle privilégie une conception exclusive de la citoyenneté, la commune médiévale valorise la liberté sans asseoir une culture de la citoyenneté, la cité renaissante valorise l'égalité et le conflit sans être prémuni contre les excès du pouvoir, la ville-refuge symbolise la justice, tout en privilégiant l'étranger. Elles inscrivent donc, les unes et les autres, la question politique dans le cadre d'un lieu qui est à la fois un espace mental et un territoire. L'expérience politique propre à la condition urbaine renvoie ainsi à des conceptions diversifiées de la solidarité, de l'intégration et de la citoyenneté. Qui appartient à la cité ? Qui participe dans la cité ? Qui peut être accueilli dans la cité ? Voilà quelques-unes des interrogations qui sous-tendent l'expérience politique de la ville, une multi-fondation qui puise dans diverses matrices historiques. À commencer par celle de la Grèce.

---

123. Giuseppe Cambiano, *Polis. Histoire d'un modèle politique,* Flammarion, Paris, 2003.
124. Christian Meier, *La Naissance du politique*, Gallimard, Paris, 1996.

La polis, *théâtre du verbe et de l'action glorieuse*

La *politeia* se caractérise, selon Hannah Arendt, par un espace « public » qui donne une visibilité « politique » aux relations humaines. Mais cet espace « intermédiaire », intermédiaire parce qu'il rend possibles des liens « entre » des groupes ou des individus, n'est pas nécessairement identifiable à un territoire. Valorisé par les Grecs comme un « espace mental », comme une « idée », il permet de glorifier l'action et de délibérer entre citoyens. Jusqu'à la réforme de Clisthène [125], l'*agora* est une vraie scène mentale et ne dispose pas d'une représentation territoriale délimitée et circonscrite, celle où peut s'exercer l'échange des paroles destinées à inscrire la *vita activa* dans la durée.

Le temps de l'action est célébré sur l'*agora*, car le Verbe collectif, qui irrigue le corps de la cité, peut s'y exprimer et assurer une « permanence » à des actions marquées du sceau de la fragilité. La délibération sur l'*agora* valorise d'abord l'action en l'inscrivant dans une relation où passé, présent et avenir se répondent dans une cosmologie commune. D'emblée, la *polis*, liée à la dimension de l'action, a pour rôle d'« offrir » une scène politique, et non pas seulement un théâtre de l'espace public, à la *vita activa*. Cette scène, qui ne se confond pas avec un territoire, est comme la table qu'évoque Hannah Arendt : pour parler ensemble, il faut se mettre autour d'une même table, se séparer, prendre distance pour mieux se regrouper. La séparation, celle de la scène, est la condition de la délibération, de la participation et de l'action commune.

---

125. En 510 av. J.-C., Clisthène l'emporte à Athènes à la suite d'une lutte entre factions aristocratiques. Sa réforme consiste, selon Moses I. Finley, en « une restructuration d'un système de gouvernement fondé sur la centaine de dèmes (cantons) que comportait l'Attique, et qu'il répartit en dix unités nouvelles, artificielles, appelées *phylia* (tribus). Selon Aristote, le but de ces manœuvres était "de les mélanger tous afin de détruire les associations antérieures" et par là de "faire participer plus de gens aux affaires publiques (*politeia*)" », *L'Invention de la politique*, Flammarion, Paris, 1985, p. 74.

Les Grecs privilégient « ce pour quoi il vaut la peine, pour les hommes, de vivre ensemble (*syzèn*), à savoir la mise en commun des paroles et des actes [126] ». Cette mise en scène « commune » permet à tout citoyen de multiplier les occasions d'acquérir la « gloire immortelle » liée à l'action, et de se faire voir par là même aux autres, en parole et en acte, afin de se distinguer. L'appartenance à un même corps, celui de la cité, « donne lieu » à un partage, celui du *logos* et de l'échange des mots, qui n'est pas matériel et n'a pas besoin de s'inscrire dans un lieu précis. C'est pourquoi la scène politique n'est pas repérable, durant une longue période, dans un territoire circonscrit. Même assurée physiquement par un rempart, la *polis* a pour but de favoriser la mémoire des hauts faits et gestes. L'esprit de la *polis*, qui n'est pas a priori territorial, renvoie aux valeurs de la vie publique. Ce que soulignent au XIXe siècle des auteurs qui, comme Fustel de Coulanges ou Benjamin Constant, opposent la cité antique aux mœurs modernes « privées » de public. Hannah Arendt y insiste : « La *polis* proprement dite n'est pas la cité en sa localisation physique […] "Où que vous alliez, vous serez une *polis*" : cette phrase célèbre n'est pas seulement le mot de passe de la colonisation grecque ; elle exprime la conviction que l'action et la parole créent entre les participants un espace qui peut trouver sa localisation presque n'importe quand et n'importe où. C'est l'espace du paraître au sens le plus large : l'espace où j'apparais aux autres comme les autres m'apparaissent, où les hommes n'existent pas simplement comme d'autres objets vivants ou inanimés, mais font explicitement leur apparition [127]. » L'action racontée sur l'*agora* étant valorisée en tant que telle, le territoire spécifique, la cartographie de la *polis* n'est pas l'essentiel. Le langage recourt d'ailleurs à deux mots différents pour évoquer la vie urbaine : l'un désigne la ville, le cadre territorial, le lieu géographique (*asty*), et l'autre désigne la cité, le lieu de la délibération (*polis*). L'appartenance à la cité est politique au sens où, essentiellement mentale, elle n'est

---

126. Hannah Arendt, *Condition de l'homme moderne* (1958), Calmann-Lévy, Paris, 1983, p. 221.
127. *Ibid.*, p. 223.

pas identifiable à un territoire en tant que tel [128]. Ce n'est que progressivement que le bâti s'impose, et l'espace mental est renforcé par le cadre géographique et architectural : « *Agora* signifie rassemblement et parole, et ne désigne pas nécessairement un espace bâti. Mais l'*agora* est un lieu central et lorsque Clisthène va remplacer la *boulê* solonienne des quatre cents par la *boulê* des cinq cents, l'*agora* va être délimitée par des bornes. L'une d'entre elles portant l'inscription : "je suis la borne de l'*agora*" [129]. » Or, l'*agora* désigne un « espace vide », car à équidistance de chacun, un centre qui ne renvoie plus à une centralité, au pouvoir central du *kratos* royal [130]. C'est donc le sens même de la centralité qui se métamorphose : d'une part, il y a désormais une *hestia* pour le foyer commun comme il y en a une pour la maison, l'intérieur a un prolongement à l'extérieur ; d'autre part, l'*agora* est une place qui se vide du pouvoir, un espace qui exige la délibération et l'intelligence commune. C'est pourquoi *hestia* (l'espace domestique) et *hermès* (la communication avec l'extérieur) forment un couple [131]. Dans ce contexte, les réformes de Clisthène visent à constituer « un espace

---

128. D'où le contraste entre la *polis* et Rome, la ville unique, qui incarne la fondation de l'Empire. Celui-ci est le prolongement spatial, l'extension territoriale de la Ville universelle. Sur la tradition romaine de la fondation urbaine, voir Myriam Revault d'Allonnes, *L'Autorité des Modernes*, Seuil, Paris, 2006.

129. Pierre Vidal-Naquet, entretien avec Thierry Paquot, in *Urbanisme*, n° 299, mars-avril 1998.

130. Comme l'écrit Jean-Pierre Vernant à propos de l'*agora*, c'est la signification même du centre qui change radicalement : « Le miracle grec (qui n'en est pas un) : un groupe humain se propose de dépersonnaliser le pouvoir souverain, de le mettre dans une situation telle que personne ne puisse l'exercer seul, à sa guise. Et pour qu'il soit impossible de s'approprier le pouvoir, on le "dépose au centre". Pourquoi ? Parce que, pour une communauté d'individus qui se considèrent tous […] comme "semblables" et "égaux", le centre incarne, à équidistance de chacun, un espace commun, non appropriable, public », in *La Traversée des frontières*, *op. cit.*, p. 136.

131. Hermès est « le mouvement à l'état pur », « il perce les murailles, se joue des serrures », il préside à l'espace public et siège dans l'*agora*, voir *ibid.*, p. 138.

civique homogène dans le cadre duquel tous les Athéniens, quelles que soient leur famille, leur profession, leur résidence, puissent apparaître équivalents les uns aux autres, en tant que citoyens d'un même État», dès lors la *polis* demeure «un univers sans étages ni différenciations »[132].

Si la territorialisation politique de la cité ne met pas en cause l'unité et l'esprit de corps, ce n'est plus le cas après la réforme de Clisthène. La pensée d'Hippodamos, qui porte à la fois sur la configuration géographique de la ville et sur l'organisation politique de la cité, est à l'origine d'un changement qui affecte l'indivision de la cité. La différenciation sociale va alors se substituer à l'indifférenciation, la division à l'unité: «L'espace civique centré de Clisthène visait à intégrer indifféremment tous les citoyens dans la *polis*. L'espace politique et l'espace urbain d'Hippodamos ont en commun un même trait fondamental: leur différenciation[133].» Celle-ci sera radicalisée par l'utopie platonicienne qui, dans *Les Lois,* assimile chaque classe à un métal et établit au centre une acropole, cette enceinte circulaire clôturée en fonction de laquelle s'organise le territoire[134]. Le contraste est frappant entre la ville (indifférenciée) de Clisthène qui valorise l'*agora*, et la cité platonicienne (différenciée) dont le centre, l'Acropole qui est vouée aux divinités tutélaires, amarre la cité à la divinité et non plus à la politique.

En palliant les fragilités de l'action, la *polis* donne plus de puissance à la *vita activa* et fait du citoyen un témoin de la mémoire de la cité. Mais cette exposition permanente, ce culte de la *vita activa* mettent l'accent sur la seule extériorité[135]. Richard Sennett voit dans cette célébration de l'extériorité le signe d'une «impersonnalité» de la politique grecque. Ce qu'il reproche à Hannah Arendt, pour laquelle «l'intérieur», le privé, l'économie, bref tout ce qui n'est pas la *polis*, appartiennent à l'animal

132. Jean-Pierre Vernant, «Espace et organisation politique en Grèce ancienne», *Mythe et pensée chez les Grecs I*, Maspero, Paris, 1974, p. 224.
133. *Ibid.*, p. 219.
134. *Ibid.*, p. 227.
135. Sur les rapports de l'esthétique, du théâtre et de la politique en Grèce, voir Jean-Christophe Bailly, *Le Champ mimétique*, Seuil, Paris, 2005.

humain et non à l'être humain qui s'exprime dans un Verbe toujours actif[136]. Prévalence de la *vita activa* sur la *vita contemplativa*, fascination pour la parole politique et le verbe échangés sur l'*agora*, préférence pour l'art de la délibération : voilà ce qui condamne Hannah Arendt à réduire l'histoire européenne à la dégradation du politique en social. Comme si la pureté du Verbe et de l'action se perdait au contact du « social ». Comme si le citoyen était radicalement étranger aux travaux qui assurent la survie biologique de l'espèce, ceux dont les femmes et les esclaves ont la charge.

Si l'invention de la politique remonte à la *polis* grecque, l'émergence de la ville européenne va être portée plus tard par un double mouvement : celui de l'émancipation communale du Moyen Âge qui valorise les libertés, et celui de l'humanisme civique de la Renaissance italienne qui associe l'égalité et le conflit. Dans les deux cas, la dimension territoriale de la ville, celle qui s'inscrit dans un cadre géographique, accompagne la mise en scène urbaine de la politique.

L'émergence de la ville européenne et l'émancipation communale

Nombreux sont les historiens pour qui la ville, grecque et européenne, est moins liée à un cadre physique inédit qu'à l'émergence en son sein d'un *type d'homme*. Une comparaison historique avec le monde chinois, celle que proposent Béla Balazs ou Max Weber[137], ou avec l'espace arabo-musulman, celle que suggère la *Muqqadima* d'Ibn Khaldun, témoigne d'une généalogie spécifique de la ville européenne[138]. La prise en compte de la dimen-

---

136. Richard Sennett, *La Conscience de l'œil*, Plon, Paris, 1992.
137. Béla Balazs, *La Bureaucratie céleste. Recherches sur l'économie et la société en Chine*, Gallimard, Paris ; Max Weber, *La Ville* (1947), Aubier-Montaigne, Paris, 1992.
138. Traducteur du *Livre des exemples* d'Ibn Khaldun dans la collection « Bibliothèque de la Pléiade », chez Gallimard, A. Cheddadi prépare un

sion architecturale et spatiale ne peut faire oublier la permanence de la représentation mentale de la cité politique comme espace de la *vita activa*. La condition urbaine va de pair en Europe avec une vision de l'homme, avec un état d'esprit qui ne revient pas à opposer le rural et l'urbain ; l'homme médiéval opposait moins la campagne à la ville que celle-ci à la forêt et au désert. « Un instinct très sûr avait saisi que la ville se caractérisait avant tout comme le site d'une humanité particulière. » À ces propos de Marc Bloch dans *La Société féodale*, Jacques Le Goff ajoute : « S'il y a un homme médiéval, l'un des principaux types de cet homme médiéval, c'est le citadin. »[139] Mais, durant le Moyen Âge, on ne disposait pas encore du vocabulaire approprié permettant de distinguer la ville du village. Selon Marc Bloch, les termes « Ville, *Town*, *Stadt* » s'appliquaient « indifféremment aux deux types de groupement »[140].

L'émergence « urbaine » que l'on observe selon des modalités et des rythmes divers dans le Nord de l'Europe (monde hanséatique), dans la péninsule Ibérique, en France et dans le Nord de l'Italie, intervient donc dans un Occident médiéval où l'opposition est moins celle de la ville et de la campagne que celle des espaces cultivés et des espaces sauvages[141]. Par ailleurs, l'émergence des villes correspond à une rupture concrète avec un monde féodal composé non pas de citadins mais de sujets. C'est

---

ouvrage sur cet auteur. Sur la ville arabe et orientale, voir Dominique Chevallier (dir.), *L'Espace social de la ville arabe,* Maisonneuve et Larose, Paris, 1979 ; Hichem Djaït, *Al-Kûfa. Naissance de la ville islamique*, Maisonneuve et Larose, Paris, 1986.

139. Jacques Le Goff, article « Ville », in *Dictionnaire raisonné de l'Occident médiéval*, Fayard, Paris, 1999. L'historiographie française s'est particulièrement intéressée au mouvement communal et à la ville médiévale, voir Marc Bloch, *La Société féodale. Les classes et le gouvernement des hommes* (Albin Michel, Paris, 1940), et Henri Pirenne, *Les Villes du Moyen Âge. Essai d'histoire économique et sociale* (Éditions Lamartin, Bruxelles, 1927).

140. Marc Bloch, *La Société féodale*, *op. cit.,* p. 112.

141. « Dans l'Occident médiéval, écrit Jacques Le Goff, en effet la grande opposition n'est pas celle entre ville et campagne comme dans l'Antiquité (*urbs-rus* chez les Romains, avec les développements sémantiques *urbanité-rusticité*), mais le dualisme fondamental culture-nature s'exprime davantage

pourquoi la ville médiévale, marquée par la volonté d'acquérir des libertés, témoigne d'une volonté d'émancipation de l'ordre féodal. « Expansion, domination urbaines ne sont pas seulement économiques, mais politiques, administratives, religieuses, culturelles... Dans le royaume de France, les villes ont lutté contre les seigneurs et contre (ou avec) le roi pour acquérir privilèges et libertés. Elles ont saisi, une à une, des portions de pouvoir seigneurial ou souverain, reçu en présent des institutions qui les associent au gouvernement des hommes : selon leur chance, leur grandeur ou leur pugnacité, un présidial, un bailliage, un parlement [142]... » Si le marchand et le bourgeois « personnalisent » la ville médiévale, les libertés municipales ont une dimension politique que la place prise par l'économie ne doit pas occulter. La ville inaugure, selon Max Weber, une expérience singulière, dans la mesure où elle favorise la confrontation de chacun avec le premier venu.

C'est la raison pour laquelle la bourgeoisie cherche à obtenir avant tout la levée du droit féodal, ce qui « constitue la plus grande innovation révolutionnaire des villes de l'Occident médiéval par rapport à toutes les autres villes [143] ». Mais cette usurpation s'appuie sur la force et le bourgeois n'hésite pas à recourir aux armes pour défendre les libertés communales. « L'air de la ville rend libre », mais il rend d'autant plus libre que le citoyen est un citoyen-soldat, un citoyen en armes. Voilà ce qui distingue par exemple le marchand citadin des villes européennes du marchand sunnite dans la ville arabe classique qui s'appuie, Ibn Khaldun le montre bien, sur des tribus bédouines pour assurer l'ordre.

Relatif à une large fraction de l'Europe urbaine durant les

à travers l'opposition entre ce qui est bâti, cultivé et habité (ville-château-village ensemble) et ce qui est proprement sauvage (mer, forêt, équivalents occidentaux du désert oriental), univers des hommes en groupes et univers de la solitude », *in* « Le désert-forêt dans l'Occident médiéval », *L'Imaginaire médiéval*, Gallimard, Paris, 1985.

142. Fernand Braudel, *L'Identité de la France* (1986), Flammarion, Paris, 2000, p. 181.

143. Max Weber, *La Ville*, *op. cit.*, p. 52.

années 1070-1130, le mouvement communal est lié à l'octroi à certaines villes de chartes de franchise, mais les chartes des communes n'en représentent qu'un aspect. Lorsque la franchise urbaine est obtenue par les habitants conjurés, c'est-à-dire regroupés dans une « association d'aide mutuelle » fondée sur un « serment commun » (*conjuratio*) et destinée à maintenir la paix, on peut parler de « commune » ; ce qui concerne des villes de Flandre, de France du Nord et les cités d'Italie du Nord[144] où les décisions sont prises « *in commune* » (en commun) à la suite d'un « *juramentum commune* ». Tant dans la commune que dans le consulat, ce qui compte « est la volonté des habitants de constituer un corps, une "*universitas*", c'est-à-dire une communauté disposant de la reconnaissance juridique et acquérant de ce fait une personnalité qui devient indépendante des membres qui la composent[145] ». La ville est le lieu où, même s'il renvoie toujours à l'idée d'un fondement divin, des libertés sont revendiquées contre l'ordre féodal et où un corps commun, un collectif urbain se constituent. Pour Max Weber, « la ville occidentale – et plus spécialement la ville médiévale – n'était pas seulement économiquement un siège industriel et commercial, politiquement une forteresse et un lieu de garnison, administrativement une juridiction, elle était aussi un lieu de fraternisation communautaire fondée sur le serment[146] ». Si l'expérience communale ne s'est pas généralisée[147], si les villes émancipées sont restées minoritaires en Europe, elles ont intensément contribué à l'expérience politique de la ville. C'est pourquoi elles participent de l'imaginaire de la ville, de sa généalogie et de son image mentale. Le paradoxe

---

144. Patrick Boucheron, Denis Menjot, « La ville médiévale », *in* Jean-Luc Pinol (dir.), *Histoire de l'Europe urbaine,* tome 2 : *De l'Antiquité au XVIIIe siècle*, Seuil, Paris, 2003, p. 499-505.
145. *Ibid.*, p. 506. Voir aussi les deux chapitres intitulés « Pratiques de gouvernement et culture politique » (p. 508-516), et « Exercice du pouvoir, classes dirigeantes et bourgeoisie » (p. 516).
146. Max Weber, *La Ville*, *op. cit.*, p. 64-65.
147. Dans *La Ville au Moyen Âge en Occident* (Fayard, Paris, 1990), l'historien Jacques Heers évoque les échecs de l'urbanisme communal (p. 385-449).

de la ville médiévale n'en reste pas moins que cette ville quasi accomplie par rapport à l'idéal-type de la ville se tient à la marge du reste de la société, comme si l'expérience urbaine était exceptionnelle [148].

*La république civique de la Renaissance :
la revendication d'égalité et la culture du conflit*

> «Ô, habitant de Mantoue, je suis Sordello de ta ville!» Et ils s'embrassèrent.
>
> Dante, *Purgatoire*, VI

L'humanisme civique de la Renaissance contribue, dans une tout autre mesure, à la consolidation politique de cités en Italie et en Europe du Nord [149]. Il est le laboratoire d'une expérience politique qui s'autonomise tout en valorisant l'égalité et le conflit. À la différence de la tradition communale du Moyen Âge, l'humanisme civique ne fonde plus le corps collectif sur une loi religieuse, il crée un corps autonome et divisé. «La révolution démocratique moderne se reconnaît à cette mutation : point de pouvoir lié à un Corps. Le pouvoir apparaît comme un lieu vide et ceux qui l'exercent comme de simples mortels qui ne l'occupent que temporairement ou ne sauraient s'y installer que

---

148. Pour Jacques Donzelot, la ville médiévale constitue le seul exemple historique d'une forme de ville «faisant société». «À ce stade de l'histoire la ville forme effectivement une société de gens unis par les mêmes caractéristiques, celles d'un égal affranchissement par rapport aux servitudes féodales qui organisent les campagnes, recherchant également un abri derrière les remparts qui entourent alors les villes et protègent leurs habitants. La ville constitue une société à part, jouissant d'un régime d'exception. Ainsi, le seul moment où l'on pourrait dire de la ville qu'elle faisait société serait celui où elle se trouvait le plus en marge, installée dans une sorte d'extra-territorialité par rapport à la part la plus importante de la société», *in* «La ville à trois vitesses : relégation, périurbanisation, gentrification», *Esprit* : *La Ville à trois vitesses*, mars-avril 2004.
149. Leonardo Benovolo, *La Ville dans l'histoire européenne*, Seuil, coll. «Faire l'Europe», Paris, 1993.

par la force ou la ruse ; point de loi qui puisse se fixer, dont les énoncés ne soient contestables [150]. »

Parler d'un humanisme civique et républicain avec des auteurs comme Quentin Skinner, Hans Baron, John G.A. Pocock, Claude Lefort [151], c'est rappeler qu'un monde urbain où la loi ne renvoie plus à une transcendance religieuse est en train de se constituer dans le cadre de cités-États. La ville de l'humanisme est celle où l'institution de la politique rend possibles l'égalité et la liberté en dehors de toute loi religieuse, mais elle est également celle où le conflit intervient entre les groupes sociaux dans des espaces urbains circonscrits. Le corps de la cité se divise, se démarquant à la fois du corps unifié des citoyens de la *polis* et du combat pour les libertés communales. Le conflit s'installe au sein même de la cité, il éclate entre des citoyens qui se regroupent en sociétés, ce qu'on appellera plus tard des classes sociales. Le politique n'est plus étranger au social alors même que l'impératif égalitaire, avant les aiguillons historiques que sont l'*Aufklärung* et les temps révolutionnaires, se renforce. Et pour cause : l'égalité va de pair avec le conflit et avec la *vita activa*. La condition urbaine est l'affaire de celui qui opte pour l'action et se méfie de la *vita contemplativa*. « S'impose soit l'idée d'une supériorité de la *vita activa* sur la *vita contemplativa*, soit d'une égale dignité entre l'une et l'autre [152]. » Alors que l'action est privilégiée, l'idée d'appartenance à un même corps se défait au profit d'une division qui prend des allures politiques, sociales et architecturales. La ville renaissante est celle où le corps urbain n'est plus un

---

150. Claude Lefort, « L'Europe : civilisation urbaine », *Esprit* : *La Ville à trois vitesses*, mars-avril 2004. L'interrogation au long cours de Claude Lefort sur la démocratie ne puise pas par hasard dans une réflexion sur Machiavel, Florence et la constitution d'un espace-temps démocratique dans le contexte de la Renaissance, voir Claude Lefort, *Le Travail de l'œuvre Machiavel* (Gallimard, Paris, 1972) et J.G.A. Pocock, *Le Moment machiavélien. La pensée politique florentine et la tradition républicaine atlantique* (PUF, coll. « Léviathan », Paris, 1997).

151. Pour une première approche de ces auteurs majeurs, voir Serge Audier, *Les Théories de la République*, La Découverte, Paris, 2004.

152. Claude Lefort, « L'Europe : civilisation urbaine », article cité.

Tout, celui de la *polis*, mais un ensemble qui peut se diviser sans que la guerre civile ne l'emporte. La ville humaniste n'est pas contemporaine par hasard de la philosophie politique d'un Machiavel qui écrit dans le cadre de la République de Florence. Florence : « la seule ville européenne, selon Henri Pirenne, que l'on puisse comparer à Athènes ».

L'humanisme comme expérience de l'autonomie : cela équivaut à dire que la ville et la politique deviennent l'œuvre des hommes eux-mêmes, c'est-à-dire des citadins. « Dès lors que la novation est accueillie en tout domaine, que naît la pensée d'un temps irréversible, celle qui excède toute connaissance acquise et que s'instaure un débat interminable sur la distinction du légitime et de l'illégitime[153]. » Si l'humanisme républicain accompagne « l'invention démocratique », si celle-ci est indissociable d'une « désincorporation » qui affecte les corporations mais aussi le corps de la ville, l'égalité démocratique va de pair avec une différenciation « sociale » qui fragilise la cité. La *polis* voulait donner un corps à l'action glorieuse en l'incarnant, la cité de la Renaissance libère l'égalité et prend le risque du dissensus et de l'action violente. La perspective picturale, qui apparaît simultanément, a elle-même une dimension profondément politique : « Le succès de la perspective à Florence est intimement lié à une opération politique de représentation du pouvoir Médicis par le biais d'une forme de peinture dont le principe presque moral est celui de la *sobrietas* et de la *res publica*. C'est effectivement ce que représente la perspective, puisque, telle qu'en parle Alberti dans son *De Pictura*, celle-ci construit d'abord un lieu d'architecture, qui est une place, et sur cette place l'histoire se déroule : c'est la place urbaine, sur laquelle se fait l'histoire[154]. » Ainsi la ville de la Renaissance, à Florence et ailleurs, n'est plus marquée par les hiérarchies qui persistent dans la ville des libertés communales, mais rythmée par les événements qui se déroulent sur la place républicaine, lieu de la division et terrain des luttes. La

---

153. *Ibid*.
154. Daniel Arasse, *Histoires de peintures*, France Culture/Denoël, Paris, 2004, p. 43.

compréhension de la ville passe alors de Machiavel à Marx [155], et la ville effective devient un terrain de luttes, de la lutte entre les guelfes et les gibelins, entre les petits et les gros, puis de la lutte des classes, comme le rappelle l'histoire du XIXe siècle entre les journées de juin 1848 et les luttes communardes [156].

Si l'invention politique en Grèce dissocie l'espace de la cité de l'action politique elle-même, il n'en va plus ainsi en Europe avec les cités marchandes et les cités politiques de la Renaissance ; ces républiques articulent un territoire et une capacité d'agir collectivement en leur sein. En comparaison avec les expériences grecque ou médiévale, la ville républicaine inaugure un monde où la conflictualité prend le dessus sur un esprit citadin qui préfère la délibération et la fraternité civique à la discorde. Mais la ville politique a-t-elle choisi alors entre les divers scénarios qui s'offrent à elle ? Le scénario de la captation par l'État, celui de l'identification à la ville-capitale, celui de la sociabilité qui prend corps dans les communes rurales du XIXe siècle français [157], ou bien encore celui de l'issue révolutionnaire [158] ? La ville politique

---

155. Claude Lefort, «Réflexions sociologiques sur Machiavel et Marx : la politique et le "réel"», in *Les Formes de l'histoire. Essais d'anthropologie politique*, Gallimard, Paris, 1978.
156. Voir Karl Marx, *Les Luttes de classes en France*, 1850.
157. Dans le sillage de Maurice Agulhon (voir *La République au village. Les populations du Var de la Révolution à la deuxième république*, Seuil, Paris, 1979), on peut souligner les liens entre l'espace républicain post-révolutionnaire et la commune villageoise, ce qui revient à mettre en avant la fraternité, le vivre-ensemble et la communauté plus que la conflictualité et la division propres à l'espace urbain de la Renaissance, voir Paul Thibaud, «Ville et démocratie», *Citoyenneté et Urbanité*, *op. cit.*
158. La deuxième partie, intitulée «Paris rouge», de *L'Invention de Paris* d'Eric Hazan (*op. cit.*) est consacrée aux luttes qui devaient ensanglanter le sol parisien, tant en 1848 que durant la Commune (p. 283-290). Paul Thibaud montre comment Londres et Paris gèrent différemment dans leur histoire la relation au pouvoir et au conflit : «L'opposition Paris-Londres est celle de deux histoires. L'une, place financière gérant une énorme population, prolonge à travers la sécularisation, l'industrialisation et les institutions du *welfare*, l'auto-organisation médiévale. À Paris, au contraire, les conflits et les embrasements ont toujours pour enjeu la citoyenneté. Urbanistique-

est multidimensionnelle, l'expérience qu'elle révèle met sur le même plan la délibération, la liberté, l'égalité, la fraternité, la participation et la conflictualité. Le destin politique des villes, toujours singulier, est de valoriser telle ou telle de ces dimensions. Mais, de même que les flux prennent le dessus sur les lieux, le privé sur le public, la ville modifie ses capacités d'intégration, elle privilégie des mécanismes de solidarité afin de préserver la ville des luttes sanglantes. Si la ville renaissante n'a pas exclu la violence et les conflits entre groupes, la peur de la masse, la peur des résurgences révolutionnaires, la peur des luttes donnent lieu à une volonté de contrôle de la conflictualité par l'État dans les sociétés européennes[159]. « L'invention du social » est une manière de conserver la tâche d'intégration qui incombe à la ville autant qu'à l'État en se préservant de la conflictualité. Alors que les flux l'emportent sur les lieux, qu'un mouvement de privatisation au long cours modifie les liens du privé et du public, la dynamique sociale se prémunit contre les risques de la conflictualité et de la lutte des classes. Ce choix d'une intégration « sociale » destinée à éviter le conflit politique, à échapper aux luttes violentes, a une signification politique, puisqu'il a pour but d'éviter le frottement des groupes sociaux et des classes. C'est pourquoi l'atténuation de la conflictualité donne lieu à une montée en puissance des facteurs favorisant des processus de séparation, ceux-là mêmes dont se nourrit aujourd'hui, bien à distance, la troisième mondialisation.

---

ment, cela donne, pour reprendre les termes de Françoise Choay, une ville "normative", ou les conflits ne mettent pas en jeu la structure, et une ville "normée", dont il s'agit toujours de redéfinir le cadre. C'est pourquoi, d'ailleurs, au volontarisme utopique des urbanistes français (Ledoux, Haussmann, Le Corbusier) font contraste l'organicisme, l'environnementalisme des Anglo-Saxons, illustrés récemment par Lewis Mumford ou Jane Jacobs » (in « Ville et démocratie », article cité, p. 39).
159. Voir Jacques Donzelot, *L'Invention du social*, Seuil, coll. « Points Essais », Paris, 1994. C'est afin d'éviter que les conflits avec les masses ouvrières dégénèrent en guerre civile et que se renouvellent les journées de 1848 que le gouvernement devait prendre des mesures débouchant sur l'État providence.

La double polarisation de l'État et du réseau

Si la cité républicaine valorise la scène politique, si l'urbain accompagne une expérience politique qui se décline au pluriel, un choix historique se présente dès le Moyen Âge, celui de l'absorption de la cité par l'État. « C'est à Gênes, à Florence, à Milan, à Sienne, à Venise, à Barcelone, à Bruges, à Gand, à Ypres, à Brême, à Hambourg, à Lübeck que semble appartenir l'avenir. Et pourtant l'Europe moderne ne se fera pas autour des villes mais des États [160]. » Comme en témoignent les mondes urbains hanséatique, flamand et italien, les villes sont déjà indissociables de confédérations urbaines et respectent, surtout dans le cas de l'Italie – en Ligurie, en Toscane, en Vénétie, en Ombrie –, le *contado*, l'environnement rural. « Le temps des îlots, des points, des petites cellules est en train de passer en même temps que la féodalité classique. Un autre type d'espace commence à s'imposer : celui des États territoriaux [161]. »

L'expérience politique dont la ville est l'incarnation – au demeurant la *polis*, les libertés communales, la cité républicaine de la Renaissance – doit répondre à un défi, celui d'un État qui renforce son emprise alors même que la cité-État a tenté de s'en affranchir. Ou bien la cité est tirée vers l'État, au risque d'être aspirée par lui, ou bien la ville demeure une cité, une cité-État qui participe à un réseau de villes [162]. Ici, une distinction prend corps entre les villes qui s'inscrivent dans le « réseau » des villes marchandes et celles qui respectent la loi de l'État. Une bifurcation historique intervient alors, la politique pouvant contribuer à renforcer le pôle de l'État,

---

160. Jacques Le Goff, *La Civilisation de l'Occident médiéval*, Arthaud, coll. « Les grandes civilisations », Paris, 1964, et Flammarion, « Champs », Paris, 1982, p. 83 ; voir aussi le chapitre sur la ville et la société urbaine, p. 269-272.

161. *Ibid.*, p. 83.

162. Une étape intermédiaire de la construction étatique peut être prise en considération. Dans *L'Italia degli Stati territoriali* (Rome-Bari, Laterza, 2003), Isabelle Lazzarini examine un type d'État qui se démarque à la fois des cités-États du XIIIe siècle et de l'État moderne, centralisé, rationnel et administré.

ou bien à activer l'expérience démocratique anticipée par le mouvement communal et l'humanisme civique.

Dans cette perspective, l'opposition de la ville à l'État dans la tradition européenne s'éclaire. Selon Gilles Deleuze et Félix Guattari : « La forme ville s'est largement développée dans les villes-foires de Champagne et de Brie, dans les villes hanséatiques, Barcelone, Venise, les villes d'Islam. Ces villes ne se pensent qu'en réseau, pas seulement comme un réseau commercial mais comme un réseau d'échanges symboliques ou culturels. La ville est constitutive de ce circuit : elle est un instrument d'entrées et de sorties réglées par une magistrature. La forme État, c'est l'instauration ou l'aménagement du territoire. Mais l'appareil d'État est toujours un appareil de capture de la ville. Sur le plan historique il y a deux "coureurs", nous dit Fernand Braudel dans *Civilisation matérielle et capitalisme*, l'État et la ville, mais aussi la cité-État et la ville-réseau. Mais "d'ordinaire l'État gagne, il a discipliné les villes, avec un acharnement instinctif […] Où que nous tournions nos yeux à travers l'Europe entière, il a rejoint le galop des villes" [163]. » La ville-réseau d'hier, la ville en « lien » avec d'autres villes, correspond à un espace ouvert et non pas à une unité fermée, à une entité repliée sur elle-même, à une ville forteresse. C'est dire que les ressorts de l'urbain vont à l'encontre de la constitution d'une ville conçue sur le mode de l'État (centralité et hiérarchie, fermeture et frontières). « La ville est le corrélat de la route. Elle n'existe qu'en fonction d'une circulation et de circuits ; elle est un point remarquable sur des circuits qui la créent ou qu'elle crée. Elle se définit par des entrées et des sorties, il faut que quelque chose y entre et en sorte. Elle représente un seuil de "dé-territorialisation". Les villes sont des points-circuits de toute nature qui font contrepoint sur les lignes horizontales ; elles opèrent une intégration complète, mais locale, et de ville en ville. Le pouvoir de la ville (transconsistant) invente l'idée de magistrature, il est très différent du fonctionnariat d'État qui est un phénomène d'intraconsistance. Il

---

163. Gilles Deleuze et Félix Guattari, *Mille Plateaux* (Minuit, Paris, 1980, p. 541).

fait résonner ensemble des points d'ordre très divers, qui ne sont pas forcément déjà des villes-pôles [164]. »

Mais révolution urbaine et révolution étatique sont antagonistes. « La révolution urbaine et la révolution étatique peuvent coïncider mais non pas se confondre. Il y a ville dans les deux cas, mais dans un cas la ville est une excroissance du palais ou du temple, dans l'autre cas, le palais, le temple, est une concrétion de la ville [165]. » S'il y a deux révolutions, la condition urbaine peut conduire à plus d'État, de centre, ou au contraire à la participation à un réseau de villes, elle hésite et oscille entre une aspiration centripète et un mouvement centrifuge. Loin d'être un milieu qui « met en tension » un dedans et un dehors, l'expérience politique de la ville peut dériver vers une polarisation unique, soit par le dedans, soit par le dehors. Or, toute une tradition urbaine, indissociable de sa dimension politique, a privilégié la capacité de la ville à être un espace d'accueil pour le dehors. Cette ville n'est pas la cité-État repliée sur elle-même, la ville aspirée par l'État central, elle est un lieu, un « entre-deux » qui fait le lien entre le dehors et le dedans. La leçon est double : d'une part, l'expérience politique de la ville retrouve la signification de la poétique urbaine quand elle privilégie la relation du dedans et du dehors ; d'autre part, le réseau des villes fait écho à la tradition fort ancienne et biblique de la ville-refuge.

Mettre en relation un dehors et un dedans, ou la ville-refuge

> Le penseur constate des endroits de ponte mystérieuse. De cet œuf sortira une barbarie, de cet autre une humanité. Ici Carthage, là Jérusalem. Il y a les villes monstres de même qu'il y a les villes prodiges.
>
> Victor Hugo, *Paris*

Redoublant la relation entre centre et périphérie, la tradition de la ville-refuge valorise celle qui intervient entre un dedans

---

164. *Ibid.*, p. 539.
165. *Ibid.*, p. 538.

(l'espace de la ville) et un dehors (celui qui vient du dehors demander hospitalité, celui qui sort du désert et de sa retraite). Si la ville – Babel, Babylone, Ninive – est maudite dans la Bible, si Caïn le rural tue Abel le citadin, elle ressemble d'emblée à une croix, le symbole par excellence de la religion chrétienne mais aussi un hiéroglyphe [166]. « La première image qu'évoquait une ville jadis, rappelle Fernand Braudel, est celle d'une enceinte. Et ce sont ses murs (si l'on se reporte au vieux dictionnaire de Furetière) qui lui confèrent sa dignité de ville. Vérité de toujours, si l'on croit Robert Lopez, médiéviste de haute réputation qui, à ce sujet, rappelait avec humour à son interviewer que « l'hiéroglyphe qui signifiait la ville, au temps des pharaons, consistait en une croix inscrite dans un cercle, autant dire une croisée de routes et une enceinte [167] ».

Le lien entre la politique et la religion ne frappe pourtant jamais autant que dans le cas de la ville-refuge. Dans la tradition juive, la ville « doit » tenir lieu d'accueil pour celui qui se trouve au dehors, pour celui qui, ni totalement innocent ni totalement coupable, est accusé d'un crime. La ville-refuge est la ville où le meurtrier involontaire peut se réfugier pour ne pas être la victime d'une vengeance « injuste ». L'expérience politique qui corres-

---

[166]. « Ville et religion », le sujet est délicat car la relation entre ville et religion est ambivalente. La réflexion oscille souvent entre une critique de la ville, cet espace qui défie la *vita contemplativa* et se démarque du désert, et une valorisation de l'anonymat et de la mobilité urbaine. Thierry Paquot a souligné cette ambiguïté d'une approche théologique prise entre un éloge de l'anonymat (Harvey Cox et Emmanuel Lévinas), une critique des conditions de l'urbanisation de masse (Joseph Comblin s'inquiète ainsi de l'urbanisation sauvage en Amérique du Sud) ou une dénonciation de l'*homo urbanus*, cet homme de la grande ville sans spiritualité (Jacques Ellul, *Sans feu ni lieu. Signification biblique de la Grande Ville*, La Table ronde, « La Petite Vermillon », Paris, 2003 ; la première édition, chez Gallimard, remonte à 1975). Mais Thierry Paquot souligne le décalage de ces interrogations avec le monde contemporain des flux et de l'après-ville, voir « Théologie chrétienne et urbanisation », *Annales de la recherche urbaine* : *Urbanités et liens religieux*, n° 96, octobre 2004.

[167]. Fernand Braudel, *L'Identité de la France*, *op. cit.*, p. 818. Sur ce point, voir Joseph Rykwert, *La Maison d'Adam au Paradis*, Seuil, Paris, 1976.

pond à la ville-refuge repose donc sur le respect du droit et du jugement [168]. Éthique et politique se renforcent mutuellement, c'est pourquoi on peut s'exiler dans la ville : « La loi de Moïse désigne des villes-refuges où le meurtrier involontaire se réfugie ou s'exile. Se réfugie ou s'exile : il y a les deux. Pour le meurtrier involontaire qui est aussi meurtrier par imprudence, la ville-refuge est aussi un exil : une sanction. Sommes-nous assez conscients, assez éveillés, hommes déjà assez hommes ? Quoi qu'il en soit, il faut des villes-refuges, où ces demi-coupables, où ces demi-innocents, puissent séjourner à l'abri de la vengeance [169]. » Pour Hannah Arendt, l'exilé est le citadin typique « parce qu'il doit se frotter à d'autres qui ne pourront jamais comprendre comment était le lieu qu'il a dû abandonner [170] ». Mais l'exilé qui cherche un refuge doit composer avec des citadins qui ne peuvent pas tout saisir de sa vie, de son histoire et des villes où il est déjà passé. C'est la raison pour laquelle la ville doit rendre possible la constitution d'un espace « impersonnel » permettant d'être soi-même sans avoir à rendre des comptes de son origine.

Aujourd'hui encore, et plus que jamais à l'heure où les réfugiés sont légion, la ville peut être caractérisée par son devoir d'hospitalité. « Si le nom et l'identité de quelque chose comme la ville ont encore un sens et restent l'objet d'une référence pertinente, une ville peut-elle s'élever au-dessus des États-nations ou du moins s'en affranchir dans des limites à déterminer, pour devenir, selon une nouvelle acception du mot, une ville franche quand il s'agit d'hospitalité et de refuge ? [...] La souveraineté

---

168. Voir l'article « Ville refuge », de Véronique Léonard-Roques, *in* Alain Montandon (dir.), *Le Livre de l'hospitalité. Accueil de l'étranger dans l'histoire et les cultures*, Bayard, Paris, 2004, p. 681-692. Voir également Anne Gottman (dir.), *Villes et Hospitalité. Les municipalités et leurs étrangers*, Éditions de la Maison des sciences de l'homme, Paris, 2004.

169. Emmanuel Lévinas, « Les villes-refuges », in *L'Au-delà du verset. Lectures et discours talmudiques*, Minuit, Paris, 1982, p. 51-70.

170. Cité par Richard Sennett, *La Ville à vue d'œil, op. cit.*, p. 171. Sennett poursuit ainsi : « L'exilé doit trouver une base de vie commune avec ces autres qui ne comprennent pas, qui ne peuvent pas comprendre comment était le lieu qu'il a dû abandonner. »

Caïn et Abel, ou

Le thème de la ville-refuge permet de comprendre le statut d'une ville extra-territoriale, c'est-à-dire d'une ville qui ne se réduise pas à un enclos fermé, à un territoire clos sur lui-même dont on s'approprie le sol («le sol m'appartient»). La ville-refuge, qui se présente comme un lieu dé-territorialisé, se soustrait à la captation par le territoire et à l'appropriation du sol. Dans la Bible, Caïn le meurtrier fonde la ville nomade qui succède à la ville sédentaire, à la ville territorialisée. Mais Caïn et sa descendance doivent reprendre le modèle de la ville d'Abel, celui d'une ville susceptible d'accueillir provisoirement le nomade, mais aussi celui d'un réseau de villes qui accompagne la marche du berger et de son troupeau. S'il y a bien un lieu, un espace propre de la ville, celui-ci n'est pas le territoire fermé de la ville sédentaire, mais un espace qui relie le dehors à un dedans pour renouer avec le dehors. Territoire et dé-territorialisation participent d'une même dynamique. Grâce à cette réflexion qui se nourrit de la Torah, on comprend pourquoi la ville-territoire est dévalorisée dans la Bible. Mais on saisit mieux du même coup la raison pour laquelle la ville, cette *cosa mentale*, ne se définit pas uniquement, comme c'est déjà le cas chez les Grecs, par un territoire géographique.

Rav Yehoshua Gronstein: Instituer la ville, c'est effectivement sortir de la loi naturelle qui n'a pas permis, en l'occurrence, la fraternité. Mais la ville ne résulte pas d'une logique qui aboutirait à une domination sur la nature. La ville naît d'abord de cet échec qui marque à tout jamais les relations entre les hommes, elle naît d'un échec qui ne permet plus de laisser faire «naturellement» les hommes entre

étatique ne peut plus et ne devrait plus être l'horizon des villes-refuges. Est-ce possible[171]?» Mais ce devoir d'hospitalité n'est pas un programme moral pour les belles âmes qui veulent accueillir tous les damnés de la terre, il a comme condition de respecter la

---

171. Jacques Derrida, cité par Stefans Hertmans, *Entre villes*, Le Castor astral, Bordeaux, 2003.

LA VILLE SANS TERRITOIRE

eux. C'est pourquoi Caïn semble avoir repris, après le meurtre de son frère, ce qui était bon dans le modèle d'Abel, lui-même quelque peu buée (c'est la signification de *hevel* en hébreu). En effet, le nomadisme d'Abel, un nomadisme avec troupeau, ne renvoie pas au type du nomadisme avec cueillette qui est celui de Caïn. Tel que c'est écrit dans la Torah, ce nomadisme avec troupeau est une invention : le premier « père » (*av*) est l'inventeur d'une forme de nomadisme où le berger suit ses troupeaux et construit des maisons en les suivant là où ils doivent aller. Un descendant de Caïn est pourtant présenté comme l'inventeur du nomadisme, et la Torah présente les choses comme si l'homme était initialement sédentaire et le nomadisme une invention postérieure. C'est pourtant le modèle initial de Caïn, celui d'un nomadisme avec cueillette, qui a peut-être été refusé parce qu'il conduisait à un rapport particulier au territoire que résume la formule : « Le sol m'appartient. » C'est pourquoi Caïn, contraint à trouver un lieu, a repris le modèle de construction d'Abel, celui du nomadisme avec troupeau et non pas celui du nomadisme avec cueillette qui privilégie une relation d'appropriation au sol. En conséquence, la descendance de Caïn a construit des villes sans territoire, des villes en statut d'extra-territorialité pour qu'elles ne soient pas maudites, et ne puissent pas répéter la problématique de la possession du sol, lieu du premier meurtre.

Texte élaboré à partir d'extraits de *Ville et Torah*, séminaire de l'ADE (Association pour le développement de l'étude – 55, rue Traversière, 75012 Paris), 2001-2002, texte original ronéoté.

---

ville comme un espace impersonnel permettant à des personnes de trouver, provisoirement ou non, accueil et cadre de vie. Car « l'impersonnel » est pourvoyeur d'identités.

La ville-refuge accueille celui qui a commis une faute à l'extérieur et lui demande de s'expliquer devant le tribunal. Elle l'accueille pour lui épargner la vengeance qui le menace, mais cette personne devra raconter en retour son histoire pour être jugée[172]. Cependant, dans le cas de l'exilé qui ne veut pas tout raconter de sa vie, qui demande que son passé soit suspendu, la ville favorise un «suspens», une «parenthèse». Ainsi la ville-refuge laisse entrer celui qui revendique l'anonymat pour être jugé.

La ville-refuge rétablit quelque peu l'équilibre entre le dedans et le dehors : alors qu'on souligne fréquemment son caractère centripète, sa capacité d'aspiration, et que l'on voit dans celui qui vient du dehors un barbare, la signification politique de la ville est ici valorisée par celui qui vient du dehors, l'homme du désert ou l'homme de la *vita contemplativa*, l'homme errant, l'homme qui frappe au seuil, à la porte de la ville.

Cette porte symbolise la ville dans la tradition juive, puisque l'homme du dehors doit pouvoir être jugé sur le seuil. Le tribunal, le lieu de la justice, se tient sur le seuil où elle doit se «rendre», dans un «entre-deux» entre le dedans et le dehors, entre le désert et la cité. «Aux portes de Jérusalem se tenaient les tribunaux. Leur fonction n'était pas précisément de sanctionner [...] Sanctionner, c'est, en fait, un échec pour un tribunal ; c'est la conséquence que son enseignement n'était pas suffisant[173].» La ville n'est pas juste parce qu'elle est la ville, la civilisation, et qu'elle se définit contre la barbarie, la sauvagerie, contre la forêt médiévale ou contre le désert, elle est civile parce qu'elle peut assurer la justice. Mais pas n'importe où, dans un entre-deux, dans un non-lieu, ce non-lieu qui soude la ville à son dehors. La ville-refuge, celle qui suppose une désobéissance et un transfert des droits[174], irrigue

172. «Lorsque quelqu'un a commis un meurtre involontaire, par inadvertance, on le condamne à aller dans une ville-refuge ou dans une des 42 villes des Leviim. Là, il se trouvera protégé. D'une part, il n'aura pas à supporter tout seul le poids de sa faute, même si elle est involontaire. D'autre part, il aura un cadre qui lui permettra de réfléchir à sa faute et de s'en remettre. C'est une protection et un exil à la fois», *Ville et Torah*, texte non publié, séminaire de l'Association pour le développement de l'étude.

173. *Ville et Torah, op. cit.*

174. Daniel Payot, *Des villes-refuges. Témoignage et espacement*, Éditions de l'Aube, La Tour d'Aigues, p. 22-23. Voir aussi, du même auteur, *Le Philosophe et l'architecte* (Aubier, Paris, 1981), et «De la place au désert et retour : art, résistance, monde commun», *in* Chris Younès (dir.), *Art et philosophie, ville et architecture* (La Découverte, Paris, 2003).

la justice qui doit être « hors-lieu » pour assurer sa mission de juger. Dans cette optique, l'expérience urbaine est un seuil, un « entre-deux », la porte où la justice, qui n'est pas ici la sanction, peut se loger.

La ville est un espace où l'on peut entrer et sortir, un espace où l'on peut trouver refuge, un espace de droit qui ne se définit pas uniquement par le dedans, l'identité, l'appartenance, mais par la relation entretenue entre un dedans et un dehors. L'hospitalité est indissociable des flux migratoires, des flux de réfugiés et d'exilés qui réclament à travers la ville leur « droit à avoir des droits » (Hannah Arendt). C'est parce qu'ils envisagent la ville du côté du nomade (celui qui n'a pas de territoire, celui qui cherche une hospitalité ou un refuge) et non pas du sédentaire que les auteurs de *Mille Plateaux* mettent en avant le couple d'oppositions entre la forme État et la forme ville, entre un principe hiérarchique et vertical et un réseau horizontal de connexions, entre un processus de planification et d'aménagement du territoire et un processus de dé-territorialisation. L'opposition brutale entre le nomade et le sédentaire laisse la place à une dynamique mentale et territoriale où l'accueil de quelqu'un qui vient du dehors doit rendre possible sa sortie vers le dehors. La ville-refuge est un espace qui rend possible simultanément la mobilité et l'accueil.

V. Urbanisme, circulation et prévalence des flux

> *Construire*, c'est assembler des éléments homogènes.
> *Bâtir*, c'est lier des éléments hétérogènes.
>
> Georges Braque

Une dynamique de privatisation et de séparation

Après avoir évoqué d'emblée le contraste entre la poétique et le savoir de l'urbaniste, entre le discours de l'écrivain et celui de l'ingénieur, d'autres langages relatifs à l'expérience urbaine ont été pris en considération : celui de la scène urbaine, celui de l'espace public, mais également celui de la politique qui exige lui aussi une scène pour la représentation. Autant de dimensions de la *vita activa*, de sortie de la *vita contemplativa* ou de l'espace privé. Ces discours orchestrent des couples de notions (corps-savoir ; *urbs-civitas* ; dehors-dedans ; privé-public...) qui traduisent autant de « mises sous tension ». Mais ces oppositions sont elles-mêmes redoublées par celle qui, opposant les flux et les lieux, est indissociable des savoirs de l'urbain et de ce qu'on appelle depuis la fin du XIXe siècle l'urbanisme, c'est-à-dire la science de l'organisation spatiale des villes. Si l'on a opposé le langage de l'écrivain et le savoir de l'urbaniste, ce n'était pas en vue d'exacerber le clivage entre des lieux-villes et des flux externes, et de dévaloriser l'expérience traditionnelle de la ville, celle qui passe par la poétique, les mises en scène et la politique d'un lieu, mais pour dégager des traits distinctifs de l'expérience urbaine. Or, ces traits conservent un sens alors même que la relation entre les lieux et les flux s'inverse et que l'expérience urbaine est affaiblie.

Suivre cette démarche, c'est-à-dire ne pas renvoyer dos à dos a priori le savoir urbain et la poétique, la ville-objet et la ville-sujet, la technique urbaine et la phénoménologie de l'expérience urbaine, les flux et les lieux, permet de ne pas instruire un double procès devenu un rituel : celui de l'urbanisme progressiste incarné par les CIAM (les Congrès internationaux d'architecture moderne, dont le premier s'est tenu en 1928), et celui des architectes-artistes, ces adeptes d'œuvres « célibataires » car solitaires, étrangères à l'environnement proche, à la dimension de la ville et du corps urbain. D'où la question à laquelle il faut maintenant répondre : dès lors qu'il y a une prévalence des flux sur les lieux, l'urbanisme contemporain peut-il ou non rendre encore possible une expérience urbaine ? Et cela à tous les niveaux déjà évoqués : celui du poétique et du corporel, celui de la scène publique et de la scène politique. Dès lors que l'idéal-type de la ville dégage des traits correspondant à des niveaux d'expérience distincts, et qu'il souligne des tensions qui peuvent se solder par des expériences négatives (repli dans le privé, absence de mobilité corporelle, détournement de l'espace public par le marché, absence de participation politique), l'urbanisme doit lui-même être interrogé en fonction de ce qu'il rend possible ou non quant à l'expérience urbaine. S'il n'y a pas un bon urbanisme universel, celui de la ville utopique, susceptible de dessiner la «bonne ville», un urbanisme qui prend le parti des lieux contre les flux n'a guère plus de sens. Mais peut-être que des projets urbains permettant de jouir, avec plus ou moins d'intensité, de l'expérience urbaine ne relèvent pas encore d'une imagination désuète ! À ce stade, l'appréhension d'une expérience urbaine multidimensionnelle débouche sur une deuxième interrogation : dans quelle mesure l'urbanisme parvient-il à freiner la prévalence des flux sur les lieux, à empêcher le retournement de la dialectique privé-public au seul bénéfice du privé, et à aller contre la substitution d'une dynamique de la séparation à une dynamique de la conflictualité ? Mais aussi : dans quelle mesure a-t-il ou non contribué à formater les règles de l'urbain ?

Généalogies de l'urbanisme (Françoise Choay)

L'urbanisme, un terme récent qui renvoie à une expérience qui ne l'est pas, doit être abordé en fonction d'un double registre : celui d'une approche diachronique, historique, et celui d'une approche synchronique, structurelle. Inséparable d'une «histoire» qui renvoie à un «paradigme» beaucoup plus ancien que le mot «urbanisme» lui-même, l'urbanisme va de pair avec une matrice doublement aimantée par la «règle» et le «modèle». La règle et le modèle renvoient, selon Françoise Choay, à la «règle» de l'architecte, celle du bien bâtir imaginé par Vitruve puis par Alberti, et au «modèle» urbain originellement lié à l'esprit utopique, celui de Thomas More, de la ville parfaite et donc «modèle». En conséquence, la coexistence de l'utopie urbanistique, celle dont *Les Lois* de Platon sont l'anticipation, et du traité d'architecture interdit d'opposer le travail artistique de l'architecte et celui l'urbaniste comme s'ils représentaient deux exercices antagonistes. L'un propose des règles qui s'appliquent à un bâtiment ou à une unité architecturale, l'autre imagine un modèle universel qui s'applique à un ensemble urbain, tous deux expriment ainsi une volonté de «régularisation». Ce n'est donc pas un hasard si l'urbanisme progressiste, celui des CIAM mais aussi celui du désurbanisme russe, associe symboliquement l'ingénieur, l'urbaniste et l'architecte. Respectueux des traités d'architecture, l'artiste-architecte participe à un projet analogue à celui de l'urbaniste-ingénieur qui met en place des ensembles et organise des territoires au nom de règles universalisables. Comme dans le cas de la Cité radieuse, l'architecte-ingénieur-artiste rêve de réaliser en petit ce que l'urbaniste réalise en grand. Il est donc fallacieux de voir dans l'architecte le défenseur du lieu, de l'expérience urbaine, et de l'opposer à l'urbaniste qui se préoccuperait en priorité des flux et des ensembles. Si urbanisme et architecture vont de pair, comment combiner cette approche structurelle et l'analyse historique qui rappelle que le terme «urbanisme» date de la seconde partie du XIXe siècle?

Alberti, Haussmann, Cerdà

Le néologisme *urbanizacion,* un terme qui renvoie à l'idée d'une «science de l'organisation des espaces» dans les villes[175], a été *de facto* créé par Ildefons Cerdà en 1867[176]. Si cette invention ne doit pas faire oublier le caractère plus ancien des pratiques liées à l'urbanisme, encore faut-il en préciser la généalogie. Alors qu'on écrit des histoires de l'urbanisme impliquant les Grecs ou les Romains, la naissance de l'urbanisme, en tant que concept fondateur, doit être datée avec précision. Selon Françoise Choay, «on ne trouve avant la Renaissance aucune société

175. Historiquement, le mot «urbanisme» apparaît pour la première fois en langue française dans le *Bulletin de la société neuchâteloise de géographie* (tome XX, 1909-1910). Il s'impose en France par le biais d'Eugène Hénard (président de la Société française des architectes-urbanistes, créée en 1910) et du Musée social autour duquel se retrouvaient des ingénieurs et des architectes.
176. Voir *La Théorie générale de l'urbanisation*, présentée et adaptée par Antonio Lopez de Aberasturi, Seuil, Paris, 1979.

où la production de l'espace bâti relève d'une discipline réflexive autonome [177] ». C'est dans le *De re aedificatoria* de Leon Battista Alberti, en 1452 [178], que « l'art d'édifier » est présenté comme une « discipline », comme un savoir reposant sur des principes et des règles scientifiques [179]. « Le *De re aedificatoria* élabore rationnellement, à partir d'un petit nombre de principes et d'axiomes, un ensemble de règles devant permettre l'édification de tout projet d'espace imaginable et réalisable [180]. » Cette discipline « réglée » ne concerne pas seulement la construction de bâtiments, isolés ou non, mais « l'ensemble du cadre de vie des humains, depuis le paysage rural, les routes et les ports jusqu'à la ville, ses édifices publics et privés, ses places, ses jardins » [181]. Inventeur du mot *urbanizacion*, Cerdà affirme, quatre siècles plus tard, que la théorie obéit à des « principes immuables et à des règles fixes ». S'il est généralement considéré de ce fait comme l'héritier d'Alberti, l'homme de la Renaissance et l'inventeur de la perspective avec Brunelleschi, trois différences méritent d'être soulignées : les critères retenus, la différence de contexte historique (la Renaissance et la société industrielle à son apogée) et les liens avec la tradition utopique.

Une première différence réside dans les approches des deux auteurs. Alors qu'Alberti envisageait l'édification en fonction de trois critères – la nécessité (les lois de la physique appliquée), la commodité (le respect dialogique de l'exigence du client, qui fait de l'édification une activité duelle) et le plaisir esthétique qui est la finalité suprême de l'art d'édifier [182] –, Cerdà retient seulement

---

177. Françoise Choay, article « Urbanisme », *in* Françoise Choay et Pierre Merlin (dir.), *Dictionnaire de l'urbanisme et de l'aménagement*, *op. cit.*
178. Ce traité, offert au pape Nicolas V en 1452, a été publié en 1485.
179. Leon Battista Alberti, *L'Art d'édifier* (texte traduit du latin, présenté et annoté par Pierre Caye et Françoise Choay), Seuil, coll. « Sources du savoir », Paris, 2004.
180. Françoise Choay, article « Urbanisme. Théories et réalisations », *Encyclopaedia Universalis*, Paris, 2004.
181. *Ibid.*
182. « Pour organiser son traité, écrit Françoise Choay dans sa préface, Alberti reprend à son compte la fameuse distinction vitruvienne des trois

celui de « nécessité », qui renvoie directement aux lois et aux règles, reléguant ainsi l'exigence du client, la finalité esthétique, c'est-à-dire le critère de la commodité qui invite à un dialogue entre l'architecte et le destinataire de l'espace bâti. « L'urbanisme cerdien ne reconnaît pas ce caractère dialogique qui introduit la contingence dans l'édification. Au contraire, il postule que ses lois sont scientifiques et qu'à l'instar de toutes celles des sciences de la nature, elles sont dotées d'une valeur universelle de vérité et ne peuvent être mises en question [183]. »

La deuxième différence réside dans le décalage historique entre l'urbanisme de Cerdà et la révolution industrielle. Sur ce plan, il est moins l'héritier d'Alberti que d'Haussmann dont il admire les grands travaux, qui ont duré de 1853 à 1869. Même s'il a pris l'initiative du premier plan établi pour Paris, Haussmann ne considère pas la ville comme une totalité et il ne s'inquiète pas d'imaginer, ce que font les urbanistes, des villes spécifiques. Son souci principal est de « régulariser » la ville, un verbe qu'il affectionne. Mais cette entreprise de « régularisation » s'inscrit spécifiquement dans le cadre d'une société industrielle dont le corps malade exige un urbanisme chirurgical. Conséquence d'une volonté ancienne de penser les règles et les principes de l'art d'édifier un ensemble, la naissance de l'urbanisme est aussi la conséquence de l'industrialisation qui transforme la ville en un ensemble de réseaux interconnectés (voies de circulation, système d'adduction d'eau, égouts). Si la mondialisation contemporaine peut donner l'impression de substituer un monde des réseaux au monde de la ville classique, l'urbanisme haussmannien traduit déjà ces mutations décisives en valorisant expressément les flux. La ville est alors perçue comme un ensemble aux lois complexes qui ne relèvent plus du seul traité d'architecture.

---

qualités auxquelles doit répondre l'architecture, *firmitas, utilitas, venustas*, mais sous une forme légèrement différente et mieux accordée à son propos : *necessitas, commoditas, voluptas* », in *L'Art d'édifier*, *op. cit.*, p. 20.

183. Françoise Choay, article « Urbanisme », in *Dictionnaire de l'urbanisme et de l'aménagement*, *op. cit.*

Urbanisme et utopie : de Thomas More aux CIAM

Si Cerdà fait écho à la fois à Alberti et à Haussmann, si le caractère scientifique de sa démarche est patent comme son souci de ne pas confondre traité d'urbanisme et traité d'architecture, il est aussi l'héritier d'une tradition utopique dont l'urbanisme progressiste du début du XXe siècle est l'aboutissement. En cela réside la troisième différence : l'urbanisme européen et occidental est impensable sans la matrice utopique qui, élaborée vers la Renaissance, a porté sur l'art d'édifier des ensembles urbains. Le comprendre exige de mettre en rapport le traité d'Alberti de 1452 et *Utopia*, l'ouvrage de Thomas More qui date de 1516 – c'est-à-dire de privilégier simultanément l'idée d'un bon espace, l'espace édifié selon les règles, et celle d'un espace qui n'existe pas, l'espace utopique du *nowhere* de William Morris. « Terme forgé par Thomas More à partir de racines grecques, le substantif *topos* (lieu) et deux particules, le préfixe *eu*, indice de bonne qualité et la négation *ou*, pouvant être également traduites par la contraction *u-*, il signifie littéralement le bon espace et/ou l'espace qui n'existe pas [184]. » Alors que l'île d'Utopie comporte cinquante-quatre villes dans le récit de Thomas More, et que ces villes se ressemblent toutes, la matrice utopique se définit comme la double volonté d'adopter les règles d'une discipline (Cerdà) et de régulariser un espace (Haussmann). La configuration urbaine, décrite par Françoise Choay dans *La Règle et le Modèle*, renvoie d'un côté à la « règle » de l'architecte et de l'autre au « modèle » utopique. Ce double mouvement caractérise d'emblée le devenir d'un urbanisme qui, même s'il n'existe pas en tant que tel à la Renaissance, donne lieu à une grande diversité d'applications historiques du modèle initial. Le modèle utopique de l'urbanisme lui confère une capacité d'universalisation qui ignore les spécificités culturelles, ce dont témoignent les réalisations de Le Corbusier en Inde, dont l'exemple le plus connu est celui de

---

184. Françoise Choay, article « Utopie », in *Dictionnaire de l'urbanisme et de l'aménagement*, *op. cit.*

Chandahar dans le Pendjab [185]. Les deux traditions apparemment les plus opposées de l'urbanisme, la tradition progressiste des CIAM et la tradition culturaliste des cités-jardins d'Ebenezer Howard (qui publie *Garden-Cities of To-Morrow* en 1898), relèvent ainsi de ce «modèle» qui s'oriente «dans deux directions fondamentales du temps, le passé et le futur, pour prendre les figures de la *nostalgie* ou du *progressisme* [186]». De même la distinction entre un urbanisme «pragmatique et sans prétention scientifique» et un urbanisme «scientifique» remontant aux «grands travaux d'Haussmann» est seconde par rapport à la dépendance de ces deux urbanismes envers la matrice commune qui associe la règle architecturale et le modèle utopique. Avant que Paris se plie aux contraintes de l'haussmannisme, Hugo rêve encore à la ville utopique, à Paris comme capitale de l'Europe : « Avant d'avoir son peuple, l'Europe a sa ville. De ce peuple qui n'existe pas encore, la capitale existe déjà. Cela semble un prodige, c'est une loi [187]. » Magnifique aveu de l'utopiste, créer l'espace qui rendra possible la naissance d'un peuple qui n'existe pas encore !

Mais l'urbanisme de type haussmannien, symbole de la naissance de l'urbanisme à l'âge industriel, loin de se présenter comme utopique, repose sur une autre loi : celle de la primauté de la circulation. «L'espace de circulation spécifique de l'âge industriel apparaît en même temps que la nouvelle discipline nommée "urbanisme" par Cerdà : échelles viaires et parcellaires subissent alors une mutation due aux transformations des modalités techniques et économiques de leur production par des acteurs nouveaux. La ville est pensée en termes de systèmes et de réseaux raccordés entre eux et à l'espace extra-urbain qui n'est pas

---

185. Pour une approche mesurée du parcours «chaotique et contradictoire» de Le Corbusier, voir les pages que lui consacre Jean-Michel Leniaud, in *Les Bâtisseurs d'avenir. Portraits d'architectes. XIXe, XXe siècle* (Fayard, Paris, 1998). Sur Le Corbusier, ce grand admirateur du Parthénon athénien (un monument qui condense la cité en lui-même), voir p. 323-389.

186. Françoise Choay, *Urbanisme, utopies et réalités*, Seuil, «Points Essais», Paris, 1979, p. 15.

187. Victor Hugo, *Paris* (1867).

encore désigné comme territoire [188].» Les réalisations du préfet Haussmann et de l'ingénieur Le Corbusier, deux figures qui symbolisent respectivement le rôle de la science et de l'État, loin de représenter une rupture avec la conception de l'urbanisme qui prévalait auparavant, en radicalisent au contraire le projet. «En dédensifiant le centre devenu irrespirable et en privilégiant un corps global irrigué à un agglomérat de noyaux, en affirmant une volonté de liaison-aération-circulation, le grand geste d'Haussmann aura été de retirer Paris au Moyen Âge et aux siècles classiques, pour l'offrir résolument à l'époque moderne – y compris ses excès [189].»

Les premières applications concrètes de la matrice apparaissent dès la fin du XVIIIe siècle, bien avant Haussmann, Cerdà et Le Corbusier. Françoise Choay insiste d'abord sur le caractère «orthopédique» de projets qui concernent essentiellement l'institution médicale, comme celui de la «machine à guérir» de Tenon, mais aussi des écoles, des crèches, des orphelinats, des manufactures. Parallèlement à cet urbanisme «orthopédique», un urbanisme expressément utopique prend son essor: Cabet et Owen imaginent des espaces rendant possible l'harmonisation de la vie privée, des loisirs, du travail et de la liberté sexuelle. Parmi ceux-ci: le phalanstère de Fourier, l'Icarie de Cabet, à l'origine de colonies icariennes aux États-Unis par exemple, le Familistère de Guise, construit en 1888 par Jean-Baptiste Godin et fermé en 1970 [190]. Durant la seconde moitié du XIXe siècle, un urbanisme «régularisateur» répond, par le biais de ces réalisations utopiques, aux conséquences néfastes du travail ouvrier et à la rupture progressive avec le monde rural. Dans un troisième temps, le paradigme «constructeur», qui associe la règle et le modèle, la régulation et l'utopie, trouve son aboutissement dans

---

188. Françoise Choay, «Six thèses en guise de contribution à une réflexion sur les échelles d'aménagement et le destin des villes», in *La Maîtrise de la ville*, Éditions de l'École des hautes études en sciences sociales, Paris, 1994.
189. Bernard Comment, «Partitions et liaisons…», article cité.
190. Marc Bédarida et Thierry Paquot, *Habiter l'utopie: le familistère Godin à Guise*, Éditions de la Villette, Paris, 1982, 1998, 2001.

le contexte de l'industrialisation et de l'urbanisation qui l'accompagne. Ce n'est donc pas un hasard si le néologisme est alors créé.

Le lien entre la théorie et la pratique, qu'il s'agisse d'un «urbanisme régénérateur» (Haussmann) ou d'un «urbanisme de la table rase» (Le Corbusier), se généralise quelques années après la publication de la *Théorie générale* par Cerdà. «En effet, le nouveau paradigme instaurateur créé par Cerdà est marqué au coin de l'utopie : depuis l'inaugurale *Teoria General de la urbanizacion* (1867), la suite des théories de l'urbanisme sont plus (Le Corbusier en particulier dans la *Ville radieuse*, 1933) ou moins (Sitte, *Der Städtbau*, 1889) proches de la forme canonique de l'utopie dont elles ne conservent généralement pas le projet social global (malgré l'exception de E. Howard, dans *Garden-Cities of To-Morrow*, 1898), mais toujours la modélisation à valeur thérapeutique et la critique qui l'engendre [191].» La transformation progressive de la ville classique est ponctuée par des étapes successives : la *Ciudad lineal* (Cité linéaire), une rue indéfiniment extensible projetée pour Madrid par Arturo Soria y Mata en 1882 et repris par les adeptes soviétiques du désurbanisme, le programme des CIAM qui remonte à 1928, le Bauhaus (Gropius, Mies Van der Rohe), et la cité-jardin qui renoue avec la ville préindustrielle et la ruralité de la ville médiévale pour «sauver la ville par la campagne». Ces exemples, l'urbanisme des désurbanistes, l'urbanisme néo-rural d'Ebenezer Howard et l'urbanisme progressiste des CIAM, sont autant de scénarios utopiques.

*L'architecte et les machines célibataires,
ou l'illusion artistique*

Au-delà de la confusion entretenue par le mouvement moderne et l'idéologie des CIAM entre architectes et urbanistes, l'idéologie urbanistique instaure une coupure entre la production des urbanistes et les réalisations des architectes. Si les premiers pren-

---

191. Françoise Choay, article «Utopie», in *Dictionnaire de l'urbanisme et de l'aménagement*, *op. cit.*

nent en compte un ensemble bâti, les seconds imaginent des objets esthétiques considérés comme des «machines célibataires», pour reprendre une expression de Marcel Duchamp, qui signifie que ces objets solitaires, dont la maison d'architecte est l'exemple, n'ont pas de relation obligée avec d'autres éléments. Si l'on retrouve ici l'opposition entre la Poétique et le Plan, entre l'artiste (ici l'architecte) et l'ingénieur, le fossé entre les réussites esthétiques architecturales, ces «sublimes machines célibataires», et les barres de béton qui ont fait office de logements sociaux durant «la deuxième reconstruction» des années 1955-1970 en France est manifeste. Cela a donné lieu, de la part des architectes et des hommes de l'art, au culte du bel objet, de l'ornement, de l'esthétisation du bâtiment. C'est en 1907 que des architectes allemands, dont Alfred Loos fera le procès [192], rédigent un programme qui valorise l'ornement et l'œuvre artistique solitaire. Le principal critère de ce programme, le *Werkbund*, est l'idéalisation du «lien par l'œuvre», de la qualité esthétique sur le double plan du travail de la matière et de la forme. L'œuvre architecturale, «non seulement un ouvrage correctement adapté aux matériaux», doit avoir «une portée sensible et une signification artistique [193]».

Mais la création architecturale liée au mouvement moderne, si critique soit-elle vis-à-vis de cette esthétique de l'ornement, est profondément ambiguë. Renonçant au privilège de la perspective à point fixe, elle favorise en effet les trajectoires corporelles et renoue avec le caractère multidimensionnel de l'expérience

---

192. Pour Loos, l'ornement extérieur doit se limiter dans le monde moderne au monument et à la tombe, c'est pourquoi il réalise des maisons sans ornement externe (voir la maison de Tristan Tzara à Paris, les maisons Scheu et Steiner à Vienne) tout en valorisant la décoration et l'ornement à l'intérieur. Pour lui, le travail de création architecturale glisse de l'extérieur à l'intérieur. L'art devient intérieur, et l'architecte se fait artiste d'intérieur: «Que la maison se montre discrète vers l'extérieur, affirme-t-il, pour exposer toute sa richesse à l'intérieur», *in* August Sarnitz, *Loos*, Taschen, Cologne, 2003, p. 15. Sur la théorie du primitivisme de Loos, voir Joseph Rykwert, *La Maison d'Adam au Paradis*, *op. cit.*, p. 23-26.

193. Citation extraite d'*Urbanisme*, *op. cit.*, n° 309.

urbaine tout en contribuant à imposer la prééminence des flux et un urbanisme standardisé.

D'un côté, les nouvelles techniques de construction accompagnent les avant-gardes esthétiques du début du siècle, dont le cubisme est l'expression la plus achevée : « Les architectes veulent s'approprier la multiplicité des points de vue proposés par le cubisme, l'expérience dynamique de l'espace telle que la décrivent les manifestes futuristes ou que l'exprime, dès 1912, la peinture de Marcel Duchamp [...] Elle prétend livrer une expérience cosmique de l'univers en accord avec le savoir et les découvertes non représentables de la physique théorique, donner à percevoir l'espace-temps de la relativité [194]. » Ce qui se traduit par des choix précis : le refus de l'ornement extérieur au profit de volumes purs et de formes géométriques, la synthèse de l'extérieur et de l'intérieur grâce au primat de la transparence et à des éléments (pilotis, rampes).

Mais en contrepartie, et c'est l'essentiel pour le devenir de l'urbain, l'urbanisme du Mouvement moderne et des CIAM désolidarise les bâtiments construits et les unités architecturales de l'espace urbain traditionnel. Ce qui est à l'origine d'un urbanisme qui privilégie simultanément séparation, zonage et circulation : « Autrement dit, un type d'espace dont l'architecture était partie intégrante semble en voie de disparition [195]. » Entre le constat d'une inventivité spatiale sur le plan architectural et la compression de l'espace urbain, le divorce est total. La création architecturale du Mouvement moderne est en contradiction avec le développement de l'urbanisme progressiste, ce qui condamne l'architecte à épouser la figure de l'artiste pourtant décrié dans le cas d'un mouvement comme le *Werkbund*. La consécration de nombreux architectes, d'autant plus célébrés que les méfaits de l'urbanisme sont vilipendés, est-elle aujourd'hui l'occasion de la renaissance d'une culture urbaine ? Certains pensent que la création architecturale contemporaine, la culture de l'ornemen-

---

194. Françoise Choay, article « Espace. Espace et architecture », in *Dictionnaire de l'urbanisme et de l'aménagement*, *op. cit.*
195. *Ibid.*

tation, est un phénomène de mode lié à la politique de commande des maires des grandes villes pour lesquels la réalisation architecturale est une vitrine électorale. Mais la France architecturale, qui n'a jamais valorisé la maison d'architecte comme les États-Unis [196], a toujours oscillé entre le style académique et des commandes publiques qui, elles, furent souvent d'avant-garde, qu'il s'agisse de la deuxième reconstruction ou des choix présidentiels [197].

Ce qui a conduit à associer le monument à la maison, à transformer le logement en monument, ce dont les réalisations de Ricardo Bofill à Marne-la-Vallée, dans la région parisienne, sont un exemple [198].

Or, cette coupure entre l'art et la science, entre le travail de l'artiste et celui de l'ingénieur, reproduit la distinction entre la «règle», celle d'Alberti, celle du traité d'architecture, et le «modèle», celui du plan urbanistique qui sous-tend le projet utopique et la Cité radieuse. Aux architectes l'hédonisme, la passion artistique, et aux urbanistes la volonté de régulariser et de discipliner un espace urbain souvent considéré comme le repaire de la masse, du crime et de la maladie. L'architecture contre l'urbanisme ! Cette défense de la création architecturale est pourtant une illusion. En effet, si les deux «procédures» du modèle (l'urbanisme régularisateur et disciplinaire) et de la règle (la machine célibataire de l'architecte liée au traité d'architecture) «acculent à un choix redoutable entre deux conceptions de l'édification, l'une hédoniste, égotique, permissive, l'autre corrective, disciplinaire, médicale [199]», elles ne sont antithétiques qu'en apparence. Alors que l'art de l'architecte donne naissance à de beaux objets, à ces machines célibataires qui sont autant de paquebots soli-

---

196. Jean-Pierre Le Dantec, *Architecture en France*, ADPF, Paris, 1999.
197. François Chaslin, *Les Paris de François Mitterrand*, Gallimard, «Folio», Paris, 1985.
198. Selon Bernard Huet, «les modernes investissent dans le monument, et quand ils ne peuvent plus en faire, ils transforment le logement en monument», *in* «Apprendre aux architectes la modestie», article cité.
199. Françoise Choay, *La Règle et le Modèle*, *op. cit.*, p. 339.

taires, la science de l'urbaniste et de l'ingénieur assouvit une volonté de contrôler et de rationaliser. Mais c'est oublier que l'architecte et l'urbaniste participent d'une même histoire, et que l'un réalise en petit, en micro, ce que l'autre projette en grand, en macro. Ce que rend manifeste le progressisme architectural.

Circulation et zonage

> Bientôt, les rues des villes resplendiront comme de grands murs blancs. La cité du XXe siècle sera éblouissante et nue.
>
> Adolf Loos, 1908

Une approche structurelle de l'évolution des savoir-faire de l'urbaniste et de l'architecte ne doit pas cacher le déséquilibre croissant qui intervient entre les flux et les lieux. L'urbanisme progressiste des ingénieurs-architectes s'en prend moins aux lieux qu'il ne cherche à capter les flux dans un seul lieu contracté et replié sur lui-même. Loin de faire «table rase», l'urbanisme d'un Le Corbusier s'inscrit dans une généalogie au long cours, mais la Cité radieuse aspire les flux dans un lieu. Ce qui modifie radicalement les relations du dedans et du dehors, du privé et du public, de l'intérieur et de l'extérieur. L'urbanisme de l'anti-ville cherche à contenir la ville dans un lieu, dans une «machine célibataire», un objet d'art qui se suffit à lui-même au sens où il n'a pas besoin d'être relié à autre chose, un objet d'art qui n'est plus l'immeuble imaginé par l'architecte mais la ville-immeuble, la ville immobilisée dans un lieu [200]. L'évolution architecturale qui conduit de l'îlot à la barre, de la ville haussmannienne à la Cité radieuse le montre bien. Mais faut-il avaliser spontanément l'opposition entre les flux et les lieux, au risque de durcir les deux acceptions de la condition urbaine ? Alors que la *Charte*

---

200. Pour la prospective, le paquebot demeure un modèle pour l'urbanisme, voir François Bellanger, «Le paquebot : symbole des mutations urbaines», *Urbanisme : Tendances 2030*, n° 334, janvier-février 2004.

d'Athènes (1942) met en avant les quatre fonctions urbaines essentielles – habiter, travailler, cultiver son corps et son esprit, circuler –, la ville doit-elle être définie comme un lieu qui structure les flux ? De même que la ville se présente comme un mixte de matière physique (éléments et matériaux qui organisent un ensemble bâti) et de mental, elle orchestre des flux et des mobilités (corporelle, automobile) dans un lieu-dit afin de favoriser l'aération (hygiène), une dédensification (répartition démographique) et une meilleure circulation (échelle des rythmes où le corps est concurrencé par le train puis par l'automobile); il est donc erroné de penser l'espace urbain comme un lieu destiné essentiellement à contrer les flux. Par ailleurs, la puissance des flux n'empêche pas que des pratiques urbaines demeurent possibles même si elles sont fragilisées. Une fois opérés ces deux constats – l'entrecroisement des flux et des lieux, la persistance des pratiques – il est possible d'apprécier le renversement que l'urbanisme progressiste inaugure : une privatisation de l'expérience urbaine dont la culture du branchement et de l'accès sera l'aboutissement dans le contexte post-industriel marqué par l'émergence des nouvelles technologies et des écrans.

L'espace urbain comme orchestration de flux dans un lieu. Sur ce point, il y a d'emblée un risque de malentendu puisqu'un lieu urbain est un vecteur et un échangeur de flux, c'est-à-dire un espace qui rend possibles des interactions. À lire quelques-unes des définitions proposées, les critères mis en avant sont à la fois ceux du territoire et des flux. S'il n'y a pas une ville, la bonne ville, s'il y a des villes distinctes mettant plus ou moins en valeur telle ou telle dimension de l'expérience urbaine, l'urbaniste François Ascher propose pour sa part une définition minimale de la ville. Celle-ci souligne que le lieu-ville échange des flux de nature différente. « L'existence des villes suppose donc, dès leur origine, une division technique, sociale et spatiale de la production, et implique des échanges de natures diverses entre ceux qui produisent les biens de subsistance et ceux qui produisent des biens manufacturés (artisans), des biens symboliques (les prêtres, les artistes, etc.), le pouvoir et la protection (les guerriers). La dynamique de l'urbanisation est liée au potentiel d'interactions qu'offrent les villes, à leur urbanité, c'est-à-dire à la puissance multiforme qu'engendre le regroupement de grandes quantités de populations dans un même lieu [201]. » S'il est vain de vouloir définir strictement la ville [202], si le langage relatif à la ville hésite toujours entre une approche corporelle et scénique d'un côté, et un savoir de l'autre, le constat que la ville n'a jamais été étrangère aux flux qui la traversent est essentiel. Pour Paul Claval, la ville se caractérise par une capacité d'instituer entre les individus des échanges de tous ordres, sur le plan de la communication mais aussi sur le plan du partage des biens matériels et immatériels [203]. L'entité-ville étant cet espace inséparable d'interactions diverses, l'expérience urbaine est menacée dès que l'espace urbain contrôle moins les flux en provenance de l'extérieur, quand la capacité de la ville, à commencer par la ville en réseau, à drainer les flux et à les contrôler se renverse en une captation par les flux.

Pression des flux et pratiques urbaines. Si la relation entre les flux et les lieux établit un équilibre de plus en plus favorable à des flux qui s'externalisent (transports, télécommunications, téléinformation); si les flux prennent progressivement le dessus sur les lieux, faut-il en conclure que l'expérience urbaine est en voie d'extinction? L'hégémonie urbaine dont la prévalence des flux va être la manifestation n'a-t-elle pas un envers? C'est ce que pense, par exemple, Michel de Certeau. Tout en reconnaissant la matrice discursive, tout en soulignant qu'utopie et atopie vont

201. François Ascher, *Les Nouveaux Principes de l'urbanisme*, Éditions de l'Aube, La Tour d'Aigues, 2001, p. 9.
202. Pour Paul Claval, « trois conditions sont indispensables pour qu'un établissement humain constitue une ville : l'agglomération de constructions, certains traits sociaux de la population (le statut au XVIIIe siècle), une certaine dimension. De ces définitions ressort la difficulté de trouver un critère universel et satisfaisant pour établir le départ entre villages et bourgs d'une part, villes de l'autre », article « Ville », in *Dictionnaire de l'urbanisme et de l'aménagement*, *op. cit.*
203. Paul Claval, *La Logique des villes. Essai d'urbanologie*, Litec, Paris, 1981.

de pair, il s'est efforcé de scruter l'envers de l'urbanisme disciplinaire. Affirmant que « l'atopie-utopie du savoir optique porte depuis longtemps le projet de surmonter et d'articuler les contradictions nées du rassemblement urbain », Michel de Certeau analyse la ville modélisable en fonction d'une triple opération : la production d'un espace propre, la valorisation du « non-temps » et une capacité d'universalisation. Le paradigme de l'urbanisme nous l'a appris : an-historique et généralisable à l'infini, un espace est « propre » quand il exclut la relation temporelle. Puisque la constitution d'un espace propre doit « refouler toutes les pollutions physiques, mentales et politiques qui la compromettraient », Michel de Certeau suggère de considérer la ville comme un « espace impropre ». Invitant à se méfier du discours de la panique et de la catastrophe, il préconise d'« analyser les pratiques microbiennes, singulières et plurielles, qu'un système urbanistique devait gérer ou supprimer »[204]. Derrière le plan de l'urbaniste subsistent des pratiques « à la marge », car l'espace est « un lieu pratiqué ».

Le renversement du public vers le privé. Si le modèle de l'urbanisme, sa volonté méthodique de contenir et de contrôler, accompagne une montée en puissance des flux qui vont s'autonomiser par rapport aux lieux, ce processus connaît en parallèle un phénomène connexe qui perturbe les ressorts de l'expérience urbaine en tant que telle. En effet, alors que celle-ci assure une transition non dialectique entre le dedans et le dehors, entre l'intérieur et l'extérieur, elle va être l'objet d'un renversement, puisque le rapport entre le privé et le public se déséquilibre au profit du premier. Des auteurs comme Arendt ou Habermas ont proposé des interprétations différentes de la dégradation progressive de l'espace public[205]. Si l'expérience urbaine valorise à la fois le centre par rapport à la périphérie (la ville a une force

204. Voir la séquence intitulée « Du concept de ville aux pratiques urbaines », *in* Michel de Certeau, *L'Invention du quotidien,* tome 1 : *Arts de faire, op. cit.*, p. 174-179.
205. Jürgen Habermas, *L'Espace public*, Payot, Paris, 1978.

d'aspiration et d'intégration), et le public par rapport au privé (la ville comme espace scénique, comme exposition des solitudes et des corps), la prévalence des flux va renverser cette dialectique du privé et du public au profit d'un mouvement de privatisation. Avec l'urbanisme progressiste, l'intérieur qui prime désormais, celui de la maison individuelle ou collective, n'est pas une copie de l'intérieur du bourgeois haussmannien. Si l'urbanisme des ingénieurs fait alliance avec les machines célibataires des architectes, s'il met en forme le public dans un lieu-ville, dans une cité-immeuble, il amorce du même coup un renversement. Même si les Cités radieuses ne sont pas légion, il modifie l'expérience urbaine au bénéfice de la privatisation.

Or, dans un cadre qui n'est plus celui du béton de la société industrielle mais celui de la révolution technologique, la privatisation se développe sur tous les plans (l'intime, le public, le politique). Au-delà du déséquilibre croissant entre les flux et les lieux, celui qui trouble la relation du privé et du public est le plus frappant. D'où l'intérêt de travaux portant sur l'évolution des formes urbaines qui mettent en avant le rétrécissement progressif des différents espaces destinés à faciliter le glissement du privé au public.

*Déchirures du tissu urbain
et retournements du rapport privé-public*

> La densité dans l'isolement, voilà l'idéal.
>
> Rem Koolhaas

Quand des urbanistes réfléchissent par exemple sur le rôle de l'îlot, ils se figurent la ville sous la forme d'un tissu urbain qui aurait tendance à se dégrader progressivement. C'est ce que montrent les exemples retenus dans *Formes urbaines*, autant de séquences successives qui conduisent de l'îlot à la barre, de Haussmann à Le Corbusier. Dans cette optique, les auteurs glissent de l'îlot haussmannien du XIXe siècle à la barre de l'ingénieur moderne. Ce qui les conduit à examiner plusieurs expériences : celle du Paris haussmannien (1853-1882), les cités-jardins de Londres (1905-1920), les extensions d'Amsterdam (1913-1934), le nouveau Francfort-sur-le-Main (1925-1930), et la Cité radieuse de Le Corbusier.

Le tissu urbain renvoie à une double métaphore corporelle et textile, elle désigne ainsi « une solidarité entre les parties ». « La notion de tissu s'oppose à l'idée d'œuvre achevée ou à l'objet figé, elle suppose une transformation possible [206]. » L'existence d'un tissu favorise ce mouvement incessant qui met en relation l'intérieur et l'extérieur, le privé et le public, le dedans et le dehors. « La maison est fermée, elle est ouverte, la santé mentale passe par une différenciation entre dehors et dedans mais ce ne sont jamais que des gradients d'ouverture qui les différencient [207]. »

En lien avec cette représentation de la ville-tissu, l'îlot indique donc une échelle, celle de l'organisation sociale des tissus. « Pas la ville des grands tracés et des grands monuments, ni le détail domestique, un entre-deux longtemps ignoré [208]. » Cet entre-deux de l'îlot, cet entre-deux qui fait le lien « entre » le privé et le public, correspond à un espace qui n'est ni celui de la ville globale et de l'organisation monumentale, ni celui du monde privé, un espace qui correspond en conséquence à une échelle qualifiée d'intermédiaire et associée à l'idée d'urbanité. Toujours l'entre-deux, celui de l'intervalle qui qualifie New York pour Claudel, celui du passage, celui de l'îlot, il ne s'agit pas de célébrer le bon lieu mais de dessiner un type d'espace qui rend possible un type de rapports humains, ceux qui correspondent justement à l'expérience urbaine. Passage, îlot : autant de figures paradigmatiques non pas d'un espace mais d'une manière de mettre en relation et d'être ensemble. Comme le passage, l'îlot n'est pas un espace « intermédiaire » entre la ville-ensemble et le fragment d'une unité spatiale (bâtie ou non), il représente l'espace spécifique qui

---

206. Philippe Panerai, Jean Castex et Jean-Charles Depaule, *Formes urbaines, de l'îlot à la barre*, Éditions Parenthèses, Marseille, réédition 1997, p. 177.

207. Henri Gaudin, « La ville comme œuvre », *Art et philosophie, ville et architecture*, *op. cit.*, p. 279.

208. *Formes urbaines, op. cit.*, p. 12.

rend possibles un rythme, une temporalité pour les habitants, permettant ainsi d'éviter l'aspiration par le haut, par le collectif (les communications, les bains de foule et, dans le langage de l'urbaniste, tous les instruments destinés à la circulation, au transport et à la communication, c'est-à-dire à accélérer le mouvement) et par le bas, par le privé trop privé (l'intimité mais aussi la solitude).

L'îlot ne se résume pas cependant à une échelle, il est une manière d'organiser les liens entre divers lieux, privés ou publics, qui composent l'espace urbain. Si des lieux – rue/bordure/cour/fond de parcelle – assurent une transition entre des échelles, ils orchestrent par là même un lien entre le privé et le public. Mais en valorisant l'îlot, Haussmann « consacre en la codifiant une nouvelle pratique de l'espace, où le logement devient le lieu privilégié d'une partie de la vie qui se privatise, et qui va progressivement devenir dominante [209] ». L'îlot fermé est considéré ici comme l'instauration d'un espace qui va aspirer le public vers le privé, en cela fidèle à l'analyse proposée par W. Benjamin de l'embourgeoisement de la ville, et retourner l'expérience urbaine sur elle-même, en valorisant le dedans aux dépens du dehors. « Avec Haussmann s'opère une rupture stratégique : la ville est soumise globalement à la clarification, à la spécialisation, au zonage [210]. » Ce n'est donc pas l'îlot en tant que représentation architecturale qui est décisif, même si des architectes défendent aujourd'hui la notion d'îlot ouvert, mais le retournement des rapports du privé et du public. Dans *Paris XIXe siècle*, François Loyer le souligne : alors que le dedans privatif a déjà pris le dessus sur le dehors collectif, le renversement haussmannien vers le dedans implique « une désaffection pour l'espace public de la rue – transformé en espace de rejet et traité comme tel : sommairement [211] ». Les cités-jardins [212], marquées par l'espace du *close* britannique, sont une autre mani-

---

209. *Ibid.*, p. 152.
210. *Ibid.*, p. 144.
211. François Loyer, *Paris XIXe siècle. L'immeuble et la rue*, Hazan, Paris, 1987, p. 213.
212. Dans le cas du *close* britannique, l'espace intérieur et privé s'oppose à l'espace public, symbolisé par la rue, par une clôture spécifique, une haie ou même une porte.

festation de ce retournement de la relation entre le privé et le collectif avant que la barre de la Cité radieuse institue une coupure radicale entre le dedans et le dehors. « La cité-jardin accomplit à merveille la transition entre un espace privilégiant les lieux publics où le privé avait besoin de fortes structures et un espace privilégiant les lieux privés où l'espace public doit être organisé[213]. » Cette transition est celle qui fait passer de l'îlot à la barre : « L'Unité d'urbanisation marque une nouvelle étape, l'ultime, dans la perte des différences qui caractérisent l'espace urbain. La séquence hiérarchisée rue/bordure/cour/fond de parcelle qui ordonne le tissu ancien, déjà réduite chez Haussmann et à Amsterdam, compromise à Londres et à Francfort, est ici résolument supprimée[214]. » D'où la conséquence : « La cité radieuse est indifférente : le paquebot peut lever l'ancre, avec le soleil pour s'orienter. L'inversion a été décrite : la rue est au centre et le derrière à la périphérie. Périphérie aussi monumentale qu'elle est aussi devant[215]. » Avec la barre, on en arrive à l'idée d'un élément unique, celle de la Cité radieuse de Marseille par exemple, qui condense à la fois le privé et le public, l'intime et la ville à lui tout seul. Voilà un paquebot qui vogue sur une mer sans environnement, et un couvent où l'individu est livré à lui-même. Un paquebot dont la passion des tours sera le prolongement naturel : « Avec l'illusion qu'une habitation de grande hauteur est plus économique et fonctionne mieux qu'un bâtiment moins élevé, de grandes tours collectives se sont installées dans les banlieues de presque toutes les villes du continent, d'Anvers à Milan. Ce type d'habitation de grande hauteur est apparu bien avant la guerre comme en témoignent par exemple les lugubres tours de Drancy près de Paris. Toutefois, la maison géante qui a donné le ton aux efforts contemporains et qui a exercé sur les jeunes architectes une influence hypnotique du plus fâcheux effet est la célèbre "unité d'habitation" sur pilotis construite à Marseille par Le Corbusier[216]. »

213. *Formes urbaines*, *op. cit.*, p. 71.
214. *Ibid.*, p. 138.
215. *Ibid.*, p. 150.
216. Lewis Mumford, *Le Piéton de New York*, introduction de Thierry Paquot, Éditions du Linteau, Paris, 2001, p. 143-144.

Au fur et à mesure que l'îlot recule, c'est moins un modèle urbanistique qui est mis en cause que le renversement progressif du privé et du public qui s'accélère, et la substitution de la verticalité à l'horizontalité. Ce que confirmera l'idéologie de la Ville générique formulée par Rem Koolhaas, une idéologie qui privilégie le vertical dans le but de créer des zones isolées de forte densification [217]. Il n'y a plus de tension entre l'un et l'autre, espaces privé et public sont clivés. Dans l'espace urbain, le glissement du privé au public, de l'intérieur à l'extérieur était privilégié, il représentait l'expérience motrice, mais désormais la pression des flux, celle qui va se confirmer avec la troisième mondialisation [218], contribue à privatiser l'expérience urbaine.

Voilà ce que préfigure la Cité radieuse des ingénieurs modernistes : la prévalence des flux sur les lieux va de pair avec la privatisation de l'espace public. Simultanément, à la mise en tension du dedans et du dehors se substitue une coupure entre le dehors et le dedans, entre la nature et le bâtiment, une rupture que la transparence du verre occulte paradoxalement. Si la Cité radieuse ne s'est pas généralisée, elle anticipait un monde urbain où les flux l'emportent sur les lieux, et où la circulation est privilégiée. « Si est posé un contenant sur une table rase ou un édifice au centre d'un carrefour, ne subsiste alors de l'opposition que l'accablant contraste d'un dedans privé de dehors habitable puisque, alors, ce dehors n'est plus affecté qu'à la circulation des véhicules [219]. » Quand la ville s'enferme dans un immeuble aux allures de paquebot, quand la cité n'est plus un bâtiment, les flux et les diverses modalités de la circulation (automobile mais aussi financière)

---

217. « Le gratte-ciel, dit Rem Koolhaas, semble appelé à devenir (dans la Ville générique) la typologie ultime et définitive. Il a absorbé tout le reste. Il peut se dresser partout, dans une rizière ou en centre-ville, peu importe. Les tours ne sont plus côte à côte, mais ainsi séparées qu'elles n'ont plus d'interaction. La densité dans l'isolement : voilà l'idéal », in *Mutations*, Actar, Arc en rêve/Centre d'architecture, Bordeaux, 2000, p. 729.
218. La signification historique de la troisième mondialisation fait l'objet du début de la deuxième partie de cet ouvrage.
219. Henri Gaudin, « La ville comme œuvre », article cité, p. 291.

Du passage à la « rue en boucle »

Avec le modernisme, celui que symbolise la barre, s'opère un renversement de tendance dont toute la thématique du passage – qui va bien au-delà du passage parisien ou nantais – fait les frais. En même temps que les fonctions (loisir, travail...) sont séparées, la transparence règne comme s'il n'y avait plus de tension entre le dehors et le dedans. Ainsi la fenêtre ouvre directement sur la nature, on ne descend pas de chez soi pour se rendre dans un monde public, par le biais de passages, on passe directement de chez soi au dehors. La rue est désormais le hall central qui se trouve à l'intérieur de l'immeuble, un immeuble-cité, un immeuble-paquebot conçu comme un navire amiral, comme une ville à lui tout seul. Ces propos de Le Corbusier dans *La Ville radieuse* – « Nous avons bien entendu supprimé la "rue-corridor", la rue de toutes les villes du monde [...] il n'y a plus jamais de cours, mais toujours des vues très étendues, de chaque fenêtre. Il n'y a même plus de fenêtre mais des murs de verre » – montrent bien que la barre organise un espace autonome qui rassemble à l'intérieur tout ce que la ville mettait en tension à l'extérieur. Le privé et le public se combinent directement alors même que le dedans et le dehors (l'habitat et la nature) sont séparés, l'intérieur et l'extérieur sont rassemblés dans un seul lieu alors même que la dialectique du centre et de la périphérie perd tout son sens. « Pas de fenêtre. Qu'y aurait-il d'ailleurs à regarder dès lors que la ville qui ne donne plus rien à voir ne peut se regarder elle-même [220] ? » On observe donc une prédominance de l'intérieur et une coupure radicale avec l'extérieur qui se traduit par un contact direct avec la nature. Mais cette relation de l'intérieur et de l'extérieur se distingue par exemple de celle de la ville arabe

---

220. Nicolas Soulier, in *Revue du MAUSS : Villes bonnes à vivre, villes invivables,* n° 14, La Découverte, Paris.

où la superposition et l'imbrication des espaces intérieurs débouchent sur un espace public conçu comme leur prolongement [221]. Des formes urbaines hétérogènes doivent être ici distinguées : la différence entre la ville européenne (un intérieur susceptible d'ouvrir sur un extérieur autonome), la Cité radieuse (une coupure radicale entre intérieur et extérieur puisque aucun espace public n'est concevable) et la ville arabe (un espace public qui n'est qu'un prolongement de l'intérieur) est significative de la gamme possible des rapports entre intérieur et extérieur, entre privé et public.

La cité, la maison exemplaire ou la barre conçues par l'ingénieur moderniste s'ouvrent donc directement, ou plutôt brutalement, à l'extérieur. La synthèse de l'extérieur et de l'intérieur est l'un des trois principes de cet urbanisme, avec la liberté du plan et le refus de l'ornement extérieur. La transparence s'impose avec le verre qui n'en fait pas moins frontière : « Partout, le mur de verre, avec des baies continues et des allèges de verre opaque, est devenu à la mode ; on en trouve des exemples après la guerre dans des villes aussi différentes que Londres ou Genève [222]. » L'immeuble construit sur des pilotis dévalue les lieux de passage désormais encastrés dans l'immeuble, et les rues ne sont plus que des voies de communication parallèles. Les tours, les *skylines*, ces prodigieuses « machines célibataires », telle la tour Lever à Manhattan (Von Wright), s'imposent alors comme une apothéose architecturale [223].

Mais le site, le lieu proche, la culture de proximité sont du même coup mis à mal. De fait, les fonctions sont séparées les unes des autres, comme le réclame la théorie du zonage formulée par Tony Garnier, auteur d'un projet de ville utopique et de nombreuses réalisations à Lyon, qui distingue l'habiter identifié au privé, le loisir, le travail et les voies de circulation, etc. « L'indif-

---

221. Roberto Berardi, « Espace et ville en pays d'islam », *in* Dominique Chevallier (dir.), *L'Espace social de la ville arabe*, *op. cit.*, p. 99-120. Voir aussi A. Khatibi, *Le Corps oriental*, Hazan, Paris, 2002.
222. Lewis Mumford, *Le Piéton de New York*, *op. cit.*, p. 145.
223. Hubert Damisch, *Skyline. La ville Narcisse*, Seuil, Paris, 1996.

férence de Le Corbusier vis-à-vis du site est voilée dans le discours, dans une conception spectaculaire où le paysage est tout. De même que la Cité radieuse n'a pas de nom et de lieu, l'Unité d'habitation n'a pas de sol, elle le refuse, elle s'en écarte, se perche sur des pilotis, s'abstrait. Le pilotis, ce n'est pas seulement le moyen de hausser le bâtiment, de le rendre plus visible, c'est refuser qu'au niveau du passant il y ait un rapport possible autre que de pure contemplation. Dès lors tout s'enchaîne : le pilotis va de pair avec le refus de la "rue-corridor", la rue éclate en voies différenciées et en rues intérieures – celle-ci ne fonctionne ni comme palier (trop d'appartements), ni comme une rue (absence de fenêtre, de vis-à-vis, interdiction de jouer…). La rue ne devant plus être un corridor, le corridor devient la rue […] toute référence à une vie urbaine, est abolie : plus de *coin*, d'*en face*, d'*à côté*[224]. »

Aucune discordance, aucun passage, aucun basculement, aucune zone de friction, mais des bâtiments ou des lieux juxtaposés et non destinés à former un ensemble. Quand l'emportent « les rues en boucle » et les « villes en boucle », quand les lieux autoréférentiels sont la règle, l'expérience du passage est fragilisée. Ce n'est pas d'un manque de médiation qu'il s'agit mais de la présence d'espaces plus ou moins élaborés, de bordures qui mettent en contact sans obliger pour autant à faire alliance ou à devenir foule. Dans la ville, on peut esquisser des pas de danse à des rythmes qui invitent à passer du privé au public, à glisser de l'un à l'autre, mais aussi à marquer des divergences. On a beau rappeler la ville des poètes, dessiner le portrait de Rimbaud sur les murs de la ville bétonnée, on a beau peindre des paysages fictifs et rappeler le nom des grands ancêtres pour nommer les rues, rien n'y fait, on ne décide pas une ville par décret. Avec le glissement d'une forme d'agglomération qui assure des intervalles, des seuils, des passages, qui met en relation instable en se tenant à

---

224. *Formes urbaines*, *op. cit.*, p. 138. Ici, l'inversion est totale puisqu'on demande à l'urbain, homme de la *vita activa*, de renouer avec la *vita contemplativa*. De la cité comme monastère ! De la Cité radieuse au couvent de la Tourette !

double distance du trop privé comme du trop public, l'espace urbain se fragmente en s'interdisant tout rythme polyphonique.

Ainsi, le modernisme qui accompagne la cité industrielle, ce dont témoigne le projet utopique de *La Cité industrielle* de Tony Garnier, anticipe à sa manière la société en réseau contemporaine : celle qui correspond au monde post-industriel et à la révolution informatique et se définit par des branchements, des interconnexions, d'une part ; des séparations, des fractures, d'autre part. Et pour cause : on ne se branche que sur les unités que l'on a sélectionnées, on vit entre soi dans des ensembles qui forment un tout fermé. Si le bâti radieux organise le tout en lui-même, s'il est une totalité autoréférentielle, coupée de son environnement proche, il se connecte simultanément avec des totalités du même type. La cité peut renvoyer au dehors, à la nature à travers la fenêtre transparente, mais elle est devenue étrangère à la proximité spécifique de la culture urbaine. Elle repousse les limites tout en se coupant de la proximité. Absence de limites et refus de la proximité, l'espace urbain n'est plus un « lieu impropre » mais un « lieu propre ». Le volontaire se substitue à l'involontaire, à une expérience urbaine rythmée par l'inattendu.

Si l'espace urbain n'est pas constitué d'une myriade infinie de cités radieuses, il se conforme de plus en plus, à l'heure de la révolution post-industrielle, à un monde qui fonctionne selon les dogmes, désormais décrédibilisés, du progressisme architectural et urbanistique. Mais les lieux n'ont pas perdu leur autonomie au sens strict, ils doivent au contraire être strictement autonomes pour favoriser la meilleure articulation des flux. L'évolution urbanistique qui conduit de l'îlot à la barre éclaire les caractères de l'urbain contemporain. En effet, la « ville globale », l'une des inventions de l'urbain généralisé et de la culture du branchement [225], n'est pas séparable des caractéristiques de la cité virtuelle. Dans celle-ci, on se replie dans le privé (tant sur le plan du travail que des loisirs) tout en s'interconnectant volontairement avec d'autres cités branchées.

---

225. Voir deuxième partie, p. 182-186.

Les lieux et les flux : l'inversion du rapport

Le progressisme urbanistique et architectural a mis en cause l'expérience urbaine en tant que telle, c'est-à-dire la possibilité même de la mise en relation. Ce qui affecte inéluctablement les couples qui structurent l'expérience urbaine : le rapport d'un centre et d'une périphérie, le rapport de l'intérieur et de l'extérieur, le rapport du privé et du public, le rapport du dedans et du dehors. Le comprendre éclaire les liens entre les métamorphoses de l'urbain et la constitution progressive de la société en réseau. Celle-ci, celle qui accompagne la troisième mondialisation, met en forme des tendances propres au mouvement moderniste et à l'urbanisme occidental.

D'une part, elle segmente, fractionne ; d'autre part, elle rassemble des individus proches dans des cités homogènes. Puisqu'elle ne met plus en relation, elle organise logiquement des types de rassemblement et d'agrégation homogènes. Ces deux caractéristiques ont des conséquences : ce qui n'est pas intégrable est rejeté au dehors, et la cité rassemble dans un seul objet la ville entière. La continuité, de l'intérieur et de l'extérieur, du privé et du public, ne l'emporte qu'en apparence sur la discontinuité, l'opposition du dedans et du dehors s'impose désormais. Il n'y a plus d'entrée dans et de sortie hors de la ville, l'idée d'hospitalité qui accompagne la ville-refuge disparaît au profit de regroupements affinitaires dans les centres-ville, de communautés ethniques dans les zones de ségrégation ou d'agrégations dans des cités radieuses réduites à un bâtiment ou à une ville globale. Tous ces phénomènes interviennent naturellement dans le contexte d'une troisième mondialisation qui remet en cause le modèle d'intégration propre aux sociétés industrielles, ce qui n'est pas sans affecter la dimension politique de la ville elle-même. Mais Julien Gracq l'a suggéré : l'expérience poétique de la ville, indissociable d'une expérience physique et mentale, va de pair avec celle de la liberté et de l'affranchissement. Voilà bien ce qui pèse sur les ressorts de la démocratie, dont la ville n'est plus l'un des canaux d'irrigation.

Est-on en train de glisser dans un monde où règne l'urbain généralisé aux dépens de l'urbanité d'hier et de ses rythmes spécifiques ? Si la nécessité d'aller plus vite et de gagner du temps, si la possibilité de vivre en temps réel et à la vitesse de la lumière modifient notre expérience corporelle, faut-il pour autant sacrifier le rythme urbain d'hier ? Le renversement est en effet complet quand le passage laisse la place à des expériences en temps réel. La société en réseau amplifie et généralise ce qui ne concernait jusqu'alors qu'une unité ou un bâtiment dans le cas de la cité moderniste. L'interconnexion favorise à un niveau global une séparation des espaces et des fonctions qui se double d'une concentration du privé et du public dans un même lieu. Le modernisme fait alors l'objet d'un procès souvent incantatoire alors même que la reterritorialisation liée à la troisième mondialisation célèbre sa victoire. La société en réseau a permis d'assouplir la vision futuriste en articulant l'espace des flux et l'espace des lieux au seul profit des premiers. Comment qualifier cette nouvelle urbanité ? L'urbanisme contemporain est double, biface, puisqu'il privatise et fragmente d'autant plus qu'il interconnecte des lieux privilégiés. Alors que les villes classiques, si idéalisées soient-elles, sont des pôles autonomes et façonnent une culture des limites et de proximité, l'urbanisme de réseau interconnecte les espaces propres au réseau aux dépens des autres. La proximité peut être ignorée quand les limites urbaines tombent. Le dehors et le dedans sont alors radicalement séparés : on est dedans ou dehors, l'expérience urbaine, celle qui plie indéfiniment le dedans et le dehors, le dehors et le dedans est comme infirme, elle s'immobilise au risque de l'informe.

La cause est-elle alors entendue ? Sommes-nous dans l'après-ville ? Sommes-nous, avec la société des écrans, dans l'après-cinéma, puisque cinéma et ville ont des affinités électives et une histoire parallèle ? Entre *Week-end* et *Alphaville*, Jean-Luc Godard n'a-t-il pas anticipé la ville catastrophe ? Et *Alphaville*, ce titre de film, n'est-il pas paradoxalement devenu le nom de villes privées en Amérique latine [226] ?

---

226. La première *Alphaville*, nommée ainsi en l'honneur de Jean-Luc Godard, a été construite au début des années 1970 à vingt-cinq kilomètres du

« On ne se demandera pas aujourd'hui si la ville a été célébrée ou reflétée par le cinéma ou si, entre ces deux royaumes d'ombres et de lumières, il y eut complicité. D'une façon plus exemplaire, et comme pour provoquer on affirmera que "le cinéma appartient à la ville" et que, pas plus qu'il ne l'a précédée, il ne lui survivra. Plus qu'une solidarité, un destin commun. D'un côté, la ville s'efface devant le "paysage urbain", tissu banlieusard de mégalopoles avec leurs périphéries ; de l'autre le cinéma s'estompe devant le "paysage audiovisuel", univers déritualisé de la communication obligatoire et simultanée. Il y a eu – et il y a encore – un monde d'"avant" le cinéma comme il y aura – il y a déjà – un monde d'"après" le cinéma. C'est-à-dire d'avant et d'après les villes [227]. » Mais, au-delà de la question de la ville, de l'opposition du flux et du lieu, du règne de l'urbain, de l'après-ville, celle des ressorts de la condition urbaine revient au devant de la scène. La beauté du mort ! Alors même que des architectes cherchent à reconquérir leur autonomie et que l'urbanisme s'efforce de s'assagir, de trouver des contreparties à ses errements en appelant des paysagistes à la rescousse, le plus urgent est de renouer avec l'expérience urbaine. Il y a cependant un préalable : mettre en scène cet urbain généralisé dans son homogénéité et dans son hétérogénéité, dans son illimitation territoriale et dans sa capacité de séparation. L'urbain rompt avec une culture des limites, mais cette volonté d'illimitation est à l'origine de limites inédites, tant mentales que physiques. Encore ne faut-il pas croire que « la condition urbaine effective », la cartographie territoriale prenant forme sous nos yeux [228], mette définitivement un terme à l'expérience urbaine, à la « condition urbaine » entendue comme une expérience aux multiples dimensions.

---

centre de São Paulo. D'autres *Alphavilles*, autant de cités résidentielles sécurisées, ont été édifiées depuis à Belo Horizonte, Rio de Janeiro et Pôrto Alegre.
227. Serge Daney, « Ville-ciné et télé-banlieue », in *Cités-Cinés*, Ramsay-La Grande Halle/La Villette-Le Cerf, Paris, 1987, p. 837.
228. Voir la deuxième partie, p. 176-189.

DEUXIÈME PARTIE

La condition urbaine II
L'après-ville
ou les métamorphoses de l'urbain

Envoi

« *N'y a-t-il pas autant d'êtres, de rôles urbains que de villes*[1] ? » *Si chaque ville est singulière, si le type idéal de la ville n'a jamais connu de réalisation parfaite, s'il n'y a pas une bonne définition de la ville en dépit du rôle historique de la tradition utopique, la condition urbaine, entendue dans son premier sens, repose sur un paradoxe :* celui d'un espace fini et limité qui rend possibles des pratiques infinies. *L'urbanité, la vie commune et publique, va de pair avec une culture des limites indissociable d'une entité circonscrite qui met en relation un dehors et un dedans, valorisant ainsi une proximité.*

Or, la condition urbaine contemporaine, et tel est son deuxième sens, tend désormais à se confondre avec ce que l'on nomme « *l'urbain généralisé* », « *la ville générique* », *c'est-à-dire avec une absence de limites et de discontinuité qui défait la vieille opposition de la ville et de la campagne, du dehors et du dedans. Quand la continuité l'emporte, et avec elle une extension et un étalement des territoires urbains, les flux conditionnent alors l'organisation des entités urbaines, les villes, qui perdent leur autonomie et ne se préoccupent plus de leur proximité. La condition contem-*

---

1. Fernand Braudel, *L'Identité de la France*, *op. cit.*, p. 179.

poraine de l'urbain rend apparemment archaïque l'idéal-type de la ville : à une culture des limites succède non sans violence l'absence de limites, la puissance de l'illimité. Plus l'urbain est « généralisé » et moins les villes sont des espaces autonomes, des lieux d'intégration et d'affranchissement. D'où les expressions légitimes d'« après-ville » et d'« urbain généralisé » qui désignent un double phénomène : d'un côté, la prévalence de flux de tous ordres, à commencer par les transports et les télécommunications, la prééminence du réseau sur la ville conçue comme entité délimitée orchestrant une relation entre un centre et une périphérie, bref le règne de la continuité territoriale ; et, d'un autre côté, la transformation des espaces urbains en des lieux soumis à la pression externe des flux. Ce renversement, indissociable de la technique occidentale et de la volonté de contrôle de l'urbanisme, a été exacerbé par la troisième mondialisation. D'où un second paradoxe de l'urbain, celui qui correspond au développement du phénomène métropolitain et à l'urbanisation contemporaine : un espace illimité qui rend difficiles, voire impossibles, des échanges et des trajectoires, un espace qui favorise des pratiques limitées et segmentées. *Dès lors, cet espace ne privilégie plus une dialectique du dedans et du dehors, et il favorise un étalement qui donne lieu à des fragmentations, mais aussi à une prévalence des échanges entre périphéries au détriment des liens avec le centre.*

En effet, le règne de l'illimité et la continuité territoriale vont de pair avec une dynamique de fragmentation qui intervient entre les lieux *et* au sein des lieux. *L'urbain généralisé, la continuité urbaine, s'accompagne d'une hiérarchie entre les espaces urbains (ceux-ci sont plus ou moins bien connectés au réseau global), mais aussi d'une séparation croissante au sein des lieux eux-mêmes. La disparition d'une culture urbaine des limites donne lieu à divers cas de figure, à une variété de « villes-monde » dont* la métropole *(la ville multipolaire),* la mégacité *(la ville informe)* et la ville globale *(la ville repliée sur elle-même) sont les cas extrêmes. Alors que la condition urbaine, entendue au premier sens, faisait le lien entre un dehors et un dedans (la ville comme lieu où l'on peut s'intégrer mais dont on peut aussi sortir), l'urbain généralisé, indissociable d'une dynamique métropolitaine, donne lieu à des villes illimitées qui se déplient au dedans ou à des villes qui se ferment sur elles-mêmes, à ces villes dites globales qui se contractent pour mieux se brancher sur les flux.*

I. La reconfiguration des territoires

Ambiguïtés de l'urbain

La condition urbaine généralisée est à l'origine d'un système urbain mondialisé qui privilégie les réseaux et les flux, contribuant ainsi à distinguer les lieux entre eux, à les hiérarchiser et surtout à les fragmenter. La mondialisation urbaine ne s'accompagne donc pas de la «fin des territoires» prophétisée par certains, mais d'une «reconfiguration territoriale» où le devenir des villes globales, mégacités, métropoles et mégalopoles, va de pair avec de nouvelles économies d'échelle. Que ce soit dans les villes européennes ou dans celles situées ailleurs sur la planète – Mexico, Istanbul, Le Caire, Shanghai, Manille ou Buenos Aires –, le devenir urbain ne permet pas de céder à l'idéalisme d'une ville démocratique qui, protégée et invulnérable, ne subirait pas les chocs de la mondialisation sur le plan territorial. Celle-ci renverse les tendances au long cours en favorisant le primat des flux sur les lieux, la privatisation aux dépens de la vie publique, et en privilégiant la séparation, le morcellement ou l'abandon. «On ne saurait en effet s'en tenir à une manière de phénoménologie ethnocentriste, écrit par exemple Hubert Damisch, qui se nourrit des images de la ville européenne que proposent la littérature et l'iconographie, tout en faisant la part belle aux données conscientes de l'approche du phénomène urbain[2].» Le sort de l'urbain, désormais mondialement partagé, fait glisser d'une culture urbaine,

---

2. Hubert Damisch, «Fenêtre sur cour», in *La Ville. Art et architecture en Europe, op. cit.*

européenne à l'origine, doublement marquée par la volonté de circonscrire des limites et par un respect de la proximité, à une « planète urbaine » qui repousse les limites, dans le double sens de la mégacité (illimitation démographique, abandon humain…) et de la ville globale (celle qui se raccroche aux flux et à l'illimitation du virtuel). La question urbaine a longtemps été abordée dans le seul prisme de débats esthétiques relatifs à l'urbanisme et à l'architecture, elle est désormais au cœur de la question sociale. La « lutte des lieux », la « lutte pour les lieux », dont parlent les urbanistes italiens, ne laissent personne indifférent. Mais suffit-il de constater le glissement d'un espace organique circonscrit par un lieu urbain à un espace globalisé dont les flux sont les moteurs ? Ou bien faut-il se pencher sur les lieux que les flux génèrent désormais ?

Si les ressorts de la *vita activa* urbaine sont liés à une expérience dense car multidimensionnelle et stratifiée, cette expérience – souvent circonscrite soit à la ville de la Renaissance italienne ou hanséatique, soit à la ville industrielle du XIXe siècle dont Paris et Londres sont des symboles – fait désormais défaut dans le contexte d'un système urbain mondialisé. Certes, il est encore loisible de jouir de la ville, mais le plaisir urbain est désormais le fait d'une culture patrimoniale au caractère trompeur. La ville se confond alors avec un musée, la série des grandes expositions consacrées par le centre Beaubourg à des grandes villes en fut le témoignage. La visite de cette galerie des grandes villes du XIXe et du XXe siècle donnait l'étrange impression qu'un monde finissait, celui dont Paris fut la capitale au XIXe siècle, celui de Moscou et de Berlin, villes oppressées et secouées par le pouvoir, mais aussi celui de New York, celui de l'avant-garde architecturale célébrée par Claudel, qui devait s'effondrer momentanément le 11 septembre 2001 sous les coups de la terreur. Ces expositions qui ont mis en scène les grandes villes occidentales en ont nourri la nostalgie.

Mais pourquoi sommes-nous si sensibles à ce monde urbain en voie de disparition ? Pourquoi nous précipitons-nous dans les musées de la ville et dans les villes-musées ? Pourquoi ces catalogues, ces guides que l'on dévore pour retrouver le sens des rues

LA CONDITION URBAINE

> ### « URBS » ET « CIVITAS »
> #### LA VILLE COMME IDÉE ET RÉALITÉ SPATIALE
>
> Au XVIe siècle, les auteurs et éditeurs de vues de villes ainsi que les géographes disposent de deux termes et de deux concepts pour désigner leur objet : l'*urbs* et la *civitas*. La distinction entre ces deux concepts est aussi importante que la manière dont ils sont articulés l'un à l'autre. En tant que *civitas*, la ville est considérée comme une entité politique qui se définit par le type d'association qui y a été réalisée entre ses habitants. Elle est, dans le prolongement des conceptions d'Aristote et de Cicéron, désignée comme *res publica*, c'est-à-dire par la loi et, plus généralement, par le type de juridiction qui la commandent. Elle est aussi définie, dans le prolongement de saint Augustin, comme la manifestation d'une foi commune (religion). La notion de *civitas* signifie la communauté politique et religieuse, telle qu'elle a été développée dans la cité.
>
> Considérée comme *urbs*, la ville est un ensemble de remparts et de bâtiments, elle est un espace délimité, organisé et bâti. Mais elle est d'abord une clôture [...] La ville est à la fois une cité et un espace construit, une organisation politique et un espace organisé, une idée et une réalité spatiale*.
>
> * Jean-Marc Besse, « Vues de ville et géographie au XVIe siècle : concepts, démarches cognitives, fonctions », *in* Frédéric Poussin (dir.), *Figures de la ville et construction des savoirs, Architecture, urbanisme, géographie*, CNRS Éditions, Paris, 2005, p. 27.

à Rome, à Prague ou ailleurs ? Est-ce un lieu-dit qui nous manque, un type de territoire qui fait défection ? Puisque l'expérience urbaine, celle qui entrecroise une poétique, une scénique, une politique, celle qui imbrique privé et public, associait « naturellement » l'*urbs* et la *civitas*, un lieu et une manière d'être, une forme urbaine et un type d'homme, bref une urbanité, c'est bien cette dissociation, ce divorce progressif de l'*urbs* et de la *civitas* qui inquiète.

Confrontée à ce sentiment d'un recul de l'urbanité, la croyance en une architecture géniale et salvatrice est une illusion, de même que le procès des ingénieurs progressistes portés par le mouvement des CIAM ne réglera pas le problème d'un urbanisme qui ne parvient plus à « faire ville » au sens où l'on « fait société ». Non, seule peut l'emporter la conviction qu'une manière de s'assembler dans un même lieu, de se mettre en relation, de faire corps dans un espace commun n'est plus « donnée », « assurée », et qu'il faut la reconquérir. L'urbanité d'un lieu exige que soient désormais prises en compte des métriques (les villes organisées en réseaux et les villes organisées en territoires) et des échelles (échelons locaux, nationaux, zonaux, mondial)[3].

Mais, au-delà de ce constat, hexagonal ou européen, dont les conséquences politiques sont mal perçues, à peine anticipées, la cartographie mondiale des territoires invite à une double prise de conscience brutale : celle que la culture urbaine, qui exige proximité et discontinuité, est une rareté quand l'urbain continu et généralisé est la règle ; mais aussi celle d'un développement urbain incontrôlé qui prend d'assaut le monde extra-européen, extra-occidental. En Europe, les villes, certaines villes, se portent encore plus ou moins bien, mais c'est dans le monde extra-européen que le sort de l'urbain, et avec lui peut-être celui de la démocratie, est sans doute en train de se jouer. Là-bas, loin de nos « mises en forme » urbaines, la ville menace de devenir informe. Là-bas, la ville « énergumène », au sens où Jean-François Lyotard parlait d'un « capitalisme énergumène », sort d'elle-même, elle repousse ses limites.

Une fois encore, les mots auxquels on a recours pour parler de l'urbain et de la ville précipitent la confusion. Quel terme privilégier ? Devons-nous parler paradoxalement d'« urbain » dans un monde sans urbanité, ou recourir aux expressions « post-industriel », « post-urbain », voire « société en réseau » ? Si Françoise Choay se réfère pour sa part aux expressions « civilisation urbaine », « urbain », « après-ville » comme à des synonymes,

---

3. Jacques Lévy, « Territoires et réseaux », *in* Thierry Paquot (dir.), *Le Monde des villes. Panorama urbain de la planète*, Éditions Complexe, Bruxelles, 1996, p. 380-382.

elle évoquait déjà en 1970 le « post-urbain »[4]. Quant à Manuel Castells, il valorise la notion de « société en réseau » qui fait l'objet de critiques de la part de ceux pour qui les réseaux de villes existent depuis longtemps comme l'un des ressorts majeurs de la relation commerciale. Mais le « post-urbain » prend tout son sens quand il est mis en relation avec l'idée d'un âge « post-industriel », comme le suggèrent Daniel Bell ou Melvin Webber qui parle d'un *post-city age*[5]. Si le post-urbanisme renvoie à l'âge post-industriel, sa caractéristique est, selon Melvin Webber, le développement des communications (au double sens des transports et des télécommunications) et la démultiplication des flux[6]. Si cette congruence des âges « post-urbain » et « post-industriel » n'est pas toujours prise en compte, un économiste comme Pierre Veltz parle de son côté de « nouveau monde industriel[7] », au risque de ne pas anticiper suffisamment les ruptures qui accompagnent la troisième mondialisation historique. En effet, la prévalence des flux sur les lieux n'est pas un critère d'analyse suffisant de la nouvelle cartographie mondiale. On ne peut comprendre les ressorts majeurs de celle-ci qu'en soulignant parallèlement le rôle de la « privatisation » qui, indissociable de la libéralisation économique, affecte aussi la manière d'être en société. D'où l'intérêt d'examiner le mouvement de re-territorialisation en cours : la dé-territorialisation, celle qui est liée à l'ouverture économique et au changement du rôle des États, est indissociable d'une re-territorialisation qui repousse, selon des modalités diverses, les limites spatiales de la ville. Celle-ci exacerbe des tendances qui ont déjà été le moteur d'un urbanisme, de Haussmann aux ingénieurs des CIAM, marqué par une volonté de

---

4. Françoise Choay, article « Post-urbain », in *Dictionnaire de l'urbanisme et de l'aménagement*, *op. cit.* ; voir également, Françoise Choay, « L'histoire et la méthode en urbanisme », *Annales ESC*, Armand Colin, Paris, juillet-août 1970.
5. Melvin M. Webber, *L'Urbain sans lieu ni bornes*, préface et annotations de Françoise Choay, Éditions de l'Aube, La Tour d'Aigues, 1996.
6. Sur la transformation des paysages liée à la technique, voir Marc Desportes, *Paysages en mouvement*, Gallimard, Paris, 2005.
7. Pierre Veltz, *Le Nouveau Monde industriel*, Gallimard, Paris, 2000.

rationalisation et de régularisation. Ces tendances, perceptibles dans la généalogie de l'urbanisme occidental, ont renversé les hiérarchies qui sous-tendaient l'expérience urbaine – la prévalence du centre sur la périphérie, des lieux sur les flux, du public sur le privé – et valorisé la séparation aux dépens de la conflictualité et de la mixité. Si la troisième mondialisation fait rupture historique, elle consiste, au-delà du renversement entre les flux et les lieux, à renforcer le mouvement de la privatisation et le processus de séparation que l'urbanisme avait déjà mis en branle.

Après avoir rappelé que nous ne vivons pas une mondialisation parmi d'autres sur le plan historique, et avoir comparé l'actuelle aux deux précédentes, il faudra examiner les multiples visages urbains de la mondialisation. La troisième mondialisation historique accompagne un processus d'illimitation qui, se retournant contre la culture urbaine, repousse les limites et ne se soucie pas de la proximité. Cette capacité de repousser les limites donne lieu essentiellement à deux cas de figure, à deux villes majeures : d'une part, à celle qui est illimitée sur le plan spatial, une ville hors les murs ; d'autre part, à celle qui se limite pour mieux trouver un rapport immédiat à un espace-temps mondialisé, la ville dans les murs. La ville sans limites se déplie à l'infini, c'est la ville-monde, la mégacité ; la ville qui se limite, se contracte, se resserre pour mieux échapper à ses propres limites, c'est la ville globale. Mais, si l'on en juge par l'évolution rapide des métropoles et par la variété des scénarios, le devenir urbain ne se réduit pas à ces deux types de villes.

La troisième mondialisation

Parler de la ville à l'âge de la mondialisation exige donc, une fois encore, qu'on s'arrête sur des mots et que l'on s'efforce d'évaluer les diverses situations auxquelles ils renvoient. Alors qu'il est de bon ton de se gausser du terme « mondialisation », alors que des historiens prennent un malin plaisir à évoquer le « global-blabla », à rappeler qu'il n'y a que des ruptures qualitatives et que cette nouvelle mondialisation n'a aucun caractère inédit[8], s'attarder sur les mutations historiques contemporaines permet de comprendre pourquoi elles affectent à ce point les territoires et les espaces. À quoi renvoie la mondialisation contemporaine ? Comment la caractériser ? Quels sont les critères susceptibles de la qualifier le mieux ? N'est-elle qu'une nouvelle séquence d'un mouvement de mondialisation fort ancien qui a toujours accompagné les relations commerciales ? N'est-elle que la traduction de l'ouverture du marché ? N'y a-t-il qu'une vision commerciale ou économique d'un phénomène profondément historique dont la géographie est aujourd'hui l'analyseur privilégié ? Nous vivons la genèse d'une troisième mondialisation que les reconfigurations territoriales peuvent éclairer en comparaison avec l'organisation plus ancienne du territoire.

La première mondialisation historique fut liée, à la fin du Moyen Âge et au début de la Renaissance, à l'émergence d'économies-mondes capitalistes que Fernand Braudel se représentait sur un mode ternaire – un centre, une périphérie et une semi-périphérie –, et qui avaient donc une allure territoriale. Cette première mondialisation prend son essor avec les Grandes Découvertes au XVe siècle et elle s'appuie sur des villes marchandes et maritimes qui font «réseau» entre elles[9]. D'où la notion ancienne de «ville-réseau» (au sens où il y a réseau de villes, commerce maritime, lien entre des villes) qui se distingue de «la ville en réseau» contemporaine, celle où les flux organisent des lieux urbains devenus aléatoires, mobiles et fluctuants. À l'époque de la première mondialisation, les armateurs organisent les flux (commerce,

---

8. Thierry Dutour, «La mondialisation, une aventure urbaine. Du Moyen Âge au "Global-blabla"», *Vingtième Siècle. Revue d'histoire*: *Révolution urbaine et mondialisation*, n° 81, janvier-mars 2004, Presses de Sciences-Po, Paris.

9. Dans *Les Trois Mondes*, Jacques Attali a mis en rapport des villes avec des inventions technologiques majeures: Bruges et le gouvernail d'étambot, Venise et la caravelle, Anvers et l'imprimerie, Gênes et la comptabilité, Amsterdam et la flûte (bateau), Londres et la machine à vapeur, New York et l'automobile puis le moteur électrique, voir François Ascher, *Métapolis ou l'avenir des villes*, Odile Jacob, Paris, 1995, p. 291.

transport, information, stockage des produits et des informations), ils en sont les maîtres, le commerce conserve donc une autonomie par rapport à ceux-ci.

Si la première mondialisation historique est un phénomène économique indissociable de la ville marchande, celle qui accompagne sur le plan politique l'essor des libertés communales, la deuxième mondialisation historique correspond pour sa part à l'émergence, entre 1870 et 1914, de la société industrielle qui est le fruit de la révolution industrielle sur le plan technologique. Dynamisée par des États et des nations, elle fut portée par des politiques industrielles et par le rôle moteur des gouvernements. L'évolution historique et géographique étant fort peu homogène, le contraste est frappant sur le plan mondial entre des sociétés industrielles en voie de métamorphose, comme la France et l'Allemagne, où la crise des emplois affecte essentiellement le secteur industriel, et un pays comme la Chine qui draine les tâches industrielles par le biais de délocalisations liées au faible coût de sa main-d'œuvre et à la politique volontariste de l'État. Alors qu'on la croit indéracinable dans nos contrées encore portées par la glorification trompeuse des Trente Glorieuses, la société industrielle se recompose ailleurs, sur d'autres continents.

Quant à la troisième mondialisation, liée, parmi d'autres facteurs, aux nouvelles technologies et à la révolution économique initiée dans les années 1960, elle inaugure des ruptures historiques majeures en fusionnant la diversité « des économies-monde » en « une seule économie-monde ». C'est cette fusion qui autorise à la qualifier de « globale ». La relation des villes et de l'État se trouve dans ce contexte à fronts renversés par rapport à celui de la société industrielle. En effet, l'État ne joue plus un rôle majeur et central : il n'est plus le moteur d'une politique industrielle. Si l'affaiblissement de l'État est caractéristique, il peut renforcer, comme c'est le cas en France, le pouvoir de villes qui furent traditionnellement aspirées par la puissance de l'État central et le pouvoir du grand corps (les Ponts et Chaussées) qui fut le décideur des choix urbains.

Un devenir multiface

Mais cette troisième mondialisation ne se réduit pas, comme le veut la vulgate, à un phénomène strictement économique (en l'occurrence celui de la globalisation) et à la réduction du rôle de l'État, ultime conséquence de la révolution libérale. Elle a des conséquences observables sur d'autres plans, qui s'entrecroisent mais ne se superposent pas nécessairement dans une logique causale. Si ces divers plans – culturel, politique, migratoire, juridique et bien sûr territorial – dépendent des flux qui leur correspondent, s'ils accompagnent le passage du « social comme société » à un « social comme mobilité »[10], ils n'exercent pas la même capacité de pression. D'où l'intérêt de les examiner séparément et de spécifier, dans le cas qui nous intéresse, les flux territoriaux, clé de compréhension de la reconfiguration des territoires. Comme l'expérience urbaine elle-même, la troisième mondialisation est d'autant plus déroutante, difficile à saisir, voire chaotique, qu'elle est stratifiée et multidimensionnelle. Si Daniel Cohen réserve le terme « mondialisation » à la seule ouverture « mondiale » du marché, il évoque parallèlement les trois autres critères qui accompagnent cette mondialisation économique : la généralisation de l'économie des services, la révolution post-fordiste dans le domaine de l'organisation du travail et la révolution technologique liée à l'électronique et à Internet (celle qui fait suite aux deux révolutions technologiques précédentes, la machine à vapeur à la fin du XVIIIe siècle et l'électricité à la fin du XIXe siècle[11]). Quel que soit le plan considéré, elle ne se caractérise pas par une articulation hiérarchique et pyramidale en termes de centre et de périphérie mais par une oscillation entre illimitation et limitation. Ici, la limitation n'a plus pour objectif

---

10. Sur cette rupture, voir John Urry, *Sociologie des mobilités. Une nouvelle frontière pour la sociologie ?*, Armand Colin, Paris, 2005.
11. Voir Daniel Cohen, *La Mondialisation et ses ennemis*, Grasset, Paris, 2004. La troisième mondialisation historique correspond donc à la troisième révolution industrielle, caractérisée par Internet et les biotechnologies.

de créer un cadre politique et intégrateur (urbain ou étatique) mais celui de répondre à une illimitation première, celle des flux mondialisés. On passe dans ce contexte d'un monde marqué par la verticalité à un monde qui privilégie l'horizontalité, celle de l'urbain généralisé par exemple, mais cette horizontalité, faussement continue, crée des discontinuités, des ruptures, des discordances d'un type inédit.

Un nouveau régime de croissance. Sur le plan économique, le plus souvent mis en avant puisque le terme « globalisation » désigne d'abord la mondialisation économique, les éléments moteurs sont les suivants : les infrastructures que représentent les nouvelles technologies, un mouvement d'individualisation du salariat et son extension spatiale qui ont rendu possible la délocalisation des entreprises industrielles, voire post-industrielles, et la financiarisation du capital, le rôle de la cotation en Bourse et la naissance d'un actionnariat qui se démarque du capitalisme familial associé à la grande industrie [12]. Sur le plan historique, cette révolution économique accompagne le régime de croissance qui a émergé aux États-Unis dans les années 1960. Les nouvelles technologies, le moteur décisif des mutations en cours, portent essentiellement sur des flux, ceux de la télécommunication, des transports, qui dépendent eux-mêmes de l'évolution rapide de l'informatique et de la multiplication des écrans. Loin de correspondre à des techniques abstraites, ces technologies individualisent la consommation à outrance et démultiplient les désirs à l'infini. Mais, également loin d'être le moteur d'un individualisme débridé, elles organisent la société selon un mode sélectif et électif qui se distingue du système pyramidal spécifique de la grande entreprise industrielle, marquée par le fordisme et le

---

12. Voir André Orléan, *Le Capitalisme financier*, Odile Jacob, Paris, 1999 ; Michel Aglietta et Antoine Rebérioux, *Dérives du capitalisme financier*, Albin Michel, Paris, 2004 ; Jean-Louis Gréau, *L'Avenir du capitalisme*, Gallimard, Paris, 2005. Les deux évolutions majeures du capitalisme (la révolution des droits de propriété, qui favorise la cotation de la création de valeur pour l'actionnaire ; la désintermédiation du financement des entreprises) transforment essentiellement le régime patrimonial de l'entreprise.

taylorisme. Le réseau technique organise analogiquement la société en réseaux et modifie en profondeur le rapport au réel, ce qui n'est pas sans affecter la capacité d'habiter elle-même.

Mondialisation politique et affaiblissement du rôle intégrateur de l'État. La troisième mondialisation a également pour caractéristique de fragiliser le rôle de l'État, moteur d'une action publique désormais en voie de privatisation. Alors que la révolution post-industrielle renverse maintenant les priorités du centre et de la périphérie, l'État central est fragilisé. Mais cet affaiblissement, indissociable de l'ouverture du marché et du branchement sur les réseaux de l'économie mondiale, ne signifie pas pour autant qu'il n'a plus aucun rôle à jouer. Porté pendant un temps par une idéologie, le néo-libéralisme, et un catéchisme, le consensus de Washington, qui soulignait la disparition de l'État au seul profit des acteurs économiques, le retrait de l'État sur le plan économique ne l'empêche pas de définir autrement ses missions. Pour Ulrich Beck, on assiste à une réorganisation des liens entre les trois niveaux du supra-national, de l'infra-national et du national, qui les affecte simultanément [13]. La société «ouverte», en tout cas au sens des marchés, qui dynamise la mondialisation, exige de l'État qu'il réponde aux demandes de sécurité, *i. e.* qu'il maintienne un système de solidarité entre les individus par le biais de la sécurité plus que par celui de la mutualisation des risques. Ce qui ne va pas sans paradoxe : alors que l'État providence a été inventé pour répondre solidairement à certains risques, l'État auquel on demande d'assurer la sécurité définit autrement le périmètre des risques. À l'ouverture du marché ne correspond pas la disparition de l'État et du pouvoir mais l'instauration d'un État sécuritaire qui fonctionne moins comme un État disciplinaire que comme un pouvoir qui répond aux attentes des individus [14]. C'est

---

13. Ulrich Beck, *Pouvoir et contre-pouvoir à l'ère de la mondialisation*, Aubier, Paris, 2003 ; Jean-François Bayart, *Le Gouvernement du monde*, Fayard, Paris, 2004.
14. Voir Michaël Foessel, «Légitimation de l'État. De l'affaiblissement de l'autorité à la restauration de la puissance», *Esprit*, mars-avril 2005.

pourquoi on peut parler d'un État libéral-autoritaire, d'un État dont l'affaiblissement de l'action sur le plan économique a pour contrepartie la capacité de faire respecter la sécurité (nationale et internationale). Mais, plus décisif encore, la crise de la capacité d'intégration est au cœur de cette transformation. À sa manière, l'État subit les conséquences de la faillite du modèle pyramidal, mais aussi de l'échec de la tâche intégratrice dont la ville est le symbole. Alors qu'il associait le pouvoir et l'autorité, il développe désormais des pouvoirs qui n'ont pas besoin de faire autorité (la sécurité devenue consensuelle) et des autorités (les diverses instances de régulation) qui sont sans pouvoir [15]. Au-delà du débat sur le rôle imparti désormais aux villes et aux États, les métamorphoses de l'urbain minent aujourd'hui l'idéal de l'intégration républicaine qui repose sur un modèle civique et un langage urbain [16].

Mondialisation culturelle. L'ouverture du marché, l'universalisation du capitalisme sont-elles en train d'unifier la planète en la mondialisant [17] ? On assiste sur le plan qualifié de culturel à un double processus d'unification et de fragmentation qui recoupe le lien entre libéralisme et demande de sécurité. À un marché qui unifie les comportements des consommateurs, à une unification technologique qui joue un rôle majeur, répond une prise en compte du facteur identitaire, un substitut du culturel, qui met en avant le facteur communautaire, celui qui puise dans l'ethnie, la religion, la civilisation mais aussi dans la nation pour désigner des modalités d'appartenance à une communauté. Or, dans le contexte d'un affaiblissement intégrateur de l'État et de la ville, on assiste à des regroupements communautaires aussi bien en Occident que

15. «Raisonner les pouvoirs : du gouvernement à la "gouvernance"», *in* Alain Supiot, *Homo juridicus. Essai sur la fonction anthropologique du droit*, Seuil, Paris, 2005.
16. Le langage de l'exclusion (les inclus et les exclus de la cité) a une connotation urbaine explicite.
17. La question s'est posée dès la première mondialisation historique, voir Serge Gruzinski, *Les Quatre Parties du monde. Histoire d'une mondialisation*, La Martinière, Paris, 2004.

dans les pays non occidentaux. Ce phénomène universel de communautarisation n'est pas séparable de la dynamique de l'entre-soi et de la logique de séparation qui accompagnent la mondialisation. Alors que la ville comme l'État sont *de facto* moins intégrateurs, les communautés jouent un rôle majeur, pouvant conduire aussi bien à des replis communautaires, à des revendications ethniques qu'à des agrégations sur le mode de l'entre-soi des élites mondialisées et cosmopolites. Dans ces divers cas, l'adhésion à une même communauté politique peut être remise en cause. L'universalisation culturelle suscite par contrecoup une tendance à la communautarisation qui oscille entre des mouvements d'ethnicisation et des mouvements d'«agrégation des pairs», entre une sécession involontaire (les ghettos) et une sécession volontaire (les *gated communities*). Cette mondialisation culturelle, indissociable de mouvements de population, de diasporas et de dynamiques migratoires, trouble une «grammaire des civilisations» jusque-là perçue dans un langage hégélien, c'est-à-dire selon l'idée que l'Europe et l'Occident orientent, sur le double plan géographique et historique, l'histoire du monde, voire en représentent l'aboutissement. Système de flux, les mouvements migratoires sont à l'origine de mouvements de population où le phénomène diasporique rend délicates les perspectives d'intégration et privilégie le prisme communautaire [18]. Alors même que l'empire américain est visé comme détenteur d'un mauvais universel, celui qui se réduit au capitalisme mondialisé et à ses intérêts, une nouvelle «grammaire des civilisations» organise différemment les rapports identitaires dans un contexte que des auteurs non européens qualifient de «post-colonial» ou de «post-européen».

Reconfiguration des territoires. La mondialisation en cours affecte directement les territoires, que ce soit sous la forme des villes globales (où domine la logique de l'entre-soi), des mégacités (où la dimension ethnique est décisive) ou de communautés

18. Pour Saskia Sassen, la troisième mondialisation transforme la nature des flux migratoires dans un sens à la fois plus mobile et diasporique, voir «Géo-économie des flux migratoires», *Esprit*, décembre 2003.

urbaines au caractère inédit. Indissociable de l'économie (la ville globale), de la technologie (la cité virtuelle), de la restructuration de l'État (les nouvelles formes de gouvernance valorisent les entités urbaines, les régions, et fragilisent les États centralisateurs), le mouvement de reterritorialisation a de fortes particularités. S'il faut bien comparer les lieux, distinguer la singularité esthétique et humaine de chacun d'entre eux, force est de saisir les mouvements de fond qui sous-tendent la reconfiguration contemporaine des territoires. Si l'« urbain généralisé » va de pair avec la prévalence des flux, si les lieux sont interconnectés, si l'on peut se brancher sur tout autre point du réseau, céder à l'illusion d'un monde unifié et en voie de solidarisation est trompeur. En effet, si la fragmentation en cours appelle des ripostes politiques, l'urbain est d'autant plus fragilisé que les nouvelles technologies érodent la relation nouée avec le réel, avec l'environnement immédiat, bref le rapport à un monde qu'il faut habiter. Ce n'est pas un hasard si la géographie et l'urbanisme sont aujourd'hui des disciplines très sollicitées, en dépit de leur rôle marginal dans la vie intellectuelle française [19]. Le caractère concret, physique et spatial de la géographie et de l'urbanisme a le mérite de rendre visible ce qui se passe effectivement à l'heure de l'orchestration du local et du global. Le temps n'est donc plus à la célébration de « la fin des territoires ». Loin des envolées lyriques sur la révolution fraternelle rendue possible par Internet, sur l'espace-temps zéro et le numérique, ce qui a laissé croire un temps que le réel était porté disparu, les nouvelles configurations territoriales, visibles à l'œil nu, mettent en scène les métamorphoses d'un monde en forme d'archipel et dont la fluidité est une caractéristique. C'est pourquoi il n'est pas inutile de finir l'examen du caractère multiface de la troisième mondialisation

---

19. En lien avec ce qui suit, on peut se reporter à divers ouvrages : Laurent Carroué, *Géographie de la mondialisation*, Armand Colin, Paris, 2002 ; Jacques Lévy, *Europe. Une géographie,* Hachette, Paris, 1997 ; Michel Foucher (dir.), *Asies nouvelles*, Belin, Paris, 2002, et plusieurs numéros de la revue *Hérodote* : *Géopolitique des grandes villes* (n° 101, 2e trimestre 2001), *Géopolitique de la mondialisation* (n° 108, 1er trimestre 2003).

en soulignant que la révolution du virtuel affecte toutes les formes de territoires, pas uniquement la ville globale et la cité virtuelle.

Révolution technologique[20], *brouillage du réel et libération des possibles*. Dans l'optique d'une modification de la relation nouée avec le réel, avec l'expérience, territoriale ou non, « les nouveaux modes de communication instantanée tendent à se développer dans le champ du pur virtuel[21] ». Un pur virtuel qui n'est pas inédit puisqu'il y a toujours eu du virtuel, et cela depuis que se pose la question : « Comment faire pour aller là-bas ?[22] » Si le calcul des probabilités a révolutionné depuis longtemps notre rapport au monde, le « pur virtuel » contemporain a quatre caractéristiques : « Nous nous trouvons devant, premièrement, un accroissement exponentiel de nos possibilités de calcul ; deuxièmement, nous nous trouvons devant la possibilité de réaliser des modèles aléatoires instantanément, dans un temps minimal ; troisièmement, nous nous trouvons devant le bouleversement complet des modes de communication entre les hommes, qui sont des communications instantanées ; quatrièmement, ces modes de communication instantanée peuvent se développer, se poursuivre, et s'enrichir dans le champ du pur virtuel[23]. » Mais comment interpréter ce « pur virtuel », et comment en évaluer les implications sociales ? S'appuyant sur l'idée d'hypertexte, un type de texte où chaque mot appartient simultanément à plusieurs textes, François Ascher développe l'hypothèse positive d'une solidarité « commutative »

---

20. Quatre révolutions successives (l'informatique dans les années 1960, les télécommunications dans les années 1970, les différentes générations de microprocesseurs dans les années 1980, Internet dans les années 1990) sont à l'origine d'un saut qualitatif décisif. Internet correspond en effet à la connexion de l'informatique, des télécommunications et de l'audiovisuel (ordinateur, téléphone, télévision).
21. Jean-Toussaint Desanti, *in* Jean-Toussaint Desanti, Dominique Desanti, Roger-Pol Droit, *La liberté nous aime encore*, Odile Jacob, Paris, 2001, p. 306.
22. *Ibid.*
23. *Ibid.*, p. 307.

qui s'oppose à la solidarité exclusive de la société élective, celle qui ne concerne que les proches et s'exerce entre soi : « Après la "solidarité mécanique" de la communauté villageoise, et la "solidarité organique" de la ville industrielle, émerge une troisième solidarité, la solidarité "commutative", qui met en liaison des individus et des organisations appartenant à une multiplicité de réseaux interconnectés. Les champs sont d'échelle variable (du "local" au "global") et plus ou moins ouverts. Les réseaux qui structurent ces champs peuvent être en étoile, maillés, hiérarchisés. Et les individus font du *code switching*, c'est-à-dire qu'ils s'efforcent de jongler avec des codes sociaux et culturels différents pour passer de l'un à l'autre [24]. » L'enjeu pour la démocratie est alors de transformer, dans le langage du sociologue britannique Anthony Giddens, cette solidarité « commutative » de fait, en une solidarité « réflexive » : « c'est-à-dire en une conscience de l'appartenance à des systèmes d'intérêts collectifs [25]. »

Mais, remarquant que « personne n'est là » sur Internet, Jean-Toussaint Desanti doute de la consistance de cette solidarité commutative. Il souligne au contraire le divorce entre deux types de communication : celui qui renvoie au « pur virtuel » et celui qui renvoie au « réel ». Si ce déphasage entre le réel et le virtuel change la forme prise par notre relation au monde, il n'annule pas pour autant le réel, mais le dévalorise au regard de ce que nous offre le pur virtuel. « La racine de ce que nous nommons la mondialisation est là. Aucune conduite rationnelle sur le marché n'est possible sans cela […] L'habitant est toujours là, mais il n'habite pas le virtuel. Il n'habite pas le virtuel, il habite son voisinage, dans un réel, dans le monde de ses désirs et de ses besoins. Le virtuel ne modifie pas tant les choses que le mode d'accès aux choses [26]. » Distinct de celui de l'absorption du réel par le virtuel, le problème majeur est alors celui de la relation entre le réel,

---

24. François Ascher, *Les Nouveaux Principes de l'urbanisme*, op. cit., p. 39.
25. *Ibid.*, p. 37.
26. Jean-Toussaint Desanti, *La liberté nous aime encore*, op. cit., p. 307-308.

entre le monde proche (l'environnement, la culture de proximité valorisée par l'expérience urbaine) et le virtuel. Pour saisir toutes les conséquences de cette pression du virtuel, il faut superposer au premier couple, celui du réel et du virtuel, un second couple, celui du réel et du possible. Ce dernier permet de saisir que le virtuel est moins un facteur d'effacement, voire de disparition, du réel qu'un accélérateur des possibles qui opère au détriment d'un réel qu'il affaiblit considérablement. Or, l'appréhension de ces possibles repose sur la capacité que chacun a d'y accéder avec plus ou moins de chance de réussite : la conquête des possibles, qui ne sont plus le lot du rêve ou de l'utopie, bouleverse moins le rapport au réel en tant que tel, puisqu'il ne disparaît pas subitement, qu'elle ne conduit à le dévaluer, à le fragiliser, à l'affaiblir. Et cela pour une raison simple : à savoir que tout n'est pas possible dans le réel alors que tout peut l'être dans le virtuel. Le développement du virtuel ne vise pas a priori le réel, il ne le transforme pas en tant que tel, il ne l'annule pas, mais il le dévalorise en libérant à l'infini le champ des possibles, en installant les esprits et les corps dans l'illusion que tout est possible dans le virtuel. Alors que le réel induit une culture des limites, la libération des possibles par le virtuel entraîne dans une culture où règne l'absence de limites. Ce qui n'est pas sans analogie avec ce qui se passe sur le plan des territoires : en effet, l'urbain se présente désormais comme continu et généralisé, il est illimité, et la culture urbaine des limites, celle qui qualifiait l'idéal urbain, est en déshérence. L'introduction du numérique dans les cabinets d'architectes, la généralisation de la CAO (conception assistée par ordinateur) et de l'IAO (infographie assistée par ordinateur) ont accéléré ce phénomène dès les années 1980. C'est donc sur le terrain des possibilités accrues, mais aussi du brouillage du réel et du virtuel, que les nouvelles technologies, indissociables d'écrans multiples [27], poussent à leur comble la consommation

---

27. Sur les conséquences de la démultiplication des écrans et sur la libérations des possibles, voir Olivier Mongin, *L'Artiste et le Politique. Éloge de la scène dans la société des écrans*, entretien mené par Philippe Petit, Textuel, Paris, 2004.

des possibles. Si la conquête des possibles exige de disposer des capacités d'accès adéquates [28], les rapports de force contemporains s'exercent en grande partie à ce niveau. S'il faut disposer des accès aux possibles, tous les accès « utiles » devront être mis à disposition de celui qui veut les maîtriser.

Or, qui dit disposition dit dispositif, et qui dit dispositif dit territoire favorisant l'accès aux dispositifs. Et qui dit dispositif renvoie à l'idée de réseau, ce qui signifie que l'architecte ne bâtit plus en fonction d'un site, d'où ces splendeurs hors site conçues sur ordinateur, dont le musée Guggenheim de Frank Gehry à Bilbao est l'apothéose. La globalisation territoriale, fort discriminante, démarque ainsi les territoires qui favorisent l'accès aux dispositifs de ceux qui n'y parviennent pas, ce qui s'exprime dans la distinction entre villes globales et mégacités. La différence est béante avec le cadre urbain classique où, si inégalitaire soit-il, une offre publique commune restait une règle d'or de l'organisation de l'espace. Si l'expérience de la ville est indissociable d'une expérience effective du temps, le virtuel se caractérise par l'annulation même du temps puisque la vitesse de la lumière est la norme. C'est pourtant moins la relation au temps qui oppose ces deux conceptions de l'urbain que la possibilité ou l'impossibilité d'accéder à une maîtrise du champ des possibles. Dès lors, la mondialisation s'accompagne également, en raison d'une mise en réseau favorable à ceux qui en contrôlent l'accès, d'une structuration en échelles. Celle-ci accompagne la fin de la société pyramidale et fordiste, la société industrielle et disciplinaire. Si la structuration en échelles permet de distinguer les types d'accès aux flux, le brouillage du réel et du virtuel rend cependant délicate une appréhension de cette lutte dans les termes d'une « lutte des lieux » qui succéderait à la « lutte des classes » spécifique de la société industrielle. Selon l'interprétation de la société en réseau que l'on privilégie, les conséquences sociales de la mise en réseau, celle qui qualifie la troisième mondialisation, sont fortement contrastées.

---

28. Voir Jeremy Rifkin, *L'Âge de l'accès*, Pocket, Paris, 2002.

Les friches de la société industrielle

Cependant, cette troisième mondialisation et la reconfiguration territoriale qui l'accompagne ne donnent pas lieu à un paysage homogène, à une géographie territoriale unifiée. Si la troisième mondialisation correspond à une sortie, lente et progressive, de la société industrielle pour les sociétés qui en ont été les fers de lance, la réflexion architecturale et urbaine est alors confrontée à la décomposition des sites et territoires de la société industrielle. En passant de la société industrielle à un monde qu'il est encore difficile de nommer, qu'il ne suffit pas de qualifier de post-industriel ou de ramener à « la fin des territoires » ou à « la cité virtuelle », on est amené à regarder des décors et des paysages qui sont mis entre parenthèses. L'écrivain François Bon a décrit le paysage industriel qui suit linéairement la voie ferrée Paris-Nancy, les usines et les lieux « industriels » (hangars, entrepôts, usines, dépôts...) laissés à l'abandon [29]. Un voyage en tramway dans la banlieue parisienne – entre Saint-Denis, Bobigny et Noisy-le-Sec, grâce à la ligne T1 qui relie la périphérie à la périphérie sur un mode radial – permet de voir la désertification des espaces industriels, usines fermées ou dépôts transformés en ateliers de peinture ou en squats. Loin de la périphérie parisienne, le conducteur qui suit la route sinueuse qui traverse entre deux flancs de montagne la cluse des Hôpitaux, la vallée de l'Albarine menant d'Ambérieu-en-Bugey à Virieu-le-Grand et Culoz est surpris par les maisons ouvrières et les usines abandonnées ou recrépies par des mairies soucieuses d'attirer les touristes. Il est également effrayé par l'existence de « villes en boucle » (tout comme on parle de « rues en boucle » dans les lotissements), comme Argis ou Saint-Rambert-en-Bugey, des villes devenues des impasses car bouclées sur elles-mêmes. Et il en va de même dans

---

29. François Bon, *Paysage fer*, Verdier, Paris, 1999 ; voir aussi Jean Rolin sur le monde portuaire en décomposition-recomposition, *Terminal Frigo*, P.O.L., Paris, 2005. Voir aussi Marie-Françoise Laborde, *Architecture industrielle. Paris et alentours*, Parigramme, Paris, 2003.

des vallées plus connues, celles de la Maurienne ou de l'Isère. Ce double phénomène d'abandon ou de muséification n'est pas le fait des seuls pays développés emportés subitement dans une aventure post-industrielle, on l'observe concrètement dans tous les pays d'Amérique latine où la phase industrielle a eu cours, à commencer par l'Argentine ou l'Uruguay.

À ce constat, il faut cependant apporter des nuances. Tout d'abord, il est vain de conclure que le monde industriel est derrière nous, la société industrielle se maintient encore à travers la population ouvrière, et les usines n'ont pas toutes disparu alors même qu'on a fermé en France la dernière mine au printemps 2004[30]. Ensuite, la transition entre ces deux phases historiques, celles des mondes industriel et post-industriel, est mal vécue, l'État providence est fragilisé, les couches moyennes ne sont plus un ciment sociologique et n'assurent plus une médiation entre le haut et le bas de la société. Enfin, l'entrée rapide et brutale dans un temps mondial post-industriel dans le cas des sociétés qui n'ont pas connu la phase industrielle de développement n'est pas sans conséquences. Des pays comme l'Inde tirent des bénéfices évidents à miser sur les nouvelles technologies et les économies de services.

Si l'avenir de l'urbain doit être différencié en fonction des pays, des régions, des continents, il n'est plus possible de dissocier ce qui se passe à l'intérieur de nos sociétés de ce qui se passe à l'extérieur de celles-ci. La fragmentation en cours intervient à toutes les échelles, à tous les niveaux, elle pose des questions communes qui ont un sens ici en Europe ou, là-bas, dans l'Extrême-Occident.

---

30. « Le tableau social de la France est vite fait : 31 % d'employés, 29 % d'ouvriers, 21 % de professions intermédiaires et 19 % de cadres [...] Au sein des ouvriers, les évolutions sont considérables. Les ouvriers d'usine sont devenus minoritaires. Il y a désormais 3,3 millions d'ouvriers travaillant dans un environnement de type industriel et 3,8 millions d'ouvriers travaillant dans un environnement de type artisanal. La majorité des ouvriers travaillent comme manutentionnaire ou réparateur plutôt que comme ouvrier classique », Jean Bensaïd, Daniel Cohen, Éric Maurin et Olivier Mongin, « Les nouvelles inégalités », *Esprit*, février 2004.

Les convergences n'ont jamais été aussi fortes ; en ce sens, la mondialisation n'est pas une fiction. La décomposition de la société industrielle affecte également, comme le montre avec force le film de Wang Bing, *À l'ouest des rails,* des régions entières du continent chinois [31]. Telle est la réalité, tel est notre réel, mais un réel historique dont tout le monde – loin de là, très loin de là… – ne maîtrise pas les possibles, ou plutôt l'accès aux possibles… déchaînés par les nouvelles technologies.

Une double illimitation

L'émergence d'un urbain sans urbanité est le fait d'un urbain qui repousse ses limites dans un double sens. Au sens où il se déplie à l'infini, se retourne du dedans vers le dehors, où il grossit démesurément sur le double plan spatial et démographique (métropole, mégacité, ville-monde). Mais aussi au sens où il se plie et se contracte pour mieux créer les conditions d'un accès privilégié au monde illimité du virtuel (la ville globale). Dans les deux cas, l'urbain repousse les limites, mais il le fait dans des cadres spatiaux radicalement différents, ceux de la mégapole, de la ville-monde, de la mégacité, d'un côté ; celui de la ville globale, de l'autre. L'urbain généralisé renonce donc à l'esprit de l'urbain que la culture des limites définissait jusqu'alors, mais du même coup il trouble le lien avec un environnement proche qui assurait une liaison entre un dedans et un dehors. Il peut repousser ses limites au dehors (la ville-masse qui se déplie) comme au-dedans (la ville qui se replie à l'intérieur sous la forme de la ville globale qui condense et contracte).

Voilà qui dérange ! L'impression, peu partagée par la classe politique et les chantres d'un civisme autoproclamé, que l'urbain se métamorphose et que ses mutations affectent notre mode de vie, notre relation à l'espace vécu. Voilà qui perturbe bien au-delà

---

31. Ce film de 1992 met remarquablement en scène le complexe industriel de Tie Xi à Shenyang dans le nord de la Chine, une zone industrielle qui a pu compter avant 1990 jusqu'à un million d'ouvriers.

des débats sur l'esthétique urbaine ou le patrimoine, voire des polémiques sur les prouesses de nos architectes. Mais faut-il pour autant reprendre la vieille antienne anti-ville, celle qui irrigue les fictions occidentales où la ville est synonyme d'une violence toujours accrue, et croire que l'on va se réfugier dans des retraites inédites ? Faut-il renoncer à la *vita activa*, renouer avec la *vita contemplativa* et se contenter de la belle maison d'architecte dans le style de Mies von Wright ? En suggérant de revaloriser l'expérience urbaine, si affaiblie soit-elle, c'est la reconquête des lieux qui devient la ligne d'horizon. Nous le savons désormais, cette reconquête sera double : à la fois matérielle, architecturale, mais aussi mentale, car l'urbain est à la fois une affaire de bâti et un vecteur d'images et d'idées. Si l'urbanisme est depuis longtemps un facteur de fragmentation – l'éloge du zonage en témoigne à lui seul –, assistons-nous aujourd'hui à une volonté architecturale et urbanistique de recoller les morceaux, de recoudre un tissu urbain qui était déchiré ou marqué par l'opposition de la banlieue et du centre ? Si le souci de revitaliser le tissu urbain, celui qui passe par toute une littérature sur les paysages, les jardins, mais aussi par des réalisations exemplaires, est salutaire, la volonté de mettre l'accent sur les flux et de rappeler leur pression oblige à comprendre qu'on ne refera pas la ville contre les flux mais à partir d'eux. Procéder à l'état des lieux de la condition urbaine, entendue dans son deuxième sens, ne doit pas annuler la condition urbaine entendue dans son premier sens, celui d'une expérience multidimensionnelle renvoyant à un idéal-type qui conserve du sens. Elle en est la condition. L'une ne va pas sans l'autre.

II. Un urbain généralisé et sans limites
Variations sur le chaos

Le paradoxe de l'urbain généralisé

*Un espace illimité qui rend possibles
des pratiques limitées et segmentées*

Les conséquences de la troisième mondialisation sur le devenir urbain sont concrètes et donc fort visibles. Ne représentant plus un lieu d'accueil et d'affranchissement, l'urbain se confond avec des espaces qui se plient à des contraintes externes et s'inscrivent dans des flux. Dès lors, le destin de certaines villes est de se transformer en « lieu de mémoire » : « Paradoxe, écrit Françoise Choay, que, dans le temps même où les études urbaines ont acquis droit de cité dans les universités et où l'urbain est devenu un substantif, nous assistons à l'effacement du type d'agglomération que l'Occident a appelé ville et dont, en dépit de ses banlieues, la métropole de la seconde moitié du XIXe siècle fut le dernier avatar et, bien que souvent menacée (voir les capitales hispano-américaines), le demeure dans certains pays retardés [32]. » Jusqu'à il y a peu, la prise en compte de la ville, dont la ville européenne demeure une figure exemplaire, mettait davantage en scène des lieux et des espaces « ouverts » que réseaux et des interconnexions. Hier, la ville avait pour vocation d'intégrer au dedans celui qui venait du dehors, la ville affranchissait, émancipait, en dépit des peurs qu'elle suscitait. Mettant en avant une relation privilégiée avec son environnement immédiat, elle avait pour tâche de « contenir » les flux qui la traversaient et d'accueillir les populations venues du dehors. Aujourd'hui, ce même lieu doit se raccorder à des flux qu'il n'a de chance de maîtriser qu'en

---

32. Françoise Choay, *in* Georges Duby (dir.), *Histoire de la France urbaine*, tome V : *Croissance urbaine et crise du citadin*, Seuil, Paris, 1985, p. 233-234.

participant à un réseau de villes, régionales ou mondiales, lui-même hiérarchisé. Prendre en compte les scénarios de «l'après-ville» invite à s'interroger sur les liens entre les métamorphoses de l'urbain et les destinées de la condition démocratique [33].

Dans cette optique, des mises au point sémantiques sont indispensables : après avoir évoqué la ville générique, la non-ville indissociable de la prévalence des flux sur les lieux, après avoir pris acte du déphasage historique de la ville européenne, une distinction entre la mégapole (la ville-monde toute en extension spatiale et en expansion démographique), la ville globale (la ville branchée sur les flux mondialisés) et la métropole (la ville éclatée et multipolaire) s'impose. Mais, au-delà du choix sémantique et de la diversité des cas de figure, la représentation de l'urbain en termes de continuité, et non plus de discontinuité, est une inflexion majeure. Si les flux sont hégémoniques, ils nourrissent également l'idée que le monde s'offre en continu et en temps réel, ce qui va de pair avec le caractère illimité de l'urbain. Cette «continuité» spatiale, territoriale, géographique, selon laquelle il y a *de l'urbain partout*, a pour corollaire la disparition du clivage entre l'urbain et le non-urbain, longtemps symbolisé à tort par la campagne. Désormais les représentations de la ville oscillent entre ces versions de l'illimité et de l'informe qui ont pour point commun de repousser les limites et de briser la relation à un environnement proche.

L'expression «urbain généralisé» ne désigne pas un réseau de villes qui coexistent, mais un réseau urbain préexistant qui pèse sur des lieux qui doivent se conformer à sa vitesse et à son échelle. Le constat de cette rupture conduit dans une double direction. Ou bien on applaudit le règne de l'urbain généralisé, et celui-ci s'accompagne d'un éloge du chaos urbain et de la «continuité chaotique». Dans les écrits de Rem Koolhaas ou de Jean Attali, «l'urbain généralisé» est l'occasion pour l'architecte ou pour l'urbaniste de ruser avec le chaotique et de faire preuve

---

33. Voir Françoise Dureau *et al.* (dir.), *Métropoles en mouvement. Une comparaison internationale*, Economica,-IRD, Paris, 2001, et le dossier *Gérer la ville : entre global et local* de la revue *Autrepart*, n° 21, 2002.

d'une inventivité qualifiée de furtive. Mais, chez d'autres, cet « urbanisme du chaos », apprécié négativement, exacerbe paradoxalement l'imaginaire noir de la ville d'hier, celle qui a alimenté les stratégies anti-ville de l'urbanisme « régularisateur ». Hier, la ville-masse faisait peur, et avec elle la ville révolutionnaire ; aujourd'hui, l'urbain généralisé inquiète, puisqu'il pousse à son comble le caractère chaotique de la ville quand elle n'est pas soumise à la discipline des urbanistes. Mais les flux techniques ont pris le pas sur un urbanisme qui doit se plier à leurs contraintes. Le chaos, la tension ne sont donc plus la condition minimale de l'expérience urbaine, ils en sont devenus la norme. Les flux urbains construisent un monde qui peut osciller entre des extrêmes : entre la totale perte de tension, nous le verrons à propos des grandes mégapoles, ou des cas d'hypertension. Entre la perte de tension et la surtension, la ville, un « milieu sous tension » selon Gracq, se retourne contre elle-même, et donc contre l'expérience urbaine.

Avec l'urbain généralisé s'impose une représentation du chaos qui suscite des interprétations contrastées, en termes de bon ou de mauvais chaos. Entre le scepticisme apocalyptique de Paul Virilio, le chaos de la ville informe, et l'optimisme de Rem Koolhaas parlant de « ville générique », l'urbain « généralisé » et « en continu » hésite entre la chute de tension et la surtension. Ce qui alimente un imaginaire oublieux de l'expérience urbaine et de ses liens avec la condition démocratique. Valorisé (le chaos de Koolhaas) ou dévalorisé (le chaos de la ville malade, le chaos de la ville désastre, le chaos qui nourrit l'imaginaire de la ville), le chaos favorise une double approche où l'imaginaire et la réalité peuvent se confondre.

La ville générique et l'apologie du chaos
(Rem Koolhaas)

Réseau, flux, ces termes orchestrent depuis longtemps le langage de l'urbain. Mais, comme la troisième mondialisation et les évolutions technologiques ont accéléré le processus d'urbanisation, nous vivons dans un régime urbain marqué par la continuité et non plus par la discontinuité. C'est pourquoi l'idéologie contemporaine du chaos se distingue de l'idéologie scientiste et moderniste. Si les flux étaient déjà considérés par les ingénieurs-urbanistes de la *Charte d'Athènes* comme des moteurs puissants, les lieux bâtis devaient empêcher le chaos en privilégiant la régularisation et la discipline par le biais du «zonage». La Cité radieuse canalisait des flux afin d'éradiquer toutes les espèces de chaos.

Aujourd'hui, la volonté de composer avec le chaos urbain épouse des tendances et des formes différentes. On peut retenir trois de ces scénarios: l'option culturaliste et patrimoniale, le choix de la participation démocratique des habitants, et une esthétique urbaine non fonctionnelle qualifiée de conceptuelle.

Alors que l'architecture culturaliste, dont *L'Architecture de la ville* d'Aldo Rossi (1966) est l'un des ouvrages de référence, réinscrit l'espace urbain dans son histoire, l'architecture politique a pour volonté affichée d'imposer la participation démocratique des habitants et de répondre à des exigences collectives. À distance de ces deux réponses – la réponse patrimoniale dont la réurbanisation de Bologne est l'exemple, et le scénario démocratique et participatif du «droit à la ville»[34] –, le «moderno-ludisme» représente la tendance qui accompagne le monde dit «postmoderne» car «post-politique». Ce courant architectural est «avide de concepts, d'images et de sensations nouvelles à consommer de suite[35]». Dynamisé par la thématique de la société du spectacle et les grands projets d'urbanisme, il est porté par des personnalités comme Norman Foster, Richard Rogers, Bernard Tschumi ou Hans Kollhoff. Alors que les CIAM ont valorisé les machines célibataires – les cités fermées sur elles-mêmes comme

---

34. Henri Lefebvre est le symbole de cette tendance politique, voir, parmi ses nombreux écrits, *La Révolution urbaine*, Gallimard, Paris, 1970.
35. Jean-Pierre Le Dantec, «Vive le baroquisme! Court traité déclinant les stratégies urbaines et architecturales depuis 1968», *Lumières de la ville*, n° 1, Banlieues 89, 1989.

des paquebots – et sacralisé le culte de l'objet architectural, ces architectes défendent la création de « machines célibataires » dans un espace environnant chaotique. Afin de produire de l'urbain, il faut se jouer du chaos initial, colmater les brèches, tisser des liens entre des éléments qui font discontinuité sans jamais se préoccuper d'un projet d'ensemble. L'esthétique est ici conceptuelle et non pas fonctionnelle. Comme l'œuvre architecturale n'est pas conçue « en fonction » d'une ville autonome et circonscrite, il faut « édifier des machines célibataires dont la logique n'est plus fonctionnelle mais conceptuelle ; puis les enfermer dans une enveloppe dont la vertu première est de faire image afin d'être médiatisable [36] ». Ce qui peut donner le pire (l'imbroglio architectural d'Euralille) et le meilleur (le pont de Millau imaginé par Norman Foster, les abstractions du parc de la Villette conçues par Tschumi).

Ces concepteurs-théoriciens veulent imposer leur marque dans le monde des flux urbains en rusant et jouant avec les friches et les vides. Instituant le procès de la ville dense européenne, ils aiment « les creux, les quartiers à l'abandon, et les terrains vagues ». Leurs adversaires leur reprochent de jouer avec un espace urbain en mal d'urbanisation qu'ils défigurent un peu plus. C'est le défaut de l'architecte-designer qui, n'ayant plus l'intention de respecter un équilibre urbain voué au chaos, ruse avec les images et multiplie les simulacres. La ville-spectacle devient alors aussi incontrôlable que le flux des images. « Si les politiciens, dit par exemple Hans Kollhoff, voulaient que Berlin soit quelque chose, ils devraient agir différemment, le transformer en événement, faire une action pour attirer les gens à Berlin, supprimer les taxes comme à Hong Kong, faire de Berlin une sorte de Hong Kong européen... Ce serait fantastique [37]. » Entre Berlin et Hong Kong, il n'y a pas de différence et de singularité à

---

36. *Ibid*. Voir aussi, du même auteur, *Architecture en France* (Ministère des Affaires étrangères, ADPF, Paris, 1999), et *Feuillets d'architecture ? Chroniques* (Éditions du Félin, Paris, 1997).
37. Hans Kollhoff, cité par Jean-Pierre Le Dantec, « Vive le baroquisme ! », article cité.

valoriser : les flux destinés à brancher les lieux entre eux et les individus à tel ou tel lieu sont déjà là, ils préexistent. Friches, zones à l'abandon, espaces industriels désertés, espaces délaissés et réserves n'ont d'autre issue que de se brancher sur les flux [38].

Rem Koolhaas exacerbe cette volonté de produire des « machines célibataires conceptuelles » dans un contexte urbain doublement caractérisé par la continuité et le chaos. Paradoxe que ce « chaos continu », mais l'un ne va pas sans l'autre : c'est parce que tout se présente en continu et sur un mode chaotique qu'il n'y a plus de distinction de nature mais seulement des différences de degré dans l'espace urbain. Ce « continu chaotique » n'est pas séparable d'un monde urbain qui oscille entre l'absence de tension et la surtension. Mais, dès lors que l'urbain est généralisé et la continuité chaotique, c'est la totalité du paysage urbain qui est concernée [39]. Pourtant, Rem Koolhaas, architecte-designer hollandais coutumier des propos provocateurs, ne renonce pas au terme « ville », il évoque la « ville générique » pour désigner l'absence de singularité de chaque ville, l'extension indéfinie d'espaces toujours semblables car greffés sur les flux, et l'évacuation du domaine public. « La Ville générique atteint à la sérénité grâce à l'évacuation du domaine public, comme lors d'un exercice d'alerte à l'incendie. Désormais, la trame urbaine est réservée aux déplacements indispensables, c'est-à-dire essentiellement à la voiture. Les autoroutes, version supérieure des boulevards et des places, occupent de plus en plus d'espace, leur dessin, qui vise apparemment à l'efficacité automobile, est de fait étonnamment sensuel : l'utilitaire entre dans le monde de la fluidité [40]. »

---

38. Le paysagiste Gilles Clément distingue cependant les « espaces délaissés » et les « réserves » : « Le *délaissé* procède de l'abandon d'un terrain anciennement exploité. Son origine est multiple : agricole, industrielle, urbaine, touristique, etc. Délaissé et friche sont synonymes. La *réserve* est un lieu non exploité. Son existence tient au hasard ou bien à la difficulté d'accès qui rend l'exploitation impossible ou coûteuse. Elle apparaît par soustraction du territoire anthropisé », in *Manifeste du Tiers Paysage*, Éditions Sujet/Objet, Paris, 2004, p. 9.
39. Voir Gilles Clément, *Manifeste du Tiers Paysage*, *op. cit.*
40. Rem Koolhaas, *Mutations*, *op. cit.*, p. 726.

De Rotterdam à La Haye, en passant par Amsterdam et Utrecht, une zone du Nord de l'Europe particulièrement dense, le bâti est «partout» et se caractérise par des éléments structurels identiques: ceux des nœuds urbains et des centres commerciaux qui combinent l'utilitaire et la fluidité. Il n'y a plus de périphérie, de marge, de fractures, de marques de discontinuité, de frontière, mais de l'urbain en continu, un déroulement sans failles de l'urbain. Dehors et dedans sont des catégories devenues insignifiantes [41].

Cet urbain continu et généralisé ne se différencie qu'en intensité, en fonction de son éloignement ou de sa proximité avec les nœuds urbains qui sont, en tant qu'échangeurs, les meilleurs vecteurs des flux. «Aujourd'hui, la ville est beaucoup plus différenciée par les excavations de la ville, par l'absence de ville, que par la présence de ville [42].» Tel est le message: créer de la ville, de l'urbain – les termes n'ont finalement plus grand sens! –, là où ils manquent encore, où ils ne sont pas encore assez visibles dans un contexte global qui est celui de l'urbain généralisé.

Dans ce contexte, l'urbain se caractérise par des «éléments» qui ont pour rôle d'activer la «continuité chaotique» et de remplacer la piétonisation par une mobilité accrue grâce à l'automobile. Si les médias, les services et les supermarchés sont les marques de l'urbain généralisé, deux termes anglo-saxons caractérisent la ville générique: *junkspace* et *fuck context*. Le premier, *junkspace*, correspond à la rencontre de trois facteurs de continuité: la transparence, l'escalator et l'air conditionné. Autant d'éléments qui font du *shopping center* le symbole d'un espace public où la civilité est tiède et la citoyenneté privée [43]. Quant à la deuxième expression, *fuck context*, qui contraste avec l'idée que l'espace est lisse, elle montre que la ville générique intervient «par défaut», par incapacité de penser autrement l'avenir de

---

41. Jean-Pierre Le Dantec distingue les architectes qui accordent trop à la sémiologie, au *logos*, et ceux qui respectent la spatialité, le *topos*, la rythmique des pleins et des vides, comme Henri Gaudin ou Christian de Portzamparc (in *Feuillets d'architecture*, *op. cit.*, p. 32, voir aussi p. 112).
42. Rem Koolhaas, entretien avec François Chaslin, in *Mutations, op. cit.*
43. «Civilité tiède» et «citoyenneté privée» sont des expressions empruntées à L. Kowarick qui les applique à la *global city* au Brésil.

> **VARIATIONS SUR LA**
>
> La Ville générique, c'est ce qui reste une fois que de vastes pans de la vie urbaine sont passés dans le cyberespace. Un lieu où les sensations sont émoussées et diffuses, les émotions raréfiées, un lieu discret et mystérieux comme un vaste espace éclairé par une lampe de chevet. Si on la compare à la ville traditionnelle, la Ville générique est fixée, perçue qu'elle est d'un point de vue fixe. Au lieu de concentration (de présence simultanée), les moments individuels sont extrêmement espacés dans la Ville générique [...] En saisissant contraste avec l'affairement censée caractériser la ville, la sensation qui domine dans la Ville générique est celle d'un calme irréel : plus elle est calme, plus elle approche de la pureté absolue. La Ville générique remédie aux maux qui étaient attribués à la ville traditionnelle jusqu'à ce que nous nous prenions pour elle d'un amour inconditionnel.
>
> La Ville générique est fractale, elle répète à l'infini le même module structurel élémentaire, on peut le reconstruire à partir de sa plus petite entité, un écran de micro-ordinateur, voire une disquette.
>
> Ce qui maintient la Ville générique n'est pas le domaine public avec ses exigences excessives [...], mais le résiduel [...] La rue est morte.

l'urbain. Tel est le *fuck context* : « Un territoire de vision trouble, d'attentes limitées, d'honnêteté réduite. C'est le triangle des Bermudes des concepts, l'annulation des différences, l'affaiblissement des volontés, l'abaissement des défenses immunitaires, la confusion de l'intention et de la réalisation, la substitution de l'accumulation à la hiérarchie, de l'addition à la composition, un espace blet et peu nourrissant, une colossale couverture sécuritaire qui recouvre et étrangle la Terre de son attention, de son amour [44]. » Pour Koolhaas, les propos humanistes en tout genre et

---

44. Rem Koolhaas, entretien avec Patrice Noviant, « Rendre heureux les habitants de la ville générique », supplément au n° 516 de *Courrier international*.

> **VILLE GÉNÉRIQUE** *
>
> Cette découverte a coïncidé avec des tentatives frénétiques pour le ressusciter. L'art urbain est partout, comme si deux morts pouvaient faire une vie. La piétonisation – en principe pour préserver – ne fait que canaliser des flots de piétons condamnés à détruire avec leurs pieds ce qu'ils sont censés révérer.
>
> La notion qui exprime le mieux l'esthétique de la Ville générique est celle de style libre. Comment le définir ? Imaginons un espace ouvert, une clairière dans la forêt, une ville arasée. Trois éléments entrent en jeu : les routes, les bâtiments, la nature. Ils entretiennent des rapports souples ne répondant à aucun impératif catégorique et coexistent dans une spectaculaire diversité d'organisations. Ils peuvent prédominer tour à tour […] La Ville générique représente la mort définitive de la planification. Pourquoi ? Non parce qu'elle n'est pas planifiée […] C'est que sa découverte la plus dangereuse et en même temps la plus grisante est le dérisoire de toute planification.
>
> * Rem Koolhaas, *Mutations*, Actar, Arc en rêve/Centre d'architecture, Bordeaux, 2000, p. 725, 726, 728, 730-731.

les professions de foi démocratiques sont hypocrites et aveugles, s'ils n'admettent pas que le développement urbain est devenu anarchique, à l'échelle mondiale, à cause de la démission des acteurs politiques. Inutile de miser sur des utopies, l'urbain généralisé et son caractère *trash* sont la rançon d'une absence de politique. « C'est l'agrégat des décisions non prises, des questions qui n'ont pas été affrontées, des choix qui n'ont pas été faits, des priorités indéfinies, des contradictions perpétuées, des compromis applaudis et de la corruption tolérée [45]. » C'est pourquoi Koolhaas ironise sur les vertus de la ville européenne, sur son

45. *Ibid*.

idéalisation alors qu'elle est en passe de devenir un objet de musée. Pour lui, l'avenir de l'urbain se prépare hors de l'Europe, il se développe dans le contexte des mégacités, et les embardées de la démographie en accélèrent la déglingue. Mais le procès que Koolhaas instruit contre la ville européenne n'est pas inutile s'il invite à regarder ce qui se passe effectivement « ailleurs ». S'il se présente comme un appel à la lucidité.

L'âge des villes géantes

La multiplication des mégacités

La méfiance de Koolhaas envers la belle ville européenne s'appuie sur les données démographiques et sur la multiplication de villes-monde en dehors de l'Europe [46]. Un rappel des évolutions démographiques permet de se rendre compte du déphasage qui intervient entre le cycle européen de la ville – là où la démission du politique n'est pas généralisée – et le cycle mondialisé des flux urbains qui se matérialise par des métropoles géantes, des mégapoles et des villes-monde souvent en dehors de tout contrôle. Ce déphasage alimente un imaginaire du chaos et une représentation de la ville-masse qui se distingue de celle du XIXe siècle. Si, en Europe, la « ville générique » et l'« urbain généralisé » conduisent des architectes et des urbanistes à composer et à ruser avec le chaos, hors d'Europe, la ville-chaos, la ville démesurée et informe donnent corps à des représentations négatives de la ville dont le destin est de se décomposer et de se défaire. Ce constat d'une dégradation de l'espace urbain sous-tend une « esthétique de la disparition », selon l'expression de Paul Virilio, qui ne se prête guère à une apologie du chaos. Si la pression démographique est à l'origine de ces villes-masse, mégacités et

---

[46]. Voir la première section du *Monde des villes* (*op. cit.*, p. 29-302), où des chapitres sont consacrés au Maghreb, au Machrek, à l'Afrique noire, à l'Asie du Sud-Est, à la Chine, au Japon, à l'Inde, à l'Amérique latine, à la Turquie, à l'Iran, à l'Océanie…

villes-monde qui n'ont plus grand-chose à voir avec les grandes métropoles européennes de la fin du XIXe siècle et du XXe siècle, elle nourrit un imaginaire du chaos d'une tout autre nature. Là encore, les interprétations divergent radicalement entre un Koolhaas qui salue à Lagos, une des villes les plus importantes du Nigeria, la résistance de corps survivant dans les pires conditions, et un Paul Virilio pour qui la ville développe de l'intérieur le mal qui la taraude et la condamne à disparaître.

Tel est le paradoxe autour duquel gravite Koolhaas : il fait le procès des défenseurs naïfs d'une ville européenne tout en rappelant que le mal urbain va de pair avec une défection du politique. Or, si la ville européenne épouse une dimension politique, si le procès d'une certaine illusion européenne est légitime, en déduire que la ville politique est morte l'est moins. L'urbain, aujourd'hui valorisé à l'extrême, l'est-il à l'aune de « l'urbanité des villes » et de « l'esprit démocratique » qui en furent les ressorts dans les cités hanséatiques ou dans les cités italiennes de la Renaissance ? Ou bien se répand-il, comme cet urbain généralisé, telle une traînée de poudre, qui s'impose de Lagos à Kuala Lumpur. Paul Bairoch soulignait déjà, dans *De Jéricho à Mexico,* que « l'inflation urbaine […] n'a pas conduit à faire de la ville du Tiers-Monde un facteur de développement économique[47] ». La démission du politique, à l'échelle nationale, régionale et mondiale, accompagne donc des évolutions démographiques considérées comme inéluctables. Les chiffres sont éloquents, implacables : la banalisation du fait urbain, l'urbain généralisé est à l'origine d'une multiplication des très grandes villes, qu'on les appelle cités géantes avec Paul Bairoch, villes tentaculaires, mégacités ou mégapoles…

---

47. Paul Bairoch, *De Jéricho à Mexico. Villes et économie dans l'histoire*, 2e édition corrigée, Arcades-Gallimard, Paris, 1996, p. 655. Voir aussi *Portraits des grandes villes. Société, pouvoirs, territoire*, coordonné par Guy Jalabert, Presses de l'université du Mirail, Toulouse, 2001. Sont prises en compte les villes de Barcelone, Berlin, Buenos Aires, Hanoi, Hô Chi Minh-Ville, Istanbul, Le Caire, Los Angeles, Mexico, Montréal, Moscou, Santiago du Chili, Shangai, Toronto.

Le devenir des villes géantes

Alors qu'il y avait 11 agglomérations de plus de 1 million d'habitants en 1900, et 350 en l'an 2000, 35 villes dépassent aujourd'hui le seuil des 10 millions d'habitants. Alors que 10 % de la population mondiale vivait dans les villes en 1900, c'est le cas de près de 55 % aujourd'hui. Lors de la conférence Habitat II (City Summit) en 1996, des chercheurs liés aux Nations unies ont affirmé que la moitié de la population de la planète est désormais urbaine et que le XXIe siècle pourrait être qualifié globalement d'urbain. Selon un rapport émanant d'un bureau des Nations unies et datant de 2001, 3 milliards de personnes vivent dans des villes, selon la répartition suivante : 19 villes de plus de 10 millions d'habitants, 22 villes entre 5 et 10 millions, 370 villes entre 1 et 5 millions, et 433 villes entre un demi-million et un million. Mais ce premier constat doit être précisé : 175 villes millionnaires se répartissent maintenant entre l'Asie, l'Afrique et l'Amérique latine, où se trouvent 13 des 20 plus grandes agglomérations de la planète. La progression des villes des pays émergents est impressionnante : entre 1980 et 2000 Lagos (Nigeria), Dhaka (Bangladesh), Tianjin (Chine), Hyderabad (Inde) et Lahore (Pakistan) ont rejoint la liste des 30 premières villes du monde. Et Lagos sera vraisemblablement en 2010 la troisième ville du monde après Tokyo et Mumbay (Bombay). À la même date, Milan, Essen et Londres ne feront peut-être plus partie de la liste des 30 premières villes du monde, tandis que New York, Osaka et Paris se retrouveront en fin de liste*. Entre 1950 et aujourd'hui, Lagos est passé de 300 000 habitants à 5 millions et São Paulo de 2,7 millions à 18 millions. Là encore, les chiffres parlent d'eux-mêmes : en 2020, 55 % de la population subsaharienne sera urbanisée ; sur les 33 mégalopoles annoncées pour 2015, 27 appartiendront aux pays les moins développés (19 se trouvent en Asie), et Tokyo sera la seule ville dite riche à continuer à figurer sur la liste des 10 plus grandes villes ; enfin, en une heure, il y a 60 personnes de plus à Manille, 47 à Delhi, 21 à Lagos, 12 à Londres et 2 à Paris.

* *The State of the World's Cities 2001*, rapport du Bureau des établissements humains des Nations unies (Nairobi).

L'Europe à la marge

Mais, au-delà de l'aspect démographique et quantitatif, le phénomène décisif réside dans le décalage géographique, dans le fossé mental et culturel qui se creuse entre les mondes européen et non européen. Sur le plan de l'urbanisation, les contrastes régionaux sont manifestes : « C'est en Afrique, écrit Paul Bairoch, que l'explosion future des villes sera la plus forte. Le nombre des citadins sera presque multiplié par trois entre 1980 et 2000 et par sept entre 1980 et 2025. Par contre, c'est en Amérique latine que cette explosion urbaine sera la plus modérée : une multiplication par trois entre 1980 et 2025 [48]. » Qu'indiquent ces chiffres ? Que l'avenir de l'urbain, sur le plan démographique et quantitatif, n'est plus intimement lié au destin de l'Occident et que l'Europe n'est plus considérée comme le modèle du développement urbain. Mais aussi que la ville, européenne ou non, correspond de moins en moins à l'idéal-type de l'expérience urbaine évoqué précédemment. Ce type de ville ne donne plus le sens, tant sur le plan de la signification que de l'orientation historique, de l'urbain à l'échelle de la planète. Au-delà de leur opposition avec la ville européenne, les villes-masse pèsent désormais sur les représentations de l'urbain et de la ville [49]. Elles deviennent la matrice de « la ville panique » qui affecte jusqu'aux représentations et aux images mentales, une vieille tradition des villes occidentales depuis Sodome et Babel.

Les mégapoles non européennes seraient vouées à la survie, à l'anarchie politique et à l'insécurité. Voilà une imagerie fort contestable et nourrie désormais par des représentations indissociables des flux d'images visuelles. Paris, ville-capitale du XIXe siècle, était décrite et aimée par les poètes. Mais, au fur et à mesure que la ville s'étale, grandit, devient obèse, ou bien se

---

48. Paul Bairoch, *De Jéricho à Mexico*, *op. cit.*, p. 656.
49. Jérôme Monnet, « La mégapolisation : le défi de la ville-monde », *in* Y. Michaud (dir.), *Qu'est-ce que la société ?*, Université de tous les savoirs, tome 3, Odile Jacob, Paris, 2000, p. 155-168.

replie dans son cocon muséal, la mégapole devient l'objet privilégié de ceux qui auscultent le destin de l'urbain. Le poète disparaît alors au profit de l'ethnologue, du sociologue ou du penseur. On parvient de moins en moins à se perdre dans la ville, mais celle-ci est vouée à sa propre perte. S'impose alors « une esthétique de la disparition » qui oscille entre deux représentations : celle de la mort lente des villes non occidentales, et celle de l'urbicide, de la ville mise à mort par des guerriers. Alors que Claude Lévi-Strauss, à l'occasion d'un voyage dans les mégapoles indiennes, met l'accent sur leur caractère morbide (*Tristes Tropiques*), d'autres soulignent que la ville est moins abandonnée que soumise à une guerre agie de l'intérieur ou de l'extérieur. Ainsi la ville devenue mégapole oscille entre l'image de la mort passive et celle de la mise à mort, c'est-à-dire entre deux formes de guerre qui nourrissent l'imaginaire autant qu'elles correspondent à la réalité. « Tombeau pour New York », d'Adonis, contraste avec les photographies d'Alvin Langdon Coburn [50]. L'« esthétique de la disparition » est mixte, elle mélange le réel et l'imaginaire. Faut-il s'en étonner puisque l'expérience urbaine relève à la fois du physique et du mental ? Si l'expérience urbaine renvoie à « un milieu sous tension », l'urbain généralisé produit des lieux où il y a surtension ou absence de tension, surchauffe ou indifférence. Si la mégacité, la ville-monde, est marquée par la chute de tension, d'autres cités sont, elles, frappées de surtension.

Villes informes et chaotiques

L'indifférence généralisée (Karachi et Calcutta)

Comment la chute de tension peut-elle caractériser une ville ? Claude Lévi-Strauss l'évoquait déjà dans les années 1950 alors que la thématique de l'après-ville ne hantait pas encore les esprits. Au cours du périple qu'il raconte dans *Tristes Tropiques*,

---

50. Adonis, « Tombeau pour New York », in *Mémoire du vent. Poèmes 1957-1990*, Gallimard, Paris, coll. « Poésie », 1991, p. 91-110.

l'ethnologue s'arrête à Karachi où il découvre une absence de rapports humains qui le conduit à parler de l'inhumanité de Karachi en tant que ville. Or, cette inhumanité est selon lui créée par une perte de tensions, par la réduction des relations, par le règne du non-rapport, et par l'impossibilité de s'inscrire dans un lieu. Quand plus rien ne passe, il ne se passe rien. Ce texte du milieu du XXe siècle anticipe la réflexion sur les mégapoles contemporaines d'aujourd'hui et sur les stratégies de survie que l'on observe à Lagos ou ailleurs. À distance de la cité européenne, les villes-monde ne se ramènent pas au seul modèle de la ville globale, les villes-monde peuvent aussi correspondre à ces « villes monstrueuses tout à fait étrangères à un modèle de cité organisant une coexistence harmonieuse [51] ».

Mais comment mieux qualifier ces villes ? Pour Claude Lévi-Strauss, la mise en tension, *i. e.* l'expression de rapports urbains que l'idéal-type de la ville devrait rendre possible, n'existe pas à Karachi. Quand une ville ne favorise plus de « tensions », elle devient inhumaine et ne mérite plus le qualificatif « urbain ». Écrivant il y a plusieurs décennies, l'ethnologue souligne essentiellement le décalage avec les valeurs urbaines européennes et ne considère pas à l'époque que les villes-monde sont déjà l'avenir de l'urbain [52]. « Qu'il s'agisse des villes momifiées de l'Ancien Monde ou des cités fœtales du Nouveau, c'est à la vie urbaine que nous sommes habitués à associer nos valeurs les plus hautes sur le plan matériel et spirituel. Les grandes villes de l'Inde sont une zone ; mais ce dont nous avons honte comme une tare, ce que nous considérons comme une lèpre, constitue ici le fait urbain réduit à son expression dernière : l'agglomération d'indi-

---

51. Sandrine Lefranc, introduction au dossier *Villes-monde, villes monstre ?* de *Raisons politiques*, n° 15, août 2004, Presses de Sciences-Po. Cet ensemble comporte entre autres des articles sur Lima, Johannesburg et Karachi.

52. Pour prendre la mesure contemporaine, moins culturaliste qu'urbanistique, de l'éclatement et de l'ethnicisation de Karachi, voir Laurent Gayer, « Karachi : violences et globalisation dans une ville-monde » (*Raisons politiques* : *Villes-monde, villes monstre ?, op. cit.*) et Michel Boivin, « Karachi et ses territoires en conflit », *Hérodote* : *Géopolitique des grandes villes*, n° 101, 2e trimestre 2001.

vidus dont la raison d'être est de s'agglomérer par millions, quelles que puissent être les conditions réelles. Ordure, désordre, promiscuité, frôlements ; ruines, cabane, boue, immondices ; humeurs, fiente, urine, pus, secrétions, suintements : tout ce contre quoi la vie urbaine nous paraît être la défense organisée, tout ce que nous haïssons [...] Tous ces sous-produits de la cohabitation, ici, ne deviennent jamais sa limite. Ils forment plutôt le milieu naturel dont la ville a besoin pour prospérer [53]. »

La ville prospère « organiquement » en repoussant toutes les limites possibles. Pas de frontières, pas d'interdits, pas de limites. La ville devient monstrueuse quand elle repousse ainsi les limites. Cette situation se traduit par l'absence de rapports entre les hommes, soit parce qu'il y a une tension trop grande, soit parce qu'il y a une totale absence de tensions. Ici, le chaos ne prend pas la « non-forme » de la ville rasée, la ville survit par elle-même, elle amasse des individus, elle est informe. L'absence de tensions signifie qu'il n'y a ni dedans, ni dehors, que l'indifférence régnante est à l'origine d'un scénario de la survie. N'étant pas un milieu sous tension, Karachi est vécue comme « informe », elle n'a pas de forme, elle n'est pas une ville, elle n'autorise pas l'affranchissement qui sous-tend l'expérience urbaine. À la différence de ce que l'ethnologue a pu observer en Amazonie, il se retrouve à Karachi, en tant qu'Européen, « en deçà ou au-delà de ce que l'homme est en droit d'exiger du monde, et de l'homme ».

L'expérience de l'aumône généralisée, celle que l'on retrouve aujourd'hui dans les *downtowns*, confirme cette perte de tension. « Il n'y a plus, écrit Claude Lévi-Strauss, que la constatation d'un état objectif, d'un rapport naturel de lui à moi, dont l'aumône devrait découler avec la même nécessité que celle unissant dans le monde physique les causes et les effets. » Les malheureux qui font l'aumône dans la ville ne veulent pas être traités comme des égaux, « ils conjurent que vous les écrasiez de leur superbe, puisque c'est de la dilatation de l'écart qui vous sépare qu'ils attendent une bribe d'autant plus substantielle que le rapport entre nous sera distendu ». L'analyse est implacable : à travers

---

53. Claude Lévi-Strauss, *Tristes Tropiques,* 10/18, Paris, p. 113.

l'aumône qui n'est pas ici un cérémonial, l'idée même de « l'écart » dans l'espace public, d'une différence symbolisable entre l'un et l'autre, entre vous et lui, est ruinée, annulée. Tel est le ressort d'une « indifférence » grâce à laquelle le chaos urbain peut grossir à l'infini. Les malheureux, continue Lévi-Strauss, « ne revendiquent pas un droit à la vie. Le seul fait de survivre leur paraît une aumône imméritée ». Et de surenchérir en suggérant une comparaison avec l'urbanité européenne : « Cette altération des rapports humains paraît d'abord incompréhensible à un esprit européen. Nous concevons les oppositions entre les classes sous forme de lutte ou de tension. Mais ici le terme "tension" n'a pas de sens. Rien n'est tendu, il y a belle lurette que tout ce qui pouvait être tendu s'est cassé. Est-il vraiment inconcevable de penser en termes de tension ? » Si l'on veut continuer à penser, dans le sillage de Julien Gracq, en termes de tension, le tableau auquel on arrive n'est pas moins sombre : « Car alors, il faudra dire que tout est si tendu qu'il n'y a plus d'équilibre possible : dans les termes du système et à moins qu'on ne commence à le détruire, la situation est devenue irréversible. »[54] Il ne reste donc que le scénario de la destruction (de l'extérieur ou de l'intérieur, par un despote) ou celui d'une mort lente, celle d'un corps purulent en voie de décomposition. « L'écart entre l'excès de luxe et l'excès de misère fait éclater la dimension humaine. Seule reste une société où ceux qui ne sont capables de rien survivent en espérant tout et où ceux qui exigent tout n'offrent rien[55]. » Ce constat, qui s'appuie sur la volonté de marquer une différence avec la ville européenne, engage dans une double direction, celle de la mort lente des villes et celle de l'autodestruction des villes. À moins que l'on évoque avec Derek Walcott le théâtre de la pauvreté[56].

54. *Ibid.*, p. 114-115.
55. *Ibid.*, p. 116.
56. « Comme si les miséreux, dans leurs arrière-cours baignées d'un orange flamboyant, assis sous leurs arbres poussiéreux, ou remontant vers leurs favelas, réglaient tout naturellement une mise en scène, comme si la pauvreté n'était pas un état, mais un art. Ainsi le manque devient lyrique, et le crépuscule, patient comme un alchimiste, parviendrait presque à transmuer

V.S. Naipaul prolonge la réflexion de l'ethnologue à l'occasion d'un voyage qui le conduit à Calcutta plusieurs années après un séjour plus ancien. Une ville peut mourir, mais ce ne sont pas les photographies jaunies des ruines qui en témoignent. Bombay n'est pas l'une de ces villes disparues dans les déserts du Proche-Orient telles que Persépolis par exemple. Non, cette ville n'en finit pas de mourir au présent, de ployer sous le poids de sa propre inhumanité, de son absence de tensions. C'est ce lent mouvement de décomposition que décrit Naipaul à propos de Calcutta dans *L'Inde*: « Pendant des années et des années [...] j'avais entendu dire que Calcutta se mourait, que son port était en train de s'envaser [...] et pourtant, Calcutta n'était pas morte. On avait commencé à se dire que la prophétie avait été excessive ? À présent, je me disais que nous étions en présence de ce qui se passe quand les villes meurent. Elles ne succombent pas à grand bruit; elles ne meurent pas uniquement quand leur population les abandonne. Peut-être peuvent-elles mourir ainsi: quand tout le monde souffre, quand les transports sont si pénibles que les travailleurs préfèrent renoncer à des emplois dont ils ont besoin; quand personne ne peut obtenir d'eau ou d'air pur, quand personne ne peut aller se promener. Peut-être les cités meurent-elles quand elles finissent par être dépouillées des agréments que procurent d'ordinaire les villes, du spectacle des rues, du sentiment exacerbé des possibilités humaines, pour devenir simplement des endroits surpeuplés où tout le monde souffre [57]. »

Naipaul reprend ainsi, en la projetant cette fois sur le plan spatial, l'analyse esquissée par Lévi-Strauss : s'il n'y a pas

---

le désespoir en vertu. Sous les tropiques, rien de plus charmant que les quartiers pauvres : pas de théâtre qui soit aussi vivant, volubile – et bon marché », *Café Martinique* (*What the Twilight says*, 1998 ; Anatolia-Éditions du Rocher, Monaco, 2004). Dans cette optique, la pauvreté n'est pas inéluctablement une dégradation, une perte, elle peut favoriser une « mise en scène » et participer de l'expérience urbaine (sur la mise en scène, voir la première partie de cet ouvrage). Mais elle est trompeuse si elle réduit la pauvreté à un spectacle et ne trouve pas d'issue politique.

57. V.S. Naipaul, *L'Inde. Un million de révoltes* (1981), Plon, Paris, 1992, p. 387-388.

d'échange possible, il y a « indifférence » ; s'il n'y a pas un mouvement possible, si les transports sont invivables, on ne bouge plus ; et il n'y a pas plus de mise en relation spatiale que de rapports humains puisqu'ils vont de pair. L'indifférence se traduit dans le temps et dans l'espace, et la ville meurt progressivement de cette absence de mouvements et de tensions. Naipaul affirme pourtant quelque chose de plus : celui qui est l'otage de cet espace est « privé » de ce que la ville devrait donner « de plus », il est privé de cet espace public sans lequel la ville n'a pas de raison d'être. L'affranchissement n'est plus le destin de celui qui s'aventure dans la ville, il n'est même pas représentable. Or, quand la tension entre le privé et le public, entre un dehors et un dedans est impossible, la ville se meurt inéluctablement. Que les villes géantes se multiplient, qu'elles grandissent démesurément, ne renvoie pas aux chiffres, à un phénomène quantitatif. La ville géante, quel que soit le nom qu'on lui donne, peut favoriser des formes d'expérience urbaine, mais le nombre se retourne contre elles si la ville est informe.

Autodestruction et déjection
(Los Angeles et le bidonville)

D'autres écrivains se penchent sur « la fin de la ville » comme un phénomène inéluctable généré par l'étalement infini ou par le développement d'une machine urbaine qui, devenu incontrôlable, provoque l'horreur ou le chaos. C'est de l'intérieur que la ville contemporaine se meurt. Le chaos n'est pas produit par les flux, la ville est grippée de l'intérieur, elle est hypertendue, prête à l'implosion. Ainsi de Los Angeles, cette *City of Quartz*, pour reprendre le titre du livre-enquête de Mike Davis[58]. On peut la voir comme une terre qui tremble : la ville peut cracher le feu comme un volcan car elle brûle de l'intérieur. Hypertendue, elle peut se métamorphoser ou bien ressembler à un bidonville.

---

58. Mike Davis, *City of Quartz. Los Angeles, capitale du futur,* La Découverte, Paris, 1997.

Bidonville, la ville en forme de bidon, la ville-bidon ! « La Californie est un pays de tremblements de terre. Nous ne savons pas comment nous habiterons. Los Angeles devient ou redevient une ville. D'autres villes, pour avoir été trop voulues, villes nées du désert et de Los Angeles, iront peut-être enfin jusqu'au bout de la ville, au-delà de sa "fin". Par tremblement, par fissures, par détournement ou par lassitude. Mais, plus loin, passé la frontière du Mexique, autre chose a commencé, depuis longtemps déjà. Ce n'est plus l'étalement, ni même le retournement de la ville, ce n'est plus sa traversée. Le bidonville est la déjection de la ville, sa violence ramassée dans la boue. En un sens, ce sera comme une exaspération du déclassement de Los Angeles, de son bricolage et de son délinguage. Mais cela ne relève plus d'aucune logique de la ville. L'inhabitation l'emporte : non pas celle du désert, mais celle qui accompagne la destruction et l'expulsion devenues elles-mêmes des parodies de lieux. Ce n'est pas l'insignifiance, c'est un excès de signes, que le mot de "bidonville" résume, et qui ne dit que la dévastation du lieu. La dévastation s'y érige en effet en guise de lieu de vie. Cela ne cesse pas, cela s'étend comme s'étendent ailleurs les villes nouvelles, mais c'est le contraire d'une croissance. Les bidonvilles ne cessent pas de s'éloigner de toute "question de la ville". Ils n'ont pas de devenir. Ils ne peuvent que concentrer la dévastation, et durcir l'exaspération [59]. » Le renversement de perspective est total : on n'observe plus la décomposition d'une ville comme à Calcutta, on s'interroge sur sa recomposition à partir des déchets qu'elle contient en elle, on se demande si la lave peut se durcir et donner forme à quelque chose. Mais ici, la ville est pure déjection, un terrain dévasté d'emblée, elle ne peut s'extérioriser au dehors que sous la forme d'un bidonville. Pas d'autre choix que d'osciller entre décomposition et recomposition, entre chute de tension et hypertension. Mais si la ville ne meurt pas d'elle-même, elle se projette dans des magmas informes, des espaces invivables. La fin

---

59. Jean-Luc Nancy, in *Temps de la réflexion*, n° 8, Gallimard, Paris, 1987 ; voir aussi, du même auteur, *La Ville au loin*, Mille et une nuits, Paris, 1999.

de la ville : c'est là encore la fin de toute forme d'urbanité. Si Los Angeles peut encore se restructurer, se reproduire, ce n'est pas le cas de la zone frontalière du côté mexicain. Quand la ville échoue à se réinventer, quand elle croule sous les signes macabres, elle n'est plus qu'un immense terrain dévasté. L'urbain généralisé est marqué par la continuité, mais le bidonville, la terre dévastée qui le symbolise, l'inhabitation qu'il rend manifeste, participe de cette continuité, celle dont Koolhaas vante les vertus. Le chaos a pris corps, il n'est pas seulement un vide à remplir, il correspond à un processus d'évidement, il creuse le vide, il organise l'absence de lieu, la déshérence. Retour au désert. À moins qu'une ville comme Las Vegas et les motels américains ne constituent le «lieu commun» où s'invente une urbanité post-urbaine [60].

Urbicides : pressions du dehors et du dedans

> Face aux crimes des destructeurs, la défense de la ville est le seul paradigme moral de notre avenir.
>
> Bogdan Bogdanovic [61]

Ce non-lieu n'est pas, pour Paul Virilio, le propre du bidonville mais la marque même de la cité contemporaine. L'urbain continu et généralisé est porté par une «esthétique de la disparition». Ce n'est pas, dans ce cas, l'absence de développement, la misère, l'abandon qui mettent la ville à mal. Les espaces urbains, quels qu'ils soient, sont condamnés à devenir informes, difformes, monstrueux, car soumis à une pression technicienne qui laisse d'autant moins de chance que les industries d'armement jouent également leur rôle dans la militarisation des villes. «Aérogares, terminus et portes de l'anti-ville qui ouvrent sur le néant d'un

---

60. C'est le sens des analyses de Bruce Bégout dans *Zeropolis* (Allia, Paris, 2002) et *Lieu commun* (Allia, Paris, 2003), deux livres qui portent respectivement sur Las Vegas et la généralisation du motel.
61. «L'urbicide ritualisé», *in* Véronique Nahoum-Grappe (dir.), *Vukovar, Sarajevo...*, Éditions Esprit, Paris, 1993.

territoire disparu, lieux d'éjection que l'on emprunte pour boucler la boucle vide de l'errance accélérée, air terminal, spectro-scope où défilent les ombres populaires, migrants, fantômes en transit, en sursis de la dernière des révolutions, la révolution géographique… La voilà bien la stratégie anti-ville, celle où le kidnapping s'opère sur l'ensemble des masses, celle où l'enlèvement devient l'essence du jeu politique transnational, au-delà des villes pratiques du séquestre, du ghetto et de l'enfermement national[62]. » La stratégie anti-ville contribue ainsi à retourner la ville et ses valeurs contre elle-même. Et ce n'est pas un hasard si la figure du terroriste accompagne les métamorphoses de l'imaginaire de la ville.

Ces interprétations mettent en scène une ville devenue informe à force d'être la proie d'un urbain généralisé plus ou moins anarchique. Si les termes choisis sont particulièrement évocateurs – déchet, dévastation, déjection –, ils désignent un espace urbain tiraillé entre la perte de tensions, l'indifférence et la surtension. Un espace urbain qui se confond avec une prison au bord de la violence paroxystique[63]. Par contraste, ils montrent ce que devient l'urbain quand il n'y a plus « mise en tensions », et que le rapport d'un dedans et d'un dehors perd son sens. Ce recul est la conséquence d'une ville « énergumène » qui a repoussé ses limites, d'un urbain qui a rompu les amarres avec « la double culture des limites et de proximité » qu'incarne la culture urbaine dans son histoire. Ce renversement fait du dehors un prolongement du dedans, une prothèse qui ignore la dialectique ancienne d'un dedans qui attirait le dehors, d'une expérience d'affranchissement qui articulait absence de territoire et offre de territoire, possibilité d'accueil.

Tant dans la réalité que dans la fiction, l'urbain est aujourd'hui brutalisé, « mis à mal », violenté du dehors (l'urbicide) ou du

---

62. Paul Virilio, « L'État d'urgence ou du lieu d'élection au lieu d'éjection », *Traverses* : *Ville Panique*, n° 9, Minuit, Paris, 1977.
63. Sur la ville comme prison, voir le livre culte de Tom Willocks, *Green River Rising*, traduit en français sous le titre *L'Odeur de la haine*, Pocket, Paris, 1995.

> **L'URBICIDE**
>
> Alors que les destructeurs de villes étaient habités dans les temps anciens par une «sainte peur», une peur régulée et freinée, il ne peut plus s'agir aujourd'hui que des revendications sans frein de l'*habitus* mental le plus bas. Ce que je crois déceler dans les âmes paniquées des destructeurs de villes, c'est une résistance féroce contre tout ce qui est urbain, c'est-à-dire contre une constellation sémantique complète, composée de l'esprit, de la morale, de la manière de parler, du goût, du style... je rappelle que le terme d'urbanité désigne jusqu'à ce jour dans les langues de l'Europe le raffinement, l'articulation, l'accord de l'idée et du mot, du mot et du sentiment, du sentiment et du geste, etc.*.
>
> * Bogdan Bogdanovic, «L'urbicide ritualisé», in Véronique Nahoum-Grappe (dir.), *Vukovar, Sarajevo...*, Éditions Esprit, Paris, 1993, p. 36; voir aussi, Christian Ruby, «Villes assiégées, villes détruites», in Thierry Paquot (dir.), *Le Monde des villes. Panorama urbain de la planète*, Éditions Complexe, Bruxelles, 1996, p. 419-432.

dedans (l'explosion, la bombe). L'urbain fait mal. D'une part, une large fraction des images américaines, depuis *New York 1997* de John Carpenter (1983), raconte l'histoire de villes qui, désertées et transformées en prison, sont retournées à l'état de nature. Quand la ville n'est pas mise en scène comme le lieu de la barbarie, elle est la proie du barbare qui cherche à la détruire [64]. D'autre part, la réalité est là, violente, impitoyable, les faits parlent d'eux-mêmes depuis Sarajevo, Groznyï, depuis que les Twin Towers ont été détruites par des avions terroristes liés à Al Qaeda. Force est de rappeler que l'urbicide, un terme forgé par

---

64. Pour une analyse des scénarios et des films violents américains, voir Olivier Mongin, *La Violence des images ou comment s'en débarrasser?* (Seuil, Paris, 1995). Cet ouvrage comporte également un chapitre sur les films consacrés à Beyrouth avant et pendant la guerre qui a débuté en 1975, «La ville prise en otage: les cinémas de Beyrouth» (p. 156-174).

Bogdan Bogdanovic, un architecte qui fut maire de Belgrade, fait aussi loi dans le monde de l'urbain généralisé. En tout cas depuis la guerre de Beyrouth, dont le déclenchement remonte à 1975. Comme s'il fallait tout mettre à mal, raser les villes-refuges.

Détruite du dehors ou du dedans, la ville est finie, rasée, elle est déjection, bidonville, dévastation, elle est vidée d'elle-même... Tout ce vocabulaire, fort contestable, rappelle cependant que la ville étalée, massifiée, étendue à l'infini, est mise à mal. Au point que les tyrans continuent à mettre les villes à mort et à bas. Les tyrans d'hier mais aussi les terroristes d'aujourd'hui, ces individus nomades et déterritorialisés. Hier la ville aspirait au dedans, elle se voulait intégratrice des gens du dehors, aujourd'hui ce sont les agents de la terreur qui, venus du dehors, veulent tuer l'esprit de la ville au dedans. Tout cela n'est pas récent, mais de la Bible, de Babel, de Sodome, l'actualité des valeurs urbaines n'en est que plus intense.

III. L'archipel mégalopolitain mondial et l'éclatement des métropoles

La ville-réseau d'hier, les villes commerçantes de la première mondialisation n'avaient pas pour rôle de clôturer un espace, de fermer un lieu. Bien au contraire, la ville-réseau, non sans analogie avec la ville-refuge, assurait la capacité d'entrer et de sortir. Non pas pour brouiller les frontières et les seuils, mais pour assurer un équilibre instable entre un processus de territorialisation et un processus de déterritorialisation. Aujourd'hui, il n'y a guère d'autre choix que d'être déterritorialisé ou surterritorialisé, prisonnier d'un dehors sans dedans ou otage d'un dedans sans dehors. Voilà en tout cas ce qu'apprend la cartographie du réseau urbain contemporain, celui qui participe d'une économie d'archipel, mobile, flottante et fluide comme les espaces maritimes et les flux de la finance.

Le global et ses villes

Quoi qu'il en soit de l'imaginaire qu'il suscite et de la ville panique [65], nous vivons bien dans un monde de l'urbain généralisé, celui que symbolise la ville géante, la ville démesurée, la ville informe qui repousse simultanément les limites de l'urbain et de l'humain. Mais d'autres phénomènes focalisent l'attention de celui qui regarde l'évolution des territoires en s'appuyant sur les cartes des géographes et en s'attardant sur les prévisions des économistes. D'une part, la mise en réseau des lieux participe d'une « économie d'archipel » renvoyant à différents niveaux hiérarchisés entre eux. Dans cette optique, l'économie d'archipel est une économie d'échelle. D'autre part, l'urbain généralisé et continu produit en retour des discontinuités qui pèsent sur la configuration des lieux. S'il faut prendre en considération la forme spécifique des « villes globales », il faut observer simultanément le processus de reterritorialisation en cours. Un processus qui se traduit par un triple phénomène : la fragmentation et l'éclatement qui affectent les métropoles, le maillage lié à la réticulation et à la multipolarisation. L'urbain généralisé et la « continuité » des flux sont à l'origine de hiérarchies et de morcellements inédits dont les deux formes extrêmes de la ville-monde, la ville géante et la ville globale, sont les symboles majeurs.

Cependant, la reconfiguration des territoires est aujourd'hui inséparable de discontinuités qui ne se réduisent pas à cette opposition entre les mégapoles [66], les villes géantes plus ou moins informes d'une part, et les villes globales, les territoires adaptés à la réussite économique d'autre part. Au-delà de l'alternative entre villes de la réussite et villes de l'échec et de la survie, qui

---

65. Pour une critique de la littérature catastrophiste, et plus particulièrement des thèses de Paul Virilio, voir François Ascher, *Metapolis ou l'avenir des villes*, Odile Jacob, Paris, 1995, p. 293.

66. Le terme « mégapole » a été forgé par Jean Gottmann en 1961 pour désigner la grappe de villes disposées, entre Washington et Boston, au nord-est des États-Unis sur la côte atlantique.

reproduit le clivage binaire entre les inclus et les exclus, la reterritorialisation n'est pas séparable d'une dynamique métropolitaine que sous-tendent trois caractéristiques qui sont aussi celles du réseau : l'extension indéfinie, la multipolarité et l'éclatement [67]. Mais avant d'évoquer successivement le modèle de « la ville globale » imaginé par Saskia Sassen et la variété des devenirs métropolitains, il est utile de s'arrêter sur « l'économie d'archipel » qui structure ou déstructure les territoires puisqu'elle organise le réseau des villes, globales ou non.

Une économie d'archipel

Si la « ville globale », qui donne une visibilité à la globalisation, va à l'encontre de la thématique de la « fin des territoires », elle s'inscrit dans une économie représentée sous la forme d'un « archipel ». Certes, la dispersion géographique des activités économiques exige que se reconstituent des « centralités », à savoir des villes globales « concentrant des fonctions de commandement », mais cette extension géographique passe par l'émergence d'une économie d'archipel dont les caractéristiques sont diverses.

Tout d'abord, comme l'indique la métaphore aquatique, cette économie lagunaire fait entrer dans un monde doublement « liquide », au sens de la finance et de l'eau. Un monde de la liquidité qui est celui de la mobilité, du rhizome, et non pas celui de la racine. Elle est également liquide au sens où elle est fluide, mobile, sujette aux courants et aux changements climatiques, mais aussi capable d'adaptations rapides, comme le cours d'une rivière ou un courant. La capacité de la ville globale de New York à trouver des ripostes (déplacement des sièges des multinationales dans d'autres quartiers...) à l'attentat du 11 septembre

---

67. Sur la métropolisation, voir les travaux du géographe Paul Claval, « Métropolisation et évolution contemporaine des systèmes de communication », *Historiens et Géographes*, n° 374, mai 2001 ; « Métropolisation et globalisation », *Géographie et Cultures*, n° 48, 2003.

en témoigne [68]. Mais, au-delà de cet aspect liquide [69], l'économie d'archipel rompt avec le système d'organisation hiérarchique qui correspond à la société industrielle et fordiste, et à l'entreprise pyramidale. Dès lors, elle est indissociable d'une économie polycentrée, d'une multipolarisation spatiale, et d'une action qui se joue à plusieurs niveaux : aux niveaux global, national, métropolitain, régional...

Le premier niveau est naturellement celui du réseau des villes globales, celui de l'Archipel mégalopolitain mondial (AMM) dont parle le géographe Olivier Dollfus. L'AMM est indissociable d'une globalisation économique qui dépend de la concentration des activités d'innovation et de commandement : « S'y exerce la synergie entre les diverses formes du tertiaire supérieur et du quaternaire (recherches, innovations, activités de direction). L'AMM marque conjointement l'articulation entre villes appartenant à une même région et entre grands pôles mondiaux. D'où cette émergence de grappes de villes mondiales [70]. » Si les mégalopoles ayant des liaisons avec les autres îles de l'AMM sont à peu près une demi-douzaine [71], elles nouent également des liens

---

68. Saskia Sassen, « New York reste la capitale du monde », *Alternatives internationales,* septembre-octobre 2002.

69. Dans *Le Coût humain de la mondialisation* (Hachette Littératures, Paris, 2002), Zygmunt Bauman insiste sur le lien entre cette « liquidité » (le liquide renvoie à l'eau et à l'argent) et la volonté de repli « insulaire » d'un côté, et la demande de sécurité des acteurs de l'économie mondialisée de l'autre.

70. Olivier Dollfus, *La Mondialisation*, Presses de Sciences-Po, Paris, 1997, p. 25.

71. C'est ce que suggérait Oliver Dollfus dans un ouvrage qui remonte à 1997. Il évoquait alors six mégalopoles (ensembles constitués de métropoles qui sont ou non des villes globales) : 1°/ La mégalopole du nord-est des États-Unis (centrée sur New York, elle s'étend de Washington à Boston) ; 2°/ Les mégalopoles « secondaires » des Grands Lacs (de Chicago à Toronto) ; 3°/ « La façade pacifique de San Diego à Seattle en passant par Los Angeles et San Francisco » ; 4°/ « L'arc qui réunit en Europe occidentale les villes de la plaine du Pô au bassin de Londres, avec, en marge, Paris, la Catalogne et la région de Munich » ; 5°/ La mégalopole japonaise centrée sur Tokyo et sur le centre secondaire d'Osaka dans le Kansai ; 6°/ Une dernière mégalopole s'articule sur la précédente : « Elle se dispose sur le « grand arc » de l'Asie pacifique, de

hiérarchisés et sélectifs avec leur environnement proche. L'Archipel mégalopolitain mondial en voie de constitution a lui-même des ramifications, des connexions avec des capitales régionales – Le Caire par exemple qui n'est pas une ville globale – fortement hiérarchisées entre elles. L'horizontalité de la société en réseau ne doit pas tromper, ce n'est pas la hiérarchie verticale des puissances et des États, qui a disparu au profit d'une économie de marché au caractère plus continu et horizontal. Des relations hiérarchiques inédites se mettent en place entre les divers niveaux interconnectés horizontalement (le réseau privilégié des villes globales) et verticalement (la ville globale par rapport aux villes qui ne le sont pas ou bien par rapport à son environnement métropolitain). Saskia Sassen évoque ce point dans *La Ville globale* : « Comment la mondialisation de l'activité économique a-t-elle affecté la notion d'ensemble des hiérarchies urbaines ou les systèmes urbains ? New York, Londres et Tokyo participent-elles actuellement de deux hiérarchies distinctes, l'une à base nationale et l'autre impliquant un véritable réseau mondial des villes ? Chacune de ces trois métropoles est un centre urbain prééminent dans son pays, aucun n'atteignant toutefois le degré de Londres pour le Royaume-Uni. À la différence de Londres ou de Tokyo, New York appartient à un groupe de villes incluant Los Angeles, Chicago, Boston, San Francisco et Washington D.C.[72]. »

Au-delà de l'image du réseau, qui évoque les communications et les transports à grande vitesse, le territoire-réseau se caractérise essentiellement par des propriétés d'ordre « topologique » qui valorisent des « relations horizontales » et leur maillage (pôle-pôle) aux dépens de relations verticales et pyramidales (pôle-*Hinterland*). La ville globale est prise dans un filet (*net*) qui correspond à une organisation en réseau (*reticulum*), *i. e.* à une

---

Séoul à Singapour, en enserrant par l'est la Chine continentale et ses trois ensembles urbains de Pékin-Tianjin, de Shanghai et de Canton qui devraient en faire partie au XIXe siècle » (in *La Mondialisation*, *op. cit.*, p. 27-29).

72. Saskia Sassen, *La Ville globale*, Descartes et Cie, Paris, 1996, p. 447-448.

structuration qui privilégie l'horizontalité et crée des hiérarchies qui ne sont plus de nature pyramidale. « Le réseau, un tissu à intersections espacées (les mailles), forme une grille de fils qui se croisent à intervalles réguliers selon deux axes, celui de la chaîne et celui de la trame, et dont l'ensemble tient d'abord par les connexions de chaque case avec les autres mais surtout par le fil qui forme le bord [73]. » Dès lors le réseau est un modèle de distribution, de décentration et d'interconnexion dont les villes globales forment la trame [74]. Si l'économie territoriale de réseau, celle des villes marchandes, chère à Fernand Braudel, n'est pas neuve, elle ne correspond pas à l'économie en réseau d'aujourd'hui. « La véritable nouveauté est que le territoire des réseaux fait place à un véritable territoire *en réseau*, où chaque pôle se définit comme point d'entrecroisement et de commutation de réseaux multiples, noyau de densité dans un gigantesque enchevêtrement de flux qui est la seule réalité concrète [75]. » À travers ces éléments constitutifs de l'économie et du territoire globalisés, on saisit que la mondialisation ne correspond pas à une dynamique égalitaire ou unificatrice, et qu'elle contribue au contraire à façonner des hiérarchies inédites où la question des nœuds, du passage d'un niveau à l'autre, est cruciale dans la mesure où la progression, *i. e.* l'intégration à l'échelle mondiale, n'est jamais assurée. La globalisation des territoires est à l'origine d'un processus de marginalisation ou d'exclusion, puisqu'il y a des lieux connectés entre eux (à tel ou tel niveau) et des lieux (une mégapole réduite à la seule inflation urbaine par exemple) à la marge, à la périphérie. La mondialisation économique ne laisse pas d'autre « choix que d'en être ou pas » [76].

---

73. Marcel Hénaff, « Vers la ville globale : monument, machine, réseau », *Esprit : La Ville à trois vitesses*, mars-avril 2004.
74. *Ibid.*, p. 260-261.
75. Pierre Veltz, *Mondialisation, ville et territoires. L'économie d'archipel*, PUF, Paris, 1996, p. 63, 65. Sur la thématique de l'archipel, voir *La Société d'archipel ou les territoires du village global*, Éditions de l'Aube, La Tour d'Aigues, 1994.
76. Voir Daniel Cohen, *La Mondialisation et ses ennemis*, Grasset, Paris, 2004.

La ville globale

Face à la mégapole, la ville qui s'étale sans pouvoir « intégrer » les migrants qui s'y amassent, la ville qui accompagne la globalisation sur le plan territorial est la « ville globale ». Ce terme, forgé par Saskia Sassen, se rapproche de celui de « ville mondiale » imaginé par le géographe français Jean Friedmann. Loin de se confondre avec la ville de l'entassement anarchique, la ville globale constitue un territoire bien circonscrit et protégé. Mais comment expliquer le rôle de ce type de ville qui s'est imposé à partir du début des années 1980, et concerne des grandes villes traditionnelles, européennes (Londres) ou non (Tokyo, Los Angeles) ? « Essentiellement, répond Saskia Sassen, par le croisement de deux processus majeurs. Le premier est la globalisation croissante de l'activité économique […]. Le second est l'intensité croissante en services de l'organisation de l'économie manifeste dans les entreprises de tous les secteurs. Le processus clé dans la perspective de l'économie urbaine est la demande croissante de services dans les entreprises de tous les secteurs, et le fait que les villes sont les sites choisis pour la production de tels services, que ce soit à un niveau global, national ou régional [77]. » L'économie mondialisée tire un bénéfice de ces « villes globales » qui délimitent un espace autonome et sécurisé quand elles remplissent les fonctions majeures destinées à leur mise en réseau, à leur interconnexion au sein de l'économie mondialisée : la concentration des services multiples exigés par les entreprises, la formation des élites de haut niveau et la présence de campus universitaires et de centres de recherches, la présence des structures boursières, bancaires et financières, les sièges des multinationales.

Si la présence dans un même espace, plus ou moins restreint géographiquement, de ces fonctions est la condition du lien avec les autres villes globales, il ne faut pas en conclure trop vite au

---

77. *In* Thérèse Spector et Jacques Theys, *Villes du XIXᵉ siècle. Entre villes et métropoles : rupture ou continuité ?*, Synthèse du colloque de La Rochelle, collections du Certu, octobre 1998, p. 11.

seul primat de l'économique. Saskia Sassen, qui observe les liens de la métropolisation économique, de la démographie et des migrations, en souligne la principale conséquence : non pas la recomposition des centres-ville, des *downtowns* où coexistent pauvreté, populations migrantes et élites mondialisées, mais la mutation du concept même de « centralité ». Alors que la reconfiguration des territoires s'accompagne, dans le contexte de la métropolisation, d'un affaiblissement du centre, la *centralisation* reste une caractéristique de l'économie globale contemporaine. Mais la centralité est désormais de nature trans-territoriale : « Depuis l'apparition des nouvelles technologies de la communication, trois formes de centralité semblent se dégager de l'environnement urbain. La première est constituée par le quartier central des affaires [...] Le centre peut également s'étendre en zones métropolitaines sous la forme d'une grille de nœuds d'activités d'affaire intenses qui s'articule autour de nouvelles routes digitales [...] On observe enfin la formation de centres trans-territoriaux constitués par les télématiques et les transactions économiques qui mettent en rapport les villes globales[78]. » Par rapport à la ville-centre d'hier, ville-capitale d'un État ou non, qui drainait sa périphérie et son environnement, la centralité se définit de manière contrastée par sa capacité trans-territoriale de nouer une relation avec d'autres centralités. Alors même que les relations périphérie-périphérie prennent le dessus sur les relations centre-périphérie, les relations centre-centre sont également la règle.

Espace sécurisé et lieu interconnecté mondialement, la ville globale est le symbole cristallin du « glocal », d'un local trouvant un équilibre instable avec le global. Elle témoigne ainsi du fait que la mondialisation se caractérise essentiellement par une capacité de se séparer, de créer des îlots pour se brancher sur le réseau des villes globales, et non pas par un mouvement d'unification du monde. Mais le territoire de la ville globale n'est pas toujours circonscrit par des grandes villes du type de Londres ou

---

78. Saskia Sassen « Introduire le concept de ville globale », *Raisons politiques : Villes-monde, villes monstre ?*.

de Tokyo. En effet, le territoire géographique peut être restreint, limité à un centre-ville (*downtown*), ou s'étendre à l'échelle d'une mégalopole dont les pôles sont interconnectés. Il se définit donc essentiellement par sa capacité d'« agglomérer » des fonctions diverses dans un espace particulier et d'être un espace connecté avec d'autres villes globales, *i. e.* une centralité transterritoriale. Indissociable d'une métropole polycentrée dont elle représente le centre, la ville globale correspond donc à un territoire plus ou moins artificiel qui concentre, délimite et circonscrit les institutions indispensables à la réussite économique globale. Avec la ville globale, la globalisation est à l'origine d'une géographie inédite de la centralité dont les liens entre des États et des capitales ne sont plus les moteurs historiques [79]. Si l'ouvrage intitulé *La Ville globale* prend explicitement en considération 3 villes de ce type – Tokyo, Londres et New York –, auxquelles on peut ajouter Paris et Los Angeles [80], Saskia Sassen en dénombre aujourd'hui entre 30 et 50. Autant de villes qui appartiennent toutes à la triade Asie-Amérique du Nord-Europe occidentale, et se distinguent de celles qui sont quantitativement les plus nombreuses à l'échelle de la planète (les mégacités). C'est en ce sens qu'il y a une opposition entre les mégacités du Sud, les villes-monde, et ces villes globales, ce qui ne permet pas de parler d'un seul scénario et de se résigner à l'idée d'un urbain généralisé en voie d'homogénéisation. La thématique de la ville globale, première démarcation au sein de l'urbain générique car mondialisé, est particulièrement éclairante. Grâce à elle, il est aisé de saisir que l'espace urbain qui globalise le mieux est celui qui circonscrit avec succès un lieu en grande partie indifférent aux pratiques urbaines, et donc aux conditions de l'expérience urbaine spécifiques d'un idéal-type de la ville. Et pour cause : son objectif majeur étant de favoriser l'interconnexion avec les villes équivalentes dans le réseau de l'excellence globale, la ville globale se tourne résolument vers un

79. *Villes du XXIe siècle, op. cit.*, p. 26.
80. Voir l'article, « La ville globale. Éléments pour une lecture de Paris », que Saskia Sassen a consacré à Paris dans *Le Débat : Le Nouveau Paris*, n° 80, mai-août 1994.

extérieur auquel elle est connectée, et non pas vers sa périphérie immédiate.

De nombreuses réserves viennent cependant à l'esprit. La première porte sur la coupure que la ville globale institue avec son dehors. En effet, si elle valorise le lien avec les espaces équivalents, avec les autres villes globales, si elle se démarque de toute volonté d'intégration comme de son environnement immédiat, la ville globale est exclusive de ce qui lui est proche. Tel est le renversement le plus troublant par rapport à la ville classique en charge d'intégration d'un environnement régional, rural ou post-rural. Mais les comportements des populations de la ville globale obligent à nuancer ce constat : « Si l'on considère que les villes globales concentrent les secteurs dominants du capital global mais aussi une partie grandissante des populations défavorisées – les immigrants, les femmes en situation précaire, les "personnes de couleur", et, dans les mégapoles des pays en développement, les habitants de bidonvilles – il devient évident que ces villes sont un lieu stratégique pour toute une série de conflits et de contradictions [81]. » L'opposition mise en avant avec la ville classique qui se constitue en « intégrant » celui qui vient du dehors doit alors être nuancée. Même si la ville globale n'a pas une fonction d'intégration comme la ville européenne de tradition républicaine, même si elle est un lieu en réseau avec d'autres villes globales, qui n'a pas pour fonction de se préoccuper du nouvel arrivant, elle doit nécessairement s'accorder aux flux migratoires relatifs aux élites professionnelles mais aussi aux employés de services. La ville globale doit composer en conséquence avec ses habitants, avec les pratiques urbaines, avec les choix résidentiels et avec les flux migratoires. Elle se démarque en cela de la communauté fermée, de la *gated community* : « Les grandes villes ne se développent pas seulement parce qu'elles sont plus efficaces sur le plan économique mais aussi parce qu'elles constituent des pôles d'attraction des populations émigrées au niveau international. On peut même dire que ce sont les activités économiques qui suivent les dynamiques résiden-

---

81. Saskia Sassen, « Introduire le concept de ville globale », article cité.

tielles et non l'inverse, comme en témoignent les évolutions dans la localisation des entreprises et des emplois qui suivent avec retard les changements[82]. »

La deuxième réserve porte sur le type de territoire que vise l'expression « ville globale » : désigner les cités de Londres, Tokyo, New York comme « globales », considérer que Paris est une ville globale, ne permet pas de distinguer le type d'espace requis d'un point de vue matériel et physique pour accéder à un espace global. En effet, il y a des villes globales qui sont des villes à part entière, qui occupent réellement un territoire et s'inscrivent dans une dynamique urbaine déjà ancienne, c'est le cas de Londres en Europe par exemple. Mais il y en a d'autres qui se coupent de leur environnement métropolitain pour privilégier le seul réseau des villes globales à l'échelle mondiale. La ville globale se confond-elle alors avec la cité virtuelle évoquée par Manuel Castells ou bien exige-t-elle des bâtis spécifiques, voire un cadre urbain singulier ? La ville globale exige-t-elle des espaces restreints ou bien s'inscrit-elle dans le contexte urbain de villes-région dont l'histoire est déjà longue ? Tenir compte de l'ambiguïté du territoire de la ville dite globale n'est pas indifférent, puisque l'économie d'archipel dont elle est dépendante est aquatique, mobile, aléatoire.

L'urban sprawl *et les avatars de la métropole*

> En cette première moitié des années soixante, on commençait tout juste à prendre conscience de l'étalement urbain, de l'invasion de la campagne par la ville, de la difficulté croissante à reconnaître les limites de la ville, de ce qu'on appelait alors « città territorio » (la ville territoire), et qui deviendra plus de vingt ans après la « città diffusa ».
>
> Bernardo Secchi

L'urbain ne se résume pas à une alternative entre deux villes-monde, entre les deux modalités selon lesquelles il repousse les limites : celle de la mégacité, de la ville-masse d'une part, et celle

---

82. *Villes du XXIe siècle*, *op. cit.*, p. 11.

de la bunkérisation sophistiquée de la ville globale d'autre part. C'est pourquoi la plupart des spécialistes substituent depuis longtemps une interrogation sur la métropole à une interrogation sur la ville. Dans le contexte d'une économie d'archipel où les villes globales, et non plus les États, figurent les nouvelles « centralités » du réseau économique mondialisé, qu'en est-il de ces métropoles, de ces aires urbaines doublement caractérisées par l'étalement et la multipolarité, qui ne sont ni des mégacités condamnées à l'anarchie et à la survie, ni des villes globales, mais des ensembles urbains qui participent à leur niveau au réseau global ?

Si la métropole peut se confondre avec une ville globale quand elle est interconnectée avec les villes périphériques et les autres villes du réseau « global », elle se définit essentiellement par la mise en relation d'une pluralité de pôles urbains. Le fait métropolitain renvoie à l'étalement urbain (*urban sprawl* ou *losangelisation*), à la polycentralité, et à la présence de villes-centre où coexistent les *inner-cities* (les quartiers de la ville-centre regroupant les populations précarisées) et le secteur des affaires. Autant qu'à l'opposition des deux villes-monde, il permet d'échapper à celle qui concerne les flux et les lieux : « La métropolisation tend à remplacer la juxtaposition de territoires intra-urbains et de réseaux interurbains par des espaces métropolitains combinant sur la même aire urbaine territoires et réseaux[83]. » La métropolisation, phénomène urbain universel qui désigne la prévalence des flux sur les lieux, invite à prendre en considération la diversité des régimes urbains, *i. e.* des types de relations instituées entre des pôles hétérogènes que ne résume pas le contraste de la ville compacte (Amsterdam) et de la ville diffuse (Johannesburg). Cette diversité est grande puisqu'elle tient compte aussi bien des formes de fragmentation et d'agglomération que de la simple coexistence entre les pôles urbains. Distincte de celle qui porte sur la ville globale, l'analyse du devenir des métropoles permet d'échapper à l'interprétation binaire en termes de dualisation et

---

83. Jacques Lévy, *L'Espace légitime. Sur la dimension géographique de la fonction politique*, Paris, Presses de Sciences-Po, 1994, p. 290.

d'exclusion, mais aussi en termes de villes diffuses ou de villes compactes. Soulignant l'importance des liens tissés entre pôles suburbains aux dépens de la relation centre-périphérie, elle rétablit un rapport avec l'environnement spatial et souligne l'importance de la relation périphérie-périphérie. La question n'est donc plus seulement celle des niveaux hiérarchiques en fonction desquels s'organise l'urbain mondialisé, mais aussi celle du caractère fragmentaire ou rassembleur de métropoles dont les banlieues, périphéries, cercles et couronnes successifs se développent plus rapidement que les villes-centre [84]. Si l'économie d'archipel fonctionne à plusieurs vitesses et à plusieurs niveaux, il en va de même pour les métropoles où la ville-centre perd du terrain au profit du périurbain et du suburbain.

La dynamique métropolitaine fait rupture avec la logique urbaine classique : alors que la ville classique draine la périphérie, son dehors, vers le centre, la métropole symbolise le retournement de cette dialectique urbaine. Ce n'est plus l'aspiration du dehors vers le dedans qui est la priorité mais l'inverse, puisque l'urbain se tourne vers le dehors. Dès lors, la métropole se distingue doublement de la ville : d'une part, elle ne correspond plus à une entité délimitant concrètement un dedans et un dehors, elle n'est plus définie essentiellement par sa capacité d'accueil et sa volonté, plus ou moins affirmée, d'intégration ; d'autre part, son extension est illimitée puisqu'elle n'a pas de frontières bien nettes, ce qui donne lieu à une configuration territoriale qui s'inscrit dans des aires urbaines étendues. Si la dynamique métropolitaine s'est généralisée, à l'instar de l'urbain lui-même, elle ne donne pas lieu à des évolutions identiques et parvient difficilement à trouver un équilibre, celui de la « métapole » par exemple, une organisation spatiale destinée à ré-agglomérer des éléments en voie de séparation et à maîtriser les flux de tous ordres [85]. De

---

84. Dans le cas des États-Unis, Cynthia Ghorra-Gobin rappelle qu'« au cours de la décennie 1990, seules 17 métropoles sur 92 ont enregistré pour la ville-centre un taux de croissance des emplois supérieurs aux banlieues », in *Villes et société urbaine aux États-Unis*, Armand Colin, Paris, p. 153.

85. Voir in François Ascher, *Metapolis ou l'avenir des villes* (*op. cit.*), le chapitre qui porte sur les conceptions métapolitaines, celles qui s'efforcent

même peut-on distinguer la ville-lisière selon le modèle de l'Edge-City américaine ou de la *metropolis* qui associe la métropole et la cité caractérisée par son degré d'urbanité[86]. Prendre en compte cette diversité revient à renoncer à l'hypothèse d'un modèle unique de l'urbain, d'un seul type de ville-monde et d'une dynamique métropolitaine homogène. Entre l'*urban sprawl* spécifique des États-Unis, l'évolution de villes comme Le Caire et Buenos Aires, la dynamique des villes françaises[87] et l'illusion que la ville moyenne résiste en Europe, on observe autant de convergences que de divergences.

Devenirs métropolitains aux États-Unis et ailleurs

Comme l'avenir du monde est pensé spontanément en lien avec l'évolution des États-Unis, la ville américaine préfigure pour beaucoup le devenir urbain de l'Europe. Mais la civilisation américaine étant moins urbaine que pastorale, cette affirmation est contestable. La colonisation américaine a en effet été marquée par un puritanisme désireux de créer une « ville sur la colline », une expression prononcée par John Winthrop, pasteur et premier gouverneur du Massachusetts, quand il accoste en 1630 avec l'*Annabella* sur la côte américaine. Désireux de créer des

---

de recréer de la ville dans un espace porté par des flux et marqué par la dispersion métropolitaine (p. 229-264).

86. Si la métrique territoriale de la « ville-lisière » exige une voirie dense, elle dispose d'une faible urbanité. À l'inverse, « la *metropolis* privilégie les fortes densités, les métriques pédestres, une réurbanisation des banlieues », mais elle a comme point faible sa rigidité, voir Jacques Lévy, « Territoires et réseaux », article cité, p. 386-387.

87. Voir *L'Atlas historique des villes de France* (Hachette/CCCB, Paris, 1996) qui porte sur les villes de Paris, Rouen, Lille, Strasbourg, Marseille, Lyon, Montpellier, Toulouse, Bordeaux, Nantes, et A. Jouve, P. Stragiotti, M. Fabries-Verfaillie, *La France des villes. Le Temps des métropoles* (Bréal, Paris, 1994). Armand Frémont opte pour le terme « métropole » dans son *Portrait de la France. Villes et régions* (Flammarion, Paris, 2001), où il privilégie quatre régions métropolitaines (Nord-Pas-de-Calais, Alsace, Rhône-Alpes, Provence-Alpes-Côte-d'Azur).

« villes sur la colline », les Américains ont craint les dérives d'un monde urbain perçu en fonction des malaises de la ville industrielle européenne. Support d'une ancienne tradition anti-urbaine (Thomas A. Jefferson, R. Waldo Emerson, H.D. Thoreau, Henry Adams, Henry James, et les plus grands architectes de l'École de Chicago), la critique américaine de la Grande Ville repose sur des diagnostics divers. Celui de la démocratie, entendue au sens « empirique » de Jefferson ; celui du respect métaphysique de la nature, au sens d'Emerson et de Thoreau ; ou celui de l'auscultation romanesque, celle qui se poursuit de Theodore Dreiser à Saul Bellow dans le cas de Chicago. De manière quasi fondatrice, le désir de se confronter avec le monde sauvage, le *wilderness,* et de respecter l'esprit rural est à l'origine d'une « stratégie urbaine de la dispersion » dont Gropius est le défenseur en Europe contre Le Corbusier qui est un partisan de la concentration urbaine et de la densification du territoire (celle dont le gratte-ciel, en cela trompeur dans le cas des États-Unis, est le symbole). Parallèlement, le modèle géométrique dit « orthogonal », qui sous-tend la conception de l'urbanisme aux États-Unis, fait l'objet d'une critique de la part de John Ruskin, théoricien d'un monde préindustriel, mais aussi de Haussmann, chargé de « régulariser » le Paris industriel. Dans ces conditions, l'expérience américaine ne préfigure ni l'avenir européen, ni celui du monde urbain extra-occidental. Les comparant avec le Japon, un pays qui s'est intégré en deux décennies dans le système de la « réticulation planétaire », Françoise Choay refuse de prédire le destin des villes américaines : « Comme les villes asiatiques ou européennes [elles] subsisteront de façon fragmentaire au sein de l'urbain, selon des modalités spécifiques, dans la seule mesure où elles ne seront pas englouties par la mondialisation[88]. »

Au-delà de son caractère pastoral, aux États-Unis, la culture urbaine est essentiellement marquée par une dynamique de sub-

---

88 . Françoise Choay, entretien dans *Urbanisme, op. cit.* Sur le rapport des États-Unis à l'espace voir aussi Pierre-Yves Pétillon, *La Grand Route. Espace et écriture en Amérique*, Seuil, Paris, 1979.

urbanisation. L'extension vers la périphérie lointaine, d'abord résidentielle depuis le milieu du XIXe siècle, puis économique depuis le milieu des années 1970, *i. e.* depuis que les *downtowns* (centres-ville) ne concentrent plus l'économie et les emplois, déborde le mouvement de périurbanisation au profit d'une suburbanisation. Si le processus de « rurbanisation » et d'« éparpillement » évoqué à propos de la France correspond à la constitution d'un monde périurbain, celui-ci ne peut être qualifié de suburbain [89]. Alors que le périurbain participe d'une dynamique où le centre joue encore un rôle décisif, ce que traduit le clivage bipolaire entre la ville-centre et la banlieue, le suburbain renvoie à une dynamique d'urbanisation où la ville-centre est un pôle parmi d'autres. C'est à l'occasion du recensement de 1990 que la société américaine s'est revendiquée comme « société suburbaine » et non plus urbaine, comme c'était le cas depuis les années 1920. Ce qui doit être corrélé avec l'évolution du travail qui, de plus en plus localisé dans les banlieues et les périphéries, comme l'habitat, fonctionne à l'échelle de la métropole et non plus de la ville-centre. « Les Américains qualifient ce contexte inédit d'*urban sprawl*, c'est-à-dire un étalement urbain résultant de la convergence d'actions menées par les autorités publiques (niveau fédéral et local), le secteur privé (entreprises) et la société civile (ménages et individus) [90]. »

Commencé dès le XIXe siècle avec le choix de la résidence, cet étalement urbain, l'*urban sprawl*, accompagne le démantèlement de la société industrielle. Les friches industrielles que l'on voit dans des villes comme Chicago, Detroit, Toledo, Indianapolis, Los Angeles en témoignent. C'est « au moment de la restructuration de l'économie industrielle à partir des années 1970 que les entreprises ont choisi de quitter la ville et de s'installer dans des locaux qui, tout en étant plus adaptés aux exigences actuelles, étaient localisés à proximité de l'environnement naturel (argu-

89. G. Bauer et J.-M. Roux, *La Rurbanisation ou la ville éparpillée*, Seuil, Paris, 1976.
90. Cynthia Ghorra-Gobin, « L'étalement de la ville américaine. Quelles réponses politiques ? », *Esprit*, mars-avril 2004.

ment central chez les Américains), des lieux d'habitation des cadres, tout en bénéficiant du réseau routier et autoroutier pour les déplacements [91] ». Si la mutation urbaine va de pair avec les transformations qui affectent le régime du travail et ses emplacements privilégiés, les services et la haute finance conservent cependant leur siège dans les centres-ville. La *downtown* américaine regroupe paradoxalement des secteurs de grande pauvreté, ceux des *inner-cities,* et des espaces sécurisés qui forment l'armature de la ville globale (banques, sièges de multinationales, présence massive des services, grands hôtels). Alors que la dynamique économique a quitté en grande partie la ville pour des territoires suburbains et périphériques « élastiques » [92], on assiste à la création de nouvelles polarités. Ce que traduit la prolifération du vocabulaire : *exurb*, *suburban corridors*, *clusters*, *urban villages*, *edge cities*, *edgeless cities*, *gated communities*... Alors que les *edge cities,* des entités urbaines situées à la périphérie qui se démarquent des anciens *downtowns* (centres-ville), sont des pôles autonomes regroupant centres commerciaux, espaces de loisir, lieux de travail et résidences, les *edgeless cities* désignent par contraste des pôles périphériques où la faible densité des bureaux et des entreprises exige des habitants une mobilité accrue. S'il est possible de trouver un travail près de sa résidence dans les *edge cities*, ce n'est pas le cas dans les *edgeless cities*. L'impératif de la mobilité, indissociable d'une dépendance envers l'automobile, joue un rôle décisif dans les territoires suburbains : celui qui ne dispose pas d'une capacité de déplacement ne peut survivre dans un univers – le monde froid photographié par Stephen Shore – qui oscille entre des espaces de regroupement sécurisés (les *gated communities* ou les quartiers de la ville globale dans la ville-centre), des ghettos et des zones où il est impossible de résider sans se déplacer (*edgeless city*). Si la sub-

---

91. Cynthia Ghorra-Gobin, « Réguler la *Borderless Economy...* », article cité.
92. David Rusk distingue les villes élastiques des villes non élastiques dont la superficie ne change pas, voir Cynthia Ghorra-Gobin, « L'étalement de la ville américaine... », *Esprit* : *La Ville à trois vitesses*.

urbanisation favorise sur le plan de l'habitat des segmentations spatiales, du style des *gated communities* où les habitants autofinancent des services de qualité en circuit fermé, la déterritorialisation du travail par rapport à sa concentration classique pose la question de la mobilité autant que celle de la sécurité. Mais l'impératif de mobilité ne concerne pas uniquement les habitants des entités suburbaines puisque les populations paupérisées des centres-ville – celles qui ne peuvent accéder aux emplois hautement qualifiés situés dans les *downtowns* – ne peuvent se rendre dans les entreprises des territoires suburbains par manque de moyens de transport. Dès le milieu des années 1960, la métaphore de *spatial mismatch* (distance spatiale vis-à-vis des emplois) proposée par John Kain désigne trois difficultés majeures : « les limitations du choix résidentiel de populations pauvres contraintes d'habiter les quartiers centraux des villes », « la dispersion des emplois en dehors des villes-centre au profit des périphéries et banlieues », et « l'absence de motorisation des populations pauvres »[93]. Alors qu'à peine 10 % des bénéficiaires de l'aide sociale disposent d'une voiture pour se déplacer, l'économie post-industrielle entraîne l'émergence d'une *underclass* dans des quartiers déqualifiés des *downtowns*. Le *spatial mismatch*, la distance spatiale vis-à-vis des emplois, est indissociable du *skill mismatch*, i. e. de l'impossibilité pour l'*underclass* de répondre, en raison de son absence de mobilité et de qualification, à une double offre de travail : celle qui exige de hautes qualifications dans les *downtowns*, mais aussi celle qui n'en exige pas mais est transférée dans les périphéries.

Comme les exclus du monde du travail ne disposent pas des moyens de transport – ni personnels, ni publics puisque les services collectifs valorisent la relation centre-centre et non pas la relation centre-périphérie – pour se rendre sur les lieux de l'emploi, la mobilité a été au cœur du changement de politique sociale opéré par l'État fédéral en 1996. « L'*urban sprawl* de la métropole américaine est dénoncé par ceux qui le perçoivent

---

93. Cynthia Ghorra-Gobin, « L'étalement de la ville américaine… », article cité.

comme responsable du déclin de la ville en tant que centre de la métropole et de la concentration spatiale de la pauvreté dans certains de ses quartiers [94].» C'est pourquoi, face à l'apparition de la drogue et de la violence, et en raison des menaces de sécession et de ghettoïsation, l'État fédéral met fin à l'aide sociale classique, celle du *welfare state,* et suscite des mesures destinées à inciter les individus déclassés et dépourvus d'emploi à rentrer dans le circuit du travail. Ce changement de politique devait conduire à privilégier le critère de la mobilité et à imaginer le *job ride,* l'acheminement sur le lieu de travail. Les exemples de San Francisco, Indianapolis, et la métropole de Minneapolis-Saint Paul (les *twin cities* ou villes jumelles), des programmes du type Bridge to Work ont contribué à légitimer le *job ride.* Loin de correspondre à un retrait de l'État vis-à-vis de la question sociale, cette réforme « a permis de se rendre compte de l'intérêt d'une action politique visant à connecter les habitants des *inner-cities* aux banlieues et territoires périphériques riches en emplois [95]».

Indissociable de la mondialisation économique et de l'économie post-fordiste, la suburbanisation est le phénomène le plus marquant de la métropolisation dans le cas des États-Unis. «Le terme *reverse commuting* désigne les flux qui ont désormais pour origine la banlieue ou la périphérie et pour destination la banlieue ou la périphérie [96].» En effet, la relation centre-périphérie ou ville-banlieue laisse la place à une multipolarisation où coexistent le caractère biface des *downtowns* (coprésence d'*inner-cities* précarisées et de micro-villes globales gentrifiées), les *gated communities*, les nouvelles municipalités, les espaces hors résidence... Cette mutation est à l'origine d'une prévalence des relations banlieue-banlieue ou périphérie-périphérie sur les relations centre-périphérie. Ce n'est d'ailleurs plus une spécificité des

---

94. Cynthia Ghorra-Gobin, «Refonder la ville : le débat nord-américain», *Esprit*, novembre 1999.
95. Cynthia Ghorra-Gobin, «L'étalement de la ville américaine...», article cité.
96. *Ibid.*

États-Unis puisqu'en Europe les relations périphérie-périphérie l'emportent progressivement sur les flux centre-périphérie [97].

Mais que se passe-t-il hors des États-Unis ? L'exemple américain est-il à la marge si on le compare avec d'autres dynamiques métropolitaines sur d'autres continents ? Dans le cas des sociétés qui prennent le relais de l'industrialisation (la Chine avec les industries délocalisées), ou concurrencent l'Europe sur le plan de l'économie de services (l'Inde grâce à sa capacité de gestion de l'outil informatique et des nouvelles technologies), l'impératif est de « gérer simultanément démocratisation, rattrapage social et mondialisation [98] ». L'Afrique du Sud en est un exemple puisque, depuis la fin de l'apartheid, ce pays doit empêcher que ses territoires deviennent autant d'enclaves juxtaposées. Dans cette optique, « les six plus grandes agglomérations (Pretoria, Durban, Port Elizabeth, Johannesburg, le Cap et l'East Rand) sont devenues des "autorités métropolitaines" par fusion des entités administratives qui les composaient jusque-là [99] ». La fin de la métropole industrielle intervenant en même temps que l'émergence d'une nouvelle entité politico-administrative, le cas de l'*East Rand* en Afrique du Sud montre bien que « la tendance lourde est à la désindustrialisation-fragmentation de l'agglomération ». Celle-ci risque de l'emporter si des regroupements administratifs ne fournissent pas des freins au marché, et si la reconfiguration des lieux n'affiche pas un objectif politique. Si la métropole ne fait plus ville, ne fait plus ensemble, agglomère moins qu'elle ne sépare, une réponse administrative sans objectif politique affirmé ne peut suffire quand la désindustrialisation ne permet plus de maintenir des équilibres entre les espaces industriels et post-industriels. La réponse au morcellement ne repose pas miraculeusement sur des

---

97. Voir infra, les chiffres relatifs à l'Ile-de-France, p. 205.
98. Voir les articles publiés sur l'Afrique du Sud, Brasilia ou le littoral béninois dans *Vingtième siècle : Révolution urbaine et mondialisation*.
99. Philippe Gervais-Lambony, « Mondialisation, métropolisation et changement urbain en Afrique du Sud », *Vingtième siècle : Révolution urbaine et mondialisation*, op. cit.

décisions de type administratif et juridique, elle exige une décision politique.

IV. Convergences et divergences urbaines
   Changements d'échelle et de vitesse

Inégalités territoriales

Demande de sécurité, demande d'État ?

« En être ou pas ? », l'interrogation ne porte pas sur les perspectives d'intégration, comme c'était le cas à l'époque de la cité classique ou de la ville industrielle. Celui qui « n'en est pas » ne présente aucun intérêt pour les acteurs du réseau globalisé, seul celui a trouvé sa place dans les mailles du filet jeté dans l'archipel conserve des chances de s'y maintenir. La globalisation ne connaît pas l'ascenseur social qu'a connu l'État social de l'après-guerre en Europe ou dans certains pays d'Amérique latine, et les couches moyennes ne font plus médiation entre les catégories aisées et les marginalisées. Les inégalités territoriales, tant horizontales que verticales, tendent en conséquence à se généraliser à l'échelle planétaire. « Métropolisation, montée des inégalités : le phénomène n'est pas propre à la France. Tous les grands pays industriels le connaissent. Le Japon, qui bénéficie d'une structure urbaine multipolaire, connaît une extraordinaire concentration autour du super-pôle de Tokyo. L'Angleterre du Sud-Est absorbe une part énorme du dynamisme britannique. L'Allemagne elle-même, pays multipolaire par excellence, voit sa croissance se concentrer autour des grands pôles. Les inégalités entre États aux États-Unis ont recommencé à croître, après une longue convergence, sur fond d'ouverture de l'éventail des inégalités sociales [100]. » La

---

100. Pierre Veltz, *Des lieux et des liens. Politique du territoire à l'heure de la mondialisation*, Éditions de l'Aube, La Tour d'Aigues, 2002, p. 30-31.

reconfiguration des territoires étant indissociable d'inégalités accrues, on en conclut souvent que l'État peut y répondre en disciplinant les territoires, en assurant la sécurité, bref en manifestant sa puissance. Si le rôle de l'État s'est affaibli en apparence dans le contexte de la troisième mondialisation, il faut cependant distinguer la réduction de son action sur le plan économique et son renforcement sur le plan de la sécurité. Dans une société définie par le risque, et plus encore par la menace, l'attente envers l'État est avant tout celle de la sécurité. Sécurité par rapport aux risques majeurs, par rapport aux déchaînements de violences qui alimentent la crainte de la menace : la violence des marginaux dans et hors de leurs cités, la délinquance, les actions terroristes plus particulièrement ressenties depuis le 11 septembre 2001. Mais faut-il en conclure que l'État exerce un rôle disciplinaire et renoue avec la volonté de contrôle traditionnel de l'État policier ou répressif ? Ce serait méconnaître que l'État répond aujourd'hui plus à une demande de sécurité émanant des individus qu'il n'impose lui-même une autorité et un pouvoir contestés dans les sociétés occidentales. Il est donc erroné de parler de société disciplinaire dans le sillage de Michel Foucault, ou d'État sécuritaire, mieux vaut parler de libéral-autoritarisme, une expression qui permet de saisir que les individus sont, volontairement, demandeurs d'un exercice effectif de la sécurité. Avec le sociologue Zygmunt Bauman, on peut voir dans ce libéral-autoritarisme le signe d'une fragilité mais aussi le « coût humain de la mondialisation ». Si la demande de sécurité ne peut être interprétée comme un exercice disciplinaire de l'État, les choix territoriaux et les stratégies de démarquage élaborés par les individus, loin d'être réductibles aux choix des seules *gated communities*, sont déclinés différemment en fonction du type d'habitat et d'entre-soi « sélectionnés ». Le scénario de « la ville à trois vitesses » souligne ainsi que la relation entretenue à la sécurité n'est pas homogène et dépend de la manière dont l'individu organise son habitat et son environnement. La « manière d'être » de l'individu importe plus que la puissance de l'État en tant que telle, les scénarios qui se focalisent sur les modes d'habiter n'en sont alors que plus éclairants.

Du scénario de l'exclusion à la ville à trois vitesses

Mise en avant en France entre autres par le sociologue Alain Touraine, l'interprétation dualiste en termes d'exclusion a eu une fonction d'alerte en focalisant l'attention sur les « marges », les grands ensembles et les villes nouvelles des années 1960 et 1970. Mais elle présente le défaut de distinguer deux catégories de population, le citoyen et le non-citoyen, celui qui est « dans les murs » de la cité et celui qui est « hors les murs ». Au risque de valoriser des formes d'assistance ciblée, de privilégier la seule action territoriale et d'exacerber l'imaginaire de la marginalisation [101]. D'où la volonté, exprimée par un autre sociologue, Robert Castel, de mettre l'accent sur la précarisation qui affecte les diverses catégories de la société, et pas uniquement celles qui se trouvent à la marge, les exclus, les ghettoïsés. Cette deuxième approche privilégie la continuité sociale, et non plus la coupure infranchissable, tout en insistant sur une fragilisation croissante. Jacques Donzelot a suggéré ensuite l'idée d'une « ville à trois vitesses », une expression qui désigne moins une sécession radicale que des espaces en voie d'éclatement et de différenciation [102]. Villes à trois vitesses, villes à plusieurs vitesses ! « De fait, écrit Éric Maurin en écho, le "ghetto français" n'est pas tant le lieu d'un affrontement entre inclus et exclus, que le théâtre sur lequel chaque groupe s'évertue à fuir ou à contourner le groupe immédiatement inférieur dans l'échelle des difficultés. À ce jeu, ce ne sont pas seulement des ouvriers qui fuient des chômeurs immigrés, mais aussi les salariés les plus aisés qui fuient les classes moyennes supérieures, les classes moyennes supérieures qui

---

101. Sur la politique de la ville, voir Jacques Donzelot, *L'État-animateur*, Éditions Esprit, Paris, 1994 ; Philippe Estèbe, *L'Usage des quartiers. Action publique et géographie dans la politique de la ville (1982-1999)*, L'Harmattan, Paris, 2004 ; Christine Lelévrier, « Que reste-t-il du projet social de la politique de la ville ? », *Esprit : La Ville à trois vitesses*.

102. Dans cette optique, voir aussi Jean-Paul Fitoussi, Éloi Laurent et Joël Maurice, *Ségrégation urbaine et Intégration sociale*, rapport du Conseil d'analyse économique, La Documentation française, Paris, 2004.

esquivent les professions intermédiaires, les professions intermédiaires qui refusent de se mélanger avec les employés, etc.[103] »

Les trois vitesses : relégation, périurbanisation, gentrification.
Encore faut-il prendre acte de la rupture qui s'est opérée par rapport aux années 1960 et 1970 quand l'emportait le sentiment d'une continuité possible entre le bourgeois du centre-ville, les couches moyennes des lotissements pavillonnaires ou des grands ensembles, et les classes inférieures bénéficiant de l'habitat social. La mixité n'était pas à l'époque une illusion, les couches moyennes pouvaient cohabiter avec les immigrés et les populations précaires dans les grands ensembles, avec les citadins traditionnels dans le centre des villes, ou bien avec les ouvriers dans les faubourgs et les premières couronnes. Mais « il est un moment où la vision se brouille, comme si l'on avait changé subrepticement de film sur le magnétoscope [104] ». Dès lors que « la société est totalement urbanisée », et que la mondialisation économique s'accompagne d'une précarisation des emplois « industriels », le sentiment de continuité territoriale s'affaiblit pour toutes les couches de la population. « À la continuité des conditions sociales grâce à la promotion régulière des éléments les plus méritants de la société industrielle est venue se substituer une logique de séparation qui défait l'unité relative de la société urbaine [...] Des cités d'habitat social aux "beaux quartiers" en passant par les lotissements des classes moyennes, une voie existait qui montrait un possible passage d'un espace à l'autre [105]. » Quand le sentiment de « faire société » dans un même espace urbain se « défait », l'impression naît que chaque univers, chacun des « régimes de ville » devient étranger l'un à l'autre. Aujourd'hui, une aire urbaine ne se réduit plus à un pôle unique, elle est multipolaire, constituée à la fois d'un pôle urbain (une ou plusieurs villes-centre et une

---

103. Éric Maurin, *Le Ghetto français. Enquête sur le séparatisme social*, La République des idées-Seuil, Paris, 2004, p. 6. Voir aussi *Ségrégation urbaine et intégration sociale*, *op. cit.*
104. Jacques Donzelot, « La ville à trois vitesses... », article cité.
105. *Ibid.*

banlieue) et d'une ou de plusieurs couronnes périurbaines [106]. Mais, au-delà même de l'éclatement spatial, du démembrement de l'ensemble urbain, une séparation mentale prend le dessus : le social, le spatial et le mental suivent la même évolution. « La distance – entre les cités d'habitat social et le périurbain pavillonnaire, entre celui-ci et les centres gentrifiés des grandes villes – est vécue comme rejet d'un univers par l'autre, alimentant l'amertume et les frictions, le sentiment de ne pas appartenir à une même ville, à une même société [107]. » D'où le scénario, imaginé par Jacques Donzelot, d'une ville à trois vitesses, d'une ville séparée en trois entités qui, s'ignorant de plus en plus et se craignant plus ou moins, alimentent le scénario de l'éclatement et de la séparation. Quelles sont ses trois caractéristiques ? Un mouvement de périurbanisation qui affecte les zones périphériques composées de lotissements pavillonnaires (ceux qui correspondent à la « rurbanisation » des couches moyennes), un mouvement de gentrification dans les centres-ville qui est double, fait de requalification et de déqualification spatiale, et un mouvement de relégation dans les zones d'habitat social (barres, cités, villes nouvelles, grands ensembles). Ce scénario permet de comprendre trois mutations décisives dans un contexte géographique qui n'est pas celui de la métropole américaine : tout d'abord le rôle décisif de la mondialisation et de l'entrée dans un âge post-industriel, ensuite le lien entre l'habitat et les questions de la sécurité, de l'emploi et de l'école qui favorise la montée du sentiment des inégalités, et enfin le changement du rôle de médiation entre les extrêmes imparti un temps aux classes moyennes.

Ville à trois vitesses, ville post-industrielle. Premier constat : les changements dont cette tripartition spatiale est la manifesta-

---

106. En 1990, 29 % des Français résident dans les villes-centre, 31 % dans les banlieues et 13 % au-delà, dans les communes périurbaines. Encore faut-il rappeler qu'à un extrême les communes de moins de 2 000 habitants occupent 81 % du territoire et accueillent un quart de Français, et qu'à l'autre extrême 23 % des habitants vivent dans des villes de plus de 50 000 habitants sur moins de 1 % du territoire. Voir *Atlas des Franciliens,* tome I : *Territoire et Population, op. cit.*, p. 42.

107. Jacques Donzelot, « La ville à trois vitesses... », article cité.

LA CONDITION URBAINE

tion ont des liens manifestes avec la mondialisation. « On avait, jusqu'aux années 1970, une ville industrielle faite essentiellement de deux pôles antagoniques, mais précisément unis par une relation conflictuelle sur le lieu de travail et par la promotion sociale individuelle dont la traduction au plan de l'habitat semait entre les deux parties les pavillons de ses bénéficiaires. Le conflit et la promotion fournissaient deux principes de transaction [108]. » Alors que le périurbain, composé de noyaux formés par des vieux villages « recrépis » et par des lotissements pavillonnaires, est le prolongement des cités d'habitat social dans le cadre de la ville industrielle [109], le passage d'un espace à l'autre se présente encore à l'époque comme une possibilité. Mais la mondialisation a « changé la donne », la métropole est désormais tiraillée entre le haut et le bas, ce qui donne lieu au double phénomène de la relégation (isolement des espaces d'habitat social par rapport aux lotissements pavillonnaires) et de la gentrification (isolement des élites mondialisées par rapport aux habitants des zones périurbaines et des relégués des cités). À distance de l'opposition de la ville et de la banlieue, alors même que les échanges de flux de périphérie à périphérie l'emportent sur ceux de centre à périphérie, la ville-centre s'autonomise et se démarque de plus en plus des zones de relégation, dites d'exclusion, et des zones périurbaines, cet espace intermédiaire qui laisse encore planer l'espoir d'une promotion sociale. « Il y a la mondialisation par le bas qui se traduit par la concentration de ces minorités visibles dans les territoires de la relégation. Et puis la mondialisation par le haut qui correspond à la classe émergente associée à la gentrification [110]. » Selon un rapport de l'Association des maires de grandes villes de France (AMGVF) datant de 2004, un écart économique se creuse entre les foyers des communes de moins de 100 000 habitants (33 962 communes sont prises en compte sur un total de 36 664) et

108. *Ibid.*
109. Alors qu'en France les grands ensembles, avec leurs barres et leurs tours, datent en grande majorité de la période 1955-1970, les villes nouvelles, lancées en 1969, ont atteint leur développement maximal entre 1975 et 1990.
110. Jacques Donzelot, « La ville à trois vitesses… », article cité.

les grandes villes (à l'exception de trois villes de la région parisienne : Paris, Boulogne-Billancourt et Versailles) en faveur des premières [111]. Alors que les grandes villes accueillent les populations à haut revenu et les populations défavorisées qui choisissent les villes-centre où elles peuvent bénéficier d'aides sociales plus larges et plus efficaces, les couches populaires et les classes moyennes quittent les grandes villes et s'installent dans une périphérie plus ou moins proche. « Les couches populaires n'attendaient que cela depuis très longtemps. Elles trouvent, à tort ou à raison, davantage de raisons de choisir le modèle de Johannesburg (celui de la ville diffuse) plutôt que celui d'Amsterdam (le modèle de la ville compacte) : pour les démunis, la cohabitation avec l'altérité est perçue comme insupportable parce que, pensent-ils, elle les tire inexorablement vers le bas. Inversement, on constate que le modèle de Johannesburg commence à être sérieusement contesté par les élites sociales, notamment culturelles [112]. »

Trois formes d'entre-soi résidentiel : entre-soi contraint, entre-soi protecteur, entre-soi sélectif. Si l'éclatement n'épouse pas une forme duale, s'il se conjugue à trois termes, chacune des trois tendances retenues renvoie à « une manière d'être "entre soi" » qui concerne dans chacun des cas le rapport à l'habitat, mais aussi le rapport à l'emploi, à la sécurité et à l'école. Dans le cas des grands ensembles qui composent l'essentiel des zones de relégation avec les villes nouvelles, l'entre-soi prend une forme contraignante : « Les habitants sont là parce qu'ils ne peuvent pas être ailleurs et ne choisissent en rien la société de leurs voisins [113]. » Dès le milieu des années 1960, la banlieue est « mise en scène », dans *Les Cœurs verts* (1966) d'Édouard Luntz par exemple, comme un espace de relégation. Mais, depuis les années 1970, une

---

111. Cette étude qui porte sur la période 1992-2001 est disponible sur le site de l'AMGVF, www.grandes-villes.org.
112. Jacques Lévy, « Seul le modèle d'Amsterdam accepte et assume le principe d'urbanité », entretien dans *Urbanisme* : *Villes européennes, quels modèles ?*, novembre-décembre 2004, n° 339.
113. Jacques Donzelot, « La ville à trois vitesses... », article cité.

double injonction pèse sur ces populations reléguées, souvent composées de minorités d'origine étrangère, celle d'avoir l'obligation de rester entre soi sans pouvoir se revendiquer d'un « nous » immédiatement qualifié de communautariste, sans pouvoir se référer à une identité dont le caractère ethnique doit rester caché. Les tentatives de sortir des zones de relégation ont donné lieu à trois épisodes symbolisant l'évolution des banlieues françaises : la marche des Beurs du début des années 1980, la montée des trafics illégaux et de la délinquance des années 1990, et les manifestations islamistes du début des années 2000. Dans les zones de relégation [114], l'hyperesthésie spatiale est indissociable de la distance spatiale vis-à-vis des emplois disponibles – ce qui rappelle les thématiques américaines du *skill mismatch* (démarquage sur le plan de la qualification exigée pour les emplois) et du *spill mismatch* (démarquage spatial vis-à-vis de l'emploi). Mais cette absence de mobilité ne favorise pas non plus une politique scolaire efficace. Distance vis-à-vis de l'emploi, promotion scolaire compromise dans des logiques de ghetto, « la nature contrainte de l'entre-soi des habitants des cités produit toute sa nocivité car il ne permet pas plus la constitution de liens forts entre les habitants que de liens efficaces avec l'extérieur [115] ». Ce qui se traduit dans ces espaces de relégation par un sentiment d'insécurité et une dévalorisation des espaces publics. « Entre-soi contraint, spectacle de l'immobilité volontaire, insécurité des espaces communs : les territoires de la relégation ont bien mérité leur nom [116]. »

Par contraste, l'entre-soi des périurbains, les habitants de la ville émergente, de la ville volontairement « choisie » à double distance des zones de relégation et des centres-ville [117], est un « entre-soi » qui exige fluidité et protection, une grande mobilité

---

114. Pour une description d'un quartier « relégué » de Marseille, voir Frédéric Valabrègue, *Les Mauvestis*, P. O. L., Paris, 2005.
115. Jacques Donzelot, « La ville à trois vitesses… », article cité.
116. *Ibid.*
117. Geneviève Dubois-Taine et Yves Chalas, *La Ville émergente*, Éditions de l'Aube, La Tour d'Aigues, 1997.

(celle qui s'oppose à l'immobilité de l'habitant des cités) et une exigence accrue de sécurité (celle qui contraste avec l'insécurité des cités). Travaillant la plupart du temps à distance de son lieu d'habitat, le périurbain est nécessairement très mobile – dans le sens périphérie-périphérie plus que dans le sens périphérie-centre – et doit disposer d'un parc automobile conséquent. Mais il est du même coup à la recherche d'un entre-soi protecteur rappelant la communauté villageoise unie par les services mutuels. « À l'entre-soi contraint des cités, le périurbain oppose, en effet, sa recherche d'un entre-soi protecteur dont les habitants ont d'autant plus besoin qu'ils doivent bénéficier de l'appui implicite ou explicite d'un voisinage rassurant pour pouvoir mener une vie faite de déplacements importants aussi bien pour leur emploi que leurs achats ou leurs loisirs, voire l'éducation de leurs enfants [118]. » La demande de protection, celle qui concerne aussi bien les espaces privés que publics, favorise la construction d'un « urbanisme en boucle », à l'image de celui de « la rue en boucle » qui s'est considérablement développé dans les lotissements. Exigeant de la fluidité et de la sécurité, le périurbain préfère une logique de l'accès à celle de la propriété. Cette substitution, Jeremy Rifkin l'a analysée dans *L'Âge de l'accès* [119], va dans le sens d'un entre-soi protecteur, d'un entre-soi qui a une double propension au mouvement et à la sécurisation des espaces privés et publics (sur son territoire) qui ne font pas de la défense de la propriété la priorité, en raison même de l'exigence de mobilité.

Quant à la gentrification, elle accompagne la constitution d'un centre performant, celui qui correspond, en petit ou en grand, à la ville globale, et une réorganisation des centres-ville où les zones sécurisées cohabitent avec des espaces où se regroupent les populations précarisées attirées par les lieux de connexion (gares, grands magasins, lieux touristiques). Dans le cas de la gentrification [120], l'entre-soi sélectif l'emporte cependant sur l'entre-soi

118. Jacques Donzelot, « La ville à trois vitesses… », article cité.
119. Jeremy Rifkin, *L'Âge de l'accès*, *op. cit.*
120. Sur la gentrification, voir Neil Smith, « La gentrification comme stratégie urbaine globale », *Esprit* : *La Ville à trois vitesses*. Sur la gentrification

> **LA PRÉVALENCE DES FLUX PÉRIPHÉRIE-PÉRIPHÉRIE
> SUR LES FLUX CENTRE-PÉRIPHÉRIE
> L'EXEMPLE DE L'ILE-DE-FRANCE**
>
> *L'Atlas des Franciliens* propose l'analyse suivante des évolutions du pôle parisien (9,5 millions d'habitants dans ses limites de 1990) pour la période 1995-1999 : « Cette période voit la mise en service de deux nouvelles liaisons banlieue-banlieue (la liaison ferrée Saint-Quentin-en-Yvelines-La Défense et le tramway T2 qui relie La Défense à Issy-les-Moulineaux) et de trois axes est-ouest parisiens : tunnel Gare de Lyon-Châtelet du RER D, ligne 14 du métro (Meteor), tunnel Magenta-Haussmann-Saint-Lazare du RER E (Eole). Un réseau de rocades et de tangentes s'ébauche ainsi, mais il est insuffisant pour satisfaire les besoins des déplacements mécanisés de banlieue à banlieue dont le nombre quotidien s'élève à 16,8 millions, soit 70 % des déplacements mécanisés. Ces déplacements mécanisés de banlieue à banlieue ne cessent de croître du fait du desserrement continu de la population et de l'emploi en Ile-de-France. Ils ont augmenté de 58 % entre 1976 et 1998 alors que, sur la même période, les déplacements mécanisés Paris-Paris n'ont augmenté que de 2 % et les déplacements mécanisés banlieue-Paris de 5,5 % *. »
>
> Pour l'année 2000, les déplacements motorisés Paris *intra muros* (déplacements comprenant les transports en commun, les voitures particulières, les deux-roues) représentent 14 % de l'ensemble (soit 3,3 millions de déplacements), les déplacements Paris-banlieues 16 % de l'ensemble (soit 3,9 millions) et les déplacements banlieue-banlieue 70 % de l'ensemble (soit 16,8 millions).
>
> * *Atlas des Franciliens*, tome I : *Territoire et Population*, INSEE, AURIF, 2000, Paris, p. 14.

de la population parisienne, voir Bertrand Le Gendre (« Paris embaumé », *Le Monde*, 1er-2 février 2004) qui souligne la surreprésentation des 20-39 ans, la sous-représentation des moins de 20 ans et l'exil des couples dès le premier ou le deuxième enfant, et Michel Pinçon et Monique Pinçon-Charlot, *Sociologie de Paris* (La Découverte, Paris, 2004).

protecteur. « L'entre-soi sélectif est le produit "naturel" du marché. Le rapport à la mobilité change tout autant. C'en est fini de la mobilité contrainte des habitants du périurbain, de ce mouvement permanent du périurbain, ce fameux *commuting* (mobilité et temps exigés par les distances entre les lieux de travail, de loisir, de formation et d'habitat) où ils laissent une part si considérable de leur temps. [...] Les habitants des centres gentrifiés ne sont ni dans l'immobilité volontaire, ni dans l'immobilité contrainte mais dans l'ubiquité [121]. » Cet entre-soi sélectif débouche sur un paradoxe : le gentrifié crée un entre-soi urbain où il lui est possible, en dépit de la présence des plus défavorisés, de jouir de la ville, de la ville classique, de la ville-musée, de toutes ces villes qui concentrent les meilleures chances de rencontres, les lieux de plaisir et les « monuments » du patrimoine. La ville d'hier, celle d'une urbanité devenue mythique, se mire dans la ville gentrifiée, mais la ville n'est plus ici qu'un paysage, un tableau imaginaire au sens de la « ville-paysage » dont parle Michel Conan, puisque l'habitant des centres-ville gentrifiés habite le monde entier, celui du global, avant même d'habiter sa ville. « La gentrification est ce processus qui permet de jouir des avantages de la ville sans avoir à en redouter les inconvénients [122]. » L'entre-soi sélectif est celui d'une population cosmopolite et branchée qui n'est pas celle qui habite un lieu. « Ce sont partout les hypercadres de la mondialisation, les professions intellectuelles et supérieures qui peuplent ces espaces rénovés [123]. »

Le dilemme des classes moyennes. Si l'on souligne l'incompatibilité entre les cités d'habitat social et les lotissements pavillonnaires dans les communes, on saisit que la « ville à trois vitesses » insécurise et pénalise les classes moyennes, celles qui craignent d'être tirées vers le bas, vers les zones de relégation, et qui, loin de rêver d'un retour dans les centres-ville gentrifiés, se battent pour rester dans les espaces résidentiels. Pour cette population

---

121. Jacques Donzelot, « La ville à trois vitesses... », article cité.
122. *Ibid.*
123. *Ibid.*

qui n'est plus médiatrice, le périurbain correspond de moins en moins à un choix volontariste et de plus en plus à une nécessité puisque les contraintes du foncier les repoussent vers la périphérie[124]. « Car cette population de classes moyennes qui constitue la principale part de la société contribue à la relégation autant qu'elle se sent rejetée par le processus de gentrification. Autant les classes moyennes ont constitué la solution de la ville industrielle, autant elles sont devenues le problème dans la ville mondialisée[125]. » Leur demande de sécurité dépasse alors la seule demande de sécurité territoriale. Se sentant fragilisées, elles privilégient des stratégies de « démarquage » et de « remarquage » spatial, témoignant ainsi que le sentiment d'inégalité territoriale cristallise d'autres inégalités. La question urbaine devient la nouvelle question sociale, elle greffe sur le territoire les problèmes d'emploi, de sécurité et d'école. La prise en compte des territoires permet de voir à l'œil nu comment un ensemble métropolitain se démembre, comment des processus de séparation et de sécession prennent forme, et comment l'unité politique, garante de la ville conçue comme municipalité, se défait au profit de zones plus ou moins connectées entre elles, bref comment on passe ou non d'une *citypolitics* à une *metropolitics*. « La dramaturgie française de la ségrégation urbaine n'est pas celle d'un incendie soudain et local, mais celle d'un verrouillage général, durable et silencieux des espaces et des destins sociaux[126]. » Mais les divers « entre-soi » sont autant de manières de rythmer la mobilité, la question décisive dans le cas de l'urbain[127]. Face à ceux qui sont immobi-

---

124. Sur l'évolution de la région parisienne, on dispose de plusieurs travaux : Martine Berger, *Les Périurbains de Paris. De la ville dense à la métropole éclatée*, CNRS Éditions, Paris, 2004 ; Edmond Préteceille, « Les registres de l'inégalité : lieux de résidence et ségrégation sociale », *Cahiers français*, n° 314, 2003 ; T. Saint-Julien, J.-C. François, H. Mathiau, A. Ribardière, *Les Disparités de revenus des ménages franciliens en 1999. Approches intercommunales et infracommunales, et évolutions des différenciations intercommunales (1990-1999)*, Rapport pour la DREIF, Paris, 2002.
125. Jacques Donzelot, « La ville à trois vitesses… », article cité.
126. Éric Maurin, *Le Ghetto français*, *op. cit.*
127. Yves Crozet, Jean-Pierre Orfeuil, Marie-Hélène Massot et le Groupe de Batz, *Mobilité urbaine : cinq scénarios pour un débat*, Note du CPVS,

lisés (les relégués), à ceux qui s'épuisent dans une mobilité excessive (les périurbains), et à ceux qui jouissent de la ville sans l'habiter parce qu'ils sont des hypermobiles de la mondialisation, les modalités de l'accès à la mobilité pèsent sur la composition et la configuration des lieux. Prendre de front le problème de la ville, ce n'est pas trouver le bon lieu centré sur lui-même, mais redécouvrir que la relation entre un dehors et un dedans permet seule d'échapper à la double dérive de l'ubiquité spatiale qui surmobilise et de l'hyperstésie spatiale qui immobilise. Une double dérive qui empêche d'habiter et de séjourner dans tous les cas.

Buenos Aires et Le Caire, quelles convergences urbaines ?

Si l'on parle de « villes à trois vitesses » à propos des villes de l'Hexagone ou des villes européennes, ce schéma de compréhension peut également éclairer l'évolution de grandes métropoles à l'échelle mondiale. Dans le contexte de la mondialisation postindustrielle, on observe une dynamique qui, au-delà de l'opposition duale entre zones de relégation et ville globale, invite également à tenir compte de la variété des dynamiques de la périurbanisation.

Avec celle-ci la mégapole résout en priorité une partie de ses problèmes démographiques. En témoigne la manière dont des villes nouvelles sont construites, illégalement ou par le biais de promoteurs immobiliers, à la périphérie de villes comme Le Caire, Istanbul ou Téhéran. Afin de contrer le mouvement sauvage d'urbanisation et de favoriser une contre-urbanisation, la ville centrale projette de nouveaux espaces d'habitation à plusieurs dizaines de kilomètres de distance, pour une population qui, le plus souvent, continue à venir travailler au centre. Par ailleurs, le processus de fragmentation territoriale est lié à la disparition ou à l'absence des couches moyennes qui, dans le cas des socié-

---

Ministère de l'Équipement, des Transports et du Logement, n° 16, décembre 2001.

tés industrielles, ont assuré un lien entre les pauvres, les exclus potentiels, les ouvriers fordistes et les riches. Au cœur de la mondialisation territoriale, l'absence ou la défaillance des couches moyennes est un élément décisif de la reconfiguration des territoires et de leur fragmentation. Des études portant sur des villes comme Buenos Aires ou Le Caire permettent de le comprendre. « À une lecture duale de l'espace urbain, écrit Marie-France Prévôt-Schapira, il convient de substituer celle d'une "ségrégation dissociée", voire celle d'un "appariement sélectif" qui suppose que se développent au sein de chaque groupe, voire au sein de chaque vie, des tensions qui étaient jusqu'alors l'apanage des rivalités inter-groupes. Cette propriété "fractale" du phénomène inégalitaire explique le creusement des inégalités au sein des mêmes territoires. Dans ces quartiers, la peur de l'exclusion accentue les "logiques de démarquage" [128]. » La fragmentation territoriale s'accompagne de la volonté affichée par diverses couches de la population de « dissocier » les unes des autres, comme c'est déjà le cas dans la ville à trois vitesses. Toujours la même crainte de tomber vers le bas, toujours la même volonté de regarder vers le haut, tel est le sens de la stratégie généralisée du démarquage, celle qui va à l'encontre d'une représentation en termes de progrès et d'ascension sociale. C'est ce qui explique le développement déjà ancien des quartiers privés en Amérique latine par exemple [129].

---

128. Marie-France Prévôt-Schapira, « Buenos Aires entre fragmentation sociale et fragmentation spatiale », *in* F. Navez-Bouchanine (dir.), *La Fragmentation en question. Des villes entre fragmentation spatiale et fragmentation sociale,* L'Harmattan, Paris, 2002. Sur Buenos Aires, on peut également se reporter à deux autres textes du même auteur, « Amérique latine : la ville fragmentée », *Esprit*, novembre 1999, et « Buenos Aires, métropolisation et nouvel ordre politique », *Hérodote : Géopolitique des grandes villes*.

129. Marie-France Prévôt-Schapira souligne que le phénomène des « quartiers privés » ne date pas des années 1990 mais du début des années 1970. Pourtant, « durant les années du débordement populaire et de l'étalement (*urban sprawl*) sans fin des périphéries urbaines, ces processus n'ont pas retenu l'attention des chercheurs, qui concentraient leurs regards sur la ville du plus grand nombre, celle des marginaux », « Amérique latine. Les quartiers privés comme objet de recherche », *Urbanisme*, juillet-août 2004.

Le Caire, une métropole sans classes moyennes ?

Buenos Aires et Le Caire, voilà deux villes au bord de l'éclatement mais encore irriguées par un sentiment d'urbanité et d'appartenance symbolique à un même lieu. Ce qui n'est plus le cas, par exemple, d'une ville comme Lima [130]. Buenos Aires et Le Caire, voilà deux villes dont l'histoire, fort différente au demeurant, rend visibles les dynamiques de fragmentation en cours. La différence réside dans le fait que l'une, Buenos Aires, ville au caractère européen de 12 millions d'habitants, est la capitale d'un pays, l'un des plus riches du monde entre les deux guerres mondiales, qui a institué un État providence favorisant la solidarité entre les groupes sociaux au moyen des corporations. Quant au Caire, ville de 8 millions d'habitants, longtemps considérée comme la capitale politique du nationalisme arabe, elle incarne les difficultés démographiques et économiques d'une ville longtemps phare et symbole du tiers-monde. Par ailleurs, l'une a connu la société industrielle et entre à reculons dans le capitalisme post-fordiste, ce dont elle paie le prix avec la crise financière, tandis que l'autre n'a pas connu la phase de la société industrielle, ce qui entrave la constitution d'une classe moyenne. Plus que les conséquences de l'industrialisation, l'absence ou l'affaiblissement des classes moyennes représentent un facteur déterminant.

Dans le cas du Caire, on observe simultanément la construction de cités nouvelles à la périphérie et le souci de transformer un centre désormais réservé au tourisme. « Afin de drainer des liquidités, le régime a mis en vente la majeure partie des réserves foncières publiques situées sur les marges désertiques des villes nouvelles [131]. » Mais la vente de la périphérie désertique s'accom-

---

130. Voir Ronald Bellay, « L'informe d'une ville : Lima et ses représentations », article cité.
131. Éric Denis, Marion Séjourné, « Le Caire, métropole privatisée », *Urbanisme*, janvier-février 2003 ; voir également Éric Denis, « Du village au Caire au village comme au Caire. Villes – Urbains – Métropolisation », *Égypte, monde arabe*, n° 4, Éditions Complexe, Paris, 2002.

pagne d'une volonté de sécurisation du centre-ville destinée à évacuer les artisans démunis au bénéfice du tourisme internationalisé et des marchands du bazar. La dynamique résidentielle est donc à plusieurs vitesses : les catégories aisées partent dans la proche périphérie, les ouvriers s'installent dans les cités bâties pour eux en lointaine banlieue, tandis que les pauvres construisent des zones d'habitation en toute illégalité. « Des quartiers comme ceux de Basatîn, Imbâba ou al-Salâm sont, par leur population, d'une taille comparable à la troisième agglomération d'Égypte, Mahalla al-Kubra et ses quelque 530 000 habitants, mais ils caractérisent leur participation à un système mégalopolitain beaucoup plus vaste [132]. »

Ce mouvement de construction tous azimuts surprend l'observateur puisque les nouvelles cités, créées par des entreprises de travaux publics liées à l'État, sont en grande partie vides, et qu'il en va de même pour les cités illégales. La part des logements vides est frappante dans la métropole cairote : « Sans redistribution des flux d'accès au logement du secteur illégal vers le légal, le stock des logements inoccupés, fermés ou inachevés est suffisant pour satisfaire la demande des prochaines années [...] Mais la surproduction n'est pas limitée aux quartiers planifiés et centraux. La moitié des unités occupées se situent dans les quartiers populaires illégaux (46 % de logements vides en 1998) [133]. » Si le poids de l'habitat et de l'économie informels sont décisifs, si l'urbanisation irrégulière est croissante [134], l'un et l'autre contri-

---

132. Leïla Vignal, Éric Denis, « Dimensions nouvelles de la métropolisation dans le monde arabe : le cas du Caire. Mondialisation, instabilité et recomposition de la forme urbaine », texte manuscrit non encore publié. Voir également, Leïla Vignal, « Une métropole des marges de la mondialisation. L'exemple du Caire », *Esprit : La Ville à trois vitesses*.

133. Éric Denis, Marion Séjourné, « Le Caire, métropole privatisée », article cité.

134. Sur l'urbanisation irrégulière, on peut comparer, un exemple parmi d'autres, avec la capitale de la Mauritanie, voir Philippe Tanguy, « L'urbanisation irrégulière à Nouakchott : 1960-2000. L'institution de la norme légal-illégal », *Revue algérienne d'anthropologie et de sciences sociales : Pratiques maghrébines de la ville*, Insaniyat, n° 22, octobre-décembre 2003.

buent également à « la privatisation de l'économie » : « De même que la libéralisation économique crée une dynamique ascendante au sein du Grand-Caire, l'informalité tend à converger et à s'intégrer à la matrice métropolitaine à tel point qu'à présent son illégalité est elle-même remise en question [135]. » Ce phénomène est lié à la politique délibérée d'hommes d'affaires dont les immobilisations immobilières ont pour objectif de « fixer l'enrichissement dans le sol » dans un contexte où « peu d'entrepreneurs ont confiance dans la croissance à long terme et craignent l'inflation » [136]. Mais la privatisation accélérée est également la conséquence de l'absence d'une classe moyenne susceptible d'accéder à la propriété foncière dans les grandes villes [137]. Ce qui explique les liens noués entre privatisation, libéralisation économique et renforcement sécuritaire. « Non seulement une classe moyenne ne peut émerger, mais l'exacerbation de l'inégale répartition par la libéralisation économique exige un maintien, voire un renforcement, de la maîtrise policière de l'espace public et un îlotage serré de la population. S'impose ainsi une libéralisation économique sans libéralisation politique, un système où un pouvoir non représentatif ayant le monopole de la violence conserve aussi bien la maîtrise du sol urbain que le contrôle de l'espace public. L'ère de la métropolisation ne rend pas libre [138]. » On assiste dans ce cas à une libéralisation économique orchestrée par un pouvoir d'État qui doit faire acte d'autorité. Situation inattendue puisqu'on se satisfait généralement de l'idée que la mondialisation libérale se joue aux dépens de l'État. Dans le cas de la capitale égyptienne, un pouvoir fort organise lui-même la privatisation en

---

135. Éric Denis, Leïla Vignal, « Dimensions nouvelles de la métropolisation… », article cité.

136. *Ibid.*

137. D'où un mouvement de sortie de la métropole de la part de ceux qui ont cherché à s'y intégrer, un mouvement de retour dans les villes moyennes de la part des diplômés formés au Caire, à Alexandrie ou à Assiout, bref un mouvement de *contre-métropolisation* sur lequel Fanny Colonna attire l'attention, dans *Récits de la province égyptienne, op. cit.*

138. Éric Denis, Leïla Vignal, « Dimensions nouvelles de la métropolisation… », article cité.

s'appuyant sur une offre de vente infinie de terrain puisqu'il vend le désert. « Il est désormais courant de voir dans l'articulation globalisation-métropolisation la fin du territoire, c'est-à-dire une dérégulation qui réduit les compétences des États au profit d'un monde en réseau. Pourtant, à l'aune de ce que nous observons en Égypte, nous serions plutôt invité à penser que l'État gère, exploite et promeut la métropolisation, en association avec les hommes d'affaires bénéficiaires de l'ouverture effective de ces dernières années [139]. »

Regardons la carte de cette ville pauvre : la relégation est périurbanisée, la périurbanisation profite à ceux qui peuvent acheter des immeubles ou des appartements dans les cités huppées des premières couronnes, le centre est progressivement patrimonialisé sans que l'on puisse parler d'une micro-ville globale en raison de l'absence de centres d'enseignement supérieur de haut niveau et surtout d'un marché financier. « Les adhérents aux modèles de la cité privée s'extraient aussi d'une ville dont la politique du *containment* n'a pas suffi à garantir l'intégrité [...] Le paradigme de l'enceinte, du Caire ville fermée, refait donc surface comme durant les années 1980 [140]. »

Buenos Aires, des classes moyennes à l'abandon

Dans un contexte tout autre, celui d'une Amérique du Sud sévèrement secouée par des crises financières à répétition, il en va de même à Buenos Aires. Cette ville, encore marquée par les signes de sa richesse passée sur le plan urbain, fait l'objet d'un réaménagement urbain qui exacerbe la crise de couches moyennes qui étaient le ciment d'une solidarité entre les classes sociales. Alors qu'on observe la gentrification de zones spécifiques du centre-ville – celles qui correspondent aux anciens bâtiments symbolisant l'âge d'or de la société industrielle (ports, usines désaffectées) où se trouvent désormais banques, hôtels de luxe, bureaux des

139. *Ibid.*
140. *Ibid.*

multinationales –, deux autres phénomènes attirent l'attention: la multiplication des zones de relégation dans des quartiers de plus en plus proches de la zone sécurisée du centre de la ville, et le déplacement des fractions des classes moyennes condamnées à habiter à proximité des plus pauvres. Ici, comme c'est également le cas à Montevideo, capitale de l'Uruguay située de l'autre côté du Rio de la Plata, où l'ancien centre portuaire, zone où résident les plus pauvres, est en voie de réaménagement rapide, la carte est impitoyable: on voit des *barrios*, des quartiers, des territoires urbains se séparer, se dissocier, bref on assiste au démembrement d'une ville. Mais cette situation, à la différence du Caire où l'absence d'une classe moyenne entrepreneuriale est patente, s'accompagne du déclassement des couches moyennes qui furent le fer de lance de l'aventure industrielle de l'Argentine. La chute brutale d'une fraction large des classes moyennes «sans espoir de réascension sociale» est une donnée fondamentale. L'étude des stratégies de démarquage élaborées par les appauvris afin d'atténuer les effets de ce qui ne peut plus être considéré comme une «crise» permet de mesurer l'importance du «capital spatial» comme élément de différenciation: entre les riches et les pauvres, entre les surclassés et les déclassés, mais aussi entre les appauvris eux-mêmes en fonction de leur localisation dans la ville. Ce constat sévère qui «casse le schéma bipolaire antérieur: d'un côté les salariés, de l'autre les pauvres assistés[141]», dénature l'espace urbain. Là encore, la reconfiguration des territoires prend la forme d'un éclatement sourd mais visible.

Ces deux exemples, Le Caire et Buenos Aires, qui associent fragmentation, éclatement multipolaire, et dé-solidarisation sont-ils le destin inéluctable de toutes les métropoles[142]? Répondre positivement et à l'emporte-pièce donnerait raison à Rem Kool-

---

141. Marie-France Prévôt-Schapira, in *La Fragmentation en question, op. cit.*, p. 202.
142. Parmi d'autre exemples: Abderrahmane Rachik, *Casablanca. L'urbanisme de l'urgence* (Fondation du roi Abdul Aziz, Casablanca, 2004); *Enclaves résidentielles* (*Urbanisme*, n° 337, juillet-août 2004); Jean-François Pérouse, «Istanbul cernée par les cités privées» (*Urbanisme*, n° 324, mai-juin 2002).

haas et à l'avant-garde esthétique de la mondialisation. Qu'il s'agisse de la ville, de la métropole ou de l'économie d'archipel, le constat est cependant violent, brutal. On observe des multipolarisations qui s'organisent horizontalement – et cela contre toute perspective d'intégration de type pyramidal – et un éclatement des métropoles analogue à celui qui travaille négativement les villes européennes de l'intérieur. Les flux liés à l'urbain généralisé ont pour effet de produire de la fragmentation et non pas l'unification d'un monde plus solidaire.

* *
*

Mais faut-il en rester là, chanter la beauté du mort ou retrouver le sens de l'expérience urbaine dans toutes ses dimensions ? « La fin des territoires », mot d'ordre de certains à l'aube « heureuse » de la troisième mondialisation, désignait une recomposition spatiale qui ne s'organisait plus seulement autour des États mais en fonction d'une économie d'archipel. L'urbain généralisé, c'est-à-dire la prévalence des flux propre à la société en réseau, est à l'origine d'une réorganisation des territoires qui intervient au moins à trois niveaux : celui de la ville classique, celui de la métropole et celui des flux hiérarchisés en fonction de plusieurs réseaux dont celui des villes globales figure l'excellence, le niveau suprême. Chaque fois, une même question se pose à nous : comment mettre en relation, comment favoriser une unité conflictuelle au sein d'un espace urbain métropolitain qui se détourne de l'idéal de la cité républicaine classique ? Mais aussi, comment éviter que les flux ne fonctionnent que sur un mode horizontal en privilégiant uniquement les pôles similaires ? La ville traditionnelle a tenté de répondre au problème de l'intégration et de la ré-agglomération dans des cas de figure divers, ceux de la cité-État, de la ville-capitale ou de la ville-région. Aujourd'hui, la mondialisation territoriale inaugure un monde qui ne fait guère « monde » puisque, tant au niveau de la métropole que de l'économie des flux, il produit de la séparation et favorise des mouvements de sécession.

Si urgentes soient-elles, ces questions sont devant nous. Faut-il encore se satisfaire naïvement de l'idée que la ville européenne est un bon modèle, susceptible de résister miraculeusement au «malheureux» devenir du monde? C'est peut-être encore le cas, mais la ville européenne est déjà prise dans cette *économie en réseau* qui n'est plus l'*économie de réseau* mise en scène par Fernand Braudel. La mondialisation post-industrielle, la nôtre, celle qui a commencé au cours des années 1980, n'est pas une étape supplémentaire d'un processus de mondialisation en cours depuis la Renaissance. Elle fait rupture sur le plan historique. Ne pas l'admettre condamne à se tenir en retrait.

TROISIÈME PARTIE

La condition urbaine III
L'impératif démocratique

Envoi

Il n'y a pas un troisième sens de la condition urbaine, mais une urgence mentale, sémantique et politique. Il faut repartir en effet de la situation contemporaine de l'urbain, celle qui se voit sur les cartes, celle qui résulte avec insolence d'un « urbain généralisé » dont les infirmités et les magmas informes donnent lieu à des scénarios divers, celle qui tend par contraste à faire de la ville européenne une marge, une exception, et peut-être un musée touristique. En effet, si l'on imagine que la démocratie n'est pas un combat assuré d'avance au nom d'on ne sait quelle philosophie de l'histoire miraculeuse, force est de ramener la « condition urbaine », entendue dans son deuxième sens, au premier sens de la « condition urbaine », c'est-à-dire à l'idéal-type de l'expérience urbaine, aux exigences corporelles, scéniques, esthétiques et politiques qui en sont le ressort et la matrice. Confrontés que nous sommes à des économies d'échelle inédites, en forme d'archipel, aux inégalités et disparités nouvelles qui creusent et dissolvent la ville d'hier, l'invitation est lourde de conséquences. Il faut reconquérir successivement le sens du local dans un imaginaire du non-lieu et de la cité virtuelle qui l'annule, reconquérir des lieux, mais aussi reconquérir un lieu qui fasse communauté politique et ne soit pas un espace de repli. La condition urbaine n'est pas un acquis, elle passe par la création de lieux, la recomposition de lieux et par une lutte pour des lieux démocratiques. C'est tout le sens du projet utopique d'Alberto Magnaghi.

Cette reconquête va de pair avec une triple exigence d'ordre architectural, urbanistique et politique. Comment recoudre la ville fragmentée, la métropole éclatée ? Par un souci architectural d'imaginer des raccords, de remplir des interstices inutiles ou au contraire de vider les trop-pleins qui paralysent. Par une invitation urbanistique à constituer des espaces qui ne se replient pas sur eux-mêmes, espaces clos, ghettos de riches ou de pauvres, gated communities, *unités résidentielles sécurisées ou espaces de relégation. Par une invitation politique à remembrer les espaces urbains quand ils se défont et font sécession les uns vis-à-vis des autres. L'expérience urbaine a plus que jamais un sens politique, mais la question urbaine ne se résume pas au seul territoire. Et pour cause, la condition urbaine exige que le lien entre un dedans et un dehors, exigence mentale autant que physique, soit toujours reconduit. L'accès au territoire est indissociable d'un impératif de mobilité qui rappelle que l'expérience urbaine ne s'inscrit pas dans une clôture mais qu'elle est un affranchissement qui doit rendre possible entrée et sortie, franchissement des limites…*

L'évolution contemporaine de la ville oblige, plus que jamais, à retrouver le sens politique de la cité qui passe par une résurgence des lieux face aux flux globalisés. Mais il ne suffit pas d'imaginer encore des cités heureuses pour quelques nantis férus d'architecture. Alors que la globalisation est un avenir qui se décline dans un présent insatiable, la question urbaine suggère que l'action soit conduite à d'autres niveaux que celui du seul espace de décision supra-national. Qu'on l'appelle commune, conurbation ou métropole, quelle que soit l'échelle d'action privilégiée, la participation au sein d'un espace collectif est l'une des conditions de l'action démocratique. Comme les Grecs, nous devons faire mémoire de nos actions et anticiper un monde plus juste, ce qui requiert un espace d'appartenance qui ne soit ni celui de l'ethnicité, ni celui de la sécession volontaire. C'est en regard de ce troisième sens, un sens politique destiné à remettre ensemble ce qui est en voie de séparation, que les deux premiers sens de la condition urbaine peuvent se rejoindre, comme si l'un venait répondre à l'autre. L'utopie urbaine retrouve un sens, mais elle ne s'écrit plus d'une seule main, elle n'est plus le fait d'un auteur unique, elle correspond à une aventure collective...

I. Le retour des lieux

Du global au local

Hier, l'espace urbain instituait des limites par rapport à un environnement, à un dehors, et il favorisait un brassage, un frôlement, une mixité sociale, voire une conflictualité. Telle est encore la vision quelque peu idéalisée de la culture urbaine que l'on partage. Aujourd'hui, l'espace urbain n'a plus de limites, il n'en finit pas de s'étendre, la ville a laissé place à des métropoles, à des mégapoles et à des mégalopoles. Mais l'urbain généralisé s'accompagne du même coup de lignes de démarcation qui donnent «lieu» à des fragmentations spatiales et à des séparations sociales. Les lieux n'ont pas disparu avec la globalisation, la dé-territorialisation va de pair avec une re-territorialisation, soit le dépli infini et souvent monstrueux de la ville-monde, soit le repli de la ville globale ou de la cité ethnique. Pourtant, cette résurgence effective des lieux ne s'accompagne pas, en dépit des manifestations comme la Conférence de Rio (mai 2001) ou la conférence United Cities and Local Government (Paris, mai 2004 [1]), d'une prise de conscience effective du rôle d'un «local» dont les variantes sont multiples. De fait, celui-ci apparaît faible, étique, impuissant dans le contexte d'une globalisation qui laisse croire que la seule issue concevable se situe au niveau des flux et non pas des lieux. Dès lors la confrontation avec la globalisation ne peut intervenir qu'au niveau «d'un aménagement territorial qui n'est plus pensé en termes de centralité, de limites, de géomé-

---

1. Gustave Massiah, «Le débat international sur la ville et le logement après Habitat 2», *in* Sophie Body-Gendrot, Michel Lussault, Thierry Paquot (dir.), *La Ville et l'Urbain. L'état des savoirs*, La Découverte, Paris, p. 349-358.

trie, mais en termes de nœuds, d'interconnexions, de topologie et, bien sûr, de branchement [2] ».

Du global au local. Depuis deux décennies, la critique de la mondialisation envisage des actions susceptibles de se développer au niveau d'une gouvernance mondiale. Or, cette mobilisation, destinée à lutter contre les méfaits de la globalisation, n'accouche pas, en dépit de ses réseaux militants et d'Internet, de transformations tangibles. Lutter contre une globalisation dépourvue d'institutions ad hoc rend difficiles les conditions d'une action politique appropriée.

Autre signe de faiblesse, la difficulté de prendre la mesure de l'ébranlement provoqué par la révolution du global et l'atmosphère de violence qui accompagne un monde devenu hypermobile et insaisissable. Ce monde sans prise déchaîne des violences inédites auxquelles on ne peut répondre par la révolution fraternelle rendue possible par Internet. « On annonce un consensus général de l'humanité dans la mesure où on pourra toujours se concerter sur des écrans et en temps réel, instantanément. Mais cela ne changera rien [...] Internet est un instrument admirable de communication, un instrument admirable de constitution en commun de champs de rationalité, mais cela ne suffit pas à constituer un monde habitable [3]. »

Dans ce contexte d'une absence de prise concrète sur le réel, l'action anti-globalisation est d'autant plus fragile qu'elle ne connaît trop souvent pas d'autre niveau que celui de l'action globale. Mais, dans ces circonstances, peut-on attendre de l'État qu'il réponde aux défis de la mondialisation ? S'il n'est plus l'institution qui assure la médiation entre le supra-national et le local, il est contraint d'imaginer des liens inédits avec l'échelon local comme avec l'échelon supra-national : « La réinvention de l'État repose sur les transferts de pratiques démocratiques vers le supra-national mais elle exige aussi une reterritorialisation de l'État fondée sur une reconceptualisation

---

2. Françoise Choay, « Patrimoine urbain et cyberspace », *La Pierre d'angle*, n° 21, octobre 1997.
3. Jean-Toussaint Desanti, *La liberté nous aime encore*, *op. cit.*, p. 311.

du niveau infra-national et de la question urbaine [4].» Mais l'erreur serait d'envisager des équilibres vertueux entre ces trois niveaux du local, de l'étatique et du supra-national alors que la singularité du local «globalisé» est d'entrecroiser ces divers niveaux. Pierre Veltz insiste: «Les diverses activités présentes dans un territoire donné renvoient à des échelles de pertinence et de régulation très variables. Le local est davantage constitué par l'entrecroisement de ces niveaux que définissable comme un "étage" ou un "niveau" cohérent par lui-même [5].» Un glissement de l'action du global au local ne consiste pas à prendre en compte un niveau marginalisé, mais à tirer toutes les conséquences de la place désormais impartie au local. La reconfiguration des territoires, indissociable d'un changement d'échelles et de vitesses, de nouvelles hiérarchies et d'une crise majeure de l'intégration, incite de facto à imaginer des modalités d'agir inédites. Revenir au local, c'est tenir compte de son rôle spécifique mais aussi prendre appui sur lui pour construire des limites et recomposer des lieux. Si une dynamique de fragmentation est à l'œuvre, l'absence de réponse globale, les ratés de la «globalisation par le haut» invitent à imaginer autrement les niveaux de l'action sur le plan territorial, et à inventer en conséquence la «globalisation par le bas».

De la résurgence des lieux à la lutte des lieux. La cartographie de la troisième mondialisation met à nu des tendances que l'urbanisme régularisateur de Haussmann avait déjà mises en œuvre. Celles-ci, exacerbées par l'urbanisme progressiste des CIAM, ont trouvé leur accomplissement dans la révolution à multiple détente tirée par la globalisation économique. Ainsi, les flux l'emportent, la privatisation gagne du terrain sur la vie publique, les logiques de séparation et de sécession sont préférées à la conflictualité démocratique. De ces mutations, il ne faut pas conclure que les territoires ont disparu, mais qu'ils donnent lieu

---

4. Cynthia Ghorra-Gobin, «Régulariser la *Borderless Economy*...», article cité.
5. Pierre Veltz, *Des lieux et des liens. Politique du territoire à l'heure de la mondialisation*, Éditions de l'Aube, La Tour d'Aigues, p. 127.

à de nouvelles configurations, à de nouvelles topiques privilégiant échelles, niveaux, réseaux et vitesses selon des modalités inédites. Si l'on partage la conviction que l'idéal-type de l'expérience urbaine a encore un sens, l'essentiel est de ne pas se battre pour n'importe quel lieu.

Puisque la mondialisation institue «ses» lieux, il est urgent de privilégier des types de lieux par rapport à d'autres, et d'admettre que la qualité d'un lieu va de pair avec la qualité du lien. Non dite, voilée par l'imaginaire de la mondialisation, la hiérarchie des lieux n'est jamais aussi bien cachée que par le culte du «non-lieu», un culte partagé par le survivant de la ville-monde comme par le nanti de la ville globale. L'un et l'autre peuvent être connectés et croire à la vertu du virtuel, mais les conséquences de cette croyance ne sont pas analogues dans l'un ou l'autre cas. L'interrogation ne porte donc pas sur le lieu en tant que tel, mais sur le lieu qu'il faudrait reconquérir contre les flux, *i. e.* sur la distinction à opérer entre les lieux, sur la manière de «faire lieu» comme on dit «faire société».

En vue de marquer le décalage vis-à-vis de la société industrielle, on a pu affirmer, à propos de l'expérience utopique conduite par Alberto Magnaghi en Italie du Nord, que «la lutte des lieux remplace la lutte des classes». Si cette expression, «lutte des lieux», remplace au pied levé celle de «lutte des classes» qui va de pair avec la société industrielle et son mode de conflictualité, elle ne doit pas inviter à la candeur. Il ne faut pas répondre à la faiblesse de l'action globale par des illusions relatives à l'action locale mais imaginer une «globalisation par le bas». Contre une conception centrifuge et descendante de la globalisation, mais aussi contre une conception qui se contente de rechercher un équilibre entre le local et le global, Alberto Magnaghi préconise une conception qui privilégie le développement local par rapport au global, une conception centripète et montante correspondant à une globalisation par le bas [6].

Dans ces conditions, les interrogations persistent: est-il possible d'imaginer des lieux qui ne soient pas une simple résultante des

6. Alberto Magnaghi, *Le Projet local*, Mardaga, Bruxelles, 2000, p. 46-47.

flux, mais des lieux qui limitent les flux et parviennent à retrouver le sens des limites ? Si c'est le cas, de quels lieux s'agit-il ? Une certitude peut être avancée dans tous les cas : la culture urbaine peut retrouver un rôle si elle tente de limiter l'urbain généralisé et illimité. Hier, l'architecte devait créer un ensemble bâti avec des morceaux épars, il devait faire un avec plusieurs ; aujourd'hui, le citoyen devrait avoir comme souci prioritaire de recréer des agglomérations et ne pas se contenter de ces enclaves qui ont tendance à se séparer les unes des autres. Mais, ultime défi, la ville utopique est à l'honneur dans le cas de la cité virtuelle, celle qui fait fi des conditions de l'expérience urbaine elle-même : à savoir le corps, l'espace et le temps, la relation d'un intérieur et d'un extérieur, d'un privé et d'un public, d'un dehors et d'un dedans. L'entrée dans le virtuel accroît le déséquilibre entre les lieux et les flux : les lieux peuvent n'être que l'envers des flux, un faux-semblant, un simple havre existentiel, une cellule destinée à reprendre son souffle, une retraite où la *vita activa* est bannie. « Les gens vivent encore dans des lieux, écrit Manuel Castells. Cependant, comme dans nos sociétés les fonctions et le pouvoir s'organisent dans l'espace des flux, la domination structurelle de sa logique modifie fondamentalement le sens et la dynamique de ces lieux. Ancrée en des lieux, l'expérience vécue se retrouve coupée du pouvoir, et le sens toujours plus séparé du savoir. Aussi une schizophrénie structurelle entre les deux logiques menace-t-elle de rompre la communication sociale [7]. » Le retour aux lieux est lui-même une expérience, ceux-ci ne sont pas donnés, il faut les construire. Mais une telle construction invite d'emblée à s'arrêter sur l'hypothèse d'un lieu virtuel, le non-lieu physique par excellence.

Lieux, non-lieux et cité virtuelle

Si les lieux forment un monde parallèle à celui des réseaux et des flux, les lieux où l'expérience urbaine est encore un horizon

---

7. Manuel Castells, *La Société en réseaux,* tome 1 : *L'Ère de l'information*, Fayard, Paris, 1997, p. 480.

sont drastiquement coupés des flux qui les façonnent, à commencer par des « non-lieux » et la cité virtuelle. Si l'on veut retrouver le sens d'un lieu qui ne soit pas un non-lieu ou la cité virtuelle, il faut comprendre que l'espace qui caractérise ceux-ci est un « non-lieu » au sens strict, un « hors-lieu », un « n'importe où ». Et pour cause : la virtualité du non-lieu le coupe de la réalité, de l'environnement d'un monde sans lequel il n'y a pas de lieu concevable et vivable.

La forme spatiale des flux en réseau ou le règne du n'importe où. La forme spatiale du réseau et l'espace spécifique des flux sont à l'origine de lieux qui ont pour rôle de favoriser l'accès aux flux. L'espace des flux combine, selon Manuel Castells, trois supports matériels qui sont autant de strates. La première strate se compose d'un circuit d'impulsions électroniques qui est « le support matériel de l'espace des flux ». Or, ce support matériel électronique est aussi le support d'une « forme spatiale », celle du réseau, une forme spatiale comme le sont la région ou la cité. Flux, circuit électronique et réseau vont de pair et excluent tout lieu au sens d'une entité autonome : « Dans ce réseau aucun lieu n'existe en soi, puisque les situations sont définies par les flux. Aussi le réseau de communication est-il la configuration spatiale fondamentale : les lieux ne disparaissent pas, mais leur logique et leur signification sont absorbées par le réseau. L'infrastructure technologique qui constitue le réseau détermine le nouvel espace tout comme les chemins de fer définissaient les régions économiques dans l'économie industrielle[8]. » La deuxième strate correspond aux non-lieux par excellence, c'est-à-dire à tous les échangeurs qui nouent et dénouent l'espace du réseau, à savoir les moyeux et les nœuds. « Certains endroits sont des échangeurs, des moyeux de communication, qui coordonnent l'interaction en souplesse de tous les éléments intégrés dans le réseau. D'autres lieux sont constitués par les nœuds du réseau, c'est-à-dire l'emplacement des fonctions stratégiquement importantes qui forment autour d'un rôle clé du réseau une série d'activités et

8. *Ibid.*, p. 463-464.

d'organisations localisées. Tant les *nodes* que les *hubs* sont organisés hiérarchiquement selon leur poids relatif au sein du réseau [9].» Or, dans un monde globalisé, ces nœuds et moyeux ne sont pas seulement les échangeurs soumis à l'espace des flux électroniques, ils peuvent «donner lieu» à des sites qui sont autant de nœuds privilégiés et inattendus. Les sites interconnectés de Rochester en Virginie et de Villejuif dans la région parisienne, les deux nœuds centraux «d'un réseau mondial de la recherche et des traitements médicamenteux», en sont un exemple parmi d'autres. L'espace des flux n'est donc pas sans lieux, mais ces lieux demeurent des non-lieux au sens où ils sont aléatoires, provisoires. Quant à la troisième strate de l'espace des flux, elle a une signification sociologique puisqu'elle renvoie à l'organisation spatiale des élites. Avec leur volonté de vivre «en réseau» et leur style de vie, ces élites se comportent comme des nomades pour lesquels l'appartenance à un lieu est aléatoire, arbitraire, insignifiante, indifférente. «Les nouvelles technologies de l'information et de la communication font éclater ce cadre spatio-temporel, elles effacent la durée et les frontières, et elles transportent l'homme dans un monde virtuel où il n'y a ni jour, ni nuit, ni distance [10].» Le nomade n'éprouve pas le lieu comme une expérience mentale, le lieu n'a pas de durée, ni d'histoire. «*Nomada, sigo siendo un nomada*» (Nomade, je continue d'être un nomade), telle est la devise de l'architecte catalan Ricardo Bofill.

Le réseau comme forme spatiale, les *nodes* et *hubs* comme non-lieux, *i. e.* comme de simples lieux d'articulation du réseau, le nomadisme des élites mondialisées, ces trois caractéristiques permettent de saisir les ressorts de la cité virtuelle. Celle-ci est un processus plutôt qu'un lieu, la hiérarchie en est modifiable et la moindre distance prise par rapport aux impératifs de réseau est signe du déclin. Pour Jeremy Rifkin, le caractère aléatoire de l'«accès» dévalorise la catégorie de propriété qui est indissociable d'une permanence, d'une inscription dans le temps. Si

---

9. *Ibid.*, p. 464.
10. Alain Supiot, *Homo juridicus. Essai sur la fonction anthropologique du droit*, Seuil, Paris, 2005, p. 205.

le nomade a besoin d'une organisation qui repousse les limites et lui permet d'être branché à l'échelle globale, celle-ci est faite de non-lieux, de lieux aléatoires, de lieux qui peuvent être n'importe où. Les lieux sont autant de n'importe où et le réseau du nomade est criblé de trous. Les sites de Villejuif et de Rochester ne sont pas garantis de survivre puisque des sites plus efficaces seront inéluctablement mis en compétition. Le caractère virtuel de la cité du même nom débouche sur le règne du « n'importe où ». Car ces non-lieux, ces espaces fluctuants dénient tout rapport à un environnement et à des limites sans lesquels il n'y a ni dedans ni dehors, sans lesquels il n'y a ni « peau », ni « chiasme », ni « monde ». L'espace des flux mondialisés oublie qu'il appartient lui-même à un monde, à un seul monde, et qu'il a affaire au monde.

La globalisation des lieux participe donc d'une *dé-réalisation* du monde. Et pour cause : l'*homo protheticus* est la règle depuis un demi-siècle, puisque « l'électronique et la télématique ont introduit – avec les mémoires artificielles, les réseaux de transport de l'énergie, des fluides, de l'information et des personnes – une révolution dans notre milieu et nos comportements sans équivalent depuis la sédentarisation de l'espèce[11] ». Mais que signifie ce règne des non-lieux et des prothèses, sinon que les lieux sont devenus « indifférents » parce qu'ils peuvent être « n'importe où », parce qu'ils sont des lieux « n'importe où » ? « Non seulement les périphéries des villes s'étendent indéfiniment, mais il devient désormais possible de s'établir n'importe où, en se branchant sur les réseaux. Cette logique du branchement signe la disparition progressive des différences entre villes et campagnes, au profit d'une civilisation mondiale qu'on peut appeler civilisation de l'urbain[12]. »

Mais il ne faut pas confondre, à ce stade, le « non-lieu » et le « n'importe où ». Le n'importe où n'est pas seulement virtuel, il a une part de réalité, la réalité physique du n'importe où. Voilà qui

---

11. Françoise Choay, « L'utopie aujourd'hui, c'est retrouver le sens du local », *Courrier international* et station de RER Luxembourg, avril 2001.
12. *Ibid.*

n'est pas indifférent, puisque la valorisation du virtuel oublie qu'il n'est pas possible de vivre n'importe où. Ce qui est le lot du virtuel. Croire qu'on est indifféremment n'importe où revient à renoncer à l'expérience spatio-temporelle, à effacer le temps et l'espace. « Le nouveau système de communication transforme radicalement l'espace et le temps, dimensions fondamentales de l'expérience humaine. Les lieux perdent la substance même de leur signification culturelle, historique et géographique, pour être intégrés dans des lieux fonctionnels produisant un espace de flux qui se substitue à l'espace des lieux. Le temps lui-même est effacé lorsque le passé, le présent et l'avenir peuvent être programmés à interagir les uns avec les autres en un même message. L'espace des flux et le temps intemporel sont ainsi les fondements matériels d'une nouvelle culture, laquelle transcende et intègre la diversité des systèmes de représentation transmis par l'histoire : la culture de la virtualité réelle où le simulacre est la réalité en gestation [13]. » La cité virtuelle est doublement gagnante par rapport à un lieu : cité, elle peut être « n'importe où » ; virtuelle, elle l'emporte sur le réel. Comme l'image numérique, elle n'a pas de temps propre [14]. Une résurgence des lieux, au-delà d'un retour au local qui peut valoriser outrancièrement les non-lieux, oblige alors à renouer avec l'expérience du temps et de l'espace.

L'urbain généralisé, indissociable qu'il est des flux et des tech-

---

13. Manuel Castells, *La Société en réseaux,* tome 1 : *L'Ère de l'information, op. cit.*, p. 424.
14. « Le propre de l'image numérique est de ne pas avoir de temps propre. Pour le dire autrement, l'image virtuelle nous confronte à une sorte de schématisme numérique capable de donner une forme à un temps qui n'a plus rien de phénoménal, mais qui est totalement artificiel [...] Avec l'ère virtuelle, le propre de l'image n'est plus de mettre entre parenthèses le caractère réel du phénomène, et de manifester ainsi l'absence de la chose, puisque phénomène et chose n'existent désormais plus. L'image virtuelle, à l'instar du simulacre platonicien, développe une logique antithétique : il s'agit de produire un effet de réel (c'est-à-dire un effet de temps) et de faire oublier l'absence de la chose », *in* Laurent Lavaud, *L'Image*, Garnier-Flammarion, Paris 1999, p. 45-46.

nologies du virtuel, se nourrit de l'illimitation et de la démesure. Énergumène, il déchaîne les possibles mais aussi l'agressivité [15] ; en oubliant qu'il est situé, il croit être rentré dans l'écran de la société globale alors qu'il est seulement assis devant. Mais que signifie cette indifférence au réel le plus immédiat, à l'environnement, à la proximité ? Certains renoncent à l'idée même d'une appartenance au monde, à l'idée de monde, voire s'en gaussent. La dé-spatialisation est la matrice d'un espace «isotropique» qui renoue paradoxalement avec le modèle utopique de Thomas More, celui de la bonne ville universalisable, celui qui abolit les limites et se montre indifférent aux déterminations locales, tant sur le plan historique que géographique. «Les grands réseaux techniques (de transmission des fluides, de transports hyperrapides, de télécommunications) qui mobilisent au service de leur logique de branchement tous les progrès de la et des techniques, et en particulier toutes les formes de l'assistance électronique, ces réseaux font des territoires, puis de la planète entière, un immense espace isotropique. À l'instar de l'ancienne grille morienne, ils tendent à abolir les déterminations locales imposées par la géographie physique comme par l'histoire urbaine et rurale, servent à promouvoir une liberté sans précédent et imposent une rigoureuse normalisation [16].» Mais cette normalisation est-elle le signe d'un déclin effectif du réel, d'une victoire du virtuel alors confondu avec l'utopie? Ce serait méconnaître que ces «espaces réticulés s'inscrivent dans le réel et non dans le symbolique [17]».

N'a-t-on alors d'autre choix que de prendre acte de ce déséquilibre entre le réel et le virtuel? Ou bien est-il possible de redonner sens à l'expérience urbaine sans prétendre reconstruire la ville d'hier? Encore faut-il se persuader que l'on ne peut pas faire l'économie de l'échelle locale, et que celle-ci n'a rien à voir

---

15. Voir Françoise Choay, «Patrimoine urbain et cyberspace», article cité.
16. Françoise Choay, «L'utopie et le statut philosophique de l'espace édifié», in Lyn Tower Sergent et Roland Schaer (dir.), *Utopie. La quête de la société idéale en Occident*, Bibliothèque de France/Fayard, Paris, 2000, p. 337-343.
17. Jean-Toussaint Desanti, *La liberté nous aime encore*, *op. cit.*

sur le plan urbain avec un quelconque localisme, avec une volonté de prendre ou reprendre racine. Si l'on admet que la relation corporelle à un espace représente une valeur anthropologique fondamentale, deux conséquences en découlent : « En premier lieu, l'espace organique local ne peut avoir de substitut : il n'est pas remplaçable par l'espace opératoire du territoire : ces deux types d'aménagement sont complémentaires. En second lieu, l'espace à l'échelle humaine et la double activité de ceux qui le fabriquent et de ceux qui l'habitent constituent notre patrimoine le plus précieux [18]. » On ne se débarrasse pas, même au nom de la révolution globale en cours, du réel, du corps et du désir d'habiter dans un lieu, du corps à corps avec le monde !

II. Pour une culture urbaine des limites

> On oublie trop qu'urbanisation n'est pas synonyme de ville. Mais faut-il pour autant perdre le corps à corps avec le monde et l'espace concret ? Au moyen de nos « augmented bodies », comme disent les Américains ? Faut-il, dans cette perspective, considérer notre patrimoine urbain comme le précieux vestige, à embaumer, d'un passé à jamais révolu ?
>
> Françoise Choay [19]

Si l'absence de limites favorise l'informe, l'illimitation, le mauvais infini, l'illusion du virtuel mais aussi la séparation et la fragmentation, l'interrogation qui sous-tend cet ouvrage doit à nouveau être conduite : l'expérience urbaine, celle que nous avons associée à un certain nombre de traits distinctifs, à un idéal-type, a-t-elle encore une signification et une chance d'avenir ? Est-elle encore concevable ? Si elle n'est plus un projet viable sur le plan physique et matériel, a-t-elle un avenir sur le plan mental ? L'expérience urbaine, et non pas la bonne ville, est encore à

---

18. Françoise Choay, « Patrimoine urbain et cyberspace », article cité.
19. *Ibid.*

penser, à imaginer ? Mais alors, quelle dimension privilégier ? Si la dynamique des flux tend à l'emporter sur celle des lieux, ce fait avéré à l'échelle de la planète empêche-t-il « des » lieux d'irriguer encore un tant soit peu l'expérience urbaine ?

Puisque la ville n'est pas définie uniquement par sa dimension politique et que les variables corporelles, esthétiques, scéniques sont déterminantes, les examiner dans le contexte post-urbain qui est le nôtre demeure indispensable. Mais il faut également souligner la place prise par l'urbanisme et l'architecture avant de revenir sur la dimension politique de la cité. Si la condition urbaine, entendue en tant qu'expérience, conserve son sens en tant qu'idéal-type, le retour au local ne peut se résumer par l'instauration de non-lieux. Le local exige au contraire de refaire du lieu, de créer des lieux, de transformer des territoires en lieux, en espaces redevenus urbains au sens des agglomérations. Tel est le sens d'une expression comme « lutte des lieux » : tous les lieux ne se valent pas, tous ne manifestent pas la même indifférence à une culture urbaine des limites et de la proximité. Penser en fonction du local est l'occasion de renouer avec l'expérience urbaine, avec les strates qui la composent au sein du paysage global. Car c'est le paysage lui-même qui doit donner corps à une autre appréhension des limites. Selon Gilles Clément, « considérer les limites comme une épaisseur et non comme un trait, envisager la marge comme un territoire d'investigation des richesses à la rencontre de milieux différents, tenter l'imprécision et la profondeur comme une mode de représentation du Tiers paysage [20] », voilà autant d'exigences premières. Ce qui implique de se pencher, pour commencer, sur le corps lui-même, sans lequel la question de l'habiter n'a plus guère de sens.

À la recherche de l'expérience urbaine

Face à la triple tendance exacerbée par la mondialisation – le primat des flux et de la circulation, le retournement de la relation

---

20. Gilles Clément, *Manifeste du Tiers Paysage*, *op. cit.*, p. 65.

privé-public, une dynamique de séparation –, face aux leurres de la cité virtuelle, se demander comment une expérience urbaine peut contrer les processus en cours en rétablissant une culture des limites et de la proximité, ce qui est le nerf de la culture urbaine, est la première tâche. Le corps fait-il encore limite, et permet-il d'instaurer des limites sans lesquelles l'espace urbain n'est pas vécu et vivable comme un « milieu sous tension » ? L'urbain contemporain s'accorde-t-il encore à des scènes, à des tréteaux, à une confrontation entre le privé et le public ? Comment les architectes et les urbanistes contemporains imaginent-ils la scène publique ? Qu'il s'agisse du corps ou de la scène urbaine, un renversement majeur intervient quand il faut recréer des limites là où elles ont été repoussées dans les non-lieux de la cité virtuelle ou dans des espaces indifférents, anarchiques ou mortifères. Cela exige d'emblée de nouer une relation avec le réel et de faire corps avec lui.

« Avoir lieu d'être »
ou la capacité de résistance des corps

Si l'expérience d'un lieu passe par une anthropologie du corps qui est la condition d'une ouverture au monde, de la création de seuils et de l'institution de liens entre un dehors et un dedans, elle n'est pas dissociable de l'existence d'un bâti et d'un site.

Retrouver un rapport au monde. L'existence d'un lieu qui se distingue du non-lieu au sens des *hubs* et des *nodes* de la cité virtuelle est la condition initiale d'une expérience urbaine. Mais, souvenons-nous de la leçon de Jean-Toussaint Desanti, la fragilisation du réel au profit du virtuel, sa dépossession, est moins décisive que la création infinie de possibles propres au virtuel. Le réel, faible créateur de possibles, ne peut rivaliser avec un tel déchaînement. Nous voilà dans un monde des possibles déchaînés, dans un monde illimité qui dévalorise notre réel et l'espace physique par excellence, celui qui correspond à un espace corporel qui est « mon » lieu. Mais ce lieu est aussi pauvre et frustrant que le réel face au déferlement des possibles créés par le virtuel. « Ce réseau de virtualités modifie la forme de notre rapport au monde, modifie ce qu'on appelle voisinage, modifie ce qu'on appelle chemin, modifie ce qu'on appelle déplacement, modifie ce qu'on appelle distance, modifie même ce qu'on appelle temps, tout cela est profondément modifié. Mais tout ceci doit faire retour à l'habitant. Il ne faut pas confondre le chemin avec le point d'arrivée. Or le danger, c'est que l'on tienne le virtuel pour le réel lui-même. "C'est là que je vis." Mais non ! Ce n'est pas là-dedans ! Tu vis *selon* cela, mais tu ne vis pas *dedans*. Et c'est de cela qu'il faut se persuader, c'est que vivre selon, ce n'est pas vivre dedans [21]. » Retrouver la limite passe par l'inscription dans un lieu, dans un habiter de nature corporelle, et donc par le respect de la réalité physique environnante. « Même si la notion de limite est nécessaire à notre compréhension, il nous faut bien distinguer, pour échapper à la schizophrénie, le contenant du contenu, force est de reconnaître que notre tâche n'est pas de dispenser seulement aux hommes des abris, mais de faire du monde leur Habitation. Postulons alors que nous n'habitons pas seulement notre appartement mais la cour, la rue et la ville jusqu'à l'horizon [22]. »

Le corps comme seuil. L'expérience urbaine est d'abord corporelle. Dans un espace dit virtuel, écrit Marcel Hénaff, il faut « maintenir un espace concret pour le corps, un espace d'habitation, de voisinage, de relations – professionnelles et personnelles –, et finalement réinventer le plaisir d'être ensemble ; réinventer la rue et la place, ces espaces de marche et de rencontre [23] ». Le corps résiste en tant que corps, il ne peut se soustraire à une relation au réel, à un monde, il ne peut vivre dans un réel qui ressemble à « n'importe quoi », dans un lieu qui est « n'importe

---

21. Jean-Toussaint Desanti, *La liberté nous aime* encore, *op. cit.*
22. Henri Gaudin, *Art et philosophie, ville et architecture,* La Découverte, Paris, 2003, p. 276.
23. Marcel Hénaff, « Vers la ville globale : monument, machine, réseau », *Esprit*, mars-avril 2004, p. 276.

quel lieu », un « n'importe où ». On n'habite pas n'importe où mais dans un monde où d'emblée dedans et dehors, privé et public, intérieur et extérieur sont en résonance. Il faut « avoir lieu d'être » : « Habiter, c'est à chaque instant bâtir un monde où avoir lieu d'être. Bâtir, c'est gouverner, non pas administrer. La même racine indo-européenne *bhu* (grec *phus*: croître) veut dire bâtir (allemand : *bauen*) et « être » (allemand : *du bist*, tu es ; latin *fui* : je fus) [24]. » Contre la dé-réalisation liée aux nouvelles technologies du virtuel, le corps doit reconquérir une relation minimale à un environnement, au réel, à son réel, à son site. « Le fond s'agissant de l'habitation fait forme. Extérieur de l'intérieur, il est l'espace commun, social, public. Il ne l'est que s'il sort de l'informe. Discontinuité dans la continuité de la ville, paradoxalement il relie. Il rive la déchirure. Ce fond, cet extérieur, c'est le monde en tant qu'habitation. [...] Si bien que ce fond qui vient à la forme est le vif de l'espace, ce négatif de la matière compacte. Cet invisible sans lequel le visible ne serait pas visible. Cet invisible espace qui rend possible notre présence [25]. » Le privé fait déjà l'expérience du seuil avec le public, l'habiter cultive l'entre-deux : « C'est dans la plus grande évidence que les contraires cohabitent, que le seuil s'inscrit dans la rupture de la maçonnerie, là où le mur s'arrête et c'est sur cette cassure que l'on reçoit l'hôte [26]. »

Un monde scandé par la relation d'un dehors et d'un dedans.
Au-delà de la dé-réalisation des lieux par le virtuel, de la faiblesse de notre environnement qui intéresse tellement moins que le reste du monde, les résistances corporelles sont significatives d'un manque d'espace, d'un manque de lieu, d'une défaillance de l'expérience urbaine. Celle d'un lieu qui favorise des non-

---

24. Henri Maldiney, cité in *Art et philosophie, ville et architecture, op. cit.*, p. 14. La référence à Maldiney permet d'évoquer l'une de ses proches, Gisela Pankow, dont la réflexion de nature psychiatrique portait sur la constitution de l'espace chez l'enfant psychotique.
25. Henri Gaudin, in *Art et Philosophie, ville et architecture, op. cit.*, p. 275.
26. *Ibid.*, p. 276.

lieux, des parcours, des pratiques, un lieu « impropre », et non pas un lieu propre et fermé sur lui-même ou sur le réseau comme le non-lieu de l'espace virtuel. En effet, le corps « résiste » à un lieu qui ne le met pas en relation et lui interdit tout rapport en lui imposant des limites infranchissables.

C'est le cas de ces lieux où le corps ne peut plus bouger et marcher, où il se heurte à des distances trop grandes, où la circulation ne peut qu'être automobile. Ces lieux qui ne sont pas circonscrits alors que le jardin lui-même est déjà un « enclos », non pas un lieu clos, clôturé, un sol à s'approprier, mais un enclos qui tisse des liens avec d'autres lieux pour former un paysage. À Houston, l'une de ces villes de l'illimitation, le corps marcheur a perdu d'avance. À Alexandrie, ville de la coupure spatiale, il n'est guère plus aisé de marcher, on ne peut plus y traverser la corniche pour s'approcher de la mer depuis qu'une avenue à dix voies court le long du front et enclave la bibliothèque. Coupée de la mer, Alexandrie ne parvient pas mieux à se recentrer vers l'intérieur, vers le delta. Mais pourquoi se retourner vers le désert ou vers des lacs insalubres ? Seules des lignes de tramway, à Alexandrie, comme à Houston qui en a récemment fait le choix, sillonnent la ville, comme pour dire avec nostalgie qu'on la parcourait hier. *Alexandrie... pourquoi ?* C'est le titre d'un film de Youssef Chahine (1978). Oui ! Pourquoi a-t-on coupé, cisaillé, cette ville hier associée à l'esprit du cosmopolitisme ? Pourquoi la bibliothèque, symbole des fastes et de la culture d'hier, se trouve-t-elle encastrée dans cette corniche folle au milieu du bruit et de la pollution des voitures ? Prisonnier d'un espace clos ou illimité, le corps réagit, nerveusement ou sur le mode de la dépression, à ce manque d'espace, à cette absence d'un lieu circonscrit ouvrant à d'autres lieux. La dépression vitale est la conséquence d'une absence d'ouverture spatiale : « La dépression vitale correspond absolument à ce que Winnicott a appelé le *break-down*, l'agonie primitive, où quelque chose, un vide, a eu lieu qui n'a pas trouvé son lieu, de sorte qu'il agit sans être accessible et que chacun ne l'éprouve que dans la dérobade de soi, dans l'impossibilité d'être là, dans une absence totale. Plus encore, il est dans l'incapacité même de souffrir de cette absence, ce qui me paraît caractériser la dépression générale qui se trahit par des activités paroxysmales de divertissement [27]. »

Le corps ne se satisfait pas de n'importe quel lieu, il résiste aux lieux invivables, devenus insupportables parce qu'il ne parvient à pas les incorporer. Mais il y a des villes, les fameuses cités en forme de barres où, s'il est encore possible de marcher, il est impossible de vivre, par manque de durée et de vie collective. Selon une expression parlante des Hautes-Alpes, on est « embarré » comme sur une paroi sur laquelle il n'y a aucune prise possible. « À voir ces architectures qui défilent dans les banlieues des villes, on comprend que celui qui s'accroche à un balcon y est embarré. L'embarré est prisonnier de rien. Dans la rue, le mouvement des automobiles n'appelle pas l'espace, il s'y enferme : translation sans transformation, sentiment de la vitesse, un leurre [28]. » Ces villes-barres sont des lieux où il n'y a plus ni dedans, ni dehors, des espaces qui embarrent en immobilisant ou en provoquant la vitesse extrême, des villes virtuelles, des cités « barrées » de la carte dont il n'y a d'autre désir que de « se barrer ». La dépression atteint les corps quand on ne leur offre pas l'espace requis pour bouger, se mouvoir, pour se mouvementer. « Dans la création d'une ville nouvelle, dont le type est Brasilia, que se produit-il ? Des réussites architecturales évidentes dans un échec urbain non moins évident ? À Brasilia, où que l'on soit, on n'est nulle part. Sans corps [29]. » Quelque chose a eu lieu qui n'a pas trouvé son lieu. « La disposition spatiale des grands ensembles et des périphéries, c'est l'opposition radicale du dehors et du dedans, la séparation absolue, de la sphère privée et publique, celle-là cellule, celle-ci non-lieu [30]. »

27. Henri Maldiney, in *Art et Philosophie, ville et architecture*, *op. cit.*, p. 16-17.
28. *Ibid.*, p. 19.
29. *Ibid.*, p. 14.
30. Henri Gaudin, in *Art et Philosophie, ville et architecture*, *op. cit.*, p. 276.

« Le rythme n'a pas de limite. Il est l'ouverture de l'espace. »
Mais le rythme urbain ne correspond pas à n'importe quoi, il ne s'accorde ni avec le n'importe quoi d'un lieu sans espacement, ni avec le n'importe quoi du lieu branché. Pour qu'il ait lieu, il faut circonscrire des limites. Le corps, première et dernière forme de résistance, mais résistance effective puisqu'il noue une relation entre un dedans et un dehors et exige des espaces qui le favorisent, le mettent « en forme » et « à l'épreuve ». Reconquérir des lieux scandés par la rythmique du dehors et du dedans, par le double mouvement d'intériorisation et d'extériorisation sans lequel les scènes urbaines sont exclues, est une exigence. Le corps ne peut se replier dans un vase clos, il doit s'exposer au dehors pour reconduire l'expérience initiale, celle du seuil, celle de l'entre-deux, « là où ça parle » sur le pas de porte. L'architecte ne doit pas entrer dans l'intime mais assurer les liens entre le privé et le public [31]. Le corps est un premier pli qui joue du dépli et du repli, l'espace public est un second pli qui joue également de ce double mouvement de dilatation et de contraction. Mais l'espace public exige qu'un espace urbain ait une forme, qu'un lieu prenne forme pour un corps. Mise en forme et mise en scène sont des expériences simultanées.

Patrimoine et nouvelle culture urbaine

Même si un renversement de tendance est patent, ce dont témoignent des politiques municipales qui ne sont pas toujours des vitrines médiatiques pour les maires, ou l'intérêt croissant pour le paysage, la faiblesse de la culture urbaine en France invite à sortir de l'Hexagone et à comparer les expériences. « Il s'impose donc de profiter de l'expérience de nos voisins européens et de regarder ce qu'ils ont réalisé : comment les Anglais ont préservé leur campagne, voyez le Kent et le Sussex dans la foulée du *Greenbelt Act* et comparez avec les périphéries de Chartres ou de Tours ; comment les Allemands se sont gardés

---

31. Bernard Huet, « Apprendre aux architectes la modestie », article cité.

de la périphérisation, voyez Fribourg-en-Brisgau et comparez-la à Colmar ; comment les Italiens savent utiliser leur patrimoine historique majeur de façon contemporaine, sans le dénaturer, voyez l'hôtel de ville de Naples ou l'université de Venise [32]. »

Mais, au-delà des expériences nationales, la capacité de recomposer des lieux, de refaire des unités urbaines est l'essentiel. Si la « lutte des lieux », substitut éventuel à une « lutte des classes » qui a correspondu à la société industrielle, à la mine et à l'usine, est d'abord une lutte pour le lieu, elle passe aussi par la constitution d'espaces urbains susceptibles de reconquérir une dimension temporelle, une mémoire et un avenir. Après les années d'après-guerre durant lesquelles l'urbanisme progressiste triomphe, en tout cas dans l'Hexagone, la volonté, tant du côté des architectes que des urbanistes, de repenser le cadre urbain lui-même s'est imposée. Suffisait-il de répondre à l'urbanisme progressiste, celui de la table rase, par l'urbanisme culturaliste, celui qui valorisait la tradition et le rapport avec la nature ? Apparemment pas. Anticipée en Italie entre les deux guerres, architectes et urbanistes ont ré-imaginé une culture urbaine dans le contexte post-urbain.

Cette culture urbaine s'est donné comme tâche prioritaire d'inscrire l'espace urbain dans une durée, et de respecter la relation entre passé, présent et avenir. Ce qui fait écho aux trois âges de la ville mis en scène par Christian de Portzamparc : « La première ville, à travers ses formes diverses, à travers la planète et au long des siècles présente une extraordinaire constance : un même schème unique et simple l'a toujours ordonnée, celui de la rue. Dans le quadrillage des villes grecques comme dans le lacis des urbanisations vernaculaires, jusqu'aux tracés parisiens d'Haussmann, la ville est vue, comprise, parcourue, planifiée selon le vide des espaces publics, vide défini par ses bords pleins, construits : les *insulae*, les îlots [...] Après le coup de tonnerre de l'"âge II", cet espace est pour ainsi dire renversé, retourné

---

32. Françoise Choay, « Patrimoine urbain et cyberspace », article cité, p. 101. Sur le décalage français par rapport à l'Italie, voir Jean-Louis Cohen, « Le détour par l'Italie », *Esprit : Réveil de l'architecture ?*, décembre 1985, et Jean-Louis Cohen, *La Coupure intellectuels/architectes ou les enseignements de l'italophilie*, L'Équerre, Paris, 1986.

comme un gant. On ne voit plus selon ce vide des espaces publics, mais à partir d'objets pleins [...] L'"âge III" s'ouvre par un champ d'incertitudes, d'indécision, de régression [33]. » En effet, le réflexe d'un retour en arrière à la ville de l'âge I est condamné d'avance, « nous travaillons, nous nous trouvons dans des sites hétérogènes, contradictoires, marqués à la fois par l'"âge I" et l'"âge II" ».

Quant à la troisième ville, elle n'est pas l'aboutissement dialectique des deux villes précédentes mais un résultat hybride, celui qui correspond à de nombreuses villes contemporaines en Europe. Or, ce caractère hybride, indissociable du devenir métropolitain de l'urban, exige de penser la culture urbaine en termes de raccord, de couture, entre l'ancien et le nouveau, entre le centre et la périphérie, et non pas de revenir à la bonne ville classique.

Dès 1931, alors que l'urbanisme progressiste n'a pas encore produit en masse et à des fins d'habitat ses réalisations de l'après-guerre, Gustavo Giovannoni anticipe le «*post-city age*». Dans *Vecchie Città e edilizia nuova*, il propose d'« explorer la voie d'un aménagement local d'échelle modeste et de dimensions réduites, propre à induire les retrouvailles avec l'urbanité [34] ». Sans méconnaître les facteurs spécifiques de la ville moderne, à commencer par sa polycentralité et la structure annulaire indissociable de la métropole, un projet urbain doit, selon Giovannoni, « associer ce qui est divisé » sur le plan spatial, la ville ancienne et la ville nouvelle, ce que Portzamparc appelle les villes 1 et 2.

Dans cette optique, *L'Urbanisme face aux villes anciennes* de Gustavo Giovannoni présente une triple mise en garde. Une mise en garde contre « l'hégémonie conférée aux réseaux techniques dans l'organisation de l'espace, avec la prévalence des échelles d'aménagement mondiale et territoriale et de leur logique de branchement [35] ». Une mise en garde contre une conception de

---

33. Christian de Portzamparc, préface à Olivier Mongin, *Vers la troisième ville ?*, Hachette Littératures, Paris, 1995, p. 13.
34. Françoise Choay, article « Post-urbanité », in *Dictionnaire de l'urbanisme et de l'aménagement*, *op. cit.*
35. Françoise Choay, *in* Introduction à Gustavo Giovannoni, *L'Urbanisme face aux villes anciennes*, Seuil, Paris, 1998.

l'architecture héritée de la Renaissance qui privilégie la production d'objets techniques autonomes, de « machines célibataires », sans tenir compte du tissu urbain. Et enfin une mise en garde contre « la muséification du patrimoine urbain et territorial [36] ». Face à ces trois tendances, Giovannoni ne dénonce pas la disparition d'une esthétique du beau comme Camillo Sitte [37] mais propose d'intégrer les villes et les tissus anciens dans la ville contemporaine [38]. S'il y a une résurgence des lieux, ce n'est pas seulement parce que des lieux « à la marge » résistent à la normalisation imposée par les flux économiques et technologiques de tous ordres. Depuis l'après-guerre, les projets urbains réalisés dans un esprit proche de celui de Giovannoni se sont se multipliés. Le plus connu d'entre eux concerne la reconstruction de Bologne qui conjugue les reconstructions du centre ancien et de la périphérie en respectant les principes de l'institution d'une durée urbaine. Cette culture urbaine ne correspond pas à un simple travail de couture entre l'ancien et le nouveau, mais à une volonté urbanistique de circonscrire le développement de la ville et d'en dynamiser le tissu narratif qui ne se réduit pas à la singularité de la seule ville ancienne, celle des touristes et des musées. Au contraire, le respect du centre urbain doit valoir pour une périphérie qui n'est pas un élément patrimonial : « La réutilisation du patrimoine consiste à appliquer, pratiquement et théoriquement, à l'ensemble des quartiers périphériques promis à la destruction au terme de leur existence rentable, les principes de la restauration conservatoire déjà adoptés pour le centre historique [39]. » Ainsi en

36. *Ibid.*, p. 29. Sur ce thème, voir aussi Françoise Choay, « Sept propositions sur le concept d'authenticité et son usage dans les pratiques du patrimoine historique », *Conférence de Nara (Japon) sur l'authenticité*, Unesco, 1995.
37. Ce qui intéresse Sitte n'est pas la préservation du passé et du patrimoine urbain mais la création, désormais impossible selon lui en raison des échelles propres aux espaces industriels, d'une nouvelle beauté urbaine. D'où son pessimisme apparent. Voir Camillo Sitte, *L'Art de bâtir les villes*, *op. cit.*
38. Gustavo Giovannoni, *L'Urbanisme face aux villes anciennes*, *op. cit.*, p. 138.
39. P.L. Cervellati, R. Scannavini, C. de Angelis, *La Nouvelle Culture urbaine. Bologne face à son patrimoine*, Seuil, Paris, 1981, p. 184.

va-t-il de l'importance prise par les projets destinés à protéger le patrimoine industriel [40]. Le mérite de cette nouvelle culture urbaine est de repenser la ville comme un tout, comme un ensemble, en projetant vers l'avenir ses capacités de développement et de la prolonger dans un paysage aux dimensions de la métropole [41]. Mais il y aurait là, selon les détracteurs, le risque persistant d'un mouvement de patrimonialisation et de muséification, celui qui conduit directement à l'idée de « ville-paysage ». Hier, l'expérience urbaine dynamisait la *vita activa* ; aujourd'hui, l'expérience urbaine est consommée, patrimonialisée, muséifiée. L'expérience se confond alors avec un paysage, avec le « tableau » qui cache la ville elle-même. « La naissance de la ville-paysage s'accomplit d'autant mieux que l'aménagement de l'espace et les récits qui l'entourent dotent la métropole et sa région d'une image unificatrice puissante, qu'ils en font un paysage. La ville ancienne, lieu d'entrecroisement des histoires sociales les plus diverses, pôle de rassemblement des contraires, source unique de toutes les différences, offre la figure mythique idéale capable de fonder la diversité des formes culturelles recherchée par la petite bourgeoisie intellectuelle. Ainsi la figure de la ville constitue-t-elle peut-être l'horizon mythique des grandes métropoles du début du XIXe siècle, elle invite à la transmutation de l'espace urbain en ville-paysage [42]. » Dans le contexte de la métropolisation et de la

---

40. Emmanuel de Roux, *Patrimoine industriel*, Éditions du Patrimoine / Éditions Scala, 2000. L'ouvrage distingue : 1 / les architectures singulières : l'usine Meunier à Noisiel (Seine-et-Marne), les Grands Moulins à Marquette-lez-Lille dans le Nord... ; 2 / les mémoires au travail : les hauts-fourneaux d'Uckange et d'Hayez en Moselle, le familistère de Godin à Guise, le monde de la mine, les usines Renault... ; 3 / les territoires de l'industrie : les salines à Salins-les-Bains, la filature de Fontaine Guérard à Pont-Saint-Pierre, une ville drapante (Elbeuf en Seine-Maritime), une ville lainière (Roubaix), une cité de lainage (Mazamet dans le Tarn)... ; 4 / des savoir-faire urbains de haute technicité : briqueterie, distillerie, corderie, verrerie...

41. Bernard Lassus. *Couleur, lumière... paysage. Instants d'une pédagogie*, Éditions du Patrimoine, Paris 2004 ; Jane Amidon, *Jardin radical. Nouvelles définitions du paysage*, Thames et Hudson, 2003.

42. Michel Conan, « Les villes du temps perdu », *Le Débat*, n° 81, sept.-oct. 1994.

ville générique, la ville est un mythe qui mobilise, un paysage que l'on regarde. Et faut-il s'en étonner, les paysagistes, tout comme les architectes, s'opposent entre culturalistes et matérialistes, entre artistes et réalistes, entre ceux qui veulent ajouter de l'art au réel, et ceux qui veulent le découvrir à lui-même, le débarrasser de ses scories [43].

L'avenir de la ville européenne est là, un avenir incertain et protéiforme : pièce de musée, ville touristique, ville post-industrielle qui change brutalement grâce à la construction du musée Gehry en plein centre de Bilbao, ville magnifiquement repensée à Barcelone par Oriol Bohigas, Nantes redessinée en fonction du parcours des tramways. Oscillant entre la patrimonialisation et l'invention d'un avenir incertain, la nouvelle culture urbaine marque une rupture avec l'urbanisme progressiste, elle ne hiérarchise pas plus la relation du centre et de la périphérie que celle du passé et du présent. En ce sens, elle renverse les principes de l'urbanisme occidental : de même que le passé n'est plus opposé au présent (urbanisme progressiste contre urbanisme culturaliste), le centre n'est plus opposé à la périphérie (ce qui n'est pas sans lien avec le renversement de tendance que favorise la métropole qui s'ouvre à l'extérieur sur un mode centrifuge alors que la ville classique aspire sur un mode centripète). Ce double clivage, celui du passé et du présent d'une part, celui du centre et de la périphérie d'autre part, doit être dépassé. Ce qui exige des acteurs. Comme le soulignent aujourd'hui Giuseppe Dematteis ou Alberto Magnaghi en Italie, un projet urbain doit être jugé à l'aune de sa capacité à mobiliser des acteurs dans la durée. « La conservation du paysage revient à sa destruction dès lors qu'elle conduit à la pétrification de ses acteurs [44]. » D'où l'idée d'un « urbanisme de projet », la continuation contemporaine d'une nouvelle culture

---

43. En France ce conflit a opposé deux paysagistes reconnus, Michel Corajoud et Bernard Lassus. Voir Jean-Pierre Le Dantec, « La création de l'École nationale du paysage et le débat Corajoud/Lassus », in *Le Sauvage et le Régulier. Art des jardins et paysagisme en France au XXe siècle*, Le Moniteur, Paris, 2002, p. 209-216.
44. Alberto Magnaghi, *Le Projet local, op. cit.*, p. 48.

urbaine dont les Italiens furent les instaurateurs. Un urbanisme de projet qui consiste à redéfinir des limites en lien avec une conception inédite du paysage global.

Dérives architecturales et urbanisme de projet

Giovannoni met donc en garde dès l'entre-deux-guerres contre l'hégémonie des flux, contre la muséification et contre la tendance ancestrale des architectes à se comporter comme des artistes solitaires, à produire des « machines célibataires » ignorant tout de l'environnement urbain où elles s'inscrivent. Qu'en est-il aujourd'hui de cette troisième mise en garde ? Si Gustavo Giovannoni inaugure avec Lewis Mumford, Jane Jacobs et quelques autres, à l'époque où l'urbanisme progressiste est encore hégémonique, un anti-urbanisme qui emprunte à l'urbanisme culturaliste de Patrick Geddes, les relations entre les urbanistes et les architectes ont-elles vraiment changé ? La méfiance envers l'urbanisme progressiste a-t-elle modifié la production architecturale et les pratiques professionnelles ? Des architectes italiens se réclamant aussi bien de Brunelleschi, des textes fondateurs d'Alberti, mais aussi de Mies Van der Rohe ou de Gropius, cherchaient à imposer, il n'y a pas si longtemps, la primauté de l'architecture sur la ville, dans le but d'opposer l'architecture et l'urbanisme. Considérant « la ville existante comme une structure fragile, transitoire, modifiable [45] », ils voulaient créer des objets d'architecture « autonomes et absolus ». En France, alors qu'ils jouissent d'un succès public manifeste, les architectes continuent pour beaucoup à se prendre pour des artistes solitaires. Certes, le procès des architectes-artistes solitaires est ancien. La critique, au demeurant assez injuste, du romantisme créatif de Frank Lloyd Wright formulée par Lewis Mumford dans *Le Piéton de New York* en témoigne : « Chacune des constructions de Wright se dresse dans un isolement voulu, comme un monument à sa propre

---

45. *In* P.L. Cervellati, R. Scannavini, C. de Angelis, *La Nouvelle Culture urbaine*, *op. cit.*, p. 7.

grandeur qui domine orgueilleusement les œuvres de ses contemporains […] Ce qu'il y a d'incontestable dans la conception que Wright se fait de son rôle d'architecte n'est, à tout prendre, qu'un sous-produit de ce romantisme byronien avec ses prétentions immodérées au culte du moi et le mépris pour les hommes et les institutions qui ne s'y conforment pas [46]. »

Mais, pour Françoise Choay, l'opposition entre l'architecte, artiste solitaire de génie, et l'urbanisme rationalisateur n'est pas affaire de conjoncture ou d'humeur, elle demeure structurelle [47]. Ainsi regarde-t-elle avec distance, voire avec ironie, les prouesses artistiques des meilleurs architectes contemporains tout en déclarant son admiration pour les vrais inventeurs de formes, ceux qui misent sur les nouvelles techniques et des matériaux inédits. Ainsi s'inquiète-t-elle de ces architectes qui n'entretiennent plus « un commerce direct avec les terrains et les eaux, les climats et les vents, les saisons et le ciel », de ces architectes qui ne connaissent plus « le secret des matériaux » et qui ont renoncé à « l'art d'édifier » (Alberti) en se coupant des artisans et des métiers qui ont contribué à une histoire du bâtir – qui ne se confond pas avec celle de la création architecturale [48]. Aux plaisirs célibataires des artistes de l'architecture, elle préfère l'esthétique des grands ingénieurs : « Non seulement la construction de réseaux techniques est du ressort des ingénieurs, mais toujours davantage, c'est d'eux et d'eux seuls que dépendent l'efficience, l'audace et la beauté des grands objets techniques bâtis. Les vrais bâtisseurs du XXe siècle, ceux que l'histoire retiendra une fois dissipés les mirages de la mode et de la publicité, ont pour nom Torroja, Candela, Nervi, Ove Arrup, Nowicki, Lafaille, Buckminster Fuller, Peter Rice, Frei Otto, tous ceux sans les calculs et l'art desquels nos vedettes actuelles apparaîtraient pour ce qu'elles sont : des dessinateurs de logos [49]. » Plus encore, elle imagine un

---

46. Lewis Mumford, *Le Piéton de New York*, *op. cit.*, p. 96.
47. Voir l'ouvrage tonique et polémique de Philippe Trettiack, *Faut-il pendre les architectes ?*, Seuil, Paris, 2001.
48. Françoise Choay, *L'Allégorie du patrimoine*, Seuil, Paris, 1992, p. 196.
49. Françoise Choay, in *Urbanisme*, n° 309.

équilibre entre « l'art vigoureux de ces ouvrages techniques » et « un art de l'espace proche, oublieux de ses anciens enchantements, mais fidèle à sa compétence d'enchanter [50] ». D'où le double reproche formulé à une architecture contemporaine qui tend à privilégier d'une part une esthétique du colossal – les réalisations de Ricardo Bofill ou l'Arche de la Défense, « cet autel singulier solitaire au dieu insatiable de la technique », sont étrangères à la force tragique, celle de New York ou de Chicago, qui, selon Françoise Choay, dissocie et autonomise les objets –, et d'autre part le culte de l'image, l'iconicité. « Le règne de l'image consacré par l'ère médiatique retentit sur l'architecture et, par le truchement du dessin, entraîne la désaffection de l'espace intérieur et réduit les espaces publics à des images, conçue pour la transmission médiatique [51]. » Cette triple fascination pour le dessin, le colossal et l'image est paradoxale puisque ces architectes renoncent ainsi à créer l'espace-temps rêvé par les CIAM, sur le plan de la création architecturale [52], dont ils font par ailleurs le procès. Mais d'autres, François Barré par exemple, ancien directeur de l'Architecture et du Patrimoine, refusent d'emblée de redéfinir la ville et attendent de la production artistique qu'elle anime l'espace public contemporain.

Pourtant, la production architecturale est à l'origine d'interrogations qui affectent l'option d'un urbanisme de projet, le rapport du privé et du public et notre conception de l'espace public. Un débat implicite existe entre les architectes autour de la notion de projet. En opposition aux propositions de l'urbanisme municipal contemporain, celui qui dépend de la volonté politique de redéfinir un projet, certains en discutent même le bien-fondé.

50. Françoise Choay, *L'Allégorie du patrimoine*, *op. cit.*, p. 196.
51. Françoise Choay, article « Espace. Espace et architecture », in *Dictionnaire de l'urbanisme et de l'aménagemnt, op. cit.* Sur la mise en images du travail architectural et le rôle des nouvelles technologies et de la CAO, voir supra, particulièrement les propos de Jean-Toussaint Desanti.
52. Les CIAM valorisent la révolution cubiste, le multi-perspectivisme, alors que les architectes contemporains, reconnus d'avant-garde ou non, reviennent pour beaucoup, *via* le dessin, à la perspective classique.

Alors que la nouvelle culture urbaine et les commandes contemporaines, marquées par le poids des maires et les marchés de définition, mettent en avant l'idée de projet[53], c'est-à-dire celui d'une inscription dans la durée et d'une réalisation respectant une cohérence spatiale, alors que l'urbanisme de projet, requalifié *Renovatio Urbis*, donne lieu à des réalisations qui forcent le respect – du type de celles de l'agence Studio de Bernardo Secchi et Paola Vigano[54] –, deux critiques majeures sont mises en avant. Pour les uns, le projet existe déjà sous la forme d'un « contexte » qu'il faut remettre sur le chantier, pour les autres, rationalistes ou adeptes de la ville générique, il ne faut pas se préoccuper d'un environnement qui est de toute manière immaîtrisable, ce qui justifie le plein exercice de la liberté artistique. Si la nouvelle culture urbaine rapproche architectes et urbanistes, le rejet de l'urbanisme de projet ne revient pas nécessairement à opposer pour autant la règle (architecturale) et la méthode (urbanistique). Pour Henri Gaudin, la distinction entre urbanisme et architecture est infondée dès lors que l'on pense la construction comme un entrelacement de plusieurs formes et non pas comme la construction d'objets solitaires. Pour Bernard Huet, le projet est déjà existant comme contexte, et celui-ci comme projet : « Un projet urbain est déjà potentiellement inscrit sur le territoire avant même qu'il apparaisse. Le rôle du concepteur se limite à lire

---

53. Les leviers de l'action urbaine peuvent être aussi bien le culturel (Bilbao) que l'économique et le social (Lille-Roubaix). Voir *Lille-Roubaix. L'Action urbaine comme levier économique et social*, Direction générale de l'Urbanisme, de l'Habitat et de la Construction, mai 2000, n° 20 ; Ariella Masboungi (dir.), *Bilbao, la culture comme projet de ville*, Direction générale de l'Urbanisme, de l'Habitat et de la Construction ; *Projet urbain*, septembre 2001, n° 23.

54. Sur la création et l'esprit de l'agence Studio, voir Bernardo Secchi, « J'ai connu des maîtres, petite autobiographie », Ariella Masboungi (dir.), *Grand prix de l'urbanisme 2004*, Direction générale de l'Urbanisme, de l'Habitat et de la Construction, Paris, 2004, p. 52-65. Fondée en 1990, l'agence Studio a à son actif le plan de villes comme Courtrai en Belgique, Prato, Brescia, Pesaro, Anvers, l'aménagement du centre-ville de Malines, du quartier du Petit-Maroc à Saint-Nazaire, la création du quartier de la Courrouze à Rennes, l'aménagement d'un parc urbain à Anvers, etc.

attentivement le contexte existant, à l'interpréter assez finement pour "révéler" le projet caché. C'est ce type de démarche répétée de génération en génération qui explique les mécanismes de déformation de projets urbains très célèbres. La place Saint-Marc à Venise, le Palais-Royal à Paris ou l'axe triomphal du Louvre à La Défense sont des projets qui paradoxalement n'ont jamais été dessinés en tant que tels. L'art urbain, c'est presque toujours d'accommoder des restes, l'art de recoudre des fragments hétérogènes pour reconstituer une logique de continuité urbaine. À Bercy, c'est la méthode que j'ai appliquée. Le dessin du parc, sa trame, permet de fédérer tous les éléments préexistants dans le site, le Parc omnisports de Paris-Bercy (POPB), le ministère des Finances, la ZAC conçue par l'Apur (Atelier parisien d'urbanisme), comme s'ils avaient été pensés ensemble. Le hasard et la nécessité sont la loi du projet urbain [55].» Paradoxalement, les partisans de la ville générique pourraient reprendre à leur compte ces notions de hasard et de nécessité, mais pour eux le contexte existe moins par sa puissance implicite que par son caractère dévasté et défait. Pour Koolhaas, le contexte, celui du *junkspace*, ne justifie pas d'autre intervention que celle du coup de maître architectural [56].

Mais ce débat sur le caractère «plein» ou «vide» du contexte rencontre une autre interrogation, celle qui porte sur le point de départ de la création. Non pas qu'il faille trouver une origine, au sens spatial ou temporel, à la création, mais inscrire une réalisation dans un espace qui fait monde, au sens où un espace qui s'offre fait monde. Comme dans le cas du corps individuel, la résurgence du lieu accompagne une remise au monde de l'urbain, les réflexions de Christian de Portzamparc et de Henri Gaudin en témoignent, parmi d'autres.

---

55. Bernard Huet, *Créer la ville. Paroles d'architecte*, *op. cit.*, p. 102-103.
56. Jean Attali, *Le Plan et le Détail. Une philosophie de l'architecture et de la ville*, Éditions Jacqueline Chambon, Nîmes, 2001.

Rythmiques urbaines ou comment ouvrir la matière
(Christian de Portzamparc et Henri Gaudin)

Au-delà de l'opposition, peu pertinente, de l'urbaniste et de l'architecte, l'option décisive est de «faire monde», de créer des espacements permettant aux individus de se tenir dans le temps et dans l'espace. «Faire monde» en prenant en considération les plis de l'espace et du temps et en les inscrivant dans un contexte qui correspond à un site physique. La démarche est moins «anti-contextuelle», au sens de Koolhaas, que soucieuse de favoriser une trouée, une ouverture, en retrouvant le rythme même qui associe dehors et dedans. Comme s'il fallait revenir à une structuration originaire, celle de la rythmique urbaine qui assemble de l'hétérogène, au sens où Georges Braque affirme: «Construire, c'est assembler des éléments homogènes, bâtir, c'est lier des éléments hétérogènes.» D'où ce commentaire de Henri Gaudin: «Les points critiques, les articulations hétérogènes sont des vides actifs […] Alors qu'est-ce qui est l'essentiel? Ce qui est le dimensionnel de tous les arts: le rythme. Le rythme au sens vrai, non la cadence. Le rythme est immanent à l'existence naissante [57].»

Sur le plan corporel, esthétique et politique, l'espace urbain est marqué par le rythme, par des oscillations permanentes entre intérieur et extérieur, entre dedans et dehors. Tout un art de l'entre-deux doit donc prendre corps dans un «bâti». Mais ici, la matière bâtie est une manière de se situer dans la matière qui s'offre, soit à un degré zéro, dans un terrain vague par exemple, soit dans un espace qui a déjà une histoire et se présente comme un livre ou un palimpseste. L'ouverture initiale de la matière est la meilleure réponse à la fragmentation de la matière bâtie. Il faut trouver l'ouverture, l'issue, la percée, la trouée, l'espacement, saisir la lumière dans son apparition. Comme si l'on regardait

---

57. Cité par Henri Gaudin, *Seuil et d'ailleurs. Textes, croquis, dessins*, Éditions de l'Imprimerie, 2003, p. 16. Sur le rythme, voir Philippe Fayeton, *Le Rythme urbain. Éléments pour intervenir sur la ville*, L'Harmattan, Paris, 2000.

l'arrivée de la lumière le matin : « On voit la planète. Comme une masse pleine, un plein de matière qui s'ouvre et monte à la lumière. Toute cette matière s'ouvre en somme, c'est un noyau plein qui va vers l'ouverture. Et partout cette masse pleine de la Terre est creusée, façonnée, sans cesse formée, modelée par l'homme, et puis peu à peu, plus que modelée, elle est fondue, extrudée, transformée en panneaux, en substance, en poteaux, en plaques fines ajourées, transparentes, étanches. Mais, toujours, c'est une ouverture de la matière qui se produit, et le travail qui est le mien porte précisément sur ce moment où la matière s'ouvre, s'épand et s'assemble, ce moment où elle donne lieu à un espace, à une aération, à une partition d'ombre et de lumière [58]. »

Christian de Portzamparc prolonge cette réflexion sur l'ouverture de la matière en s'interrogeant sur l'économie d'échelle de la Cité de la musique, un site composé de divers bâtiments, anciens ou en voie de construction. Comment placer, se demande-t-il concrètement, les deux bâtiments prévus de chaque côté de la fontaine aux Lions du côté de la porte de Pantin ? À cette première échelle, faut-il prendre le parti de la symétrie ou celui de la dissymétrie, afin d'ouvrir les bâtiments qui composent le site sur le parc, ce qui permet d'éviter de monumentaliser la Grande Halle mais aussi la Cité de la musique ? « Pour organiser cet espace de grande dimension, la relation entre la ville et le parc, j'ai accentué le côté parc. Je voulais enlever à ce lieu trop vaste toute idée de monumentalité et faire qu'on *puisse voir* le parc [59]. » Mais au-delà de cette première échelle, celle du site lui-même, l'architecte imagine une autre échelle de travail pour la Cité de la musique, comme il l'a également fait pour l'École de danse de Nanterre où les trois bâtiments correspondent à trois moments de la formation des danseurs. Comment organiser une fragmentation

---

58. Christian de Portzamparc, in *Le Plaisir des formes*, *op. cit.*, p. 70. Sur le travail de C. de Portzamparc, voir *Christian de Portzamparc*, *L'Architecture d'aujourd'hui*, n° 302, décembre 1993 ; Jean-Pierre Le Dantec, *Christian de Portzamparc*, Éditions du Regard, Paris, 1995 ; *Portzamparc*, Arc en Rêve, Centre d'architecture, Birkhaüser, 1996.
59. Christian de Portzamparc, *Le Plaisir des formes*, *op. cit.*, p. 90.

de la matière bâtie pour un bâtiment composé à la fois de lieux de musique enclos pour des raisons d'acoustique, et de lieux ouverts où pénètre la lumière et où les gens peuvent se rencontrer ? Là encore, il faut instaurer une relation « décalée », un « effet de bascule », au sens de Gracq, qui préserve du double excès de continuité ou de discontinuité entre les lieux qui orchestrent la cité, mais aussi entre celle-ci et le site de la Villette dans son ensemble. « La matière s'ouvre alors aussi bien à l'échelle urbaine (au dehors) que dans le bâtiment lui-même (au dedans), là où l'espace s'évide à nouveau dans une partition de vides et de pleins, là où se dessine un réseau d'espaces vides et lumineux [60]. » Le mouvement de fragmentation de la matière spatiale s'oppose au dogme de la continuité qui repose sur la transparence et l'absence de rythmique. « Des espaces lumineux côtoient des espaces pleins, des bâtiments dans le bâtiment. Partout, nous nous trouvons à la fois au dedans et au dehors, toujours près d'un autre lieu même dans les salles de musique [61]. » Mais une troisième échelle, un troisième niveau d'approche, intervient, celle des salles fermées, et surtout celle de la grande salle de concert. Le choix d'une forme elliptique s'impose afin de modifier la perception de deux axes dont le périmètre est continu et qui n'ont aucun angle, mais aussi parce qu'il faut favoriser l'imagination de l'auditeur dans l'espace de la salle [62]. Les niches de la salle de concert, destinées à assurer une meilleure diffusion du son et à éviter sa focalisation, sont elles-mêmes « traitées comme des fenêtres de lumière artificielle, avec des jeux de couleur qui permettent de donner tout le spectre : rouge, argenté, vert, jaune, etc. [63] ». Que ce soit dans la relation avec le site, avec la place aux Lions et avec le parc dans son ensemble, que ce soit dans l'agencement des bâtiments qui peuvent être clos ou fermés, que ce soit dans l'organisation de l'espace fermé, celui de la salle de concert, un double parti pris architectural est affirmé : celui d'extérioriser

60. *Ibid.*
61. *Ibid.*, p. 92.
62. *Ibid.*
63. *Ibid.*, p. 93.

Du bâtiment au monument,

Ce n'est qu'à la fin de la cinquantaine, après avoir échoué à faire passer ses projets d'urbanisme pour la ville de Philadelphie où se trouve son agence (créée en 1932), que Louis Kahn impose son style architectural. Pendant toute une période, il construit peu, mais il dessine essentiellement des bâtiments publics, des musées, des bibliothèques, un laboratoire : la galerie d'art pour l'université Yale à New Haven (1953), les laboratoires Richards à Philadelphie (1957-1961), la bibliothèque Philipps Exeter (Exeter, New Hampshire, 1972), le théâtre de Fort Wayne (Indiana, 1973). Cet intérêt pour des bâtiments publics où l'ordre orthogonal compose avec des formes chaotiques laisse progressivement place à des monuments dont la légèreté et le dépouillement puisent dans une matérialité minérale. En passant du bâtiment au monument, c'est tout le sens d'un espace public et collectif qui s'affirme et s'approfondit dans l'œuvre architecturale de Louis Kahn*.

Alors qu'un voyage en Égypte le conduit à réfléchir au rôle de la pyramide, il se penche également sur le sacré propre à l'habitat et s'intéresse aux religions, à toutes les religions, même si le judaïsme est mis en avant du fait de sa biographie, mais aussi de la réalisation du site de la communauté juive de Trenton et du projet (non réalisé) de la grande synagogue Huva qu'il imagine pour Jérusalem. Son intérêt pour les espaces publics prend donc une connotation politique ou religieuse (voir le projet non réalisé de l'Église unitarienne de Rochester, New York, 1959). Durant la seconde partie de sa vie, il parcourt le monde et réalise des œuvres inscrites dans des cultures et reliées à des populations : l'Institut indien de gestion d'Ahmedabab

le dedans et celui d'intérioriser le dehors, il faut ouvrir le parc de même qu'il faut éclairer la salle fermée.

C'est à un exercice parallèle que se livre l'architecte quand il construit la tour LVMH à New York en 1994. Comme le bâtiment se trouve enserré entre deux autres tours et fait face à un immeuble en marbre sombre et massif (la tour IBM), il faut répondre à une

L'ARCHITECTURE COLLECTIVE DE LOUIS KAHN

(Inde, 1962-1967), et le centre gouvernemental (Capitole et Parlement) de Dacca au Bangladesh à partir de 1962.

Le devenir artistique de Louis Kahn est original. Alors que l'on voit souvent dans l'architecte un artiste « romantique » peu préoccupé par la ville, par les dimensions collective, religieuse et politique, Louis Kahn est un artiste dont l'individualisme revendiqué donne progressivement corps à une œuvre où le rapport au collectif s'intensifie. Un rapport nécessairement artistique car il met en relation les éléments, le ciel et la terre, des peuples et des monuments. Mais aussi un rapport politique qui peut renvoyer à tout un peuple. Est-ce un hasard si Kahn a atteint le sommet de son art en construisant un monument qui est le symbole du Bangladesh ?

Cette architecture est religieuse au sens où elle relie, où elle met en relation un monde, un écosystème, un environnement, des collectifs, des collectivités et des monuments qui vont s'étendre progressivement. Cet architecte n'a pas hésité à renouer avec le monumental et n'a pas craint de prendre dans les éléments cet « élémentaire » qui est la condition d'une construction collective. Il n'est pas si fréquent que l'idée de monument retrouve tout son sens aujourd'hui. Mais ces monuments n'ont rien à voir avec « le développement de mégabâtiments autonomes et décontextualisés, tant dans les centres anciens qu'à la faveur de nœuds dont Euralille offre en France le prototype**».

* Louis Kahn, *Silence et Lumière*, Éditions du Linteau, Paris, 1996.
** Françoise Choay, « Patrimoine urbain et cyberspace », *La Pierre d'angle*, nos 21-22, octobre 1997.

---

double exigence architecturale : d'une part, faire exister le gratte-ciel entre deux immeubles, respecter la géométrie d'ensemble sans le coller à ceux-ci, et, d'autre part, imaginer des reflets variés pour éviter qu'une tour trop transparente soit le miroir du lourd bâtiment qui lui fait face. Comme dans le cas des bâtiments construits sur un site étendu ou dans des îlots ouverts, l'architecte conçoit des alignements discontinus, imagine des formes de désalignement et d'écartement qui ne perturbent pas l'ensemble, *i. e.* le site formé par les trois immeubles.

L'urbaniste, l'architecte et la vie publique

Avec des architectes et des urbanistes, le local, que ce soit un bâtiment, un site ou un îlot ouvert, peut redevenir un lieu qui s'inscrit dans un ensemble plus large, celui de la matière ou du contexte. Mais architectes et urbanistes accompagnent également l'expérience urbaine dans ses diverses dimensions corporelle et scénique. Si la scène urbaine « expose » les relations du privé et du public à travers celles du dedans et du dehors, elle est également confrontée à une dynamique de privatisation qui se traduit par le renversement de la relation hiérarchique entre le centre et la périphérie, par un retournement vers le dehors et par la menace d'étalement et de dispersion qui l'accompagne. « Dès lors qu'on quitte le modèle centre-périphérie, dès lors que le centre est partout et la circonférence nulle part, l'implantation locale change de statut. Chaque point est un centre dans les intersections multiples du réseau, chaque lieu est en communication réelle ou virtuelle avec l'ensemble des autres lieux. Chaque point local implique le réseau global ; réciproquement, celui-ci n'est rien sans la multiplicité des sites singuliers. Il importe de la comprendre pour concevoir le nouvel espace public qui s'ouvre à nous au-delà du très ancien paradigme architectonique et nous invite à penser autrement la ville [64]. » Si chaque point local implique le réseau global, il implique aussi tous les autres points d'un ensemble urbain doublement marqué par du « contexte » et par de la « matière ». Que deviennent alors le privé et le public quand le centre est partout ? Plutôt qu'à une confusion croissante du privé et du public, on assiste à des jointures et à des rapprochements qui annulent les coupures imposées par l'haussmannisme, dans le cas de l'urbanisme parisien, autant que par les

---

64. Marcel Hénaff, « Vers la ville globale... », article cité.

barres des cités. Quand dehors et dedans, privé et public font scission, il faut retrouver le sens des entrecroisements et multiplier les affinités électives. Il faut penser, comme c'est le cas de l'architecte finlandais Alvar Aalto, l'architecture elle-même comme agglutination et agglomération. Dès lors, le public s'ouvre au privé dans des parcs rythmés par des «folies», et le privé s'ouvre au public, ou inversement, par le biais de saillies, de seuils et de façades.

Privé-public. Au-delà des polémiques portant sur l'urbanisme progressiste, sur l'anti-urbanisme ou sur le projet de la nouvelle culture urbaine, la pratique architecturale contemporaine invite à l'occasion à retrouver le sens même de l'expérience urbaine. En réaction à l'urbanisme des années 1950-1970, celui qui était confronté au problème du logement de masse durant l'après-guerre, celui qui a privilégié barres et «cités» en béton tout en détruisant à foison, des architectes contemporains s'inquiètent de recoudre le tissu urbain. Tout d'abord en revenant sur le problème de l'îlot, c'est-à-dire sur la forme urbaine à donner aux seuils, aux passages qui font glisser, passer du public au privé et réciproquement. Les exemples ne manquent pas : d'un côté Aldo Rossi, auteur d'un livre de référence sur la culture urbaine, a créé un îlot fermé dans le 20e arrondissement de Paris, tandis que Christian de Portzamparc a privilégié l'îlot ouvert afin de retrouver l'universalité de la rue[65]. Dans tous les cas, l'ouverture sur l'extérieur est la question décisive. Encore doit-on se demander si les espaces-seuils sont polarisés vers le privé ou vers le public. Pour Louis Kahn ou Henri Gaudin, l'acte de construire n'a de

---

65. Ce concept d'«îlot ouvert» est un hybride urbain qui ne correspond ni à la ville composée de rues et d'îlots fermés avec des immeubles mitoyens, ni à la cité moderniste composée d'objets dilués (tours, barres et parcs). Respectant l'universalité de la rue, il consiste à relier des îlots divers et des immeubles distincts par «la géométrie du vide» propre à l'espace public. Un exemple en est l'îlot des Hautes Formes, à Paris, dont le concepteur est Christian de Portzamparc (1986-1995); du même architecte, voir aussi les immeubles de la rue de la Danse à Nanterre, et un quartier de Fukuoka au Japon (1989-1990).

sens que s'il permet d'édifier un espace collectif, d'instituer du collectif qui tienne dans la durée.

Public-privé. Pour ne prendre que deux exemples parisiens, l'un des défauts du trou des Halles, avant qu'on en envisage la rénovation, tient à sa difficulté de « s'ouvrir » vers des espaces limitrophes, à instaurer une relation entre Beaubourg, le Louvre, les jardins du Palais-Royal, les Tuileries, et à passer à travers les barrages que sont la Bourse du commerce, l'église Saint-Eustache ou les larges artères difficiles à franchir que sont la rue de Rivoli ou le boulevard Sébastopol. Le problème des Halles est également dû à son caractère souterrain, à l'absence de lien entre les niveaux, à l'insalubrité des jardins, à une incohérence aux allures labyrinthiques. Ce qui l'emporte est donc un sentiment de resserrement et d'emprisonnement en surface qui enfonce le passant dans le souterrain et ne lui donne guère le désir d'en sortir. Si l'absence d'ouverture est une absence d'horizon, celui de la lumière, celui de l'environnement immédiat, la première exigence d'un lieu est de favoriser ces seuils, sur les côtés mais aussi de haut en bas.

On le saisit fort bien dans un deuxième cas, celui du parc de la Villette qui, réaménagé en plusieurs étapes ces dernières décennies, connaît indéniablement un succès populaire. C'est un lieu public où les gens viennent avec plaisir. Dans un premier temps, l'ouverture de la Cité des sciences et de l'industrie a privilégié l'entrée par la porte de la Villette, mais celle-ci, essentiellement composée d'un large escalier-place à la sortie du métro, est barrée, coupée de l'espace environnant par des bâtiments (hôtels ou habitations modernes), ce qui ne favorise pas l'accès au parc. Le contraste est frappant avec l'entrée de la porte de Pantin, aménagée plus tardivement, où l'espace d'accueil qui introduit au parc, mais aussi à la Grande Halle, à la Cité de la musique, au pavillon Delouvrier, à l'École de musique est une immense place qui communique de manière fluide avec les divers lieux qui composent cet espace de loisirs et d'animation. Autant l'entrée à la Cité des sciences du côté de la Villette ressemble à une frontière séparant une barre hôtelière, le bâtiment de la cité, la Géode et le canal Saint-Martin, autant l'accès par la porte de Pantin permet la fluidité. Trop de séparations, de zonages par négligence, par défaut de créativité d'un côté, un sentiment d'ouverture lié à la mise en correspondance de ces espaces multiples de l'autre.

Si chaque point est un centre, cela n'est pas sans conséquences sur la conception du parc et de son animation. « Le concept de nouveau parc, affirme Bernard Tschumi, consiste en un ensemble d'objets semblables et neutres, dont la similarité, loin d'être un désavantage, leur permet toute une variation et qualification programmatique [66]. » Ces objets semblables, la structure de base de « folies » indifférenciées, correspondent à une première échelle à laquelle le parc ne se réduit pas. « Le nouveau parc est formé par la rencontre de trois systèmes autonomes, chacun avec ses logiques, particularités et limites respectives : le système des objets (ou points), le système des mouvements (ou lignes), le système des espaces (ou surfaces). La superposition des différents systèmes crée une série soigneusement agencée de tensions qui renforcent le dynamisme du parc [67]. »

Si la frontière entre privé et public n'est plus manifeste, le souci affiché de « mettre en tension » des espaces frappe plus l'attention qu'une stricte délimitation entre les deux mondes du privé et du public. À moins de croire à un civisme fervent digne de la Renaissance, d'imposer la coupure grecque entre le privé et le public, les issues sont connues : soit des privatisations accrues qui vont dans le sens du réseau, soit des temps festifs organisés sur un mode prescriptif car médiatique. Si l'événement public ne peut être strictement programmé, si le privé ne doit pas être l'instance de régulation de la vie publique, la volonté d'une « remise en tension » n'est pas un luxe inutile. Mais celle-ci peut-elle se soustraire à l'impératif exigeant d'une participation des habitants ?

Le processus choisi pour la réfection du quartier des Halles et de la station RER souligne les décalages entre l'instance politique et la création architecturale. Décalage entre le processus de

---

66. In *Urbanisme*, n° 187, 1983.
67. *Ibid.*

décision politique et les projets architecturaux présentés : alors que le projet politique, qui relève du marché de définition, consiste à inscrire la décision dans la durée, les quatre architectes (David Mangin, Jean Nouvel, Rem Koolhaas, Willy Maas) ont livré des objets clés en main ne se prêtant guère à des discussions, esthétiques ou non, alors même que les habitants manifestent de l'intérêt pour la démarche suivie[68]. Décalage également entre la présentation architecturale et un projet où la dimension souterraine des Halles, pourtant décisive, apparaît secondaire dans les projets présentés car peu perceptible sur les maquettes. Décalage enfin entre les intérêts des habitants du quartier et ceux, issus de la périphérie, que la station RER est censée faire transiter dans la ville. Bref, la difficulté de recoller les morceaux de la métropole parisienne est au cœur d'un processus de décision fort délicat qui exige de renouer un rapport entre privé et public et d'imaginer des formes de consultation qui n'oscillent pas entre des revendications avant-gardistes et une défense autocentrée de la proximité[69].

Exigences politiques

Ré-instituer la ville, recréer des limites

Si l'expérience urbaine va de pair avec sa dimension corporelle et anthropologique, si elle passe encore par des scènes, par des formes d'exposition de soi et des autres, ces deux expériences, corporelle et scénique, sont aujourd'hui coupées de l'expérience politique. Un éloge des espaces publics, une conception de plus en plus spectaculaire et mondialisée des événements (du type de l'organisation des Jeux olympiques à Pékin) suffisent souvent à créer le leurre de la ville comme espace politique. Loin de s'en-

---

68. Le projet Mangin a été finalement retenu pour donner la priorité au scénario urbain et retarder des choix architecturaux devenus «délicats». Sur la conception de l'urbanisme de David Mangin, voir *La Ville franchisée, op. cit.*
69. Voir Thierry Paquot, «Tous derrière Koolhaas», *Esprit*, février 2005.

La juxtaposition avide et étalée de Londres.

L'expansion excentrique de Paris.

La rythmique du passage :
glisser du privé au public,
et réciproquement.

« Une ville-bouche,
une ville où tout débouche »
New York entre deux
conceptions de l'urbain.

La ville géante de Shanghai, ou la suprématie des flux sur les lieux.

Buenos Aires, l'urbain à plusieurs vitesses.

Calcutta, la ville en mal
d'affranchissement;
l'indifférence à la misèr

Rio de Janeiro, quand
le dehors dévore
le dedans.

La ville projetée dans un bâtiment, ou la privatisation de l'espace public.
Le Corbusier, la Cité radieuse à Marseille.

La Villette. Rapiécer le tissu urbain en valorisant ses marges.
Adrien Fainsilber, la Cité des sciences et de l'industrie à Paris.

**Créer un espace
qui contient du temps.**
Christian de Portzamparc,
la Cité de la musique à Paris.

**Le retour du monumental
et la ruine de l'urbain.**
Euralille, Rem Koolhaas,
Christian de Portzamparc
et Claude Vasconi.

Sun City, la ville en boucle.
Arizona, États-Unis.

Silicon Valley, un espace clôturé qui interdit des trajectoires infinies.
Californie, États-Unis.

La coupure comme seule conception de la limite.
Une *gated community*, Palm Desert, Californie, États-Unis.

Le grillage comme ouverture à l'extérieur
Une *gated community*, Carlsbad, Californie, États-Unis

rouler du privé au public, de l'espace intime à la scène publique puis à la scène politique, l'expérience urbaine est fragilisée et ses ressorts en partie brisés. Contrairement à ce qui se passait hier, l'expérience urbaine à l'âge post-urbain ne «forme» plus un «tout multistratifié», elle est cisaillée, tronquée, segmentée. D'une part, le privé et le public s'imbriquent fortement alors même que le mouvement de privatisation pèse sur la conception de la vie publique. D'autre part, ces expériences urbaines peuvent avoir lieu dans des espaces repliés sur eux-mêmes, dans des espaces qui interdisent la relation avec un dehors. L'expérience de la ville, l'expérience corporelle, l'expérience scénique, toutes ces expériences peuvent devenir l'affaire des seuls privilégiés de l'expérience urbaine, à commencer par les gentrifiés de la ville-centre qui se contemplent dans le miroir de la ville classique et de son patrimoine. Autrement dit, on peut jouir de la ville au niveau corporel (il y a encore des marcheurs qui ne suivent pas les panneaux touristiques dans toutes les villes du monde), on peut descendre dans la rue et participer aux nouvelles scènes (les parcs ne sont plus des lieux d'attraction mais des espaces d'animation et de rencontre). Mais on peut le faire «entre-soi», dans un espace clos, en boucle, comme dans un club privé.

L'envers de la lutte des lieux, de la lutte pour les lieux, est leur privatisation. L'expérience urbaine, dès lors qu'elle perd ses limites et son environnement, passe moins par des délimitations frontalières qui la referment sur elle-même que par la création d'espaces qui se «replient» (vers le privé) ou se «déplient» (vers le public) simultanément. Mais cette expérience doit s'inscrire impérativement dans un ensemble politique si elle ne veut pas renoncer à l'impératif démocratique. L'expérience urbaine, si on ne veut pas en jouir sur le seul mode du repli, a une condition préalable : la constitution d'un ensemble politique cohérent et légitime [70]. C'est la condition a priori de l'expérience urbaine, une condition rarement remplie aujourd'hui. Il y a des villes qui forment un ensemble politique, mais la dissolution possible des

---

70. Voir, de Jacques Lévy, *Géographies du politique*, Presses de Sciences-Po, Paris, 1991, et *L'Espace légitime*, Presses de Sciences-Po, Paris, 1994.

ensembles urbains caractérise l'âge post-urbain qui donne lieu à des regroupements en forme d'entre-soi, qu'ils soient ethniques, affinitaires ou sécessionnistes.

Qu'il s'agisse de la ville, de la métropole ou de l'économie d'archipel, le constat d'élasticité ou d'éclatement est brutal, voire irréversible. On observe des multipolarisations qui s'organisent horizontalement dans le cadre des métropoles – et cela contre toute perspective d'intégration de type pyramidal –, ou verticalement – dans le cadre des rapports hiérarchisés entre métropoles ou mégapoles. À ce stade, la condition de l'expérience urbaine est nécessairement politique car «constituante»: seule la décision politique est susceptible de prendre à contre-pied les divers processus d'éclatement territorial en cours et d'agglomérer autrement les pôles qui se démarquent les uns des autres. Cynthia Ghorra-Gobin a bien formulé le problème: « Si l'on considère que les modes de vie ne suffiront pas à eux seuls à ré-instituer une ville européenne en voie de muséification ou de patrimonialisation, il faut alors se demander comment réarticuler la ville à l'urbain et comment cette articulation peut se faire en dehors du champ politique [71]. » Réarticuler la ville à l'urbain, c'est poser la question de la ville (comment mettre ensemble des éléments hétérogènes?) à un niveau qui n'est plus celui d'une entité urbaine autonome, mais celui de la métropole ou de la mégapole. Les Canadiens parlent d'«amalgamation» pour désigner une politique de fusion des communes destinée à développer l'offre de services publics à l'échelle des régions. Alors que l'idéal-type de l'expérience urbaine conduisait du privé au public puis au politique, la priorité politique est la condition d'une expérience urbaine qui ne soit pas le propre de populations regroupées «entre-soi» dans la «ville à plusieurs vitesses». Il faut donc accorder l'urbain généralisé, celui qui repousse les limites en repliant la ville sur elle-même ou en la dépliant à l'infini, aux conditions de l'expérience urbaine. La condition initiale est celle de la cohérence du lieu créé, de la réunification d'un espace en

---

71. *In* Thérèse Spector et Jacques Theys (dir.), *Villes du XIXᵉ siècle, op. cit.*, p. 99.

voie de fragmentation, et du sens politique de l'agglomération. Les niveaux de l'urbain ne peuvent être appréhendés sur le mode de l'idéal-type évoqué plus haut dès lors que les limites urbaines ne sont plus perceptibles. La dimension politique est prioritaire au sens où un lieu démocratique doit rendre possible l'expérience corporelle (la mise en forme) et l'expérience scénique (la mise en scène) qui affectent à la fois l'espace public ou politique.

Retrouver le local, retrouver le sens du lieu, retrouver le sens de l'expérience urbaine dans un lieu ! Cela n'a de sens que si l'urbain, qui se présente sous la forme du périurbain, du suburbain et de la multipolarité, est à nouveau articulé à la ville. À la ville qui agglomère, qui inscrit la culture de l'illimité dans une culture de l'urbain qui la limite. Bref, la relation minimale entre le dedans et le dehors instituée par le corps et par la scène est conditionnée par une relation maximale entre le dedans et le dehors de l'agglomération. Le retour au local implique une lutte pour les lieux, une lutte entre les lieux, une lutte hautement symbolique pour des lieux où l'esprit de l'urbain fait encore sens. Exigence lointaine ? Certainement pas, refaire des lieux consiste à contrer des dynamiques de morcellement, à refaire de l'unité, à redonner cohérence là où des pôles se séparent en se contractant. L'expérience politique est désormais prioritaire, elle permet seule de recadrer des lieux urbains comme des lieux rendant possible la *vita activa*, une action politique commune. La lutte pour les lieux passe par une lutte des lieux, par une lutte entre les lieux qui ont encore une destinée urbaine et ceux qui y ont renoncé. Articuler la ville et l'urbain doit rappeler les dynamiques urbaines à l'ordre de la matrice démocratique longtemps indissociable de la ville. La tâche la plus urgente est de répondre à cette double question : comment « amalgamer », « ré-agglomérer » ? Et comment « ré-agglomérer » le plus démocratiquement possible, *i. e.* en prenant en compte les populations et en mettant en œuvre la justice sociale dans des zones géographiques qui n'ont pas les mêmes traditions urbaines ? Si « la ville change d'échelle dans le processus de métropolisation », elle « ne se limite plus à une commune ou à une municipalité mais en englobe plusieurs. La métropolisation n'exige-t-elle pas à terme une métropolisation administrative ainsi qu'une véritable représentation politique à l'échelle de la région urbaine ?»[72] Dès lors, la métropolisation pose la question de l'équilibre politique d'un ensemble urbain multipolaire : la métropolisation et la périurbanisation qui l'accompagne vont-elles durcir les formes de sécession, segmenter l'espace, ou bien au contraire réduire le décalage croissant entre l'ordre politique, les institutions, les évolutions économiques et les réalités sociales ? Et quel type de gouvernement urbain peut-on imaginer à l'avenir dans des espaces qu'il faut délimiter autrement [73] ?

On est donc passé de la *city politics* à la *metropolitics*, mais les réponses sont diverses. Parmi beaucoup d'autres, on peut distinguer quelques cas de figure. Tout d'abord, le cas américain, celui qui accompagne historiquement le mouvement de la métropolisation, invite à examiner plusieurs scénarios qui traduisent des volontés de sécession ou d'agglomération et mettent en avant le rôle des États (fédéré et fédéral). Ensuite, la « refondation mégapolitaine » focalise l'attention, dans un contexte international où l'État se fait plus discret, sur le rôle des États dans le contrôle du développement urbain, en Russie, en Chine et ailleurs. Enfin, l'Europe vante les vertus de la ville européenne, de la ville moyenne, comme substitut à la ville globale et à la ville-monde qui sont les deux protubérances urbaines de la globalisation économique. Alors que Guy Burgel souligne que l'Europe multiplie les « grandes » « villes moyennes », ce qui lui permet d'échapper aux dérives des mégacités [74], Patrick Le Galès pense pour sa part que les villes européennes moyennes peuvent résister à la

---

72. Voir Cynthia Ghorra-Gobin, « Réguler la *Borderless Economy*… », article cité.
73. Voir les « dix propositions sur le gouvernement urbain » de Jacques Lévy, parmi lesquelles l'hypothèse qu'un gouvernement des villes passe par une délimitation des villes, l'institution d'une autorité indépendante destinée à permettre cette délimitation, le refus de l'échelle territoriale unique et le respect de la démocratie urbaine retiennent surtout l'attention, *in* Thérèse Spector et Jacques Theys (dir.), *Villes du XXIe siècle, op. cit.*, p. 204-221.
74. Guy Burgel, in *Histoire de l'Europe urbaine*, tome 2, *op. cit.*, p. 617.

pression des flux mondialisés [75]. Quoi qu'il en soit des cas retenus, auxquels on aurait pu ajouter par exemple la thématique hexagonale de la ville-pays [76], la cohérence de l'espace urbain passe par l'institution de limites, par une culture urbaine des limites et de la proximité, bref, par une «politique». Et pour cause: si l'expérience politique de la ville ne se limite pas au seul territoire, lui seul rend possible les conditions d'un affranchissement pour les habitants. Car l'inscription dans un espace urbain va de pair avec la mobilité.

États-Unis : entre incorporation et metropolitics

Les États-Unis sont un laboratoire urbain indéniable si on n'en résume pas le développement au seul parc des *gated communities* qui ne représentent que 8 % du tissu urbain. La dynamique métropolitaine y est indissociable de l'*urban sprawl,* d'un étalement spatial qui accompagne une civilisation plus pastorale qu'urbaine. Mais celui-ci débouche sur un double choix: soit celui d'une annexion à la ville-centre, soit celui de la constitution d'une entité autonome. «L'expansion urbaine (*urban sprawl*) qui se développa dans la seconde moitié du XIXe siècle se traduisit par deux politiques différentes: une politique d'annexion territoriale à l'initiative des villes-centre lorsque les territoires voisins souhaitaient bénéficier d'infrastructures ou de services équivalents à ceux de la ville et une politique de création de nouvelles entités municipales (*incorporation*) qui consistait à transformer un territoire non incorporé en

---

75. Patrick Le Galès, *Le Retour des villes européennes. Sociétés urbaines, mondialisation, gouvernement et gouvernance*, Presses de Sciences-Po, Paris, 2003.
76. Sur le thème de la ville-pays, voir par exemple Guy Baudelle (dir.), *De l'intercommunalité au pays. Les régions atlantiques entre traditions et projets*, Éditions de l'Aube, La Tour d'Aigues, 1995 ; Jacques Beauchard (dir.), *Cités Atlantiques. L'invention de la Ville-Pays*, Éditions de l'Aube, La Tour d'Aigues, 1994 ; Jacques Beauchard (dir.), *La Ville-Pays. Vers une alternative à la métropolisation*, Éditions de l'Aube, La Tour d'Aigues, 1996.

une municipalité[77]. » Terme significatif, « l'incorporation » renvoie aux conditions de la création d'une commune autonome, *i. e.* d'une municipalité par une population donnée[78]. Dans le cas d'une métropole qui s'étend démesurément, comme Los Angeles, la City of Quartz, un groupe d'habitants peut être conduit à un moment ou à un autre à faire un choix collectif : soit créer de nouvelles communes (l'incorporation), soit s'agglomérer à la ville déjà existante. Cette distinction entre territoires incorporés ou non repose sur le droit des citoyens à décider démocratiquement de créer, ou non, un « corps commun » par le biais d'un référendum. L'obtention des deux tiers des voix permet en effet à une commune de ne pas être annexée par la métropole et de créer un territoire autonome.

Comme le processus d'incorporation est indissociable de la vie politique locale, la création d'une entité peut correspondre à un choix purement réactif. Elle peut exprimer une volonté de sécession destinée à se protéger d'une proximité mal vécue (pour des raisons d'origine ethnique ou de sécurité), ou à ne plus vouloir partager les charges publiques de la ville-centre. Dans ces deux cas, la solidarité sociale et politique est mise en cause par le choix de l'incorporation. Celle-ci présente alors « l'inconvénient de chercher à maintenir l'homogénéité sociale, raciale et ethnique au travers d'un plan d'urbanisme et d'une politique fiscale à l'initiative d'un conseil municipal et d'un maire[79] ». Quand une association d'habitants, celle de Valley Vote par exemple, fait sécession avec la ville de Los Angeles[80], elle privilégie un choix qui conforte l'entre-soi et le désengagement vis-à-vis de l'agglomération puisque la population incorporée vise à bénéficier de services publics exclusifs. Quand elle a pour objectif, avoué

---

77. Cynthia Ghorra-Gobin, « La métropole entre "balkanisation" et "metropolitics". Le débat aux États-Unis », *in* Françoise Navez-Bouchanine (dir.), *La Fragmentation en question. Des villes entre fragmentation spatiale et fragmentation sociale,* L'Harmattan, Paris, 2002.
78. Cynthia Ghorra-Gobin, *Villes et société urbaine aux États-Unis*, Armand Colin, Paris, 2003.
79. Cynthia Ghorra-Gobin, « Refonder la ville… », article cité.
80. *Ibid.*

ou inavoué, de ne plus être solidaire de l'action collective de l'agglomération dont elle se désincorpore, la pratique de l'incorporation renforce la sécession urbaine.

Mais comme l'État fédéral n'a pas constitutionnellement pour rôle d'« instituer » la ville si l'opinion publique ne le sollicite pas, il ne décide pas du processus d'incorporation et n'a donc pas le pouvoir d'empêcher des incorporations contestables sur le plan de la justice sociale. Les États fédérés sont les seuls acteurs politiques qui peuvent, « à l'initiative de gouverneurs ou de leurs législateurs », s'inquiéter « des risques liés à la fragmentation, voire même à la balkanisation de la métropole[81] ». L'extension urbaine et la sécession ayant tendance à se renforcer, ne voir dans l'incorporation qu'un processus de sortie de la métropole, ne pas prendre la mesure de la signification politique de cette volonté instituante est donc trompeur. Comme les États fédérés privilégient souvent les municipalités suburbaines et rurales au détriment de la ville-centre et des anciennes banlieues, la principale issue est d'instituer un autre niveau politique que celui de la commune, à savoir le cadre urbain de la métropole. Dans le contexte d'une extension métropolitaine où le processus d'incorporation, de création de communes, peut correspondre à un repli politique et populiste, l'État fédéral peut inciter à mettre en chantier une autre politique urbaine que l'insularisation ou la balkanisation. Cette politique urbaine dont l'État fédéral est l'aiguillon tient compte de l'échelle métropolitaine, ce qui permet de dépasser le face-à-face entre la commune et l'État fédéré. « La fondation d'une métropole politique susceptible d'accorder un statut de citoyen ne peut se passer de l'intervention de l'État […] À l'heure où certains, s'interrogeant sur le devenir de l'État, se limitent à souligner ses carences face aux volontés des multinationales, dans le seul but de revendiquer moins d'État, l'analyse de la question urbaine aux États-Unis suggère au contraire le poids incontournable de l'État dans les mutations en cours. Seul l'État peut insuffler une nouvelle vision de la vie politique au niveau local afin de réguler dans des conditions optimales les flux trans-

81. *Ibid.*

nationaux[82]. » Dans le contexte américain, indissociable du phénomène métropolitain, l'État fédéral peut rendre possible la constitution de nouvelles entités urbaines ayant une dimension légitime et démocratique. Ces entités correspondent à un type d'agglomération politique cherchant à réunir, à agglomérer, des unités en voie de scission. L'expression *metropolitics,* une aire urbaine théorisée par Orfield, Downs et Rusk, désigne cette méta-cité. Pour ces derniers, « seule une vie politique à l'échelle de la métropole, menée par des politiques élus directement par les habitants et représentant les diversités raciales, ethniques et sociales, serait en mesure de faire tenir ensemble des territoires pauvres et riches, blancs et noirs, alors que la vie politique au sein de l'État fédéré ne cesse de privilégier municipalités suburbaines et rurales[83] ». Dans le cas de Minneapolis-Saint Paul et de Portland, l'action de l'État fédéral est essentielle, car elle promeut une citoyenneté qui ne s'articule pas au seul niveau local. « Alors que le principe d'une éthique physique globale a du mal à être formalisé en dehors de tout ancrage territorial, celui d'une citoyenneté métropolitaine permettrait de répondre aux attentes des individus[84]. »

Loin de renvoyer le global au local, l'*urban sprawl* incite à tenir compte d'un niveau qui ne correspond ni au niveau communal, ni au niveau supra-national. « N'est-il pas possible d'envisager un débat explicite autour de l'idée d'invention d'un pouvoir politique infra-national parallèlement au débat sur le supra-national[85] ? » L'État fédéral induit donc des changements décisifs en termes de politique urbaine : d'une part, il considère que la citoyenneté politique intervient au niveau de la métropole, de la région, et pas uniquement au niveau de la commune, et, d'autre part, il rappelle les principes constitutionnels de solidarité et de justice sociale.

---

82. Cynthia Ghorra-Gobin, *Les États-Unis entre local et mondial*, Presses de Sciences-Po, Paris, 2000, p. 251.
83. Cynthia Ghorra-Gobin, « Refonder la ville… », article cité.
84. Cynthia Ghorra-Gobin, *Les États-Unis entre local et mondial*, *op. cit.*, p. 252.
85. Cynthia Ghorra-Gobin, « Réguler la *Borderless Economy*… », article cité.

Les impératifs de la conurbation

En dehors des États-Unis, les zones métropolitaines se multiplient à l'infini. Plus encore, dans la plupart des cas, les perspectives politiques convergent. Le choix politique privilégié revient à passer de la *city politics* à la *metropolitics, i.e.* de dépasser le stade municipal de la ville politique pour penser le lien entre plusieurs entités au sein de la métropole. Si une politique de « ré-agglomération » au niveau de la métropole permet de contrer les « logiques de démarquage » et les « politiques de sécession », cette réponse politique est à la fois territoriale (comment dessiner des limites cohérentes [86] ?) et démocratique (au double sens de la représentation [87] et de la participation des populations). Mais le glissement vers la *metropolitics* peut déboucher sur une illusion : ainsi, dans le cas de Buenos Aires, « les nouvelles autorités sont grisées par le discours sur la "*global city*", elles veulent, coûte que coûte, faire sortir la ville de la décadence et des années de crise [88] ». Le passage à la *metropolitics* contribue dans ce cas à segmenter un peu plus la ville en créant une « ville globale miniature » et non pas une métropole où l'esprit de la cité politique peut retrouver un sens. Parallèlement, le souci de mettre en place une politique au niveau de la métropole peut favoriser en retour des réactions de repli sur le communal. Une politique métropolitaine n'est donc pas une garantie contre la tendance à l'éclatement et au démarquage entre quartiers et zones urbaines. Elle peut être contournée par le haut et par le bas, par l'illusion de la ville globale et par le repli sur l'espace communal. Comme « les autorités de la capitale se drapent dans une sorte d'isolationnisme face au *conurbano*, des formes d'insularisme communal et

---

86. Philippe Estèbe, « Quel avenir pour les périphéries urbaines ? », article cité.
87. Yves Mény, « Territoire et représentation politique », *Esprit : Le Pari de la réforme*, mars-avril 1999.
88. Marie-France Prévôt-Schapira, in *La Fragmentation en question*, *op. cit.*, p. 205.

de droit territorial de facto s'instaurent dans les périphéries de Buenos Aires, frappées par la montée du chômage et de la pauvreté[89] ». Alors que l'État fédéral, soucieux de respecter le niveau métropolitain, peut être l'occasion, aux États-Unis, de freiner l'insularisme communal, une politique métropolitaine peut a contrario favoriser dans d'autres contextes et circonstances la création de nouveaux insularismes. En France, où l'on distingue 14 communautés urbaines, 162 communautés d'agglomérations et 2 443 communautés de communes[90], les exemples abondent de communes qui cherchent à sortir des communautés d'agglomérations instituées[91], quand elles ne refusent pas d'emblée d'y participer en raison d'inégalités trop fortes entre communes[92].

Si la réponse politique existe, elle est confrontée à plusieurs niveaux d'action (communal, métropolitain, étatique) qui peuvent se contredire et freiner la dynamique démocratique. Mais la réponse politique se décale de la relation centre-périphérie, longtemps décisive dans le contexte hexagonal, au profit d'une action consistant à dessiner des ensembles cohérents dans l'espace multipolaire du périurbain. Face à ces ensembles horizontaux, l'État ne perd pas son rôle, comme le montre le rapport entre les États fédérés et l'État fédéral aux États-Unis, il n'est pas condamné dans le cas de la France à observer une décentralisation nécessairement inégale, il doit au contraire favoriser des modes de redistribution. Et cela doublement : à la fois au sein des agglomérations

---

89. *Ibid.*, p. 205.

90. Les agglomérations sont financées par la taxe professionnelle sur les entreprises, les communes par la taxe d'habitation et la taxe sur le foncier bâti.

91. Parmi de nombreux exemples : Escautpont a quitté la métropole de Valenciennes, Bresson celle de Grenoble, Palavas-les-Flots Montpellier-Agglomération et Noyal-sur-Vilaine Rennes-Métropole.

92. C'est le cas, au nord de Paris, de la commune d'Arnouville-lès-Gonesse (une ville pavillonnaire ne comprenant que 12 % de logements sociaux) qui s'est volontairement exclue, avec l'accord de la préfecture, de la communauté d'agglomération regroupant entre autres Sarcelles, Villiers-le-Bel et Garges-lès-Gonesse pour ne pas avoir à en « faire les frais ».

multipolaires et entre elles. De même, comme le périurbain n'est pas un espace homogène, des ensembles ou des cités « handicapés » peuvent donner lieu à des actions spécifiques, du type des contrats de ville (que la politique de la ville n'est pas parvenue à faire aboutir).

La refondation mégapolitaine

Parmi les nombreux scénarios existants destinés à répondre à l'éclatement multipolaire ou à l'étalement des mégacités, celui de la refondation mégapolitaine met l'accent sur le rôle de l'État considéré comme l'instance susceptible de contrôler, dans certains cas, l'extension spatiale ou le désordre urbain [93]. Ne se contentant pas d'observer la multiplication de villes nouvelles construites pour désengorger les mégapoles, comme c'est le cas à Istanbul, à Téhéran ou au Caire, ne se limitant pas non plus à faire état de complémentarités urbaines à l'échelle régionale, comme c'est le cas en Chine (Tianjin pour Pékin, Nankin ou Wuhan pour Shangai, Canton ou Shenzen pour Hong Kong), l'hypothèse de la « refondation » privilégie l'option d'une réunification possible. Mais celle-ci intervient surtout là où des États forts peuvent assurer le contrôle du développement urbain [94]. La refondation mégapolitaine remet donc au centre le rôle de l'État sans prendre pour modèle la cité-État du type de la ville globale de Singapour, l'un des cinq dragons symbolisant la première vague de la dernière mondialisation.

Considérant que la mégapolisation ne concerne pas uniquement des mégacités s'étalant démesurément, le scénario de la refondation refuse l'hypothèse d'un destin anarchique inéluctable.

---

93. Philippe Haeringer, *La Refondation mégapolitaine, une nouvelle phase de l'histoire urbaine ?*, tome 1 : *L'Eurasie post-communiste*, Techniques, territoires et sociétés, n° 36, Direction de la Recherche et des Affaires scientifiques et techniques, 2002.
94. *Villes et États*, *Les Annales de la recherche urbaine*, Dunod, Paris, juin-juillet 1988.

D'où l'expression « refondation », qui renvoie à une configuration territoriale inédite. Échappant à l'alternative de la ville globale et de la ville géante anarchique, le scénario retient six grandes métropoles mondiales : trois appartiennent à l'Eurasie post-communiste (Moscou, Shangai [95], Hong Kong) et trois au monde moyen-oriental turc, persan et arabe (Istanbul, Téhéran et Le Caire). Dans toutes ces villes, on observe la permanence d'un « système résidentiel majoritaire », c'est-à-dire d'une matrice historique renvoyant à un ordre urbain rémanent qui correspond à un long processus de stratification historique. À Shangai, Hong Kong, Moscou, Téhéran, mais aussi au Caire et à Istanbul « s'affirme l'ambition d'un renouvellement en profondeur du système urbain qui [...] pourrait bien s'interpréter comme une nouvelle étape de l'histoire urbaine, au moins dans cette moitié orientale du monde, particulièrement concernée par les ruptures des équilibres anciens [96] ». Même si l'expression « refondation » est préférée à « politique urbaine autoritaire », le choix de certaines villes – les villes orientales, les villes post-communistes, voire les villes encore sous le joug du Parti communiste chinois – est indissociable de l'action de régimes autoritaires qui planifient la réorganisation urbaine.

La refondation mégapolitaine passe ainsi par l'action d'un État ou d'un pouvoir municipal susceptible d'assurer une continuité urbaine. La capacité de « refonder » une unité urbaine est le ressort d'une refondation qui s'appuie sur une matrice historique d'un côté, et sur l'action d'un pouvoir municipal ou d'un État de l'autre. « Il est particulièrement piquant qu'une ambition refondatrice trouve sa terre d'élection dans les plus grandes agglomérations [...] Cinquante années d'une mégapolisation délirante, observée sur tous les continents, nous avaient convaincus que

---

95. Sur Shangai, voir, de Marie-Claire Bergère, un article qui confirme cette thèse de la refondation, « Le développement urbain de Shangai, un "remake" ? », *Vingtième siècle. Revue d'histoire*, janvier-mars 2005, Presses de Sciences-Po.
96. Philippe Haeringer, *La Refondation mégapolitaine*, tome 1, *op. cit.*, p. 6.

même une démarche planificatrice ne pouvait intervenir qu'a posteriori [...], à se couler dans le moule d'une urbanisation sans fin [97].»

À la différence de l'hypothèse d'un développement anarchique des mégapoles, la refondation mégapolitaine repose sur une capacité d'action politique et urbaine de caractère autoritaire. Si celle-ci est la condition d'une «ré-unification», d'une «ré-agglomération» pouvant freiner la tendance centrifuge à la fragmentation, elle intervient cependant dans des contextes où l'action d'un leadership politique et gestionnaire, celui d'un État ou d'une mairie, comme celle de Moscou par exemple, peut s'imposer. Même si l'État n'en est pas nécessairement le cadre, un moteur politique, un pouvoir, est la condition d'une refondation autoritaire qui ne passe pas par la seule action du marché.

Permanence des villes européennes

> L'Occident est une sorte de luxe du monde. Les villes y ont acquis une importance qu'on ne trouve nulle part ailleurs.
>
> Fernand Braudel

La thématique européenne de l'urbain est indissociable, on le sait, des valeurs européennes et de leur généalogie. Alors que s'imposent les modèles de la ville-monde et de la ville globale, alors que le primat des flux et le mouvement de privatisation accompagnent la dynamique métropolitaine, la ville européenne se confond historiquement avec l'expérience urbaine. Voilà ce qui la valorise de fait. Mais est-ce un luxe? Peut-on en faire un modèle? N'est-elle pas elle-même prise en otage par la globalisation? N'est-ce pas la prétention de la ville européenne, celle dont se gausse Rem Koolhaas, que de se croire préservée d'un développement urbain anarchique?

La ville européenne reste pourtant un mythe mobilisateur qui

---

97. *Ibid.*, p. 12.

fait l'objet de discussions et de polémiques. Pour les uns, du fait même de sa taille et de la préservation des villes moyennes, elle est un territoire susceptible de freiner le processus de globalisation. Pour d'autres, les villes européennes s'opposent moins aux autres villes, aux villes non européennes – villes globales, villes-monde, mégacités, etc. –, qu'elles ne s'opposent entre elles. Pour les premiers, les villes moyennes, spécificité de l'urbanisme européen, représentent une garantie contre «l'économie d'archipel». Pour les seconds, les villes moyennes participent déjà d'une économie en réseau qui génère des hiérarchies entre les espaces urbains, entre les villes globales, les métropoles et les villes moyennes.

Tout en constatant que les villes s'étendent, se différencient, se métropolisent ou sont déjà démantelées pour certaines, Patrick Le Galès n'adhère pas au scénario de la fin des villes européennes [98]. Ce qui le conduit à mettre en avant différents critères destinés à saisir la singularité des villes européennes [99]. Tout d'abord leur taille, entre 200 000 et 2 millions d'habitants, est considérée comme un atout. Ensuite, supports d'actions politiques se situant à mi-chemin de l'État et des institutions européennes, ces villes sont un facteur d'intégration politique et contribuent à la recomposition des pôles infra- et supra-étatiques [100]. Par ailleurs, ces villes moyennes s'européanisent d'autant plus vite qu'elles font «réseau entre elles» et légitiment l'idée d'un intérêt général européen de nature méta-national. Mais, argument majeur, la ville européenne a également la capacité d'empêcher la formation de villes duales grâce à sa grande diversification sociale et culturelle, et d'échapper ainsi à un éclatement métropolitain qui serait le privilège des villes américaines [101].

98. Patrick Le Galès, *Le Retour des villes européennes, op. cit.*
99. *Ibid.*, p. 249-255.
100. Patrick Le Galès et Alan Harding, «Villes et États», *in* Vincent Wright et Sabino Cassese (dir.), *La Recomposition de l'État en Europe*, La Découverte, Paris, 1996.
101. Observant la croissance renouvelée de villes industrielles comme Leeds, Birmingham, Manchester, Lille, Liège, des cités de la Ruhr, Patrick Le Galès écrit: «À l'horizon de cinq décennies les choses peuvent changer

Ces arguments et critères permettent-ils de conclure à la « fondation » d'une politique urbaine sur le plan européen ? D'un côté, les acteurs qui sont à l'origine du « retour de la ville européenne » considérée comme un modèle urbain original sont la plupart du temps déjà insérés dans le réseau européen. D'un autre côté, la valorisation exacerbée de la ville moyenne européenne, opposée à la « grande ville » dangereuse, polluée et insécurisée, laisse croire à tort que la ville moyenne, soustraite aux accès de violence, résiste naturellement à la fragmentation spatiale. Or, « l'unité politique à base d'hégémonie de la ville moyenne peut […] reproduire des choix politiques conservateurs, par-delà l'habillage technique éventuellement "moderniste" [102] ». Enfin, la ville moyenne qui renvoie à l'idéal-type (Amsterdam) de la ville compacte (maximum de diversité dans un minimum d'étendue) laisse progressivement place à une dynamique de « croissance par la périphérie » qui est celle de la ville diffuse dont l'idéal-type est Johannesburg [103]. Tels sont les risques d'un éloge excessif de la ville européenne : privilégier la ville européenne parce qu'elle participe de l'institution de l'Europe (au demeurant mal en point), et chanter les vertus d'une ville moyenne qui n'est pas miraculeusement protégée contre les violences urbaines et les effets négatifs de la reconfiguration des territoires provoquée par la mondialisation.

Prenant ses distances vis-à-vis de cette thématique de la ville moyenne européenne, Pierre Veltz imagine autrement des résurgences possibles du local dans le contexte européen. Une première résurgence est liée au rôle de la politique et de la culture urbaine qui peuvent être, dans un cadre local, des « moyens de reconquérir une identité que l'économie tend à dissoudre ».

---

mais, pour l'instant, l'annonce du "carnage" des villes européennes est pour le moins prématuré », in *Le Retour des villes européennes*, *op. cit.*, p. 251.

102. Edmond Préteceille, « Ségrégation, classes et politique dans la grande ville », *in* Arnaldo Bagnasco et Patrick Le Galès (dir.), *Villes en Europe*, La Découverte, Paris, 1997, p. 127.

103. Jacques Lévy, « Seul le modèle d'Amsterdam accepte et assume le principe d'urbanité », entretien cité.

Une deuxième résurgence du local consiste à valoriser les « structures historiques et territoriales comme des ressources compétitives dans les réseaux économiques de grande envergure »[104]. Si la première défense du local, culturelle et identitaire, proche du « projet local » d'Alberto Magnaghi[105], focalise l'attention en raison du rôle qu'elle alloue à l'architecture et au patrimoine urbain, la seconde anticipe ce que pourrait être l'action européenne dans un contexte de fragilisation du capitalisme mondialisé. L'argument, qui n'est ici ni urbain, ni politique, ni culturel, mais strictement économique, repose sur l'idée que « l'extension sans partage de la régulation marchande » ne peut être la seule voie de la compétitivité. « Si la mondialisation accélérée de l'économie déploie le marché aux dépens des spécificités territoriales, la modification profonde des modes de compétition renforce le rôle des interactions non marchandes, des institutions sociales, des formes de coopération, de la confiance et de l'expérience accumulées et stockées dans les territoires[106]. » Si ces facteurs constituent la « face cachée » de la compétitivité marchande, ils exigent un espace qui leur permette de s'exercer. Par ailleurs, l'économique suscite « en retour » des lieux, car il ne peut pas se satisfaire de l'utopie négative de la cité virtuelle. Bref, la valorisation d'échanges se démarquant du seul échange marchand peut favoriser la création d'espaces urbains permettant de redéfinir la place des échanges économiques.

Mais d'autres insistent encore sur la dépendance des villes européennes envers le réseau des villes globales, et pas uniquement dans les deux cas de Paris et Londres. Les changements en cours privilégient moins les villes moyennes, le plus souvent des villes régionales, qu'ils ne creusent un fossé entre ces villes moyennes et les villes globales réticulées. « Aux réseaux globaux, le "milieu" territorial urbain n'offre plus de réels et perti-

104. Pierre Veltz, « Les villes européennes dans l'économie mondiale », in *Villes en Europe*, *op. cit.*, p. 49.
105. Voir infra, p. 285-290.
106. Pierre Veltz, « Les villes européennes dans l'économie mondiale », article cité, p. 50.

nents enracinements, mais simplement des ancrages [107]. » En conséquence, les niveaux global et local se superposent plus qu'ils ne s'entrecroisent, et la ville européenne se conjugue au pluriel, c'est-à-dire en fonction de la place allouée à chacune dans la hiérarchie du réseau urbain.

Les deux niveaux local et global vont-ils ainsi se séparer ou vont-ils être unifiés autour de formes de gouvernance inédites ? Voilà une interrogation qu'on ne saurait éluder en se contentant de valoriser les niveaux urbains inférieurs, en particulier ces « villes moyennes » qui ont mieux préservé que d'autres un rôle de coordinatrices territoriales, locales et régionales. À ne pas se confronter directement à la dynamique métropolitaine, on risque de laisser croire que les villes moyennes européennes « peuvent échapper à la catastrophe de la globalisation métropolitaine [108] ». Entre le projet local de Magnaghi et l'urbanisme globalisé, le destin de la ville moyenne européenne demeure fragile et incertain.

III. Recréer des communautés politiques
De la lutte des classes à la lutte des lieux

Si le retour au local passe par une résurgence des lieux, ceux-ci ont pour condition une politique susceptible de circonscrire un espace légitime de représentation, mais aussi une « conscience métropolitique » sans laquelle la participation est inexistante [109]. Mais l'expérience politique de la ville ne se résume pas à la mise en cohérence démocratique d'un lieu. D'ordre multidimensionnel (délibération, égalité, liberté, représentation démocratique, hospitalité), elle n'est donc pas réductible au seul territoire de la

---

107. Giuseppe Dematteis, « Représentations spatiales de l'urbanisation européenne », in *Villes en Europe, op. cit.*, p. 81.
108. *Ibid.*, p. 90-91.
109. Voir les analyses de Jacques Lévy dans *L'Espace légitime, op. cit.*

représentation, et la diversité des échelles interdit de considérer qu'une bonne métrique urbaine peut correspondre à une bonne métrique politique. D'où l'illusion d'une idéalisation du niveau local qui n'est pas toujours celui du meilleur exercice de la démocratie [110]. L'urbain, toujours orchestré par une relation entre un dedans et un dehors, ne peut pas être ramené au seul territoire. L'expérience urbaine de la politique rappelle au bon souvenir de la dimension mentale de la ville, mais aussi aux valeurs extra-territoriales dont elle se nourrit, à commencer par celle de la mobilité, et de la mise en relation qui irriguait le réseau des villes hier. Si l'expérience politique contemporaine invite à instituer des lieux inédits, à refaire lieu, à repenser une politique de la ville, quelle qu'elle soit, on ne peut réduire politique urbaine et urbanité à un territoire singulier. Un territoire enferme quand il est clos sur lui-même, ce qui ne peut être le cas de l'expérience urbaine qui articule toujours le territoire et l'extra-territorial, le dehors et le dedans, l'appartenance et la possibilité de s'affranchir, l'identité, l'exil et la distance. Ainsi l'expérience politique de la ville exige une représentation territoriale donnant accès à une participation effective dont le droit de vote est l'un des ressorts. Retrouver le territoire, le lieu, le local pour mieux redonner sens à la politique, doublement entendue comme cadre territorial et comme espace de participation, n'exclut jamais l'appel du dehors, parce qu'un lieu urbain exige une double mobilité : une mobilité en son sein, une mobilité vis-à-vis de l'extérieur. Tel est l'impératif urbain : inventer des lieux permettant de retrouver le sens des limites. Mais ces territoires « limités » ne doivent pas se confondre avec des mouroirs, être pris en otage par des politiques territoriales qui se satisfont de la constitution de ghettos. Un lieu doit répondre à l'exigence d'intégration, de participation politique, favoriser la mobilité par le travail, l'école et l'emploi, sans quoi il renonce à affranchir et à former... L'urbain doit rendre possibles des espaces qui rendent libres, et non pas des lieux qui enferment.

110. Pour Jacques Lévy, « la démocratie urbaine constitue dans maints pays le maillon le plus faible de la démocratie », voir *L'Espace légitime*, *op. cit.*, p. 295.

Leçons d'une comparaison France-Amérique

La « politique de la ville », l'expression est en passe de devenir, en France, un miroir de l'action de la République qui a successivement proposé des contrats de plan, un pacte de relance et une politique misant sur la mixité sociale (loi Borloo du 1er août 2003). Si la politique de la ville a pour but de recoudre la ville républicaine qui se déchire dans l'Hexagone, si elle a mis en avant le principe d'une discrimination positive territoriale, elle s'est toujours opposée aux politiques conduites aux États-Unis qui, au nom de la discrimination positive (*affirmative action*), valorisent, dit-on, l'ethnique ou le ghetto. Bref, alors que la France républicaine lutte contre les ghettos, les États-Unis auraient tendance à les créer. Trop souvent, la comparaison entre la France et les États-Unis donne lieu à cette opposition caricaturale entre des politiques de discrimination qui contribuent à créer des ghettos ethniques, et une politique de la ville marquée par une volonté d'intégration républicaine reposant sur l'idéal d'égalité des chances. Or, ce constat est trompeur puisque « ce n'est pas l'objectif d'égalité des chances qui donne à la mixité urbaine un rang prépondérant dans l'ordre des politiques de la ville, mais la lutte contre le "ghetto" [111] ». Cette caricature, qui en dit long sur l'état des relations transatlantiques, traduit surtout l'ignorance des expériences urbaines menées aux États-Unis qui valorisent, à la différence de ce qui se passe ici, l'égalité des chances et ne se polarise par sur le seul territoire.

Divergences et convergences. Une comparaison pertinente exige de mettre en scène les divergences et les convergences entre trois politiques [112]. La politique de la ville en France, d'un

---

111. Thomas Kirszbaum, « La discrimination positive territoriale : de l'égalité des chances à la mixité urbaine », *Pouvoirs : Discrimination positive*, n° 111, Seuil, Paris, novembre 2004.
112. Dans cette séquence, je m'appuie sur l'article éclairant de Thomas Kirszbaum, « Discrimination positive et quartiers pauvres : le malentendu

côté, et, de l'autre, deux stratégies distinctes aux États-Unis : les expériences d'*affirmative action,* celles qui renvoient à la discrimination positive, et les expériences de développement communautaire. Issues de la loi sur les *empowerment zones*, qui réhabilitait en 1993 « le principe de la dépense fédérale en faveur des quartiers pauvres », des expériences de développement communautaire ont été mises en chantier dans 6 *empowerment zones* et 65 entreprises communautaires.

Ces expériences communautaires permettent de spécifier les méthodes et les finalités d'une stratégie politique originale et directement polarisée sur des territoires. Alors qu'elles ne créent pas une « obligation de résultat » pour les seules minorités ethniques (c'est le cas de l'*affirmative action*), elles réussissent pourtant, tout comme les politiques de discrimination positive, à élever la condition des plus pauvres en élaborant des objectifs communs aux organisations dites communautaires et aux pouvoirs locaux. « S'il diffère quant à sa méthode d'action – la mobilisation de la société civile politique locale plutôt qu'une incitation juridique compensant des handicaps définis par des critères ethno-raciaux –, le développement communautaire n'en partage pas moins une finalité commune avec l'*affirmative action* : obtenir des résultats immédiats en termes de promotion socio-économique des personnes appartenant à des groupes désavantagés [113]. »

Une fois définies la méthode (les objectifs communs à divers acteurs) et les finalités (la promotion socio-économique des pauvres), la comparaison caricaturale entre les expériences

---

franco-américain », *Esprit* : *La Ville à trois vitesses, op. cit.* Voir aussi « La discrimination positive territoriale… », article cité. Sur la politique urbaine aux États-Unis, voir Jacques Donzelot *et al.*, *Faire société* (Seuil, Paris, 2003). Sur la politique de la ville en France, voir Christine Lelévrier, « Que reste-t-il du projet social de la politique de la ville ? » (*Esprit* : *La ville à trois vitesses, op. cit.*), et Philippe Estèbe, *L'Usage des quartiers. Action publique et géographie dans la politique de la ville (1982-1999)* (L'Harmattan, Paris, 2004).

113. Thomas Kirszbaum, « Discrimination positive et quartiers pauvres… », article cité.

conduites en France et aux États-Unis vole en éclats. D'un côté, la politique de la ville se rapproche, du point de vue de la méthode, de l'*affirmative action* puisqu'elle traite une communauté – urbaine en France, ethno-raciale aux États-Unis – en fonction de ses handicaps et pratique donc, en tout cas à l'origine, la discrimination positive. De l'autre côté, la politique de la ville ne vise pas des résultats directs, ce qui est le cas aussi bien de l'*affirmative action* que du développement communautaire. Mais pourquoi la politique de la ville ne débouche-t-elle pas plus directement sur des résultats concrets ? Tout d'abord, à la différence des *empowerment zones* et des expériences de développement communautaire, elle n'accorde pas une priorité aux acteurs, elle ne cherche pas à associer acteurs privés et acteurs publics, administration et entreprise, car elle reste trop liée à l'action unilatérale de l'État et de l'administration qui privilégie le territoire (*place*) aux dépens des gens et de leur capacité d'action (*people*). Alors que le projet est de dynamiser des liens entre des institutions publiques en mal de concertation, cette politique se focalise sur le traitement spécifique de territoires plutôt qu'elle ne met en branle des formes d'action inédites impliquant les populations concernées. Ensuite, la polarisation de la politique de la ville sur l'économique, dans le cas des zones franches mises en place par les gouvernements de droite, ou sur le social, dans le cas des contrats de plan privilégiés par les gouvernements de gauche, exacerbe le repli sur le territoire et territorialise à l'excès les modalités de l'action.

À l'inverse, la démarche américaine, dans le cas des *empowerment zones,* revient à associer des acteurs multiples en vue d'ouvrir le territoire et d'empêcher que la communauté soit identifiée à un territoire fermé contraint de résoudre par lui-même ses difficultés. Par contraste, le malaise hexagonal est double : par manque d'une politique de l'emploi adaptée, il ne parvient pas à relier l'économique et le social ; par manque de volontarisme démocratique, il ne cherche pas impliquer les acteurs concernés. Dans ces conditions, la démarche discriminante, celle qui prend en compte un handicap territorial, peut enfermer un peu plus les habitants dans un territoire-handicap qui devient alors un ghetto, qu'on appelle bizarrement une cité. Le développement communautaire favorise donc l'émergence d'un intérêt commun en associant divers acteurs, à commencer par les représentants du monde de l'entreprise. Si la formulation d'un intérêt commun est indissociable d'un double postulat – le social et l'économique vont de pair, d'une part ; l'accès à l'emploi est une condition de la réussite du projet, d'autre part –, il n'a de chance de prendre corps que dans un contexte géographique large où le lieu n'est pas fermé sur lui-même, autocentré, autoréférentiel. La dynamique urbaine qui accompagne le développement communautaire n'est pas identifiable à un «lieu», à un quartier-territoire qu'il faut traiter dans sa singularité, au risque de le stigmatiser et de le ghettoïser, elle repose sur un mouvement d'ouverture à l'extérieur. La mobilisation va ici de pair avec la mobilité. Sans cette dynamique, elle ne peut pas résorber les deux problèmes déjà évoqués à propos de la suburbanisation américaine : le *skill mismatch* – le décalage entre le type d'emplois spécialisés offerts dans les villes-centre et les compétences des habitants des ghettos – et le *spatial mismatch* – la distance géographique entre les quartiers déshérités des villes-centre et les emplois localisés en périphérie des agglomérations. Si l'habitant des *inner cities* (ghettos des villes-centre) doit se déplacer pour trouver un emploi, quitter les quartiers du centre, c'est également le cas de celui qui se trouve dans un ghetto de la périphérie dans l'Hexagone. Une politique favorisant une mobilité rendant possible l'accès à l'emploi doit s'appuyer sur une représentation des acteurs concernés comme «mobiles» et «mobilisables» et non pas comme des victimes immobiles. «Prenant à contre-pied l'approche conservatrice, les *empowerment zones* ne blâment pas la victime, celle qui vit dans un quartier où les chances de s'enrichir sont limitées, et où l'on finit par intérioriser l'idée que le non-travail (légal) est la norme. D'où l'insistance du programme sur la création d'opportunités économiques pour les habitants[114].» Afin de résorber le *spatial mismatch* mais aussi de réduire le *skill mismatch*, le développement communautaire répond en priorité au problème social

114. *Ibid.*

et économique, développe des formes de participation originales, mais imagine également des issues à l'échelle de la zone et non pas à celle du lieu de résidence. La mobilisation des acteurs d'un lieu passe par l'ouverture de celui-ci à son environnement, les limites géographiques d'un espace ne sont pas le moteur d'une politique urbaine.

Traitement par le lieu et participation démocratique. En France, le double traitement social – sur le mode classique d'un État providence redistributeur – et économique – sur le mode de la zone franche – n'ayant pas suscité une dynamique impliquant le milieu de l'entreprise et les acteurs concernés, on en a conclu que certains habitants de la ville étaient moins citoyens que d'autres. Dans cette optique d'une action publique qui ne parvient pas à créer les conditions d'une participation, à impliquer la population, la politique de la ville, pourtant née du constat des difficultés propres à l'action publique, aura contribué à renforcer la logique administrative et à opposer la cité républicaine aux ghettos. D'où l'expression polémique de François Ascher: « la République contre la ville [115] ». Alors que, dans le cadre du développement communautaire américain, un lieu est un territoire où l'on peut accéder, un espace où l'on peut entrer et d'où l'on peut sortir, un espace qui va de pair avec une mobilité, la politique administrative hexagonale voit la ville à travers l'option «*place*», celle du lieu, et non pas à travers l'option «*people*», celle de la participation démocratique. Ce qui n'est pas sans conséquence sur les trajectoires des individus qui occupent ces lieux: « Le sujet de l'égalité dans la discrimination positive territoriale est le territoire lui-même, davantage que les individus qui le composent. Cette prévalence du territoire n'a fait que se renforcer depuis qu'existe la politique de la ville, sans doute en raison de la politisation de la question de l'immigration, en France, depuis vingt ans [116]. »

---

115. François Ascher, *La République contre la ville. Essai sur l'avenir de la France urbaine*, Éditions de l'Aube, La Tour d'Aigues, 1998.
116. Thomas Kirszbaum, «La discrimination positive territoriale...», article cité.

En France comme aux États-Unis, il n'y a que trois manières de réduire les problèmes sociaux, politiques et économiques sur un territoire : soit partager le fardeau des populations en difficulté avec d'autres (stratégie de la dispersion), soit attirer les richesses extérieures (stratégie de l'attractivité), soit changer la condition des habitants déjà en place (stratégie de la promotion individuelle). Or, cette dernière option est la seule qui assure des avantages aux habitants. Tel est le cœur du malaise : la politique de la ville valorise les lieux car elle ne fait pas de la promotion et de l'élévation de la condition sociale la priorité. Mais pourquoi ne le fait-elle pas ? Essentiellement parce qu'on imagine que les habitants ont vocation à demeurer sur place, parce qu'une politique territoriale s'appuie sur le postulat que tout doit être réglé sur place. Alors même que les stratégies d'attraction et de dispersion sont l'indice d'une mobilité indispensable, d'une impossibilité de se refermer sur le lieu, elles ne peuvent réussir sans une stratégie de promotion qui exige participation et implication. « La politique française de la ville privilégie une formule d'intégration par l'urbain, pensée comme levier de l'échange de tous avec tous, contre la logique du "ghetto". Force est de constater le paradoxe de la situation française, celle d'un pays marqué par la culture marxiste, qui voudrait désormais changer la vie par la ville en négligeant la participation des pauvres à l'échange productif[117]. »

Si la résurgence des lieux est un point de départ, elle ne détermine en rien la possibilité de retrouver le sens de l'émancipation urbaine. Celle-ci passe aussi, dans un monde du réseau où les lieux sont interconnectés et démarqués de leur environnement, par la possibilité de changer de lieu. Dès lors, la relation d'un dedans et d'un dehors reste décisive, mais cette relation n'est plus déclinée comme elle l'était hier. Cependant l'idée de ville-refuge, de ville-accès, n'en reste pas moins un moteur, voire un idéal, qui a toujours un sens. Si la lutte des lieux ne se confond pas avec un slogan, elle signifie qu'il faut créer des lieux qui ne soient pas bouclés sur eux-mêmes, des lieux en boucle comme il y a des villes en boucle ou des rues en boucle. À moins que l'on

---

117. *Ibid.*

décide de « boucler » des espaces où les habitants ne peuvent que « la boucler » ! La mobilisation va de pair avec la mobilité, avec la possibilité d'entrer dans un lieu et d'en sortir.

La double exigence de l'accès et de la mobilité

L'universalité, c'est le local sans les murs.

Manuel Torga

Si une politique de la ville effective doit s'accorder avec l'impératif de la mobilité, l'expérience utopique rappelle pour sa part que la constitution d'un lieu est de nature collective. Lieu, mobilité et mobilisation collective vont de pair. La question urbaine débouche alors sur ce triple impératif : constitution d'un lieu, exigence de mobilité afin d'échapper à la clôture d'un territoire, action collective renvoyant à la participation des habitants. Cette triple exigence, au caractère politique, contraste avec la dynamique contemporaine de l'urbain qui superpose une hypermobilité (la logique des flux) et un repli sur un lieu ou un site (l'entre-soi contraint et insécurisé, l'entre-soi sélectif et sécurisé), ce qu'exprime le déséquilibre du « glocal » qui valorise à la fois le niveau du global et celui du local. La lutte des lieux, la lutte pour les lieux, n'a pas pour objectif de défendre un lieu-dit, un lieu replié sur soi pour mieux répondre aux flux et à leur allure vertigineuse. Entre hypermobilité mondialisée et repli sur un site, une politique urbaine exige donc de valoriser l'« institution » d'un lieu, l'institution d'un bâti architectural au sens où l'évoque Louis Kahn, une pratique de participation (celle qui favorise des échanges de parole) et une mobilité qui permettent de répondre aux défis de l'emploi, de l'école, de la formation et de la sécurité. Sans une pratique de la mobilité-mobilisation, le lieu et la pratique démocratique qui sous-tendent l'expérience urbaine débouchent inéluctablement sur un enfermement territorial. Alors que mobilité, mobilisation collective et lieux vont de pair, le risque est de créer aujourd'hui des espaces collectifs qui sont autant de solutions de repli, d'ordre ethnique ou sécuritaire. De même que l'idéal-type de la condition urbaine renvoie à la multiplicité des rapports qui se tissent entre un dehors et un dedans, entre des forces centrifuges et centripètes, un projet urbain digne de ce nom doit créer à l'infini des déséquilibres instables, dessiner des plis, des replis et des déplis. L'exigence de mobilité, celle qui s'oppose aussi bien à l'hypermobilité qu'à l'immobilité, est la condition d'un espace urbain conçu comme un « lieu pratiqué », celui dont les limites « donnent lieu » à des pratiques communes. Elle accompagne une vision politique qui repose sur les gens plus que sur les lieux, un urbanisme pour lequel les rapports sociaux ne sont pas déductibles des lieux construits, ne sont pas réductibles à l'idéologie spatialiste qui croit détenir la règle du bon rapport entre les lieux et le vivre-ensemble. Plus que les lieux, les gens sont générateurs de ville.

Il ne s'agit plus là d'architecture ou d'urbanisme, mais des pratiques que l'un et l'autre rendent possibles. Des pratiques qui exigent que les individus puissent y accéder, c'est-à-dire qu'ils en aient la capacité. La justice sociale n'est plus seulement pensée en termes de redistribution et de mutualisation des risques, ces ingrédients de l'État providence, elle a comme condition que les individus puissent jouir des instruments et des institutions leur permettant d'exercer leur liberté. Ce qui passe par l'accès à l'emploi, par la capacité de participation collective, mais aussi par les outils de la formation [118]. Ce qui exige une offre de biens sur le marché urbain en termes d'habitat, d'emploi, de transports, de formation, de scolarité, de santé, de sécurité, une offre que les contrats de plan ne sont pas parvenus à concrétiser car leur action, polarisée sur les territoires, n'a pas favorisé des trajectoires individuelles destinées à dynamiser l'égalité des chances. Or cette capacité est inséparable, dans une société ouverte, de la possibilité de se mouvoir, de ne pas tout attendre d'un lieu, d'un seul lieu qui ne peut avoir pour rôle de répondre à toutes les exi-

---

118. Sur les notions de capacité et de capabilité, je ne peux que renvoyer à l'œuvre d'Amartya Sen. Pour une approche d'ensemble de celle-ci, voir Monique Canto-Sperber, « Choix de vie et liberté. Sur l'œuvre d'Amartya Sen », *Esprit*, mars-avril 1991.

gences. La condition urbaine est elle-même une condition de la capacité démocratique entendue sur le double plan individuel (l'équité) et collectif (la responsabilisation). Dans le contexte non européen, Amartya Sen a souligné le rôle crucial de la mobilité afin de répondre à des situations de famine et de se mobiliser contre elle [119]. Ne pas être immobilisé, pouvoir bouger, sortir des lieux de la faim où l'on est immobilisé, pouvoir « accéder » aux stocks de nourriture est une condition de survie dans ce cas. D'où la nécessité de mettre en œuvre des politiques urbaines qui privilégient des lieux ouverts sur l'extérieur et offrent les perspectives d'une action possible. *Ce qui renvoie à un dernier paradoxe, celui de la mobilité : il n'y a pas de lieux sans mobilité.* Dans un espace des flux caractérisé par l'hypermobilité, il est décisif de favoriser la mobilité des individus entre des lieux afin de ne pas aliéner leur relation au logement, au travail et à la formation. Hypermobilité, logique de l'enfermement et dynamique de fragmentation, mobilité croissante entre les lieux, telles sont les trois séquences de l'expérience urbaine quand les flux l'emportent.

Condition de « la capacité », la condition urbaine l'est en raison de la nature même d'une expérience urbaine associant inscription dans un lieu et mouvement entre des lieux. Celle-ci, nous le savons, orchestre les liens du dedans et du dehors, du privé et du public, elle participe à diverses mises en forme et mises en scène. Le lieu ne donne pas tout, il ne peut suffire à l'action, à la *vita activa* s'il ne fournit pas l'occasion de tisser des liens avec d'autres lieux, s'il ne rend pas possible une mise en mouvement [120]. Au-delà du débat sur la mixité sociale, la question de la mobilité, celle du rapport entre un dehors et un dedans, est décisive [121].

---

119. Voir Amartya Sen, *Poverty and Famines : an essay on entitlement and deprivation*, Oxford University Press, 1981 ; *Hunger and Entitlement*, World Institute for Development, Helsinki (Finlande), 1987.
120. Voir Sylvain Allemand, François Ascher et Jacques Lévy, *Le Sens du mouvement. Modernité et mobilités dans les sociétés urbaines contemporaines*, Éditions Belin, Paris, 2005.
121. Dans un article qui fait référence, Jean-Claude Chamboredon et Madeleine Lemaire s'interrogeaient sur les effets a priori positifs de la mixité sociale et spatiale et sur les effets a priori négatifs de l'homogénéité sociale et

Tel est le sens du paradoxe de la condition urbaine dans un contexte où les lieux, loin d'être préservés et autonomes, instituent une relation, voire un rapport de force, avec les flux : constituer des lieux où il est possible de rester mais dont il est également possible de sortir, de partir, de s'affranchir. La littérature produite par la génération qui vient des quartiers montre que la ville devient praticable quand on a pu en franchir la barrière. Mais franchir la barrière, s'affranchir, exige l'institution d'une limite, physique et mentale, celle que symbolise justement la ville, et à travers elle l'expérience urbaine. « Il faut donner la possibilité de rêver l'ailleurs, de désirer aller ailleurs, de se remettre en mouvement. Mais comme l'ailleurs n'est vraiment accessible et profitable qu'autant que l'on a des forces propres, il faut aussi la possibilité de rester [122]. » Dans le langage de Robert Putnam, il faut trouver un équilibre entre *liens forts* et *liens faibles* : on ne franchit les barrières, on ne craint pas les liens faibles qu'exigent les contacts avec l'extérieur, les recherches d'emploi et de formation, que si « l'on a des arrières, des liens forts ». Revenant à l'esprit même de la ville, cet espace orchestre une relation entre un dedans et un dehors qui intervient dans les deux sens : du dehors au dedans, et du dedans au dehors.

À l'hypermobilité qui accompagne la primauté des flux, la réponse n'est pas le repli sur un site, le site de l'Internet ou celui de la cité-ghetto, mais la possible articulation d'un lieu où se nouent des liens forts avec un dedans et où se nouent des liens faibles avec un dehors. Si la condition urbaine orchestre des relations entre les diverses figures du dedans et du dehors, si elle multiplie les effets de seuil et d'entre-deux pour échapper à la double tentation du repli (le lieu clôturé ou ghettoïsé) et du dépli (les flux, les liens entre élites mondialisées, les voyages des internautes), elle a une condition : préserver un espace où les liens forts sont protégés,

---

spatiale des quartiers ouvriers ou pauvres à fort caractère communautaire, voir « Proximité sociale et distance spatiale. Les grands ensembles et leurs peuplements », *Revue française de sociologie*, vol. XI, 1, 1970.
122. Jacques Donzelot, « La ville à trois vitesses... », article cité.

celui du lieu-site, pour mieux se confronter aux autres lieux, des lieux fluides et fluctuants où les liens faibles prennent le dessus. L'affaiblissement de la condition urbaine est dramatique si elle entrave cet équilibre entre des lieux à liens forts et des flux à liens faibles. Bref, « tout projet territorial de société doit prendre en compte les limites de ses limites [123] ». S'il faut renouer avec une culture urbaine des limites, freiner l'illimitation de l'urbain généralisé, celle-ci n'en a pas moins des limites, à commencer par celle qui consiste à ne pas s'enfermer dans ses propres limites... dans des limites trop « propres ». Il n'y a de lieu qu'« impropre », en tout cas pour celui qui désire, veut et doit se mouvoir au sein d'un lieu comme on se déplace entre plusieurs lieux. Il n'y a de lieu qu'« impropre » car toujours au seuil, jamais au centre, mais il repose sur un équilibre instable entre liens forts avec le dedans et liens faibles avec le dehors. Toujours au seuil, celui qui symbolise l'entrée de la ville, là même où on rend justice dans la tradition biblique. La ville comme seuil, la ville à fleur de peau...

L'utopie urbaine comme scénario collectif
(Alberto Magnaghi)

La constitution d'un lieu favorisant participation et mobilité relance l'interrogation sur la création d'espaces susceptibles de puiser dans l'inspiration utopique. Mais est-il concevable de renouer avec celle-ci alors que la matrice utopique a contribué à modeler l'urbanisme et à typifier les villes en les idéalisant [124] ? Alors que le procès de l'utopie urbaine, qui accompagne la dénonciation de l'urbanisme progressiste, est courant, la situation actuelle redonne-t-elle ou non un sens à l'utopie urbaine [125] ? Certainement si on ne la considère plus comme le scénario qui

---

123. Jacques Lévy, *L'Espace légitime*, *op. cit.*, p. 388.
124. Voir supra, première partie, p. 105-108.
125. Dans cette séquence, je m'appuie sur le texte de Françoise Choay déjà évoqué, « L'utopie et le statut philosophique de l'espace édifié », *in* Lyman Tower Sergent et Roland Schaer (dir.), *Utopie. La quête de la société idéale en Occident*, *op. cit.*, p. 337-343.

correspond à l'écrit d'un auteur de génie, artiste ou ingénieur, mais comme le ressort d'un projet collectif qui s'inscrit à la fois dans une durée historique et dans des limites spatiales. « Le scénario que je propose, et qui se réfère à la vision utopique de la région d'*Ecopolis*, vise la reconstruction des frontières de la ville, la création d'une nouvelle centralité, la mise en réseau de centres urbains et l'établissement de nouvelles hiérarchies régionales [126]. » Créer un lieu utopique ne revient plus à appliquer un modèle mais à rendre possible une durée publique, à « mettre en acte » un lieu sur le double plan de l'espace (souci de l'environnement et relation avec le dehors) et du temps (respect de la mémoire et souci de l'avenir).

En effet, les trois caractéristiques de l'utopie de Thomas More – la critique de la société existante, le scénario d'une bonne société alternative, la conception d'un « espace bâti modèle » – ont perdu beaucoup de leur sens aujourd'hui. Une utopie contemporaine ne peut plus correspondre à un « espace bâti modèle », elle doit tenir compte d'un équilibre écologique et anthropologique fragilisé par l'urbain généralisé, et mettre en scène des liens entre les corps, la terre et la nature. « La question que poserait une utopie actuelle serait celle des retrouvailles avec la terre, avec le monde naturel et concret auquel nous appartenons en tant que vivants. Ce qui veut dire retrouvailles corporelles avec des lieux par le truchement d'un bâti articulé et différencié, pour servir de support à l'identité humaine et sociétale, puisque aussi bien on ne peut devenir citoyen du monde ou pleinement homme qu'à condition d'appartenir à un lieu [127]. » Si l'utopie urbaine doit privilégier une écologie, une relation neuve à l'environnement, elle ne peut pas cependant se construire contre les techniques. Elle doit orchestrer des rythmes divers, ceux qui s'accordent à la nature mais aussi ceux qui accompagnent la fluidité des réseaux, dans la mesure où le lieu utopique doit, lui aussi, être conçu dans une relation avec les flux et les techniques et non pas contre eux. L'utopie est une réplique aux

---

126. Alberto Magnaghi, *Le Projet local*, *op. cit.*, p. 89.
127. Françoise Choay, « L'utopie et le statut philosophique de l'espace édifié », in *Utopie*, *op. cit.*, p. 337-343.

flux et non pas l'occasion d'un exil hors du monde et de ses techniques. « Il n'est question ni d'écologie défensive ni de conservation patrimoniale ; ni davantage de chercher entre le global et le local un équilibre ("le glocal") qui suppose la subordination du second aux impératifs du premier. Le développement local et sa reterritorialisation s'imposent comme une alternative stratégique au développement global [128]. » Patrimoine naturel et patrimoine culturel local vont alors de pair : « Pas de préservation cohérente du patrimoine naturel et construit local sans des pratiques sociales qui en soient solidaires et répondent aux échelles et aux différences de cet héritage [129]. » Le projet utopique ne tourne pas le dos au réel, il n'a pas pour objectif de s'installer en dehors ou à l'écart des réseaux techniques, il a pour rôle de contrôler leur caractère hégémonique et non pas leur efficacité.

Le second critère permettant de spécifier l'utopie urbaine contemporaine est son caractère collectif. Collective, l'utopie ne sort plus de la tête d'un homme seul, d'un Thomas More contemporain, elle n'est pas le fait d'un génie solitaire. « Alors que le modèle spatial et le modèle social de More étaient conçus par un seul individu et demeuraient sur le papier, le scénario se définit aujourd'hui par un processus à construire dans la durée, par une communauté réelle qui renoue avec une éthique publique et avec le politique [130]. » Seule l'exigence collective, celle qui orchestre la mobilité, la mobilisation et la participation, permet de passer d'un projet du type de celui de More à l'utopie contemporaine. Mais ce projet qui se démarque de l'utopie technologique de la communauté virtuelle peut s'appuyer, au sein du projet politique de la nouvelle municipalité, sur le cyberespace : « Le cyberespace peut être intégré dans des espaces et des places réels et concrets et ainsi enrichir notre culture des lieux par un savoir technique et communicationnel, au service du nouvel espace public [131]. » De cette transformation de l'utopie, moins liée à une création imagi-

128. *Ibid.*
129. *Ibid.*
130. *Ibid.*
131. Alberto Magnaghi, *Le Projet local*, *op. cit.*, p. 98.

naire et modèle qu'à une pratique concrète et collective, découle une reformulation de la relation instituée avec le lieu lui-même. «Modèle» et donc «universalisable» chez Thomas More, le scénario utopique, désormais «singulier», doit prendre en considération le caractère multidimensionnel de la condition urbaine. Face à des menaces qui ne sont pas seulement d'ordre écologique mais aussi d'ordre culturel et patrimonial, il faut protéger le lieu, voire le reconquérir contre les risques de sa dissolution, c'est-à-dire le construire ou le reconstruire. «Ni More, ni ses successeurs, jusqu'à la seconde moitié du XIXe siècle, n'étaient concernés par le statut d'un espace local dont l'existence n'était pas encore menacée. Les notions de patrimoine urbain et de patrimoine rural n'allaient émerger et ne seraient nommées qu'au moment où la dissolution progressive de leurs références poserait problème. La question du lien qui, dans les "lieux", lie l'espace naturel et l'espace culturel ne s'inscrivait pas dans la perspective utopiste[132].»

Le scénario d'une utopie urbaine contemporaine, collective et soucieuse de l'existence d'un lieu, n'est pas une fiction ou un vœu pieux. Alberto Magnaghi, qui coordonne depuis plus de dix ans, dans la plaine du Pô entre autres, un «projet de préservation dynamique du patrimoine» dans des régions italiennes bifaces – à la fois économiquement prospères et abîmées par les implantations industrielles –, l'a théorisé dans *Le Projet local*[133]. Mais le «projet local» de Magnaghi n'est-il pas une variante de la nouvelle culture urbaine vouée à revaloriser le patrimoine, celle dont Giovannoni a été l'initiateur? Il s'en distancie sensiblement puisque le patrimoine revêt chez lui plusieurs dimensions où s'entrecroisent sites, monuments, mais aussi pratiques urbaines et sociales. Dans le cas du «projet local», le scénario utopique de Magnaghi renvoie à une grande diversité d'éléments que ne résume pas la seule défense patrimoniale: «les monuments, les anciens établissements agricoles, les petites villes, les paysages et les réseaux hydrauliques, mais aussi bien [le] patrimoine d'ac-

---

132. Françoise Choay, «L'utopie et le statut philosophique de l'espace édifié», article cité.
133. Alberto Magnaghi, *Le Projet local*, *op. cit.*

tivités économiques et sociales locales (agricoles, artisanales, etc.)[134]. »

Cette prise en compte d'un patrimoine lui-même multidimensionnel est à l'origine d'une conception inédite du territoire que l'on retrouve dans la démarche de l'agence Studio de Bernardo Secchi et Paola Vigano à Pesaro où, dans le cas de la région mi-côtière, mi-rurale du Salento dans le Sud de l'Italie, des « parcours narratifs » sont liés à la fois aux paysages et aux pratiques des habitants. Le territoire n'est plus donné a priori, une « matière première », il est un aboutissement, une production, une création collective. À Pesaro, l'agence Studio s'est efforcée d'impliquer l'administration et les populations locales pour mettre en place un plan régulateur. Le projet local peut donc donner lieu à des visions paysagères, à l'invention d'une nouvelle civilisation, que Magnaghi nomme une civilisation « collinaire et côtière », une civilisation en rupture avec l'urbain installé dans les plaines, qui est à l'origine d'une « redécouverte et d'une réinterprétation des strates laissées par les civilisations méditerranéennes ainsi que du système urbain médiéval[135] ».

En réplique aux flux qui orchestrent la mondialisation « par le haut », cette invention du territoire, cette civilisation collinaire et côtière, correspond à une globalisation « par le bas ». Il est « un aboutissement dynamique, stratifié, rendu complexe par les différentes civilisations qui se sont stratifiées – un système de relation complexe entre l'environnement et les communautés qui l'habitent[136] ». Sur ce territoire local, celui où la lutte des lieux remplace la lutte des classes, peut surgir une ville comme Insurgent City, celle qui symbolise le modèle urbain proposé par Magnaghi, son utopie urbaine, celle qui contribue également à une lutte pour les lieux qui est aussi une lutte des lieux et une lutte entre les lieux[137]. Insurgent City n'est pas une ville isolée, une île, une

---

134. Françoise Choay, « L'utopie et le statut philosophique de l'espace édifié », article cité.
135. Alberto Magnaghi, *Le Projet local*, op. cit., p. 97.
136. Françoise Choay, préface au *Projet local*, op. cit.
137. Magnaghi distingue quatre types d'espaces dissociés : les espaces affectés à l'urbanisation des banlieues industrielles métropolitaines, les

ville liquide et aléatoire prête à disparaître au premier coup de vent de l'histoire, le scénario utopique de la ville met en relation des villes entre elles. Créer la ville, c'est la constituer, l'inscrire dans une durée singulière, mais aussi la relier à d'autres villes, à une durée urbaine déclinée au pluriel. « Même doté de la légitimité la plus forte qui soit, un territoire ne peut jamais enserrer les réalités qu'il englobe [138] », c'est dire qu'un territoire, quelle qu'en soit l'échelle, renvoie toujours à un dehors.

Cette économie urbaine en réseau rappelle la « ville-réseau » d'hier, à savoir un réseau de villes reliées entre elles, autonomes sur le plan administratif, et soucieuses d'un développement durable. L'utopie urbaine contemporaine démystifie l'anti-utopie du « non-plan » – l'apologie du chaos associée à l'éloge de la ville générique – autant que le plan, la planification extérieure imposée au lieu, celle de la ville-objet. L'urbain est alors une création collective continuée, un projet commun refondateur du lien social et « recréateur d'un imaginaire social ». Rendant possible une durée publique au sein de l'espace urbain, mais aussi entre les lieux, le scénario utopique valorise l'exigence collective, celle qui est inséparable de la *vita activa* dont la ville est le havre. « Implanter, les Anciens auraient dit planter, articuler, différencier, proportionner des édifices dans le milieu humain rendu à l'importance de ses détails engage un destin, une vision du monde et un choix de socialités [139]. » Le territoire devient dans cette perspective une œuvre, une œuvre d'art, comme le dit Magnaghi, mais plus encore une œuvre d'art collective.

---

espaces situés essentiellement en plaine exploités par l'industrie verte, les espaces côtiers consacrés aux loisirs qui verrouillent l'accès aux paysages de l'arrière-pays, les espaces collinaires et montagneux avec leurs cités perchées qui sont laissés à l'abandon. Le projet est donc d'assurer un lien avec l'arrière-pays en valorisant les bordures côtières (voir *Le Projet local*, *op. cit.*, p. 19).

138. Jacques Lévy, *L'Espace légitime*, *op. cit.*, p. 388.
139. Françoise Choay, *L'Allégorie du patrimoine*, *op. cit.*, p. 197.

Remises en mouvement « périphériques »
La renovatio urbanis *de Bernardo Secchi*

L'exigence d'accorder lieu et mobilité, de rendre possible le mouvement au sein même d'un lieu, est indissociable d'un projet local. Mais celui-ci passe simultanément par la prise en compte d'une économie d'échelles diversifiées qui n'oppose pas simplement les flux (l'échelle « ouverte » du territoire global, national, mondial) et le lieu (l'échelle « fermée » du local). Si l'on est passé de la « lutte des classes » à la « lutte des lieux », cette lutte ne s'exerce pas qu'au seul niveau local, elle se greffe nécessairement sur les diverses échelles qui coexistent afin de renverser le cours des choses et de s'approprier l'énergie des flux marchands. Les territoires doivent être reconquis, mais autrement que comme des lieux clos et stables, ils doivent se raccorder aux institutions de travail et aux flux marchands. Le projet local devient une utopie qui paralyse et handicape, un *revival*, s'il s'insurge uniquement contre les flux du capitalisme au lieu de les capter et de les transformer à son profit.

Dans le contexte métropolitain, le travail de couture est à la fois horizontal, transversal et vertical. Si les flux inaugurent le règne de l'horizontalité, il faut cependant conserver la relation à un centre, au sens où les pôles sont plus ou moins centraux. L'économie d'échelle doit redonner un rôle à des centres qui ne soient pas une réplique de la centralité classique, celle de la ville-capitale, de la ville étatique, mais des références et des symboles qui organisent un ensemble cohérent sur le plan politique. Dès lors, il ne faut pas protéger la ville-centre contre ses périphéries, la protéger comme une citadelle muséale, comme une ville-bastion. Alors que les flux articulent les « bons » pôles les uns aux autres, un projet politique consiste, au-delà du projet local d'Alberto Magnaghi, à recoudre, là où une ville-centre se maintient comme c'est le cas dans le monde européen. Recoudre, cela signifie mettre en relation les divers pôles sans privilégier le seul centre, et recréer des lieux cohérents qui ne peuvent être limités à une seule échelle, comme ce fut longtemps le cas de la ville circonscrite, en bâtissant des aires urbaines *depuis* ses marges et ses périphéries. Dans ces conditions, il ne faut pas recoudre à partir d'un centre qui cherche toujours à se protéger, mais à partir des marges. Comme le suggère l'urbaniste italien Bernardo Secchi, « il faut appliquer la grammaire et la syntaxe qui avaient permis un dessin minimaliste des espaces urbains » aux lieux catastrophiques de la morphologie urbaine, ces lieux « où l'idéal spatial d'une partie de la ville entre en conflit avec celui d'une autre partie, ou bien se perd dans une périphérie apparemment sans ordre [140] ». Cela signifie plusieurs choses.

Tout d'abord il y a une grammaire (une syntaxe et une morphologie) générative de l'urbain, des règles corporelles, anthropologiques, mais aussi matérielles, celles qu'Alberti a exposées, qui doivent être respectées. Si ces règles traduisent d'abord un type d'habitat qui renvoie à une manière d'édifier, elles font également écho à des échelles multiples, à des mesures spatiales qui sont à l'origine (ou non) d'un désir d'habiter qui ne peut être imposé arbitrairement. Mais se soucie-t-on encore aujourd'hui de ces règles ? Les propos de Secchi signifient ensuite qu'il y a partout de la marge et qu'il faut instituer, ou ré-instituer, des relations spatiales entre des parties qui sont en conflit dès lors qu'elles ne sont plus en phase. La discordance – qui peut intervenir au niveau de la rue, de l'îlot, du quartier, de l'agglomération, de la conurbation, de la région... – ne rend pas possible le passage d'un lieu à l'autre. On ne passe pas n'importe comment d'un endroit à l'autre. S'il y a des règles de l'édifier pour la maison, une manière de construire un espace propre tout en l'intégrant dans un ensemble, s'il y a des règles grammaticales destinées à rythmer l'urbain, il doit également y avoir des règles relatives à l'orchestration des niveaux et des échelles, des règles permettant de sortir de l'opposition de deux échelles (celles du local et du territoire). Mais ces affirmations rappellent ensuite qu'il faut privilégier des zones conflictuelles, et les hiérarchiser car elles ne sont pas toutes équivalentes. Enfin, la mise en conflit destinée à recréer des ensembles doit intervenir à toutes les échelles, à tous

---

140. Bernardo Secchi, *Il racconto urbanistico*, *op. cit.*, p. 58-59.

les niveaux, et pas uniquement au niveau local. Mais celui-ci est le moteur de la *renovatio urbis,* car il a pour impératif de réinscrire la périphérie dans des flux maîtrisés, de favoriser un dé-centrement des flux par les marges, et non pas de créer des périphéries à la marge de flux imprenables.

Nombre d'exemples permettent de saisir en quoi consiste cette prise en compte de la conflictualité, c'est-à-dire du constat qu'il y a de la marge et de la périphérie à tous les échelons. La périphérie se présente déjà en plein centre-ville, c'est ce que traduit par exemple le projet Lyon-Confluence, destiné à raccorder le sud de la presqu'île, à la confluence du Rhône et de la Saône – une zone d'entrepôts et de hangars édifiée autour de l'église Sainte-Blandine (aujourd'hui 7 000 habitants, demain 22 000 habitants et 27 000 emplois) –, au quartier de Perrache et à la ville historique. Le quartier du Petit Maroc à Saint-Nazaire est un autre exemple de reconstruction, de réinscription dans l'ensemble urbain, d'une zone à l'abandon, qui n'est pas sans lien avec le renouveau de la ville portuaire. Un quartier peut être lui-même périphérique au sein d'une ville composée de quartiers : c'est le cas du quartier de la Duchère à Lyon, dans le 9e arrondissement de l'agglomération, perçu comme un dehors de la ville. Une rénovation urbaine et architecturale ambitieuse, la destruction de quelques barres peuvent être à l'origine d'une nouvelle cohérence urbaine. À l'échelle périurbaine et suburbaine, la grammaire urbaine exige là aussi de remettre en relation des zones hétérogènes, qu'il s'agisse de communes de la région parisienne ou de quartiers de l'agglomération lyonnaise plus excentrés. Ainsi le Grand Projet de Ville s'accompagne à Lyon[141] de la prise en compte des secteurs périphériques en renouvellement urbain (les Minguettes, Vaulx-en-Velin, Saint-Priest, Rillieux-la-Pape) qui n'entretiennent pas la même relation « périphérique » à la

---

141. On peut également prendre l'exemple de la communauté urbaine de Lille Métropole. Conduit sous la houlette de Nathan Starkman, Jean-Louis Subileau et Bertrand Parcolle, ce projet est présenté de manière rigoureuse dans un ouvrage collectif, *Un nouvel art de ville. Le projet urbain de Lille*, Éditions Ville de Lille, Lille, 2005.

métropole que le quartier de la Duchère. Lyon-Confluence redonnera-t-il à cette périphérie (interne) une présence qui réinsufflera de l'énergie à l'ensemble de l'agglomération ou bien va-t-il consolider un espace gentrifié ? Les secteurs de renouvellement urbain (externes) vont-ils bénéficier de la même dynamique que le Grand Projet de Ville mis en place à la Duchère ?

La prévalence des flux périphérie-périphérie sur les flux périphérie-centre accompagne désormais le constat que le périurbain a lui-même ses périphéries. D'où la nécessité de relier ces divers pôles entre eux avant même de les relier à ce qui demeure le centre – celui de la ville historique, la plupart du temps, dont le capital symbolique est déterminant. Dans chacun des cas, il faut renoncer à l'idée que le centre est le seul nœud décisif et souligner que les marges et les périphéries représentent l'une des conditions d'un espace politique cohérent. Un véritable dé-centrement s'opère. Telle est l'inversion majeure sur laquelle repose l'hypothèse de la lutte des lieux, celle du centre vers la périphérie, celle de la centralité de la périphérie. On ne construit pas aujourd'hui de l'urbain à partir du centre mais au contraire à partir de périphéries qui ne doivent être ni des centres, ni des marges. Loin de sacraliser le rapport centre-banlieue-périphérie, s'impose encore la double dialectique centrifuge et centripète chère à Julien Gracq. Une double dialectique que l'on retrouve à l'échelon supérieur, celui des liens tissés entre des métropoles au sein d'un espace géographique cohérent. Ainsi une métropole à cinq têtes est en voie de constitution dans l'espace métropolitain Loire-Bretagne qui regroupe Nantes, Brest, Rennes, Saint-Nazaire et Angers. Si un espace urbain peut assurer un lien en mettant en rapport des ensembles cohérents, il ne doit jamais promouvoir l'un ou l'autre au risque de reconduire la relation du centre et de la périphérie. Dans le cas évoqué, l'avantage que Nantes, la ville qui a pris l'initiative du projet, tire actuellement de cette métropolisation devra être contrebalancé afin d'éviter que les autres métropoles ne soient pas transformées en périphéries. Si le territoire urbain classique privilégiait un centre qui lui permettait de rapprocher des populations, la métropole contemporaine invite à repenser le tissu urbain en tenant doublement compte d'une grammaire générative de l'urbain (à redéfinir aux diverses échelles), et du poids d'une périphérie qui ne cherche plus à s'intégrer à un centre mais doit faire lien avec d'autres pôles dans un ensemble urbain cohérent.

Mais l'esprit de la *Renovatio urbis* chère à Bernardo Secchi correspond-il à un privilège du monde européen et occidental ? Ne fournit-il pas l'occasion, là encore, d'un dé-centrement de l'expérience urbaine européenne ? Évoquant Beyrouth, Kinshasa, Marrakech, Caracas, Addis-Abeba, Séoul, Tokyo, São Paulo, B. Secchi insiste sur la faible relation de ces villes à l'histoire européenne, sur l'étrange hybridation de traditions qui les caractérise, mais il s'arrête finalement sur ce paradoxe : « Face à ces conurbations démesurées, indifférentes à l'expérience individuelle et collective de ses habitants dont plus personne ne connaît le nombre, les villes d'Europe et notre savoir d'urbanistes ou d'architectes m'ont toujours paru petits, sous-dimensionnés, presque inutiles. Et pourtant, lorsque je discute avec mes collègues de ces pays, j'ai le sentiment d'une résonance, d'un écho plus ou moins proche des matériaux physiques, théoriques et rhétoriques européens, un écho qu'on ne peut pas simplement réduire à la seule "influence" de l'Europe. Les choses deviennent encore plus complexes lorsque, moi-même, je reviens en Europe enrichi par ces pays, et que je me fais porteur d'images et de constructions conceptuelles différentes [142]. » Là encore, c'est la périphérie qui « réfléchit » le centre : un dé-centrement est à l'œuvre qui peut être source d'invention et de transformation.

---

142. Bernardo Secchi, *Il racconto urbanistico*, *op. cit.*, p. 64.

CONCLUSION

Au milieu de la ville et entre deux mondes

Au milieu de la ville

Sommes-nous des orphelins désespérés du sort fait à la ville rêvée ? Cette interrogation laisse croire à tort que nous pouvons « disposer » de la bonne ville, qu'une ville « modèle » et « utopique » peut être dessinée sur la table de l'architecte et programmée par l'ingénieur-urbaniste désormais encombré d'ordinateurs. Si la ville classique ou haussmannienne n'est pas reproductible à l'infini, il faut prendre acte du glissement qu'expriment les deux paradoxes de l'urbain évoqués plus haut. En passant d'un monde fini qui rendait possibles des pratiques infinies à un monde infini qui ne permet plus que des pratiques finies et fragmentées, nous sommes entrés dans le temps et le monde de l'après-ville.

Mais l'imaginaire urbain n'a pas disparu pour autant, la ville comme « chose mentale » ou comme référence mythique à un lieu, même s'il n'est plus un « lieu commun », demeure. L'idéal-type de la ville invite à ressaisir les « conditions de possibilité de l'expérience urbaine » dans un espace-temps « post-urbain », celui de l'après-ville dont la mégacité et la ville globale sont les deux figures extrêmes, celui dont la métropolisation est le moteur historique. Aujourd'hui l'esprit de la ville n'est pas mort, mais sa reconquête ne passe pas seulement par le sauvetage légitime de toutes les Florence et Venise du monde. Elle passe aussi par la volonté de rassembler dans des ensembles cohérents des pôles qui ont tendance à se séparer et à faire scission entre eux. Hier, la ville affranchissait celui qui venait de l'extérieur, aujourd'hui l'esprit de la ville a pour tâche de recréer des « lieux communs », là où les territoires ont tendance à se dissocier. Multidimensionnelle, l'expérience urbaine doit alors être déclinée à plusieurs niveaux : celui du corps, celui de l'habiter, celui de la scène publique, celui de la vie politique, mais aussi celui de l'appartenance à la Terre dans un monde globalisé. La réflexion sur la condition urbaine va de pair avec la question du corps : corps physique, corps planétaire et corps urbain doivent faire tenir ensemble des « éléments » qui ne s'accordent pas naturellement, à commencer par les plus « élémentaires ».

D'une condition urbaine à l'autre, l'expérience urbaine conserve encore un sens. Si c'est bien le cas, nous ne sommes plus toujours physiquement « au milieu de la ville » rêvée, la ville du marcheur et du flâneur, mais nous devons l'être mentalement plus que jamais. Recréer les conditions physiques, spatiales, scéniques et politiques d'une expérience urbaine, inséparable de la saga démocratique, est d'actualité. « Au milieu de la ville », comme le dit l'architecte Bruno Fortier : « Peut-être ne faut-il plus de murs ? Peut-être est-il grand temps de se dire qu'en effet nous sommes au milieu de la ville ? Mais ce cercle inédit, dès lors qu'il contient la nature, imposerait justement de la réinventer et de la faire revivre, de retourner partout à plus de densité, d'imposer d'autres espacements : de vraies plaines, des clairières et des îles ; bref d'accepter enfin ce que l'étendue a de rare et ce que la mobilité peut avoir de plastique. À moins de regarder autour de soi, de douter de cette ville générique, et de se dire que la cité attend encore sa politique. Peut-être d'autres Bilbao, mais certainement un tout autre urbanisme [1]. »

Au milieu de la ville, nous y sommes toujours, car les exigences de l'expérience urbaine persistent : il nous faut habiter, vivre dans un monde « soutenable », créer une durée publique, inventer des scènes et des théâtres, imaginer des formes inédites

---

1. *In* Ariella Masboungi (dir.), *Grand prix de l'urbanisme 2001, Jean-Louis Subileau*., p. 9.

de vie municipale et de gouvernance urbaine, tisser des liens entre des villes qui ne forment pas un équivalent du réseau de villes globales, il faut répondre par le bas à la mondialisation en s'appuyant sur l'expérience des lieux. Espace physique qui fait ressentir les déficits sur tous les plans, emploi, sécurité et scolarité, l'urbain cristallise aujourd'hui tous les mécontentements. C'est pourquoi la ville, avec la double exigence qui la caractérise – l'institution de limites et une culture de la proximité –, est le nœud des inquiétudes relatives au corps individuel comme au corps collectif. Remettre la ville, entendue dans les trois sens de la condition urbaine, au centre est indispensable, même si la centralité n'en est plus la fonction primordiale. Si l'architecte, l'urbaniste et le politique ont des responsabilités majeures, à commencer par celle de respecter l'art d'édifier et les liens avec le monde environnant, la ville ne doit pas seulement être appréhendée comme un objet de savoir appartenant à des spécialistes, mais comme l'espace qui articule l'ensemble de nos problèmes et crée les conditions physiques d'une riposte.

Sur le plan politique, il faut se déprendre du poids de la relation centre-périphérie et privilégier des agglomérations multipolaires présentant une cohérence (historique, géographique, économique…) afin que l'État y incite des politiques de redistribution qui n'y interviennent pas qu'« à la marge ». Dans l'Hexagone, la primauté de la relation au centre, que celui-ci soit représenté par la capitale parisienne, la région Ile-de-France ou des villes moyennes désormais considérées comme des centres régionaux, doit laisser place à la valorisation d'agglomérations multipolaires. Ce qui peut s'accorder à une culture étatique si celle-ci est la garante d'une politique urbaine et non pas un capteur centripète des énergies.

Mais un effort doit parallèlement être réalisé sur le plan de la conception et de l'intelligence des villes puisque l'« objet » ville échappe désormais à des spécialistes dont le rôle demeure précieux. Dans ce contexte, l'exemple catalan du Centre culturel contemporain de Barcelone (CCCB) retient l'attention : voilà une institution culturelle, symbolique pour la Catalogne et Barcelone, qui décline les interrogations contemporaines en fonction de la thématique urbaine. Voilà une institution consacrée entièrement à la ville, et qui fédère de nombreux arts et disciplines autour de celle-ci. Une institution que l'on aurait bien du mal à concevoir en France.

Au milieu de la ville et entre deux mondes

Si nous sommes «au milieu de la ville», celle-ci n'en est pas moins «entre deux mondes». «Entre deux mondes», il faut entendre cette expression au moins en deux sens. Si nous avons insisté sur la fracture qui s'élargit entre l'urbanisation liée à l'époque industrielle et une urbanisation post-industrielle liée à la globalisation et à l'utopie de la communauté virtuelle, si «le projet local» d'Alberto Magnaghi d'une «globalisation par le bas» redouble celui d'une «globalisation par le haut», la question urbaine oblige à s'interroger simultanément sur le devenir respectif des mondes européen et extra-européen. En quoi l'expérience urbaine qui a valeur universelle peut-elle être encore partagée alors même qu'elle s'affaiblit en Europe et qu'elle peut être ignorée, voire saccagée, hors du continent européen? Expérience essentielle qui correspond à un idéal-type, l'expérience urbaine, elle, est plus ou moins «bien» atteinte, et dans chaque cas telle ou telle dimension (corporelle, scénique, publique, politique, écologique) plus ou moins privilégiée. Si cette expérience a accompagné le cours de la démocratie, elle débouche du même coup sur les inquiétudes relatives au devenir de celle-ci. Mais les liens historiques entre l'histoire de la ville, les valeurs urbaines et l'Europe doivent-ils alors nous leurrer? Faut-il brandir les valeurs urbaines comme des valeurs strictement européennes? Certainement pas si nous avons renoncé à la ville-modèle, au modèle de la ville utopique exportable clé en main et reproductible à merci.

D'emblée, les communautés humaines ont appris que la ville oscille entre une volonté d'accueillir tous les hommes dans un même lieu au risque de ne plus communiquer – c'est la version Babel –, et une volonté de regarder vers le dehors, vers l'exilé et l'étranger – c'est la version de la ville-refuge. Entre Babel et l'exil, la ville est un « entre-deux » dont les enseignements sont divers. L'autre homme n'est pas un barbare à tout coup, et l'exilé peut aussi être un homme de la *vita contemplativa* qui cherche à faire retraite hors du désert. Un espace urbain n'est pas un lieu propre, un lieu clôturé, mais un lieu délimité qui rend possible en son sein une relation à l'extérieur puisque l'étranger peut s'y exiler, y demander justice pour le meurtre qu'il a commis involontairement. « Entre-deux », entre dehors et dedans, la ville incarne aussi la frontière, elle marque des limites, elle rivalise donc avec l'État mais n'ouvre pas avec démagogie ses frontières à tout-va. C'est pourquoi on peut se battre pour défendre la ville, le citadin médiéval est un homme d'armes, le citadin d'Ibn Khaldun s'appuie sur les Bédouins du désert pour défendre la ville-médina. La cité délimite un espace, elle marque une différence spatiale, mais celle-ci n'intervient pas entre deux villes qui seraient des lieux clos, la différence tient ici à une expérience constamment redéployée qui favorise une relation entre un dedans et un dehors, assurant que l'on peut jouir d'un lieu où être accueilli. C'est cet « entre-deux » que figurent les portes de la ville, le seuil de la justice dans la Torah.

*La ville comme « milieu »,
le « Mi-lieu » comme « entre-deux »*

La ville ne privilégie donc ni le dedans, ni le dehors, elle valorise le dedans en tant qu'il est un espace protégé sans jamais se passer du dehors. Ni pleinement dedans, ni pleinement dehors, la ville attire au dedans l'exilé qui vient du dehors, l'homme privé qui hésite à pénétrer l'espace public, l'homme public qui peut douter de la participation politique. Ni dedans, ni dehors, elle écrit une histoire, un récit rythmé par des continuités et des discontinuités. « Recommencer […], c'est reprendre la ligne interrompue, affirme Gilles Deleuze, ajouter un segment à la ligne brisée, la faire passer entre deux rochers, dans un étroit défilé, ou par-dessus le vide, là où elle s'était arrêtée. Ce n'est jamais le début ni la fin qui sont intéressants, le début et la fin sont des points. L'intéressant, c'est le milieu [2]. » Rythmant simultanément un espace-temps sur le double mode du continu et du discontinu, l'expérience urbaine peut être pensée comme « mi-lieu » grâce à des pensées apparemment antagonistes. La pensée du récit d'un Ricœur, une pensée de l'institution et de la durée publique dont l'architecture de Louis Kahn est une chambre d'écho, peut coexister avec une pensée de la rupture et du bouleversement comme celle de Gilles Deleuze [3]. Est-il si surprenant que celui-ci rapporte le mouvement de dé-territorialisation-re-territorialisation à la ville-refuge et qu'il valorise l'« entre-deux » ? Celui-ci doit être pensé à la fois sous l'angle de l'accueil et sous l'angle de l'institution de limites. Entre instituant et institué, l'expérience urbaine est toujours un « mi-lieu » qui valorise l'« entre-deux », un « entre-deux » entre dehors et dedans qui est l'expression d'une relation tissée avec le monde. Avec un monde plus ou moins commun.

Plus encore, cette figure de l'entre-deux symbolise le rapport que cultures et civilisations peuvent tisser entre elles. L'entre-deux rythme en effet la relation instituée entre les mondes européen et non européens. Si le premier défend encore une culture urbaine des limites et de la proximité, il n'en a pas le privilège, il n'en est pas propriétaire, et les valeurs urbaines sont promues hors d'Europe. Assurer le passage, valoriser les seuils, invite à la traduction des expériences et des cultures à distance de tout universel de surplomb : traduction entre les espaces, entre les civilisations, entre les cultures. De même que l'urbain a une forte connotation corporelle, l'universel est considéré physiquement chez Merleau-Ponty qui le qualifie de « latéral ». Alors qu'on se

---

2. Gilles Deleuze, *in* Gilles Deleuze et Claire Parnet, *Dialogues*, Flammarion, coll. « Champs », Paris, 1993, p. 50.
3. Gilles Deleuze et Paul Ricœur : je n'en appelle ici à aucune réconciliation entre des pensées antagonistes, je pense seulement que l'expérience urbaine invite à penser simultanément le surgissement et l'institution. Voir Olivier Mongin, « L'excès et la dette. Gilles Deleuze et Paul Ricœur ou l'impossible conversation ? », *Cahier de l'Herne : Ricœur*, Éditions de l'Herne, Paris, 2004.

préoccupe légitimement de nos villes, ne l'imposons pas bêtement et mécaniquement au dehors ! L'imposition de la ville et des valeurs urbaines « clé en main » n'a pas plus de sens que celle de la démocratie. L'expérience urbaine s'est elle-même mondialisée, à chacun de prendre à son compte les deux sens de la condition urbaine ! Avec l'urbain qui s'étale sous nos yeux et la cartographie d'un monde en plein bouleversement, nous entrons dans un monde où le cosmopolitisme n'a plus guère de sens puisqu'il n'y a plus une seule et unique civilisation. « Il y a un chaînon manquant, qui existait chez les Grecs et au XVIIIe siècle : c'est l'idée d'une civilisation commune. À l'heure actuelle, même l'Occident, lorsqu'il se pense en termes de nations riches, ne se conçoit pas en tant que civilisation commune face au reste du monde [4]. »

En dépit d'un urbain généralisé qui ne crée pas une civilisation commune, l'expérience urbaine demeure nôtre au sens où elle a pour rôle de favoriser et d'activer la *vita activa,* c'est-à-dire de rendre possible un « affranchissement » qui passe simultanément par un lieu-dit, par un espace d'habitation mais aussi par une mobilité qui entrelace l'individuel et le collectif.

---

4. Pierre Hassner, entretien avec Henriette Asséo, *Circulation et cosmopolitisme en Europe*, Revue de Synthèse, année 2002, Éditions Rue d'Ulm, Paris, p. 206. Sur ce thème, voir aussi Karoline Postel-Vinay, *L'Occident et sa bonne parole. Nos représentations du monde, de l'Europe coloniale à l'Amérique hégémonique*, Flammarion, Paris, 2005.

Bibliographie sélective [1]

Abeles Marc, *Le Lieu du politique*, Société d'ethnographie, Paris, 1984.
Alberti Leon Battista, *De re aedificatoria*, Orlandi, Milan, 1966 ; traduction française : *L'Art d'édifier*, texte traduit du latin, présenté et annoté par Pierre Caye et Françoise Choay, Seuil, Paris, 2004.
Alexander Ch., *Notes on the Synthesis of Form* ; traduction française : *Notes sur la synthèse de la forme*, Dunod, Paris, 1971.
Anci Toscana, *Agricoltura e territorio. Un laboratorio per lo slivuppo sostenibile della Toscana*, Centre A-Zeta, Florence, 1996.
Ansay Pierre, Schoonbrodt René (dir.), *Penser la ville. Choix de textes philosophiques*, AAM Éditions, Bruxelles, 1989.
Attali Jean, *Le Plan et le Détail. Une philosophie de l'architecture et de la ville*, Jacqueline Chambon, Nîmes, 2001.
Bachelard Gaston, *La Poétique de l'espace*, PUF, Paris, 1957.
Baczko Bronislaw, *Lumières de l'utopie*, Payot, Paris, 1978.
Bailly A., *La Perception de l'espace urbain*, Centre de recherche sur l'urbanisme, Paris, 1977.
Bairoch Paul, *De Jéricho à Mexico. Villes et économie dans l'histoire*, Gallimard, coll. « Arcades », 2e édition, 1966, 1985.
Barel Yves, *La Ville médiévale*, PUG, Grenoble, 1973.
Beccatinni G. (dir.), *Modeli locali di sviluppo*, Il Mulino, Bologne, 1989.
–, *Distretti industriali e made in Italy*, Bollati Boringhieri, Turin, 1998.
–, *Lo sviluppo locale, Incontri pratesi sullo sviluppo locale*, Iris, Artimino, 1999.

---

1. Cette bibliographie ne reprend pas l'ensemble des ouvrages cités dans le corps du texte et peut introduire des ouvrages absents de celui-ci.

Benedikt M. (dir.), *Cyberspace: First steps*, MIT Press, Cambridge (MA), 1991.

Benevolo Leonardo, *Histoire de la ville*, Parenthèses, Marseille, 1994.

Berque Augustin, *Du geste à la cité. Formes urbaines et lien social au Japon*, Gallimard, Paris, 1993.

Blanquart Paul, *Une histoire de la ville. Pour repenser la société*, La Découverte, Paris, 1997.

Bloc-Durafour Pierre, *Les Villes dans le monde*, Armand Colin, Paris, 2000.

Bonomi A., *Il capitalismo molecolare*, Feltrinelli, Milan, 1997.

Bookchin M., *Toward an Ecological Society*, Black Rose Books, Montréal, 1979; traduction française: *Une société à refaire: vers une écologie de la liberté*, Atelier de la création libertaire, Lyon, 1992.

Borja J. et Castells Manuel, *Local and Global. Management cities in the information age*, Earthscan, Londres, 1977.

Boyer Marie-Christine, *Cybercities. Visual Perception in the Age of Electronic Communication*, Princeton Architectural Press, New York, 1996.

Braudel Fernand, *Civilisation matérielle. Économie et capitalisme*, Armand Colin, Paris, 1979.

Cassano, F., *Il pensiero meridiano*, Laterza, Bari-Roma, 1996; traduction française: *La Pensée méridienne*, Éditions de l'Aube, La Tour d'Aigues, 1998.

Castells Manuel, *La Question urbaine*, Maspero, Paris, 1970.

–, *La Société des réseaux*, 3 vol., Fayard, Paris, 1996-2001.

Cattaneo, C., *La città come principio,* M. Brusatin (dir.), Marsilio, Venise, 1972.

Cayrol Jean, *De l'espace humain*, Seuil, Paris, 1968.

Cerda Ildefonso, *Teoria general de la urbanizacion* (1867), rééd. Madrid, 1969; traduction française: *La Théorie générale de l'urbanisation*, présentée et adaptée par A. Lopez de Aberasturi, Seuil, Paris, 1979.

Certeau (de) Michel, *L'Invention du quotidien,* tome 1: *Arts de faire*, 10/18, Paris, 1980.

Charre Alain, *Art et Urbanisme*, PUF, Paris, 1983.

Choay Françoise, *Le Corbusier*, Braziller, New York, 1960.

–, *Urbanisme, utopies et réalités*, Seuil, Paris, 1965.

–, *City Planning in the XIXth Century*, Braziller, New York, 1970.

–, *Le Sens de la ville* (en collaboration), Seuil, Paris, 1972.

–, *La Règle et le Modèle. Sur la théorie de l'architecture et de l'urbanisme*, Seuil, Paris, 1980.
–, *L'Allégorie du patrimoine*, Seuil, Paris, 1992.
Cohen Jean-Louis et Damisch Hubert (dir.), *Américanisme et Modernité. L'idéal américain dans l'architecture*, EHESS/Flammarion, Paris, 1993.
Comblin Joseph, *Théologie de la ville*, Éditions universitaires, Paris, 1968.
Davis Mike, *The City of Quartz*, Verso, New York, 1990 ; traduction française : *City of Quartz. Los Angeles la Capitale du futur*, La Découverte, Paris, 1997.
Deleuze Gilles, Guattari Félix, *Mille plateaux. Capitalisme et schizophrénie*, Minuit, Paris, 1980.
Detienne Marcel, *Les Maîtres de vérité dans la Grèce archaïque*, Maspero, Paris, 1967.
Detienne Marcel (dir.), *Tracés de fondation*, Paris-Louvain, Peeters, 1990.
–, *Qui veut prendre la parole*, Seuil, Paris, 2003.
Deffontaines P., *L'Homme et sa maison*, Gallimard, Paris, 1972.
Dematteis, G., *La metafore della terra*, Einaudi, Turin, 1985.
–, *Progetto implicito*, Angeli, Milan, 1995.
–, « Le città come nodi di reti. La transizione urbana in una prospettiva spaziale », *in* G. Dematteis et P. Bonavero, *Il sistema urbano italiano nello spazio unificato europeo*, Il Mulino, Bologne, 1997.
De Rita G., Bonomi A., *Manifesto per lo sviluppo locale*, Bollati Bolinghieri, Turin, 1998.
Dewitte Jacques, « Espaces de circulation et lieux urbains », dans Collectif, *Dynamic City*, Skira/Seuil, Paris, 2000.
Donzelot Jacques, *L'Invention du social. Essai sur le déclin des passions politiques*, Fayard, Paris, 1984, et Seuil, coll. « Points Essais », 1994.
– (dir.), *Face à l'exclusion. Le modèle français*, Esprit, Paris, 1991.
–, *L'État animateur. Essai sur la politique de la ville*, Esprit, Paris, 1994.
–, avec Mével Catherine et Wyvekens Anne, *Faire société. La politique de la ville aux États-Unis et en France,* Seuil, Paris, 2003.
Duby Georges (éd.), *Histoire de la France urbaine*, 5 tomes, Seuil, Paris, 1979-1985.
Dupuy Gabriel, *L'Urbanisme des réseaux*, Armand Colin, Paris, 1991.
Ellul Jacques, *Sans feu ni lieu. Signification biblique de la grande ville*, Gallimard, Paris, 1975.

Finley Moses, *L'Économie antique*, Minuit, Paris, 1975 (*The Ancient Economy*, 1973).

Fremont Armand, *France, géographie d'une société*, Champs-Flammarion, Paris, 1997.

–, *La Région, espace vécu*, Flammarion, Paris, 1999.

–, *Portrait de la France : villes et régions*, Flammarion, Paris, 1997.

–, *Géographie et action, l'aménagement du territoire*, Arguments, Paris, 2005.

–, *Aimez-vous la géographie ?*, Flammarion, Paris, 2005.

George Pierre, *La Ville. Le fait urbain à travers le monde*, PUF, Paris, 1952.

Ghorra-Gobin Cynthia, *Les Américains et leur territoire, mythe et réalité*, La Documentation française, Paris, 1987.

– (dir.), *Qu'est-ce qui institue la ville ?*, L'Harmattan, Paris, 1994.

–, *Les États-Unis entre local et global*, Presses de Sciences-Po, Paris, 2000.

–, *Los Angeles, Le mythe américain inachevé*, Éditions du CNRS, Paris, 2e éd., 2002.

–, *Villes et société urbaine aux États-Unis*, Armand Colin, Paris, 2003.

Giedion Siegfried, *Espace, temps, architecture* (1941), Denoël-Gonthier, Paris, 1978.

Goldsmith, E., *The Way: an ecological world-view*, Rider, Londres, 1992 ; traduction française : *Le Tao de l'écologie. Une vision écologique de l'économie*, Rocher, Monaco, 2002.

Goldsmith, Mander J., *The Case Against the Global Economy : and for a turn towards localization*, Sierra, San Francisco, 1996.

Gottman J., *Megapolis. The Urbanized Northeast Seabord of United States*, MIT Press, Cambridge (USA), 1961 ; traduction française : *Essais sur l'aménagement de l'espace habité*, Éditions de l'École des hautes études en sciences sociales, Paris, 1966.

Granet Alexandre, *La Fondation de Rome*, Les Belles Lettres, Paris, 1991.

Grimal Pierre, *Les Villes romaines*, PUF, Paris, 1977.

Habermas Jürgen, *Structurwandel der Offenlitchkeit*, Neuwied, Luchterland, 1971 ; traduction française : *L'Espace public*, Payot, Paris, 1978.

Hénaff Marcel, « Le lieu du penseur », Paris, Cahiers de Fontenay, 1983.

Homo Léo, *Rome impériale et urbanisme dans l'Antiquité*, Albin Michel, Paris, 1951, 1971.

Ilardi M., *La città senza luoghi*, Costa § Nolan, Genève, 1990.
Jacobs Jane, *Death and Life of Great American Cities*, Random House, New York, 1961, et New York, Vintage Books, 1992.
–, *The Economy of Cities*, Random House, New York, 1969.
Joseph Isaac (dir.), *Prendre place. Espace public et culture dramatique*, Éditions Recherches Plan Urbain, Paris, 1995.
Kahn Gustave, *L'Esthétique de la rue*, Fasquelle, Paris, 1901.
La Cecla F., *Perdersi. L'uomo senza ambiente*, Laterza, Bari-Rome, 1988.
–, *Mente locale? Per una antropologia dell'abitare*, Eleuthera, Milan, 1992.
Lachmann Carl, *Gromatici Veteres*, Berlin, 1848-1852 (rééd. Bari, 1960).
Lavedan P., *Histoire de l'urbanisme. Renaissance et temps modernes*, H. Laurens, Paris, 1925-1941.
Lavedan P. et Hugueney J., *L'Urbanisme au Moyen Âge*, Droz, Genève, 1974.
Ledrut Raymond, *Les Images de la ville*, Anthropos, Paris, 1973.
Lefebvre Henri, *La Pensée marxiste et la ville*, Casterman, Paris/Tournai, 1972.
–, *La Production de l'espace*, Anthropos, Paris, 1974.
Le Lannou Maurice, *Le Déménagement du territoire*, Seuil, Paris, 1963.
Lefort Claude, *Le Travail de l'œuvre Machiavel*, Gallimard, Paris, 1972.
–, *Essais sur le politique. XIXe-XXe siècle*, Seuil, Paris, 1986.
Levy Jacques (en collab. avec A. Valladão), *Le Monde pour cité*, Hachette, Paris, 1996.
–, *Europe. Une géographie* (collectif), Hachette, Paris, 1997.
–, *Mondialisation. Les mots et les choses* (collectif), Karthala, Paris, 1999.
–, *Le Tournant géographique. Penser l'espace pour lire le monde*, Belin, Paris, 1999.
Magnaghi Alberto, «Da Metropolis a Ecopolis: Elementi per un progetto per la città ecologica», *in* Manzoni (dir.), *Etica et metropoli*, Guerini, Milan, 1989.
– (dir.), *Il Territorio dell'abitare. Lo sviluppo locale come alternativa strategica*, Angeli, Milan, 1990.
– (dir.), *Il Territorio degli abitanti*, Dunod, Milan, 1998.
– et Paloscia R., *Per una trasformazione ecologica degli insediamenti*, Angeli, Milan, 1993.

–, *Il Proghetto locale*, Bollati Bolinghieri, Turin, 2000 ; adaptation française (par Marilène Raiola et Amélie Petita) : *Le Projet local*, Pierre Mardaga éditeur, Sprimont, 2003.

Martin René, *L'Urbanisme dans la Grèce antique*, Picard, Paris, 1956.

McAdams R.C., *Heartland of Cities*, University of Chicago Press, Chicago, 1981.

Mongin Olivier, *La Peur du vide. Essai sur les passions démocratiques I* (1991), Seuil, coll. « Points Essais », Paris, 2003.

–, *Vers la troisième ville*, préface de Christian de Portzamparc, Hachette, Paris, 1995.

–, *La Violence des images. Essai sur les passions démocratiques II*, Seuil, Paris, 1997.

–, *Éclats de rire. Variations sur le corps comique. Essai sur les passions démocratiques III*, Seuil, Paris, 2002.

More Thomas, *Utopie*, La Renaissance du livre, Paris, 1936.

Mumford Lewis, *The City in History*, 1961 ; traduction française : *La Cité à travers l'histoire*, Seuil, Paris, 1964.

Nancy Jean-Luc, *La Ville au loin*, Paris, Mille et une nuits, 1999.

Norberg-Schulz Christian, *Architecture : Meaning and Place*, Electa Rizzoli, New York, 1986.

Paquot Thierry, *Homo urbanus*, Éditions du Félin, Paris, 1990.

–, *Vive la ville !* Arléa/Corlet, Paris/Condé-sur-Noireau, 1994.

–, *L'Utopie, un idéal piégé*, Hatier, Paris, 1996.

– (dir.) *La Ville et l'urbain, l'état des savoirs*, La Découverte, Paris, 2000.

–, *Le Quotidien urbain. Essais sur le temps des villes*, La Découverte, Paris, 2001.

–, *Habiter l'utopie : le familistère Godin à Guise*, Éditions de la Villette, Paris, 1981, 1988, 2004.

–, *Le Monde des villes*, Complexe, Bruxelles, 1996.

–, *Les Faiseurs de villes*, Parenthèses, Marseille, 2005.

Parrochia Daniel, *Philosophie des réseaux*, PUF, Paris, 1993.

Payot Daniel, *Le Philosophe et l'architecte*, Payot, Paris, 1983.

Pirenne H., *Les Villes du Moyen Âge. Essai d'histoire économique et sociale*, M. Lamertin, Bruxelles, 1927.

Ragon Michel, *Histoire de l'architecture et de l'urbanisme*, Seuil, coll. « Points », Paris, 1991.

–, *L'Urbanisme et la cité*, Hachette, Paris, 1964.

–, *Les Visionnaires de l'architecture*, Laffont, Paris, 1965.

Reclus Élisée, *L'Homme et la terre* (1908), La Découverte, Paris, 1998.

Revue du Mauss (la), *Villes bonnes à vivre, villes invivables,* n° 14, La Découverte, Paris, 2ᵉ semestre 2002.

Ricœur, Paul, *Temps et Récit,* trois tomes (1983, 1984, 1985), Seuil, coll. «Point Essais», Paris, 1991.

Roncayolo, Marcel, *La Ville et ses territoires,* Gallimard, coll. «Folio Essais», Paris, 1990.

–, *Lectures de villes,* Parenthèses, Marseille, 2002.

–, en collaboration avec Cardinali P., Levy J., Mongin Olivier et Paquot Thierry, *De la ville et du citadin,* Parenthèses, Marseille, 2003.

Rossi Aldo, *L'Architettura della Città,* Clup, Milan, 1966; traduction française: *L'Architecture de la ville,* Livre et Communication, Paris, 1981, repr. 1990.

Roudaut Jean, *Les Villes imaginaires dans la littérature française,* Hatier, Paris, 1990.

Rykwert Joseph, *The Idea of a Town: the Anthropology of Urban Form in Rome, Italy and Ancient World,* The MIT Press, Cambridge (Mass.), 1988.

–, *La Maison d'Adam au Paradis,* traduit de l'anglais, Seuil, Paris, 1976.

Sami-Ali, *L'Espace imaginaire,* Gallimard, Paris, 1974.

Sansot Pierre, *Poétique de la ville,* Klincksieck, Paris, 1971.

Sassen Saskia, *Global City,* Princeton University Press, Princeton, 1991; traduction française: *La Ville globale. New York, Londres, Tokyo,* Descartes et Cⁱᵉ, Paris, 1996.

Serres Michel, *Atlas,* Paris, Julliard, 1994.

Toynbee A., *Les Villes dans l'histoire,* Payot, Paris, 1972.

Vernant Jean-Pierre, *Mythe et pensée chez les Grecs,* Maspero, Paris, 1965.

Virilio Paul, *Vitesse et Politique,* Galilée, Paris, 1977.

Wallerstein Immanuel, *World Economy,* Cambridge University Press, 1979; traduction française: *L'Architecte et le philosophe. Capitalisme et économie-monde,* Flammarion, Paris, 1980.

Weber Max, *Wirtschaft und Gesellschaft,* Mohr, Tübingen, 1956; traduction française: *Économie et Société,* Paris, Plon, 1971.

–, *Die Stadt,* Mohr, Tübingen, 1947; traduction française: *La Ville,* Aubier, Paris, 1982.

Weil Simone, *L'Enracinement, prélude à une déclaration des devoirs envers l'être humain,* Gallimard, Paris, 1949.

Wu Hung, *Monumentality in Early Chinese Art and Architecture,* Stanford University Press, Stanford, 1995.

REMERCIEMENTS

L'urbain, avec son caractère protéiforme, ses métamorphoses, ses variantes à l'échelle planétaire, est un monde difficile à pénétrer. Il ne suffit donc pas de marcher dans la ville, c'est pourquoi j'ai eu besoin de m'appuyer sur des initiateurs : Thierry Paquot, encyclopédiste infatigable et co-responsable de la revue *Urbanisme,* m'a aidé tout au long de ce travail, par ses suggestions et ses lectures. Jacques Donzelot m'a fait comprendre que la logique de fragmentation l'emportait partout du fait d'une globalisation qui reconfigure les territoires et modifie les formes d'être «ensemble» en autant de manières d'être «entre soi». Grâce à Cynthia Ghorra-Gobin, j'ai mieux saisi les complexités et les métamorphoses de l'urbanisme américain. Pierre Veltz m'a fait découvrir l'archipel urbain mondial. Enfin, le travail de Françoise Choay, auteur d'une œuvre majeure dont j'étais loin d'avoir pris toute la mesure, m'a aidé à trouver des fils conducteurs, elle m'a conduit d'Alberti à Alberto Magnaghi en passant par Gustavo Giovannoni. Par ailleurs, je remercie ceux qui m'ont permis de présenter à diverses occasions des éléments de ce travail, Yves Michaud à Paris, Georges Nivat et Jean Starobinski à Genève, Spyros Theodoros à Marseille, mais surtout Judit Carrera et Josep Ramoneda à Barcelone. J'ai également été sensible à la confiance d'Ariella Masboungi et à l'accueil de Christian de Portzamparc. Par ailleurs, la compréhension et la patience de Mireille de Sousa et de Marc-Olivier Padis m'ont permis de mener à terme ce travail. Pauline et Lucas ont également su faire preuve de patience. Dominique Billot-Mongin m'a fait bénéficier de ses exigences drastiques sur le plan de l'écriture. Je remercie Anne-Claire Mayol d'avoir établi l'index et Isabelle Paccalet pour la qualité de son travail éditorial. Je suis cependant le seul responsable de ce qui est écrit dans ces pages.

Mais j'aimerai *in fine* dédier ce livre à mon éditeur, Jean-Luc Giribone, et à trois maîtres de toujours que j'ai retrouvés tout au long de cette aventure urbaine : Michel de Certeau, dont la réflexion sur l'espace urbain est pionnière ; Claude Lefort, dont l'interrogation sur la démocratie et l'humanisme florentin passe par la cité ; Paul Ricœur, dont la passion du récit est une invitation à penser une « durée publique » qui passe par l'expérience urbaine.

Index des personnes citées

Aalto, Alvar, 253.
About, Edmond, 75.
Adam de la Halle, 29.
Adams, Henry, 190.
Adonis (Ali Ahmad Saïd Esber *dit*), 166, 166n.
Aglietta, Michel, 140n.
Agulhon, Maurice, 89n.
Alberti, Leon Battista, 27, 88, 101, 103, 103n, 104-105, 111, 242-243, 192, 313.
Allemand, Sylvain, 283n.
Amidon, Jane, 240n.
Angelis, C. de, 239n, 242n.
Aragon, Louis, 38, 54.
Arasse, Daniel, 66n.
Arendt, Hannah, 76, 78-79, 79n, 81-82, 99, 115.
Aristote, 78n, 131.
Arrup, Ove, 243.
Ascher, François, 113-114, 137, 145, 146n, 177n, 185n, 279, 279n, 283n.
Asséo, Henriette, 303n.
Attali, Jacques, 137n.
Attali, Jean, 154, 246n.
Audier, Serge, 87n.
Augoyard, Jean-François, 54n.
Augustin, saint, 131.

Bagnasco, Arnaldo, 271n.
Bailly, Jean-Christophe, 37, 53, 53n, 81n.
Bairoch, Paul, 163n, 165, 165n.
Bakhtine, Mikhaïl, 28.
Balazs, Béla, 82.
Balzac, Honoré de, 64.
Baron, Hans, 47.
Barré, François, 49n, 244.
Barrico, Alessandro, 25.
Barthes, Roland, 49.
Baudelaire, Charles, 10, 40-41, 53, 56n, 57-58, 58n, 59, 59n, 60-61, 64n, 66.
Baudelle, Guy, 261n.
Bauer, G., 191n.
Bauman, Zygmunt, 179n, 197.
Bayart, Jean-François, 141n.
Beauchard, Jacques, 261n.
Beck, Ulrich, 141, 141n.
Bédarida, Marc, 107n.
Bégout, Bruce, 173n.
Bell, Daniel, 135.
Bellanger, François, 112n.
Bellay, Ronald, 43n, 210n.
Bellow, Saul, 71, 74, 190.
Benevolo, Leonardo, 86n.
Benjamin, Walter, 10, 61n, 62-64, 64n, 65, 67n, 118.

Bensaïd, Jean, 150n.
Berardi, Roberto, 122n.
Berger, Martine, 207n.
Bergère, Marie-Claire, 268n.
Bernard, Jean-Pierre Arthur, 66n.
Berque, Augustin, 17n, 58n.
Bertuccelli, Julie, 16.
Besse, Jean-Marc, 133.
Biget, J.-L., 23n.
Billot-Mongin, Dominique, 313.
Bloch, Marc, 83, 83n.
Body-Gendrot, Sophie, 219n.
Bofill, Ricardo, 111, 225, 244.
Bogdanovic, Bogdan, 173, 175-176.
Bohigas, Oriol, 241.
Boivin, Michel, 167n.
Bon, François, 149, 149n.
Borges, Jorge Luis, 24, 25n.
Boucheron, Patrick, 85n.
Bowie, Karen, 63n.
Braque, Georges, 99, 247.
Braudel, Fernand, 18, 84n, 92, 94, 94n, 129n, 137, 180, 216, 269.
Brauner, Victor, 55.
Breton, André, 56.
Brunelleschi, 103, 242.
Burgel, Guy, 75n, 260, 260n.
Burgess, Ernest W., 74n.
Butor, Michel, 38, 38n, 68.

Cabet, Eugène, 107.
Caillebotte, Gustave, 65.
Calvino, Italo, 25, 66n.
Cambiano, Giuseppe, 77n.
Candela, Felix, 243.
Caniaux, Denis, 37n.
Canto-Sperber, Monique, 282n.
Carpenter, John, 175.
Carrera, Judit, 313.
Carroué, Laurent, 144n.

Cars, Jean des, 63n.
Cassese, Sabino, 270n.
Castel, Robert, 198.
Castells, Manuel, 135, 186, 223, 223n.
Castex, Jean, 117n.
Cauvin, Colette, 39n.
Caye, Pierre, 103n.
Céline, Louis-Ferdinand, 54.
Cerdà, Ildefons, 12n, 13-14, 102-105, 107-108.
Certeau, Michel de, 27n, 54n, 114-115, 115n.
Cervellati, P.-L., 239n, 242n.
Chahine, Youssef, 234.
Chalas, Yves, 203n.
Chamboredon, Jean-Claude, 283n.
Champigneulle, Bernard, 62n.
Chaslin, François, 111n, 159n.
Checcheto, Rémi, 71n.
Cheddadi, Abdesselam, 82n.
Chemetoff, Alexandre, 9.
Chevallier, Dominique, 83, 83n, 122n.
Choay, Françoise, 11n, 12n, 13n, 14n, 27n, 90n, 101-102, 102n, 103n, 104n, 105, 105n, 106n, 107, 107n, 108, 110n, 111n, 134-135, 153, 153n, 190, 190n, 220n, 226n, 229, 229n, 237n, 238n, 239n, 243, 243n, 244, 244n, 251, 285n, 286n, 288n, 289n, 290n, 313.
Cicéron, 131.
Claudel, Paul, 32-33, 33n, 37, 37n, 117, 132.
Claudius-Petit, Eugène, 11n.
Claval, Paul, 21, 114, 114n, 178n.
Clément, Gilles, 9, 158n, 230, 230n.
Clisthène, 78, 78n, 80-81.

Coblence, Françoise, 54n.
Coburn, Alvin Langdon, 36, 166.
Cohen, Daniel, 139, 139n, 150n, 181n.
Cohen, Jean-Louis, 237n.
Colonna, Fanny, 71n, 212n.
Comblin, Joseph, 94n.
Comment, Bernard, 62n, 64n, 107n.
Compagnon, Antoine, 46n, 56n.
Conan, Michel, 206, 240n.
Constant, Benjamin, 79.
Corajoud, Michel, 9, 241n.
Corboz, André, 51.
Cox, Harvey, 94n.
Crozet, Yves, 207n.

Damisch, Hubert, 26n.
Daney, Serge, 127n.
Dante, 86.
Davis, Mike, 92, 92n, 171, 171n.
Deleuze, Gilles, 92, 301-302, 302n.
Delouvrier, Paul, 12n, 254.
Dematteis, Giuseppe, 241, 273n.
Demy, Jacques, 55.
Denis, Éric, 43n, 210n, 211n, 212n.
Depaule, Jean-Charles, 117n.
Derrida, Jacques, 96n.
Desanti, Dominique, 145n.
Desanti, Jean-Toussaint, 145n, 146, 146n, 220n, 228n, 231, 232n, 244n.
Desportes, Marc, 135n.
Dethier, Jean, 26n.
Dickens, Charles, 58, 73.
Djaït, Hichem, 83, 83n.
Dollfus, Olivier, 179, 179n.
Donnadieu, Brigitte, 42n.
Donzelot, Jacques, 17, 86n, 90n, 198, 198n, 199, 276n, 284, 313.
Downs, Anthony, 264.

Dreiser, Theodore, 71, 73, 73n, 74, 190.
Droit, Roger-Pol, 145n.
Dubois-Taine, Geneviève, 203n.
Duby, Georges, 75n, 153n.
Duchamp, Marcel, 109-110.
Durand-Bogaert, Fabienne, 17n.
Dureau, Françoise, 154n.
Durkheim, Émile, 68n.
Dutour, Thierry, 137n.

Edelmann, Frédéric, 23n.
Ellul, Jacques, 94n.
Emerson, R. Waldo, 190.
Estèbe, Philippe, 198n, 265n, 276n.

Fabries-Verfaillie, M., 189n.
Fayeton, Philippe, 247n.
Finley, Moses I., 78n.
Fitoussi, Jean-Paul, 198n.
Foessel, Michaël, 141n.
Fortier, Bruno, 9, 15n, 298.
Foster, Norman, 156-157.
Foucault, Michel, 197.
Foucher, Michel, 144n.
Fourier, Charles, 107.
François, J.-C., 207n.
Frémont, Armand, 189n.
Freud, Sigmund, 60n.
Friedmann, Jean, 182.
Fuller, Buckminster, 243.
Furetière, 94.
Fustel de Coulanges, 13n, 79.

Garnier, Tony, 122, 124.
Gaudin, Henri, 42, 42n, 55, 55n, 117n, 120n, 159n, 232n, 233n, 235n, 245-247, 247n, 253.
Gayer, Laurent, 167n.
Geddes, Patrick, 242.

Gehry, Frank, 9, 148, 241.
Gervais-Lambony, Philippe, 195n.
Ghorra-Gobin, Cynthia, 188n, 191n, 192n, 193n, 194n, 221n, 258, 260n, 262n, 264n, 313.
Giddens, Anthony, 146.
Giono, Jean, 49, 49n.
Giovannoni, Gustavo, 238, 238n, 239, 239n, 242, 288, 313.
Giribone, Jean-Luc, 314.
Godard, Jean-Luc, 126, 126n.
Godin, Jean-Baptiste, 107.
Goffman, Erving, 74.
Goldoni, Carlo, 60.
Gottman, Anne, 95n.
Gottmann, Jean, 177n.
Goux, Jean-Joseph, 76n.
Gracq, Julien, 13, 15, 15n, 28-29, 32, 38-39, 39n, 40n, 41, 41n, 42-43, 43n, 44n, 45n, 46, 46n, 47, 47n, 49n, 50n, 51n, 55-56, 56n, 60, 61, 68, 72, 74, 125, 155, 169, 249, 294.
Grafmeyer, Yves, 74n.
Gréau, Jean-Louis, 140n.
Gronstein, Yehoshua, 96.
Gropius, Walter, 108, 190, 242.
Gruzinski, Serge, 142n.
Guattari, Félix, 92, 92n.
Guerrien, Marc, 43n.
Guiheux, Alain, 26.

Habermas, Jürgen, 115, 115n.
Haeringer, Philippe, 267n, 268n.
Harding, Alan, 270n.
Hassner, Pierre, 303.
Haussmann, Georges Eugène, 39n, 62-63, 63n, 64n, 104-108, 116, 118-119, 135, 190, 221, 237.
Hazan, Eric, 33, 33n, 89n.

Heers, Jacques, 85n.
Hegel, Georg Wilhelm Friedrich, 17.
Heine, Heinrich, 34.
Hénaff, Marcel, 181n, 232, 232n, 252n.
Hénard, Eugène, 39n, 102.
Hersant, Yves, 17.
Hertmans, Stefans, 96n.
Hervé, J.-C., 23n.
Hippodamos, 81.
Hokusai, 52.
Howard, Ebenezer, 13n, 106, 108.
Huet, Bernard, 23, 23n, 42, 42n, 71n, 111n, 236n, 245, 246n.
Hugo, Victor, 32, 65, 93, 106, 106n.

Ibn Khaldun, 81, 84, 301.

Jacobs, Jane, 90n, 242.
Jalabert, Guy, 163n.
James, Henry, 190.
Jefferson, Thomas A., 190.
Joseph, Isaac, 30, 31n, 74n.
Jouve, Annie, 189n.
Joyce, James, 24, 25n.

Kafka, Franz, 25n.
Kahn, Louis, 43n, 71, 71n, 250-251, 253, 281, 302.
Kain, John, 193.
Keinschuger, Richard, 39n.
Khatibi, Abdelkébir, 122n.
Khoury, Elias, 25.
Kirszbaum, Thomas, 275n, 276n, 279n.
Kollhoff, Hans, 156-157, 157n.
Koolhaas, Rem, 12, 12n, 116, 120, 120n, 154-155, 158n, 159n, 160,

160n, 161-163, 173, 214, 246-247, 256, 269.
Kowarick, L., 159n.
Kurosawa, Akira, 67n.

Laborde, Marie-Françoise, 169n.
Lacoste, Jean, 64n.
Lafaille, 243.
Lang, Fritz, 73n.
Lassus, Bernard, 9, 240n, 241n.
Laurent, Éloi, 198n.
Lavaud, Laurent, 227n.
Lazzarini, Isabelle, 91n.
Le Bon, Gustave, 68n.
Le Corbusier, 12, 14, 26, 39n, 63n, 76, 90n, 105, 106n, 107-108, 112, 116-117, 119, 121, 123, 190.
Le Dantec, Jean-Pierre, 19n, 111n, 156n, 157n, 159n.
Le Galès, Patrick, 260, 261n, 270, 270n, 271n.
Le Gendre, Bertrand, 205n.
Le Goff, Jacques, 28, 29n, 83, 83n, 91.
Le Nôtre, André, 66.
Ledoux, Claude Nicolas, 90n.
Lefebvre, Henri, 156n.
Lefort, Claude, 87, 87n, 89n, 314.
Lefranc, Sandrine, 167n.
Lelévrier, Christine, 198n, 276n.
Lemaire, Bertrand, 63n.
Lemaire, Madeleine, 283n.
Leniaud, Jean-Michel, 106.
Léonard-Roques, Véronique, 95n.
Lepetit, Bernard, 23n.
Leroy, Claude, 55n.
Lévinas, Emmanuel, 94n, 95n.
Lévi-Strauss, Claude, 24, 24n, 35, 36, 36n, 50-51, 51n, 166-168, 168n, 169-170.

Lévy, Albert, 23n.
Lévy, Jacques, 134n, 144n, 187n, 189n, 202n, 257n, 260n, 271n, 273, 274n, 283n, 285n, 290n.
Loos, Adolf, 71, 109, 109n, 112.
Lopez, Robert, 94.
Lopez de Aberasturi, Antonio, 102.
Louis-Philippe, 64n.
Loyer, François, 62n, 63n, 118, 118n.
Luntz, Édouard, 202.
Lussault, Michel, 219n.
Lyotard, Jean-François, 134.

Maas, Willy, 256.
Macchia, Giovanni, 66n, 219n.
Machiavel, 87n, 88-89.
Mackenzie, Roderick D., 74n.
Magnaghi, Alberto, 217, 222, 222n, 241, 241n, 272, 273, 285, 286n, 287n, 288, 288n, 289, 289n, 291, 300, 313.
Mahfouz, Naguib, 25.
Maldiney, Henri, 41n, 233n, 235n.
Mallarmé, Stéphane, 76n.
Mangin, David, 14n, 256, 256n.
Marivaux, 60.
Marx, Karl, 89, 89n.
Masboungi, Ariella, 49n, 245n, 298n, 313.
Massiah, Gustave, 219n.
Massot, Marie-Hélène, 207n.
Mathiau, H., 207n.
Maurice, Joël, 198n.
Maurin, Éric, 150n, 198, 199, 207n.
Mayer, Carl, 61, 61n.
Mayol, Anne-Claire, 313.
Meier, Christian, 77n.
Mendoza, Eduardo, 24.

Menjot, Denis, 85n.
Mény, Yves, 265n.
Merleau-Ponty, Maurice, 39, 39n, 302.
Merlin, Pierre, 14n, 103n.
Michaud, Yves, 165n, 313.
Michaux, Henri, 25.
Mies Van der Rohe, Ludwig, 108, 242.
Missac, Pierre, 64n.
Mongin, Olivier, 65n, 147n, 150n, 175n, 238n, 302n.
Monnerot, Jules, 46n.
Monnet, Jérôme, 165n.
Montandon, Alain, 95n.
More, Thomas, 101, 105, 228, 286-288.
Morris, William, 105.
Mumford, Lewis, 22n, 90n, 119n, 122n, 242, 243n.
Murnau, Friedrich Wilhelm, 61n, 73, 73n.
Musil, Robert, 74.

Nahoum-Grappe, Véronique, 173n, 175.
Naipaul, Vidiadhar Surajprasad, 170, 170n, 171.
Nancy, Jean-Luc, 172n.
Napoléon Ier, 63.
Navez-Bouchanine, Françoise, 209n.
Nerval, Gérard de, 54, 54n, 56, 56n, 58, 58n.
Nervi, 243.
Nivat, Georges, 313.
Nouvel, Jean, 256.
Noviant, Patrice, 160n.
Nowicki, Matthew, 243.

Oehler, Dolf, 61n.
Orfeuil, Jean-Pierre, 207n.
Orfield, Myron, 264.
Orléan, André, 140n.
Otto, Frei, 243.
Owen, Robert, 107.
Ozu, Yasujirô, 58.

Padis, Marc-Olivier, 313.
Pamuk, Orhan, 25.
Panerai, Philippe, 117n.
Pankow, Gisela, 233n.
Paquot, Thierry, 55n, 80n, 94n, 107n, 119, 134n, 175, 219n, 256n, 313.
Parcolle, Bertrand, 294n.
Park, Robert E., 74n.
Parnet, Claire, 302n.
Paulhan, Jean, 55.
Payot, Daniel, 45n, 98n.
Perec, Georges, 68.
Pérouse, Jean-François, 214n.
Pessoa, Fernando, 24, 25n, 44n, 48n, 72n.
Pétillon, Pierre-Yves, 34n, 72n, 73n, 74n, 190n.
Petit, Philippe, 147n.
Petitdemange, Guy, 63n, 64n, 66n.
Pinçon, Michel, 205n.
Pinçon-Charlot, Monique, 205n.
Pieyre de Mandiargues, André, 38, 56.
Pinol, Jean-Luc, 85n.
Pinon, Pierre, 63n.
Pirenne, Henri, 83n, 88.
Platon, 101.
Pocock, John G.A., 87, 87n.
Poe, Edgar, 40, 57, 61n, 66.
Pomian, Krzysztof, 17n.
Pons, Philippe, 51n.

Portzamparc, Christian de, 23, 29, 30n, 50, 159n, 237-238, 238n, 246, 248n, 253, 253n, 313.
Postel-Vinay, Karoline, 303n.
Poussin, Frédéric, 133.
Préteceille, Edmond, 207n, 271n.
Prévôt-Schapira, Marie-France, 209, 209n, 214n, 265n.
Prost, Henri, 12n.
Putnam, Robert, 284.

Queneau, Raymond, 24.

Rachik, Abderrahmane, 214n.
Ramoneda, Josep, 313.
Rebérioux, Antoine, 140n.
Réda, Jacques, 48n, 55.
Revault d'Allonnes, Myriam, 80n.
Reymond, Henri, 39n.
Ribardière, A., 207n.
Rice, Peter, 243.
Richard, Jean-Pierre, 34n, 36, 38, 38n.
Ricœur, Paul, 50n, 302, 314.
Rifkin, Jeremy, 148n, 204, 204n.
Rimbaud, Arthur, 123.
Rogers, Richard, 156.
Rolin, Jean, 149n.
Romains, Jules, 53, 67-68, 68n, 69, 69n, 70.
Roncayolo, Marcel, 68n.
Rossi, Aldo, 156, 253.
Roudaut, Jean, 37n, 56n.
Rouleau, Bernard, 62n.
Roux, Emmanuel de, 240n.
Roux, J.-M., 191n.
Ruby, Christian, 175.
Rusk, David, 192n, 264.
Ruskin, John, 190.
Rykwert, Joseph, 94n, 109n.

Sábato, Ernesto, 24.
Saint-Julien, Thérésa, 207n.
Sansot, Pierre, 37n.
Sarnitz, August, 109n.
Sassen, Saskia, 143n, 178, 179n, 180n, 182, 183n, 184, 184n, 185n.
Scannavini, R., 239n, 242n.
Schaer, Roland, 228n, 295n.
Secchi, Bernardo, 25n, 186, 245, 245n, 289, 291-292, 292n, 295, 295n.
Séjourné, Marion, 43n, 210n, 211n.
Sellier, Henri, 12n.
Sen, Amartya, 282n, 283, 283n.
Sennett, Richard, 81, 82n, 95n.
Shore, Stephen, 192.
Simmel, Georg, 23.
Sitte, Camillo, 23, 45n, 108, 239, 239n.
Skinner, Quentin, 87.
Smith, Neil, 204n.
Soria y Mata, Arturo, 108.
Soulier, Nicolas, 121n.
Sousa, Mireille de, 313.
Spector, Thérèse, 182n, 258n.
Spinoza, 68.
Starkman, Nathan, 293n.
Starobinski, Jean, 313.
Steichen, Edward, 36.
Stieglitz, Alfred, 36.
Stragitti, P., 189n.
Subileau, Jean-Louis, 293n.
Supiot, Alain, 142n, 225n.

Tanguy, Philippe, 211.
Tenon, Jacques René, 107.
Thébert, Y., 23n.
Theodorov, Spyros, 313.
Theys, Jacques, 182n, 258n.

Thibaud, Paul, 89n.
Thoreau, Henry David, 190.
Topalov, Christian, 23n.
Torga, Manuel, 281.
Torroja, Eduardo, 243.
Touraine, Alain, 198.
Tower Sergent, Lyman, 228n, 285n.
Trettiack, Philippe, 243n.
Tschumi, Bernard, 156, 187, 255.
Tzara, Tristan, 109n.

Urry, John, 139n.

Valabrègue, Frédéric, 203n.
Veltz, Pierre, 135, 135n, 181n, 196n, 221n, 271, 272n, 313.
Vernant, Jean-Pierre, 44n, 80n, 81n.
Vertov, Dziga, 61n.
Vidal-Naquet, Pierre, 80n.
Vigano, Paola, 245, 289.

Vignal, Leïla, 211n, 212n.
Virilio, Paul, 155, 162-163, 173, 174n, 177n.
Vitruve, 101.
Von Wright, Mies, 122, 152.
Vuillard, Édouard, 65.

Walcott, Derek, 169.
Wang Bing, 151.
Weber, Max, 22-23, 82n, 84, 84n, 85, 85n.
Weber, Melvin, 135.
Willocks, Tom, 174n.
Winnicott, David, 234.
Winthrop, John, 189.
Wright, Frank Lloyd, 12n, 242, 243.
Wright, Vincent, 270n.

Yonnet, Jacques, 24, 57, 57n, 66n.
Younès, Chris, 41n, 98n.

Index des villes citées et quelques quartiers

Addis-Abeba, 295.
Ahmedabab, 250.
Alexandrie, 47, 212n, 234.
Alphaville, 126, 127n.
Ambérieu-en-Bugey, 149.
Amsterdam, 117, 119, 137n, 159, 187, 202, 202n, 271.
Angers, 42, 294.
Angoulême, 42.
Anvers, 119, 137n, 245n.
Argis, 7, 149.
Arnouville-lès-Gonesse, 266n.
Arras, 29.
Assiout, 212n.
Athènes, 25n, 88.

Babel, 94, 165, 170, 300, 301.
Babylone, 94.
Barcelone, 24, 91-92, 163n, 299.
Belgrade, 176.
Belo Horizonte, 127n.
Bergame, 60n.
Berlin, 9, 61n, 131, 157, 163n.
Beyrouth, 25, 176, 295.
Bilbao, 9, 148, 241.
Birmingham, 270n.
Bobigny, 148.
Bologne, 60n, 156, 239.
Bombay (Mumbai), 25, 164, 170.
Bordeaux, 41, 47, 56, 189n.
Boston, 33, 37, 177n, 179n, 180.
Boulogne-Billancourt, 202.
Brasília, 235.
Brême, 91.
Brescia, 235n.
Bresson, 266n.
Brest, 56, 294.
Bruges, 91, 137n.
Buenos Aires, 16, 24, 131, 163n, 189, 208-209, 209n, 210, 213-214, 265.

Caire (Le), 16, 25, 43, 43n, 44, 54, 131, 163n, 180, 189, 208-210, 212n, 213-214, 268.
Calcutta, 166, 170, 172.
Canton, 180n, 267.
Cap (Le), 195.
Caracas, 295.
Carthage, 93.
Chandahar, 106.
Chartres, 236.
Chicago, 52, 59, 71, 73-75, 179n, 180, 190, 191, 244.
Colmar, 237.
Courtrai, 245n.
Culoz, 149.

Défense (La), 205.
Delhi, 164.
Detroit, 191.
Dhaka, 164, 252.
Drancy, 119.
Dublin, 24.
Durban, 24, 195.

Elbeuf, 240n.
Escautpont, 266n.
Essen, 165.
Exeter (New Hampshire), 250.

Fès, 54.
Fiesole, 54.
Florence, 54, 87n, 88, 91, 297.
Fort Wayne (Indiana), 250.
Francfort-sur-le-Main, 117, 119.
Fribourg-en-Brisgau, 237.

Gand, 91.
Garges-lès-Gonesse, 266n.
Gênes, 91, 137n.
Genève, 122.
Grenoble, 266n.
Groznyï, 175.
Guise, 107, 240n.

Hambourg, 91.
Hanoi, 163n.
Haye (La), 159.
Hayez, 240n.
Hô Chi Minh-Ville, 163n.
Hong Kong, 53, 157, 267-268.
Houston, 234.
Hyderabad, 164.

Indianapolis, 191, 194.
Issy-les-Moulineaux, 205.
Istanbul, 25, 38, 131, 163n, 208, 268.

Jersey City, 35.
Jérusalem, 93, 250.
Johannesburg, 167n, 187, 195, 202, 271.

Karachi, 166-167, 167n, 168.
Kinshasa, 295.
Kuala Lumpur, 163.

Lagos, 163-164, 167.
Lahore, 164.
Las Vegas, 173.
Leeds, 270n.
Liège, 270n.
Lille, 56, 189n, 245n, 270n, 293n.
Lima, 167n, 210.
Lisbonne, 24, 44, 72.
Londres, 10, 32-37, 75, 117, 119, 122, 132, 137n, 164, 179n, 180, 182, 184, 186, 272.
Los Angeles, 163n, 171-173, 179n, 180, 182, 184, 191, 262.
Lübeck, 91.
Lyon, 41, 46, 56, 122, 189n, 293-294.

Madrid, 108.
Malines, 245n.
Manchester, 270n.
Manhattan, 9, 122.
Manille, 131, 164.
Mantoue, 86.
Marne-la-Vallée, 111.
Marquette-lez-Lille, 240n.
Marrakech, 295.
Marseille, 25, 56, 119, 203n.
Mazamet, 240n.
Mexico, 43n, 44, 131, 163n.
Milan, 91, 119, 164.
Millau, 9, 157.

Minguettes (Les), 293.
Minieh, 38.
Minneapolis, 194, 264.
Montevideo, 214.
Montpellier, 194, 264.
Montréal, 163n.
Moscou, 131, 163n, 268-269.
Munich, 179n.

Nancy, 149.
Nankin, 167.
Nanterre, 253n.
Nantes, 38-39, 41-42, 46-48, 56-57, 68, 189n, 241, 294.
Naples, 60n, 237.
New Haven, 250.
New York, 33, 35, 35n, 36-37, 117, 131, 137n, 164, 166, 178, 179n, 180, 186, 244, 250.
Ninive, 94.
Noisiel, 240n.
Noisy-le-Sec, 149.
Nouakchott, 211n.
Noyal-sur-Vilaine, 266n.

Osaka, 164, 179n.

Palavas-les-Flots, 266n.
Paris, 10, 16, 23-24, 32-33, 35-36, 39, 39n, 56-57, 61, 61n, 62n, 66, 68-69, 132, 149, 164, 179n, 184, 189n, 202, 205, 246, 253, 266n, 272.
Pékin, 33, 180n, 267.
Pesaro, 245n, 280.
Philadelphie, 250.
Pont-Saint-Pierre, 240n.
Port Elizabeth, 195.
Portland, 264.
Pôrto Alegre, 127n.

Prague, 9, 133.
Prato, 145n.
Pretoria, 195.

Rennes, 245n.
Rillieux-la-Pape, 293.
Rio de Janeiro, 127n, 219.
Rochester (New York), 250.
Rochester (Virginie), 225-226.
Rome, 63, 77, 80n, 133.
Rotterdam, 159.
Roubaix, 240n, 245n.
Rouen, 41, 189n.

Saint-Denis, 149.
Saint-Nazaire, 245n, 293-294.
Saint Paul (Minnesota), 194, 264.
Saint-Pétersbourg, 9.
Saint-Priest, 293.
Saint-Quentin-en-Yvelines, 205.
Saint-Rambert-en-Bugey, 7, 149.
Salins-les-Bains, 240n.
San Diego, 179n.
San Francisco, 179n, 180, 194.
Santiago du Chili, 163n.
São Paulo, 127n, 164, 295.
Sarajevo, 175.
Sarcelles, 266n.
Seattle, 179n.
Séoul, 180n, 195.
Shanghai, 131, 180n.
Shenyang, 151n.
Shenzen, 267.
Sienne, 91.
Singapour, 180n.
Sodome, 165, 176.
Strasbourg, 41, 46, 56, 189n.

Tbilissi, 16.
Téhéran, 208, 268.

Tianjin, 164, 180n, 267.
Tokyo, 12, 50-52, 164, 179n, 180, 182, 184, 186, 296, 295.
Toledo (Ohio), 191.
Toronto, 133n, 179n.
Toulouse, 189n.
Tourette (La), 123n.
Tours, 136.
Trenton, 250.

Uckange, 240n.
Utrecht, 159.

Valenciennes, 166n.

Valley Vote, 262.
Vaulx-en-Velin, 193.
Venise, 44n, 60n, 91-92, 137n, 237, 246, 297.
Versailles, 61n, 66, 202.
Vienne (Autriche), 109n.
Villejuif, 225-226.
Villiers-le-Bel, 266n.
Virieu-le-Grand, 149.

Washington, 177n, 180.
Wuhan, 267.

Ypres, 91.

Table

INTRODUCTION
Entre deux mondes, entre deux conditions urbaines .. 9

PREMIÈRE PARTIE

LA CONDITION URBAINE I
LA VILLE, UN «MILIEU SOUS TENSION»

Envoi 21

I. Un idéal-type de la ville ou les conditions de l'expérience urbaine 22
Les villes de l'écrivain et de l'ingénieur-urbaniste 24
La ville, théâtre de la *vita activa* 28

II. L'expérience corporelle ou la «mise en forme» de la ville 32

Corps multiples (Claudel) 32
Antagonismes de Paris et Londres 32
New York ou l'art de l'intervalle. 35
La ville, milieu sous tension (la Nantes de Julien Gracq). 38
Le paradoxe urbain : un espace fini qui rend possibles des trajectoires infinies 39

Espace mental, *cosa mentale*	42
La ville comme affranchissement	45
Tissus narratifs	48
Un espace qui contient du temps	48
La ville palimpseste (les Tokyo de Claude Lévi-Strauss)	50

III. L'expérience publique ou la ville « mise en scène » 52

S'exposer en public	53
Le passant, la femme et l'étranger	53
Le spleen du flâneur : entre solitude et multitude (Baudelaire et Edgar Poe)	57
Quelle extériorisation ?	60
Les passages, l'Empire, Haussmann : une féerie transitoire	62
La ville en puissance de solidarité (Jules Romains)	67
L'homme en suspens à Chicago : une extériorité en mal d'intériorité (Theodore Dreiser et Saul Bellow)	71
La circulation comme valeur	75

IV. L'expérience politique ou la *res publica* 77

La *polis*, théâtre du verbe et de l'action glorieuse	78
L'émergence de la ville européenne et l'émancipation communale	82
La république civique de la Renaissance : la revendication d'égalité et la culture du conflit	86
La double polarisation de l'État et du réseau	91
Mettre en relation un dehors et un dedans, ou la ville-refuge	93

V. Urbanisme, circulation et prévalence des flux 99

Une dynamique de privatisation et de séparation	99
Généalogies de l'urbanisme (Francoise Choay)	101
Alberti, Haussmann, Cerdà	102
Urbanisme et utopie : de Thomas More aux CIAM	105
L'architecte et les machines célibataires, ou l'illusion artistique	108
Circulation et zonage	112

Déchirures du tissu urbain et retournements du rapport privé-public.	116
Du passage à la « rue en boucle »	121
Les lieux et les flux : l'inversion du rapport	125

DEUXIÈME PARTIE

LA CONDITION URBAINE II
L'APRÈS-VILLE
OU LES MÉTAMORPHOSES DE L'URBAIN

Envoi	129
I. La reconfiguration des territoires	131
Ambiguïtés de l'urbain	131
La troisième mondialisation	136
Un devenir multiface	139
Les friches de la société industrielle	149
Une double illimitation	151
II. Un urbain généralisé et sans limites. Variations sur le chaos	153
Le paradoxe de l'urbain généralisé	153
Un espace illimité qui rend possibles des pratiques limitées et segmentées	153
La ville générique et l'apologie du chaos (Rem Koolhaas)	155
L'âge des villes géantes	162
La multiplication des mégacités	162
L'Europe à la marge	165
Villes informes et chaotiques	166
L'indifférence généralisée (Karachi et Calcutta)	166
Autodestruction et déjection (Los Angeles et le bidonville)	171
Urbicides : pressions du dehors et du dedans	173

III. L'archipel mégalopolitain mondial et l'éclatement des métropoles 176
- Le global et ses villes 177
- Une économie d'archipel 178
- La ville globale 182
- L'*urban sprawl* et les avatars de la métropole 186
- Devenirs métropolitains aux États-Unis et ailleurs 189

IV. Convergences et divergences urbaines. Changements d'échelle et de vitesse 196
- *Inégalités territoriales* 196
- Demande de sécurité, demande d'État ? 196
- Du scénario de l'exclusion à la ville à trois vitesses 198
- *Buenos Aires et Le Caire, quelles convergences urbaines ?* 208
- Le Caire, une métropole sans classes moyennes ? 210
- Buenos Aires, des classes moyennes à l'abandon 213

TROISIÈME PARTIE

LA CONDITION URBAINE III
L'IMPÉRATIF DÉMOCRATIQUE

Envoi 217

I. Le retour des lieux 219
- Du global au local 219
- Lieux, non-lieux et cité virtuelle 223

II. Pour une culture urbaine des limites 229
- *À la recherche de l'expérience urbaine* 230
- « Avoir lieu d'être » ou la capacité de résistance des corps 231
- Patrimoine et nouvelle culture urbaine 236

Dérives architecturales et urbanisme de projet 242
Rythmiques urbaines ou comment ouvrir la matière
(Christian de Portzamparc et Henri Gaudin) 247
L'urbaniste, l'architecte et la vie publique 252
Exigences politiques 256
Ré-instituer la ville, recréer des limites 256
États-Unis: entre incorporation et *metropolitics* 261
Les impératifs de la conurbation 265
La refondation mégapolitaine 267
Permanence des villes européennes 269

III. Recréer des communautés politiques. De la lutte des classes à la lutte des lieux 273
Leçons d'une comparaison France-Amérique 275
La double exigence de l'accès et de la mobilité 281
L'utopie urbaine comme scénario collectif
(Alberto Magnaghi) 285
Remises en mouvement «périphériques». La *renovatio urbanis* de Bernardo Secchi 291

CONCLUSION
Au milieu de la ville et entre deux mondes 297

Bibliographie sélective 305
Remerciements 313
Index des personnes citées 315
Index des villes citées et quelques quartiers 323

Crédits photographiques

© **Adagp, Paris, 2007** : 5 bas, 6 haut et bas.
AFP / Getty Images / Lara Jo Regan : 8 bas.
AKG / Ullstein Bild : 4 bas.
Artedia / Stéphane Couturier : 6 bas.
Corbis / Art on File : 6 haut ; / Yann Arthus-Bertrand : 1 bas (île de la Cité, Paris), 5 bas ; / Franz-Marc Frei : 5 haut ; / Jason Hawkes : 1 haut ; / Saba / David Butow : 8 haut.
© **F.L.C / Adagp, Paris 2007** : 5 haut.
© **Georg Gerster** / **Rapho** / **Eyedea** : 7 haut.
Getty Images / A. Vine : 2 bas.
© **Ed Kashi, 2007** : 7 bas.
Magnum Photos / Stuart Franklin : 3 haut ; / Raghu Rai : 4 haut ; / Fernando Scianna : 3 bas.
© **Jarry-Tripelon** / **Top** / **Eyedea** : 2 haut (passage de l'Homme dans le 11ème arrondissement à Paris).

Du même auteur

AUX MÊMES EDITIONS

La Peur du vide
Essai sur les passions démocratiques I
1991, et « Points Essais » n° 502, 2003

Paul Ricœur
*« Les Contemporains », 1994,
et « Points Essais » n° 358, 1998*

La Violence des images
Essai sur les passions démocratiques II
« La Couleur des Idées », 1997

Éclats de rire
Variations sur le corps comique
Essai sur les passions démocratiques III
« La Couleur des Idées », 2002

CHEZ D'AUTRES EDITEURS

Face au scepticisme
Les Mutations du paysage intellectuel
ou l'invention de l'intellectuel démocratique
La Découverte, 1994 et Hachette, « Pluriel », 1998

Vers la troisième ville
*(Préface de Christian de Portzamparc)
Hachette, 1995*

Buster Keaton, l'étoile filante
Hachette, 1996

L'Après-1989
Les nouveaux langages du politique
Hachette Littératures, 1998

L'Artiste et le Politique
Éloge de la scène dans la société des écrans
(entretien mené par Philippe Petit)
Textuel, 2004

Paul Ricœur
De l'homme coupable à l'homme capable
(avec Michaël Fœssel)
ADPF, 2005

Être idéaliste, est-ce dépassé ?
*(avec Étienne Pinte et Jack Ralite,
sous la direction d'Alain Houzeaux)*
Éd. de l'Atelier, 2006

DIRECTION D'OUVRAGES

Franz Rosenzweig
*(co-direction avec Alexandre Derczanski
et Jacques Rolland)*
Les Cahiers de la nuit surveillée, Verdier, 1982

Islam, le grand malentendu
(co-direction avec Olivier Roy)
Editions Autrement, 1987

Kosovo, un drame annoncé
(co-direction avec Antoine Garapon)
Éditions Michalon, 1999

RÉALISATION : PAO ÉDITIONS DU SEUIL
NORMANDIE ROTO IMPRESSION S.A.S À LONRAI
DÉPOT LÉGAL : OCTOBRE 2007. N° 96098 (07-2571)
IMPRIMÉ EN FRANCE

Collection Points

SÉRIE ESSAIS

DERNIERS TITRES PARUS

407. Littérature et Engagement, de Pascal à Sartre
    par Benoît Denis
408. Marx, une critique de la philosophie, *par Isabelle Garo*
409. Amour et Désespoir, *par Michel Terestchenko*
410. Les Pratiques de gestion des ressources humaines
    par François Pichault et Jean Mizet
411. Précis de sémiotique générale
    par Jean-Marie Klinkenberg
412. Écrits sur le personnalisme, *par Emmanuel Mounier*
413. Refaire la Renaissance, *par Emmanuel Mounier*
414. Droit constitutionnel, 2. Les démocraties
    par Olivier Duhamel
415. Droit humanitaire, *par Mario Bettati*
416. La Violence et la Paix, *par Pierre Hassner*
417. Descartes, *par John Cottingham*
418. Kant, *par Ralph Walker*
419. Marx, *par Terry Eagleton*
420. Socrate, *par Anthony Gottlieb*
421. Platon, *par Bernard Williams*
422. Nietzsche, *par Ronald Hayman*
423. Les Cheveux du baron de Münchhausen
    par Paul Watzlawick
424. Husserl et l'Énigme du monde, *par Emmanuel Housset*
425. Sur le caractère national des langues
    par Wilhelm von Humboldt
426. La Cour pénale internationale, *par William Bourdon*
427. Justice et Démocratie, *par John Rawls*
428. Perversions, *par Daniel Sibony*
429. La Passion d'être un autre, *par Pierre Legendre*
430. Entre mythe et politique, *par Jean-Pierre Vernant*
431. Entre dire et faire, *par Daniel Sibony*
432. Heidegger. Introduction à une lecture
    par Christian Dubois
433. Essai de poétique médiévale, *par Paul Zumthor*
434. Les Romanciers du réel, *par Jacques Dubois*
435. Locke, *par Michael Ayers*

436. Voltaire, *par John Gray*
437. Wittgenstein, *par P.M.S. Hacker*
438. Hegel, *par Raymond Plant*
439. Hume, *par Anthony Quinton*
440. Spinoza, *par Roger Scruton*
441. Le Monde morcelé, *par Cornelius Castoriadis*
442. Le Totalitarisme, *par Enzo Traverso*
443. Le Séminaire Livre II, *par Jacques Lacan*
444. Le Racisme, une haine identitaire, *par Daniel Sibony*
445. Qu'est-ce que la politique?, *par Hannah Arendt*
447. Foi et Savoir, *par Jacques Derrida*
448. Anthropologie de la communication, *par Yves Winkin*
449. Questions de littérature générale, *par Emmanuel Fraisse et Bernard Mouralis*
450. Les Théories du pacte social, *par Jean Terrel*
451. Machiavel, *par Quentin Skinner*
452. Si tu m'aimes, ne m'aime pas, *par Mony Elkaïm*
453. C'est pour cela qu'on aime les libellules *par Marc-Alain Ouaknin*
454. Le Démon de la théorie, *par Antoine Compagnon*
455. L'Économie contre la société *par Bernard Perret, Guy Roustang*
456. Entretiens de Francis Ponge avec Philippe Sollers *par Philippe Sollers - Francis Ponge*
457. Théorie de la littérature, *par Tzvetan Todorov*
458. Gens de la Tamise, *par Christine Jordis*
459. Essais sur le Politique, *par Claude Lefort*
460. Événements III, *par Daniel Sibony*
461. Langage et Pouvoir symbolique, *par Pierre Bourdieu*
462. Le Théâtre romantique, *par Florence Naugrette*
463. Introduction à l'anthropologie structurale *par Robert Deliège*
464. L'Intermédiaire, *par Philippe Sollers*
465. L'Espace vide, *par Peter Brook*
466. Étude sur Descartes, *par Jean-Marie Beyssade*
467. Poétique de l'ironie, *par Pierre Schoentjes*
468. Histoire et Vérité, *par Paul Ricoeur*
469. Une charte pour l'Europe *Introduite et commentée par Guy Braibant*
470. La Métaphore baroque, d'Aristote à Tesauro *par Yves Hersant*
471. Kant, *par Ralph Walker*
472. Sade mon prochain, *par Pierre Klossowski*

473. Freud, *par Octave Mannoni*
474. Seuils, *par Gérard Genette*
475. Système sceptique et autres systèmes, *par David Hume*
476. L'Existence du mal, *par Alain Cugno*
477. Le Bal des célibataires, *par Pierre Bourdieu*
478. L'Héritage refusé, *par Patrick Champagne*
479. L'Enfant porté, *par Aldo Naouri*
480. L'Ange et le Cachalot, *par Simon Leys*
481. L'Aventure des manuscrits de la mer Morte
    par Hershel Shanks (dir.)
482. Cultures et Mondialisation
    par Philippe d'Iribarne (dir.)
483. La Domination masculine, *par Pierre Bourdieu*
484. Les Catégories, *par Aristote*
485. Pierre Bourdieu et la théorie du monde social
    par Louis Pinto
486. Poésie et Renaissance, *par François Rigolot*
487. L'Existence de Dieu, *par Emanuela Scribano*
488. Histoire de la pensée chinoise, *par Anne Cheng*
489. Contre les professeurs, *par Sextus Empiricus*
490. La Construction sociale du corps, *par Christine Detrez*
491. Aristote, le philosophe et les savoirs
    par Michel Crubellier et Pierre Pellegrin
492. Écrits sur le théâtre, *par Roland Barthes*
493. La Propension des choses, *par François Jullien*
494. La Mémoire, l'Histoire, l'Oubli, *par Paul Ricœur*
495. Un anthropologue sur Mars, *par Oliver Sacks*
496. Avec Shakespeare, *par Daniel Sibony*
497. Pouvoirs politiques en France, *par Olivier Duhamel*
498. Les Purifications, *par Empédocle*
499. Panorama des thérapies familiales
    collectif sous la direction de Mony Elkaïm
500. Juger, *par Hannah Arendt*
501. La Vie commune, *par Tzvetan Todorov*
502. La Peur du vide, *par Olivier Mongin*
503. La Mobilisation infinie, *par Peter Sloterdijk*
504. La Faiblesse de croire, *par Michel de Certeau*
505. Le Rêve, la Transe et la Folie, *par Roger Bastide*
506. Penser la Bible, *par Paul Ricoeur et André LaCocque*
507. Méditations pascaliennes, *par Pierre Bourdieu*
508. La Méthode
    5. L'humanité de l'humanité, *par Edgar Morin*
509. Élégie érotique romaine, *par Paul Veyne*

510. Sur l'interaction, *par Paul Watzlawick*
511. Fiction et Diction, *par Gérard Genette*
512. La Fabrique de la langue, *par Lise Gauvin*
513. Il était une fois l'ethnographie, *par Germaine Tillion*
514. Éloge de l'individu, *par Tzvetan Todorov*
515. Violences politiques, *par Philippe Braud*
516. Le Culte du néant, *par Roger-Pol Droit*
517. Pour un catastrophisme éclairé, *par Jean-Pierre Dupuy*
518. Pour entrer dans le XXIe siècle, *par Edgar Morin*
519. Points de suspension, *par Peter Brook*
520. Les Écrivains voyageurs au XXe siècle, *par Gérard Cogez*
521. L'Islam mondialisé, *par Olivier Roy*
522. La Mort opportune, *par Jacques Pohier*
523. Une tragédie française, *par Tzvetan Todorov*
527. L'Oubli de l'Inde, *par Roger-Pol Droit*
528. La Maladie de l'Islam, *par Abdelwahab Meddeb*
529. Le Nu impossible, *par François Jullien*
530. Le Juste 1, *par Paul Ricœur*
531. Le Corps et sa danse, *par Daniel Sibony*
532. Schumann. La Tombée du jour, *par Michel Schneider*
532. Mange ta soupe et… tais-toi !, *par Michel Ghazal*
533. Jésus après Jésus, *par Gérard Mordillat et Jérôme Prieur*
534. Introduction à la pensée complexe, *par Edgar Morin*
535. Peter Brook. Vers un théâtre premier, *par Georges Banu*
536. L'Empire des signes, *par Roland Barthes*
539. En guise de contribution à la grammaire et à l'étymologie du mot « être », *par Martin Heidegger*
540. Devoirs et délices, *par Tzvetan Todorov*
541. Lectures 3, *par Paul Ricœur*
542. La Damnation d'Edgar P. Jacobs *par Benoît Mouchart et François Rivière*
543. Nom de dieu, *par Daniel Sibony*
544. Les Poètes de la modernité. De Baudelaire à Apollinaire, *par Jean-Pierre Bertrand et Pascal Durand*
545. Souffle-Esprit, *par François Cheng*
546. La Terreur et l'Empire, *par Pierre Hassner*
547. Amours plurielles. Doctrines médiévales du rapport amoureux de Bernard de Clairvaux à Bocace *par Ruedi Imbach et Inigo Atucha*
548. Fous comme des sages *par Roger-Pol Droit et Jean-Philippe de Tonnac*
549. Souffrance en France, *par Christophe Dejours*
550. Petit Traité des grandes vertus, *par André Comte-Sponville*

551. Du mal/Du négatif, *par François Jullien*
552. La Force de conviction, *par Jean-Claude Guillebaud*
553. La Pensée de Karl Marx, *par Jean-Yves Calvez*
554. Géopolitique d'Israël, *par Frédérique Encel, François Thual*
555. La Méthode 6, *par Edgar Morin*
556. Hypnose mode d'emploi, *par Gérard Miller*
557. L'Humanité perdue, *par Alain Finkielkraut*
558. Une saison chez Lacan, *par Pierre Rey*
559. Les Seigneurs du crime, *par Jean Ziegler*
560. Les Nouveaux Maîtres du monde, *par Jean Ziegler*
561. L'Univers, les Dieux, les Hommes
    par Jean-Pierre Vernant
562. Métaphysique des sexes, *par Sylviane Agacinski*
563. L'Utérus artificiel, *par Henri Atlan*
564. Un enfant chez le psychanalyste
    par Patrick Avrane
565. La Montée de l'insignifiance, Les Carrefours du labyrinthe IV
    par Cornelius Castoriadis
566. L'Atlantide, *par Pierre Vidal-Naquet*
567. Une vie en plus, *par Joël de Rosnay,*
    Jean-Louis Servan-Schreiber, François de Closets,
    Dominique Simonnet
568. Le Goût de l'avenir, *par Jean-Claude Guillebaud*
569. La Misère du monde, *par Pierre Bourdieu*
570. Éthique à l'usage de mon fils, *par Fernando Savater*
571. Lorsque l'enfant paraît t. 1, *par Françoise Dolto*
572. Lorsque l'enfant paraît t. 2, *par Françoise Dolto*
573. Lorsque l'enfant paraît t. 3, *par Françoise Dolto*
574. Le Pays de la littérature, *par Pierre Lepape*
575. Nous ne sommes pas seuls au monde
    par Tobie Nathan
576. Anthologie, *par Paul Ricœur*
    édition établie par Michael Foessel et Fabien Lamouche
577. Cantatrix Sopranica L. et autres écrits scientifiques
    par Georges Perec
578. Poésie – Philosophie – Religion, *par Al Fârâbî*
579. Mémoires. 1. La brisure et l'attente (1930-1955)
    par Pierre Vidal-Naquet
580. Mémoires. 2. Le trouble et la lumière (1955-1998)
    par Pierre Vidal-Naquet
578. Philosopher à Bagdad au Xe siècle, *par Al Farabi*
581. Discours du récit, *par Gérard Genette*
582. Le Peuple « psy », *par Daniel Sibony*